中国古典诗词品汇

陆游诗词品汇

欧明俊　郃贯虹　耿森　撰

U0950249

长江出版传媒
崇文书局

图书在版编目（CIP）数据
陆游诗词品汇 / 欧明俊，郜贯虹，耿森撰. -- 武汉 : 崇文书局，2025. 10. --（中国古典诗词品汇）.
ISBN 978-7-5403-7983-4
Ⅰ. I207.22
中国国家版本馆 CIP 数据核字第 2025AP9913 号

出 品 人　韩　敏
责任编辑　程可嘉　李利霞
封面设计　甘淑媛
责任校对　朱小双
责任印制　李佳超

陆游诗词品汇

LU YOU SHICI PIN HUI

出版发行　长江出版传媒｜崇文书局
地　　址　武汉市雄楚大街 268 号 C 座 11 层
电　　话　（027）87677133　邮政编码　430070
印　　刷　湖北新华印务有限公司
开　　本　880mm×1230mm　1/32
印　　张　10.125
字　　数　258 千
版　　次　2025 年 10 月第 1 版
印　　次　2025 年 10 月第 1 次印刷
定　　价　49.80 元

前　言

陆游（1125—1210），字务观，号放翁，越州山阴（今浙江绍兴）人。他出身于官宦世家，高祖陆轸、祖父陆佃均官至高位。陆游出生的第二年适逢靖康之乱，后随其父陆宰南归山阴。他幼时常见父辈“相与言及国事，或裂眦嚼齿，或流涕痛哭，人人自期以杀身翊戴王室”（《跋傅给事帖》），因此很早就有抗金报国的远大抱负。

大约二十岁时，陆游与唐琬成婚，后被母亲强行拆散。他再娶王氏，唐琬也改嫁赵士程，陆游为此追怀伤感不已。绍兴二十三年（1153），二十九岁的陆游进京赴试，名列第一，因位居秦桧之孙秦埙前，触怒秦桧，以致次年礼部省试被黜落第。直到秦桧死后，陆游才受孝宗赏识，步入仕途，历任宁德县主簿、福州决曹、枢密院编修官、镇江通判等职。时孝宗志在恢复，任命张浚主持北伐。不久北伐兵败于符离，而陆游也因“交结台谏，鼓唱是非，力说张浚用兵”（《宋史·陆游传》）被罢黜归乡数年。

乾道五年（1169）十二月，四十五岁的陆游被起用为夔州（治今重庆奉节）通判，后应川陕宣抚使王炎之请入幕襄理军务。次年三月，陆游抵达南郑（今陕西汉中），亲临前线，尽情施展诗才将略。是年九月，王炎被召回临安，幕府解散，陆游壮志难酬，转至成都任职，此后虽调任几处，但都远离前线，报国无门。淳熙二年（1175），范成大任四川制置使，聘陆游为参议官。陆游亲赴战场、从戎复土的理想破灭，心情苦闷，便借酒浇愁，放浪形骸，臣僚讥其“燕饮颓放”，但他毫不在意，索性自号“放翁”。

淳熙五年（1178），陆游奉诏离蜀东归，先后在福建、江西等地为官，不久又遭给事中赵汝愚借机弹劾而罢职。此后三十年中，他虽断断续续几度复出，但大部分时间都闲居家乡。嘉定二年（1209）冬，陆游病情日重，卧床不起，于十二月二十九日（1210年1月26日）病逝。临终作《示儿》诗谆谆嘱咐儿孙，仍不忘恢复大业，爱国情怀终生不渝。

清乾隆年间编撰的《御选唐宋诗醇》在总结陆游的生平与创作时说：“观游之生平，有与杜甫类者：少历兵间，晚栖农亩，中间浮沉中外，在蜀之日颇多。其感激悲愤、忠君爱国之诚，一寓于诗。”

按生平经历，陆游的创作可分为三个时期。他早年师从曾幾，作诗从“江西诗派”入，重技巧，工藻绘，由此他较好地掌握了作诗技巧。陆游入蜀以前所作诗，今存仅二百首左右。

入蜀是陆游人生的重大转折，也是其诗歌创作的重要转型期。入幕南郑的军旅生活令陆游意气风发，慷慨激昂的爱国情怀和建功立业的人生抱负充分结合，诗词创作的题材、主题、风格、意象等都发生很大变化，渐由学习“江西诗派”之“藻绘”转向“宏肆”，形成“工夫在诗外”（《示子遹》）的创作理念，揭示了现实生活是诗歌创作的真正源泉。陆游自入蜀到东归，前后达九年，诗歌风格渐趋成熟，今存诗二千四百余首。

陆游晚年闲居山阴，亲事农桑，恬淡自守，生活清苦且自足。他少壮时立功疆场的激情逐渐褪去，心境也渐趋平和，追求一种闲适淡泊的境界，诗歌风格也趋于平淡自然。但须知陆游是有心许国，被迫退居山阴，即使身处山野，也不失爱国热忱。因此，晚年不少诗歌都带有一股不平之气。清王士禛赞曰：“务观闲适，写村林茅舍、农田耕渔、花石琴酒事，每逐月日记寒暑，读其诗如读其年谱也；然中间勃勃有生气，中原未定，梦寐思建功业，其真朴处多，雕镘处少。”（《带经堂诗话》）

陆游诗、词、文皆擅，尤以诗歌成就为最。《剑南诗稿》凡八十五卷，计九千三百多首。陈振孙称其“诗为中兴之冠”（《直斋书录解题》）。陆游享寿高而经历广，诗歌所涉内容十分丰富，几乎涵盖社会生活各个方面，其中最重要的是对爱国情怀和日常生活的歌咏，“至于渔舟樵径，茶碗炉熏，或雨或晴，一草一木，莫不著为咏歌，以寄其意”（《御选唐宋诗醇》）。钱锺书认为：“他的作品主要有两方面：一方面是悲愤激昂，要为国家报仇雪耻，恢复丧失的疆土，解放沦陷的人民；一方面是闲适细腻，咀嚼出日常生活的深永的滋味，熨帖出当前景物的曲折的情状。”（《宋诗选注》）

陆游首先是战士、英雄，是报国壮志至死不渝的爱国者，其次才是诗人。忠义传家是陆氏家风，陆游继承父、祖志愿，始终关注国家前途命运，并为此奔走呐喊。力主抗金、克敌复土是其诗反复咏叹的主题。诗人在诗作中尽情抒发杀敌救国、收复中原的雄心壮志，表现出“一身报国有万死”（《夜泊水村》）的无畏精神。这不仅贯穿了他长达六十年的创作历程，而且融入其整个生命，成为其诗的灵魂。

陆游辗转各地为官，又多年谪居乡里，对农村生活了如指掌，耳闻目睹百姓疾苦，创作了大量反映农村生活、哀悯生民多艰的诗，表现出“民胞物与”的情怀，感叹“身为野老已无责，路有流民终动心”（《春日杂兴十二首》其四）。陆游和前妻唐氏情投意合，生活美满，但母亲不喜，最后被迫离异。他为此痛苦一生，多次在诗中缅怀唐氏，情真意切，感人至深。这样的诗作虽不多，但在爱情主题已基本由诗转移到词的宋代，尤显珍贵。陆游诗歌写个人遭遇，也是民族命运的缩影；是个人心灵史，也是民族心灵史、时代心灵史。其诗是时代的镜子，被誉为一代“诗史”。

陆游热爱生活，善于从日常生活中寻觅诗材。闲人多闲暇，读闲书，赏闲景，寻闲趣，如游山玩水、饮酒品茶、赏花听鸟、学道参禅等，饮食起居、山水田园、草木虫鱼，事无巨细，尽皆入诗，将庸常生活诗意化，充满闲情逸趣。

陆游性格豪放，才情勃发，当时即被友人周必大誉为当代李太白（见南宋罗大经《鹤林玉露》）。其诗具有典型性和概括性，常由小见大，表现出时代生活的广度和深度。如《关山月》反对议和，同情遗民，选取典型如“厩马肥死”“弓断弦”“壮士心”“征人骨”“遗民泪”等，浓缩“全息”了整个社会现实，言简义丰；《秋夜将晓出篱门迎凉有感二首》表达了文人的典型情绪，也是时代隐痛的自然流露；《游山西村》写江南自然美景、淳朴风俗，是乡村生活的缩影，又蕴含哲理。陆游还善写梦境，其梦诗想象丰富，比喻新奇，气势奔放，具有跳跃性。

陆游诗多不事雕琢，语言明白晓畅，自然平易，简练生动。清赵翼评道：“其诗之清空一气，明白如话。”（《瓯北诗话》）清刘熙载认为：“放翁诗明白如话，然浅中有深，平中有奇，故足令人咀味。”（《艺概》）陆诗长于锤炼，又追求自然，浅显中见深意，平淡中见功力。

陆游诗众体兼备，无体不工，尤擅七古和七律。七古多豪壮语，喜言征伐事，句式错落有致，音韵铿锵，雄健有骨力。七律多沉郁顿挫，神气完备，对仗工稳，使事熨帖，佳句迭出。清姚鼐赞曰：“放翁激发忠愤，横极才力，上法子美，下揽子瞻，裁制既富，变境亦多，其七律固为南渡后一人。”（《五七言今体诗钞》序目）其绝句也多精巧灵动，极有风神。

陆游善于向前人学习，博取众家之长，加以创造，自成一家。陆游继承了屈原、杜甫等诗人的爱国传统，并将它推至新高度。其爱国精神影响深远，无论当时还是后世，凡爱国诗人皆遵其路。直至近代，陆游诗歌依然给人鼓舞，每当遭遇民族危机时，其诗便成为鼓舞人们反抗侵略的精神力量。当然，陆游诗也有一些不足，其晚年诗作由其子编订刊行，出于存诗目的，未经检点，多有雷同，部分诗作流于浅近滑易，蕴藉不足，或者有句而无篇，缺乏浑成之美。

陆游亦工词，现存词作一百四十余首。虽然数量不多，却有大家风范，远非寻常刻红剪翠之作可比拟。陆游词内容丰富，除爱国词外，还有不少优秀的闲适词和恋情词。其中最有价值的当推其爱国词，有近二十首，心系匡复，气壮情豪，以气驭文，笔力遒劲，弥补了词体纤弱之弊，提升了词的品位。闲适词多写“渔隐”，表现其隐逸情怀和恬淡心境。恋情词约有五十首，其中爱情词杰作《钗头凤》（红酥手），写其与前妻的爱情悲剧，是血泪谱写的悲歌，语真情挚，凄婉感人。陆游还有多首咏梅词，代表作《卜算子·咏梅》以梅的形象自喻，托物寄志，表现出清高孤傲、不肯与俗世合流的情怀，独标高格，耐人寻味。

陆游词风格多样，宋刘克庄认为：“其激昂感慨者，稼轩不能过；飘逸高妙者，与陈简斋、朱希真相颉颃；流丽绵密者，欲出晏叔原、贺方回之上。”（《后村诗话·续集》）明杨慎评陆游词：“纤丽处似淮海，雄慨处似东坡。”（《词品》）

本书由欧明俊提出基本选目，再共同商定，共选诗 88 首，词 20 首。所选以汲古阁后印本《陆放翁全集》为底本，参校其他诸版本，均编年排列，按丛书性质和体例，先诗后词，分别排列，大致囊括陆游各阶段的佳作。简要注释，不作繁琐考证和征引。评析方面，注重引用古今名家精妙评点，古代的如刘克庄《后村诗话》、罗大经《鹤林玉露》、刘辰翁《须溪精选陆放翁诗集》、方回《瀛奎律髓》、王士禛《带经堂诗话》、清乾隆《御选唐宋诗醇》、赵翼《瓯北诗话》、翁方纲《石洲诗话》、潘德舆《养一斋诗话》、方东树《昭昧詹言》，近代的如陈衍《宋诗精华录》、俞陛云《唐五代两宋词选释》、高步瀛《唐宋诗举要》等，现代的如朱东润《陆游选集》、顾佛影《评注剑南诗钞》、夏承焘《唐宋词欣赏》、唐圭璋《唐宋词简释》、钱锺书《宋诗选注》《谈艺录》、叶嘉莹《唐宋词名家论稿》，以及程千帆、沈祖棻《古诗今选》等。郜贯虹主要负责前 54 首，其中《秋夜读书，每以二鼓尽为节》《闻虏乱有感》《观大散关图有感》《关山月》《五月十一日，夜且半，梦从大驾亲征，尽复汉唐故地。见城邑人物繁丽，云："西凉府也。"喜甚，马上作长句，未终篇而觉，乃足成之》5 首由耿森撰写；耿森主要负责后 54 首，其中《草书歌》《夜泊水村》《梅花绝句六首（其三）》《小舟过吉泽效王右丞》《夏日六言四首（其三）》五首则由郜贯虹撰写。欧明俊负责统稿并定稿。本书主要吸收了欧明俊解读《陆游集》（国家图书馆出版社 2022 年 11 月版）的成果，特此说明。同时也参考借鉴了学界研究成果，限于丛书性质和体例，此处不一一列举，谨致衷心谢意！受学识所限，本书难免存在疏漏与不足，恳请学界方家与读者不吝赐教！

欧明俊　郜贯虹　耿森

2023 年 2 月 15 日

于福建师范大学文学院

目　录

诗

词

诗

夜读兵书

孤灯耿霜夕①，穷山读兵书②。
平生万里心③，执戈王前驱④。
战死士所有⑤，耻复守妻孥⑥。
成功亦邂逅⑦，逆料政自疏⑧。
陂泽号饥鸿⑨，岁月欺贫儒⑩。
叹息镜中面，安得长肤腴⑪？

【注释】

①耿：照明，照亮。霜夕：秋夜。

②穷山：偏僻的深山。此处指云门山，在今浙江绍兴东南，上有云门寺。陆游父亲陆宰在此建有别业，陆游在云门寺西侧修筑云门草堂。

③万里心：指收复沦陷区、建立功业的抱负。沈约《宋书·宗悫传》载，宗悫（què）少时立志：“愿乘长风破万里浪。”此处暗用此典。

④“执戈”句：拿起武器，参加君主的先遣部队，保卫国家。前驱，先遣部队。此处用《诗经·卫风·伯兮》“伯也执殳，为王前驱”之意。

⑤“战死”句：战死疆场是战士应有本分。死士，一作“士死”。

⑥妻孥（nú）：妻子儿女。

⑦邂逅：偶然遇见。

⑧政：同“正”。

⑨陂（bēi）泽：地势低洼积水之处。比喻困苦处境。号（háo）：哀鸣。

⑩欺：一作“多”。贫儒：贫苦的读书人。此处为作者自谓。

⑪ 肤腴：肌肤丰满润泽，没有衰老迹象。喻青春常在。

【评析】

绍兴二十三年（1153），陆游二十九岁，赴临安（今浙江杭州）应锁厅试，恰巧与秦桧之孙秦埙同场应试。一者，考官陈之茂耿介率直，擢陆游为第一，秦埙未夺魁首，触怒秦桧；二者，陆游喜论恢复，文卷中多有提及，触动秦桧旧恨新仇，遭其嫉恨。绍兴二十四年（1154），陆游遭除名黜落，主考官亦受牵连，几蹈奇祸，遂归故里，避居云门，潜心温书，以待时机。此诗作于其后不久。关于具体创作时间，一说作于绍兴二十五年（1155），一说作于绍兴二十六年（1156）。绍兴二十五年十月，秦桧薨，陆游仕途自此开始明朗。同年十二月，张浚恢复观文殿大学士职衔，推举陆游为洪州（治今江西南昌）通判，其因丁母忧未赴任。再观诗中“霜夕”等语，推知作于深秋，因此，此诗写作时间可能在是年十月至十二月之间，故前说可信度较高。

诗人虽闲居山阴，仍心系天下。首二句紧扣诗题，写挑灯夜读兵书。“霜夕”点明时令，“孤灯”“穷山”见出环境和地点，四野阒寂，更烘托心绪纷繁。长夜漫漫，孤灯耿耿，穷山深林，冷月寒窗，状深秋之景，意境清冷萧瑟。如豆一灯，摇影昏黄，四壁青辉，云门山之秋将要过去，寒气开始袭人，而端坐夜读的诗人却热血沸腾、壮心难已。“平生”四句紧承上文而来，交代苦读兵书的缘由，情感昂扬激奋。诗人志在万里，认为顾念家眷、老死乡里非大丈夫所为，欲持剑执戈，征战疆场，为君驱驰，纵使马革裹尸，亦无悔无怨，抒发了杀敌报国、建立功业的雄心壮志。“成功”二句承上启下，颇寓感慨。意谓建功立业需要机缘运气，若想准确预见，未免迂阔而疏于事理。言语警策，直抒胸臆，宋刘辰翁推“逆料”句为“名言”（《须溪精选陆放翁诗集·后集》）。诗人怀才抱器，渴望遇见识才善用之伯乐，虽自我宽慰，却也知建立功业的偶然性，从来都是时势造英雄，奈何时机难遇，世事难料，思及此，情感陡转直下，渐趋深沉。

“陂泽”二句喟叹自己壮志难遂。“饥鸿”之意，一说指流离失所、穷苦不能饱腹的百姓，一说指诗人自己。民不聊生，饿殍满地，哀鸿遍野，固可解作诗人对民生疾苦之关心，但若持此意，则与下句诗意相接不洽。此外，“饥鸿”意象也在诗人其他诗作中屡屡出现，如“病虎减精采，饥鸿摧羽翰”（《夜坐》），“枯蘖敢怀贪雨露，饥鸿自悯犯风霜”（《过江山县浮桥有感》），“饥鸿病鹤自无寐，山穷水绝谁为邻”（《冬夜吟》），“饥鸿垂翅掠舟过，此意与我同凄恻”（《醉歌》）等。诗人将自己比作“饥鸿”“病鹤”，联系此身境遇，心有戚戚，与“饥鸿”惺惺相惜。“鸿”意象作为“贫士失职而志不平”（宋玉《九辩》）的象征，成为士人重要的情感载体，常喻贫士郁郁久居人下、壮志未酬，是以“饥鸿”即是“贫儒”，为诗人自谓。诗人化用阮籍“孤鸿号外野，翔鸟鸣北林”（《咏怀》）句入诗，“号饥鸿”喻象极凄厉，令人魄动心惊。陆游《杂感五首，以不爱入州府为韵》其一云：“我年甫三十，出身事明主。狂愚斥不用，晚辟征西府。”以“狂愚”指代秦桧之流。诗人少年负才，却为权奸所误，夤夜不寐，搔首叹息，“狂愚”欺我，如今就连岁月也欺我吗？末二句揽镜自照，心忧年与时驰，岁月蹉跎。诗人正值壮年而有此慨叹，只因光阴无情，恐老之将至，而修名未立，报国无门，还未一展宏图就垂垂老矣，又如何能横戈跃马、平定天下呢？至此，郁勃不平之气倾吐而出。陆游生于战乱，尚在襁褓中时，即随家人南渡避难，饱受战乱之苦，是以自小练习武艺，研读兵书，誓报国仇，一雪前耻，无奈奸佞当道，命运不公，爱国志士不受重用，竟似失群孤雁一般流落于野、呼号悲鸣，委实可悲可叹。

诗为五言古诗，可分四层，“孤灯”二句为第一层，交代环境；“平生”四句为第二层，表明志向；“成功”二句为第三层，似有慨于前事，亦有对时运的感悟；“陂泽”四句为第四层，抒发胸臆。顾佛影评曰：“起四句沉响似杜，以后皆懈。”（《评注剑南诗钞》）认为起势尤佳，风格沉郁，绝似老杜，而后显现鼓衰力竭之态，未能做到首尾皆工，道出放翁五古之弊。朱东润精当概括此诗：“作者看到中原沦陷，人民痛苦，决心献出自己的生命，以保全妻室儿女为耻辱；但是南宋的统治者执行对敌屈服的政策，自己没有报国的机会，因此慨叹成功是不期而遇的，事前的猜测都没有把握。‘战死’四句正写出一位爱国志士的坚强意志。”（《陆游选集》）诗押平声韵，一韵到底，情感激烈而深沉，即事抒怀，意味悠长，声情并茂，和缓中有郁勃之气。

度浮桥至南台

客中多病废登临，闻说南台试一寻。
九轨徐行怒涛上①，千艘横系大江心。
寺楼钟鼓催昏晓②，墟落云烟自古今③。
白发未除豪气在④，醉吹横笛坐榕阴⑤。

【注释】

①九轨：意为建在江上的浮桥桥面宽阔，可容多辆车马一齐行驶。九，表示多。轨，车两轮间距离，引申为车辙，指代车。

② 寺楼：此指光孝寺，在今福州仓山烟台山，已废。

③ 墟落：村落。

④“白发”句：虽然头上已生白发，但豪放之气仍未消除。

⑤ 榕阴：榕树荫。福州城内多榕树，别名“榕城”。

【评析】

浮桥，指用船或筏作为桥墩、上铺木板浮于水面的桥。此特指今福州解放大桥旧址，横跨闽江。南台，岛名，在福州闽江、乌龙江之间，称南台山，又名仓山。绍兴二十九年（1159），陆游三十五岁，由宁德县（今属福建）主簿调任福州决曹（掌管刑狱），慕南台光孝寺胜迹，遂渡浮桥前往，扶病登高，心生感慨，遂作此诗。

首联从题外落笔，自述出游缘起。诗人为一州僚佐，掌管刑狱，公务繁忙，加上客中多病，许久未曾登山临水听闻南台名胜之佳，不禁心驰神往。“客中”，透出游宦他乡的羁旅之思，“多病”“废登临”，流露出多患疾病的苦闷，“试一寻”可见诗人游兴盎然。一联之中，情绪先抑后扬，一扫颓唐感伤，转为舒畅愉快。

颔联大笔驰骤，描摹江中浮桥浩瀚奇绝景象。元祐八年（1093），知州王祖道相看南北，造舟为梁，崇宁二年（1103）复重修。南台浮桥以102艘大船为桥身，并用粗壮藤缆固定浮桥左右，以防狂风骇浪冲刷流走。陆游所见可容“九轨”通行的浮桥，即为此桥。诗人踏上浮桥，见江面百余艘木船首尾相接，浩浩荡荡，桥上行人、车、马齐行，而浮桥岿然不动，稳如磐石，观江风怒号，浊浪翻涌，豪气顿生。百舸千艘，横亘中流，气象何等宏阔，可见放翁诗笔雄壮，“语颇伟丽”（《御选唐宋诗醇》）。“九轨”“千艘”皆为夸张之词，突显浮桥气势磅礴、蔚为壮观，虽为虚指，但虚中见实。“徐行”与“怒涛”互为照应，张弛有致，衬托浮桥稳固。“横”字笔力恢宏，暗赞巧匠能工，竟能横跨江心，可胜自然造化。诗人极言浮桥宽广，融入自己此刻的豪情。

颈联宕开一笔，写登台见闻。从心潮澎湃回归宁静，同时囊括时间、空间，“五、六雄浑中兴象自远，有涵盖一切之气”（《御选唐宋诗醇》）。由晨钟暮鼓，迎昏送晓，推至宇宙古今，寄慨遥深，意境苍凉辽远。“催”字寓年光虚度、壮志未酬之慨，炼字极妙；“自”字谓大化无情，自行其是，世间万物，各有运行轨迹，转眼风流云散，沧海桑田。钟鼓催促昏晓，也是催生白发；云烟见证历史，跨越缥缈虚空，冷眼相看，漠然无情。此处即景抒情，融情入景，有“时移世易、逝者如斯”之意。

尾联纳无穷感慨于“豪气”二字，“白发”上承颈联时空之叹，昭示自己豪气未减。醉吹横笛，独坐榕阴，意境清幽，化豪迈为乐观旷达，韵味悠长，余响不绝。清方东树评曰：“起叙至南台之由，是从题前著神。次句入题。三、四写浮桥，琢句奇辟。五、六至南台，语句俯仰生情。收入自己，兼映起句。”（《昭昧詹言》）陆游各体皆工，尤擅七律，此诗首尾呼应，造语精工，使事熨帖，晓畅自然。顾佛影称赞：“此首格高，字响集中，不易多得。”（《评注剑南诗钞》）认为此诗格高意远，声律和谐。诗押“侵”韵，前两联写“度浮桥”，后两联写“至南台”，紧扣题旨，意脉相连，情思跌宕，格律谨严。

晚泊慈姥矶下二首

其　一

山断峭崖立，江空翠霭生①。
漫多来往客②，不尽古今情。
月碎知流急，风高觉笛清。
儿曹笑老子③，不睡待潮平。

【注释】

① 翠霭：苍翠山间氤氲的云气。

② 漫：枉自，徒然。

③ 儿曹：儿辈。长辈称呼后辈的用词。老子：诗人自称。

【评析】

慈姥矶，在今安徽繁昌西北，悬临长江，山势奇险。矶，为江边突出水中的陡峭山岩。乾道元年（1165）七月，陆游四十一岁，调任隆兴府（治今江西南昌）通判，由镇江（今属江苏）经长江前往隆兴，晚间泊舟慈姥矶下，思绪纷乱，夜不能寐，作此诗。

首联写慈姥矶崖壁竦立、山断江空的形势，对仗工稳，笔力雄健，重若千钧。《御选唐宋诗醇》评曰："格力殊健，起势尤为挺拔。"清李元春亦赞其"起势挺拔"（《历朝诗要》），认为气格非凡，起笔尤佳。律诗讲究章法，难在发端，南宋严羽《沧浪诗话·诗法》云："对句好可得，结句好难得，发句好尤难得。"发句需有气，直贯全诗，方为佳作。此联起句奇峭，别开生面，写景如画，引人入胜，故得诗学家盛赞。江面翠色雾霭氤氲，烟水迷茫，山断云连，愈显山之险峻。陆游《入蜀记》记慈姥矶高峻山势，称其为“矶之尤巉绝峭立者”，亦提及梅尧臣《慈姥矶下》诗“极高奇”。梅诗云：“芦汀泱漭外，露敛见孤嶂。行舟每出观，渐近已殊状。傍来认饮牛，正去忽侧盎。水壑阴若春，野鸟时与相。且待风色回，出口始浩荡。”驰骋想象，奇思妙发，写尽慈姥矶孤奇之貌，远看近观各不相同，旁观似耕牛饮水，正看如瓦盆侧立。

颔联抒怀。江上客船往来匆匆，慈姥矶孤立江中，迎今送古，见证多少过路客的得失悲欢。古今文人在此行吟歌咏，情思随之生发，与江水一并东流，滔滔而去。“南国山川都不改，伤心慈姥旧时矶”（宋梅尧臣《发长芦江口》），山川依旧在，而人事有代谢，不尽之意，见于言外。

颈联转用景语。“月碎”句，化用温庭筠“光碎平波满船月”（《水仙谣》）句。江面广阔，水波动荡，激流涡旋将月影摇碎，波光粼粼，碎金万顷。风高流急，恰逢笛声，清越悠远，传入客舟中。透过船窗，只见江天旷远，寥廓无际，更显笛声凄清，惹人愁思。动静交融，音画相和，状难写之景于目前，境似“渚烟空翠合，滩月碎光流”（唐皇甫冉《归渡洛水》）。清贺裳曰：“（放翁）一诗中必有一联致语，如雨中草色，葱翠欲滴。间出新脆之句，犹十月海棠，枯条特发数蕊，妖艳撩人。”（《载酒园诗话》）“新”即翻新出奇，“脆”即音节顿挫，仿佛口含清甜新果，一口咬下，脆然有声，口齿生津。此联工妙，为诗中“致语”。善写水中月影者，如隋杨广“流波将月去”（《春江花月夜二首》其一），唐张若虚“滟滟随波千万里”（《春江花月夜》），此联置于其间，亦无逊色。

尾联写儿辈天真无邪，不知长辈愁苦，只笑诗人深夜不寐，等待潮平。以儿童的无忧无虑，反衬自己感触良多，深夜难眠。古时行船江上，需多关注江潮变化，根据涨落情况以定行止。虽然表面看来，“待潮平”是对江潮的观察，实则不然。此处“潮平”有一语双关之妙，不仅仅指江潮，也借指心潮，既指在急流中等待江潮平静，也指在心绪不平时等待心潮平静。将江潮与心潮共论，陆游诗中屡见不鲜，如“夜半潮平意未平”（《塔子矶》），“津亭凝望久，惟是待潮平”（《出城》）。都借江潮写心潮，江潮澎湃何尝不是心潮澎湃？潮未平也是意未平，心潮与江潮起伏相伴，互相感应。江潮汹涌，心潮也随江流奔涌。只怕思绪纷繁，待到江潮平静，惆怅依旧，心潮仍难归宁静。

此诗转承自然，景语、情语相交错，参差有致，诗人因景生情，心境变化，见于其中，结句意犹未尽，余音不绝。诗押“庚”韵，对仗严整，声韵和谐，音节琅然，诗境清远，寄意遥深。

望江道中

吾道非邪来旷野①，江涛如此去何之②？
起随乌鹊初翻后③，宿及牛羊欲下时④。
风力渐添帆力健，橹声常杂雁声悲。
晚来又入淮南路，红树青山合有诗⑤。

【注释】

①“吾道”句：难道我所行之道有错？竟被派遣到旷野之地。指乾道元年（1165）陆游调任隆兴府通判。《史记·孔子世家》载，孔子往楚，困于陈、蔡，知弟子有怨怒之心，召子路问曰：“诗云‘匪兕匪虎，率彼

旷野'，吾道非邪？吾何为于此？"邪，通"耶"。

②"江涛"句：典出《论语·微子》："滔滔者，天下皆是也，而谁以易之？"

③乌鹊初翻：指东方欲晓之时。曹操《短歌行》："月明星稀，乌鹊南飞。绕树三匝，何枝可依？"

④牛羊欲下：指太阳落山之时。《诗经·王风·君子于役》："日之夕矣，羊牛下来。"

⑤"红树"句：指应该用诗来描写"红树青山"之景。合，应该。

【评析】

隆兴二年（1164），陆游因力主抗金，主张朝廷集权，提议剪除植党营私、图谋私利的龙大渊、曾觌等宠臣及其党羽，触怒孝宗，被贬出朝。次年七月，诗人四十岁，继远离权力中心后，又由镇江（今属江苏）通判调任后方隆兴府（治今江西南昌）通判，乘舟沿长江西上。同年秋，途经望江（今属安徽），见四野平旷，江涛浩渺，心生茫然，赋此诗。

首联由江景起兴，苍劲有力，借《史记·孔子世家》《论语·微子》典故，感叹自身际遇。孔子陷于陈、蔡，绝粮七日，面对子路"君子亦有穷乎"的疑惑，以伯夷、叔齐、比干为例，阐述君子德才与际遇的关系，希望子路能坚定对"道"的追求。此处言及"吾道非耶"，看似是诗人对自己所行之道的怀疑，实则是内心怨愤、苦闷之情的抒发。诗人反问，难道我的主张有错？竟被派遣来这旷野之地。仆仆道途，漫漫求索，一身孤孑，豺虎当道，不胜其苦。与孔子相同，虽是发问，寓于问句后的信念却坚定不移，对自己的主张、意志与行道方向，进行了更深刻的体认。"江涛"句既是实景，也暗合孔子"滔滔皆是"之慨。"鸟兽不可与同群，吾非斯人之徒与而谁与？”（《论语·微子》）天下滔滔，当世污浊，诗人虽知事在人为，犹有进取之心，却不知奔往何方，怃然长叹。此联明典、暗典交错，用典浑融，骨气劲健，坚瘦似山谷，顾佛影赞曰：“起联瘦硬，江西佳句。”（《评注剑南诗钞》）

颔联化用曹操《短歌行》和《诗经·王风·君子于役》诗句，记叙独自客游在外，朝发夜泊、晨行晚宿的艰苦行旅经历。东方未白，诗人已动身出发；日将落山，诗人方停船止宿，道出羁旅寂寞与行役之苦。炼字精当，对仗工巧。颈联寓情于景，一扬一抑间，心绪起伏变化皆蕴其中。风力转强，船帆渐鼓，破浪而行，诗人低落情绪稍稍振起，耳畔橹声悠悠，偏又夹杂着雁鸣声声，触动情思，徒添新愁，心潮倏而回落。叠用“力”“声”二字，不避重复，却增音律之美。

尾联紧扣诗题，描绘望江道中所见，以诗意之眼瞻望前路。淮南路，即淮南西路，此指望江一带。诗人不再囿于愁绪，转而赏观沿途美景，排遣忧愁。见大江两岸山峦耸翠，层林尽染，不禁赞叹望江秋日的红树青山之景别有一番韵致，正值得赋诗以记。诗人借沿途山水排解羁愁宦思，心态平和，胸襟开阔。尾联意兴上扬，语意极似元黎廷瑞“乘流遇坎姑听之，涛山雪屋方堪诗”（《乌沙夹阻风》），体现诗人在心灵困境中的突围。由茫然失路转向惬意恬然、随遇而安，自我开解，释然放怀。顾佛影评曰：“五、六又来滥调，一结入画。”（《评注剑南诗钞》）结句青山、红树撷取季节特征，青碧、深红两抹亮色，对比鲜明，如乍现天光，冲淡前三联悲凉寂寥的氛围，生动如画。

综观全诗，用典虽多，却恰到好处，无一赘笔，典中情景与所见、所闻融为一体，文辞圆融，凝练警策。前三联皆对仗，先后用了虚字对、流水对、反对兼当句对，属对工整，晓畅自然。诗押“支”韵，声律和谐，情感丰沛，意蕴深厚。

秋夜读书，每以二鼓尽为节

腐儒碌碌叹无奇①，独喜遗编不我欺②。
白发无情侵老境，青灯有味似儿时。
高梧策策传寒意③，叠鼓冬冬迫睡期④。
秋夜渐长饥作祟，一杯山药进琼糜⑤。

【注释】

① 腐儒：迂腐的儒生。此为陆游自嘲。碌碌：平庸的样子。

②“独喜”句：只欢喜古人遗编从不欺骗自己。

③ 策策：象声词，形容风吹桐叶发出的响声。

④“叠鼓”句：指更鼓冬冬催人入睡。叠鼓，即迭鼓，指轻轻击鼓，此指更鼓。冬冬，象声词，形容鼓声。

⑤ 琼糜：像琼浆一样甘美的粥。

【评析】

乾道元年（1165），四十一岁的陆游调任隆兴府通判，秋夜灯下读书，作此诗。二鼓，即二更，相当于现在夜里九时到十一时。古代夜间击鼓报更，故以鼓代称更。诗写陆游夜晚苦读场景，表现其孜孜不倦的好学精神。首联点题，自叹无用而独喜读书。诗人忙碌半生，怀才不遇，以“塞上长城”自许，不甘心做庸碌之辈，自称“腐儒”“叹无奇”，有当道不明、才不见赏的感慨。“独喜”二字，可见诗人在现实中饱受欺凌而又无可奈何，只能从“遗编”

中寻求安慰。颔联写室内夜读情景，可见其喜爱读书，初心未改，到老依旧好学不倦，“白发”对“青灯”，“无情”对“有味”，“老境”对“儿时”，相映成趣，读书有味，陶醉其中。此联平易晓畅，精练自然，“低徊无限”（顾佛影《评注剑南诗钞》），堪称情、景、味交融的妙对。清汪由敦《夜坐》诗赞曰：“忆得放翁诗句好，读书有味似儿时。”（《松泉诗集》）颈联写夜读时的室外夜景。秋夜万籁俱寂，风声与更鼓催人入睡，书兴正浓，但睡期难延，“策策”“冬冬”，叠字绘声，声声到耳，以动写静，以景传情，使人有身临其境之感。尾联写入睡前进粥食的清苦。秋夜渐长，诗人独对青灯，静心读书，一卷在手，忘时忘我，难免饥肠辘辘，将“山药”视作“琼糜”，更见其安贫乐道的性格。

陆游出身书香世家，家中藏书万卷有余。受家庭氛围熏陶，陆游一生笃志好学，嗜书如命，对书籍的喜爱程度非同一般，自称“书生习气重，见书喜欲狂”（《抄书》）。他“少年喜读书，事业期不朽。致君颇自许，书卷常在手”（《久无暇近书卷，慨然有作》），中年虽游宦在外，也依旧与书为伴，读书不倦。晚年致仕以后，诗人闲居家乡，“尽读旧藏书”（《梦归》）。从青丝到白发，陆游对书籍始终爱不释手，夜以继日，反复诵读，“饮食起居，疾痛呻吟，悲忧愤叹，未尝不与书俱”（《书巢记》）。

诗人读书治学，不择时地，不分昼夜，严寒酷暑，坚持不懈，几乎如饥似渴，手不释卷，唯恐无书可读。他经常“挑灯夜读书，油涸意未已”（《冬夜读书》），焚膏继晷，青灯黄卷，以至深夜，“夜分未灭读书灯”（《秋晚书怀》），有时甚至彻夜不眠，并见诸诗咏，如《夜分复起读书》《四月十三夜四更起读书》《冬夜读书，忽闻鸡唱》《冬夜醉解，残灯荧然，起读书，至明赋诗十韵》《五更读书示子》等诗。陆游读书态度认真，不仅口诵熟读，也常手自抄录，自称“读书不放一字过”（《寄题吴斗南玩芳亭》）。他博览群书，经史子集无所不读，常常读到忘我的境界。诗人枕藉经史，潜精积思，常能品出书中之“味”，如“暮年于书更多味”（《五更读书示子》），“老来百事废，却觉书多味”（《读书》），“读书有味身忘老”（《不寐》）。除了个人苦读外，他还常和儿孙一起读书，共享读书之乐，“读书父子共昏灯”（《乞奉祠，未报，食且不继》），勉励他们潜心学习，“勿辍读书声”（《晚秋农家八首》）。

游山西村

莫笑农家腊酒浑[①]，丰年留客足鸡豚[②]。
山重水复疑无路，柳暗花明又一村。
箫鼓追随春社近[③]，衣冠简朴古风存。
从今若许闲乘月，拄杖无时夜叩门。

【注释】

① 腊酒：腊月中酿造的酒。

② 足鸡豚：指菜肴丰盛。豚，小猪。此处指猪肉。

③ 春社：古代一般以立春后第五个戊日为春社，祭祀土地神以祈丰收。唐王维《凉州郊外游望》：“婆娑依里社，箫鼓赛田神。”宋苏轼《蝶恋花·密州上元》：“击鼓吹箫，却入农桑社。”

【评析】

乾道二年（1166），陆游因主张抗金遭当权派弹劾排挤，以“交结台谏，鼓唱是非，力说张浚用兵”（《宋史·陆游传》）罪名罢官，自隆兴通判任上还归山阴乡里，卜居镜湖三山。次年初春，赋此诗，时年四十三岁。

关于诗题，一说“山西村”为地名，当时属会稽县，在今浙江绍兴云门寺西。一说“山西村”不是地名，据陆游《游西村》《西村劳农》《西村暮归》等诗题，可证“西村”才是地名，“游山西村”意谓“西村游山”，此说亦有其依据。但诗中与“游山”相关的诗句甚少，更多的是在描绘乡村风土人情，显见诗之题旨并不在于“游山”。因此，虽然陆游有众多以“游山”和“西村”为题的诗，仍不能断定此诗所指究竟为何，故此说依旧存疑。一说“山西村”即为山西边的村庄，此为通行观点。

首联从农家留客写起，富有生活气息，朴实而亲切。“腊酒”虽浑，却是田家腊月刚酿下的黄酒，还未来得及过滤、澄清，便热情舀来待客。诗人多年沉浮官场，纵然也饮过如琥珀般剔透澄亮的佳酿，执杯却言“莫笑”酒浑，只因酒薄更衬情厚。与官场的人情浇薄相比，乡村的民风淳厚尤显难能可贵，二者形成鲜明对比，表达诗人对乡居生活的眷恋之情。“足鸡豚”照应“丰年”，因为年成好，村民准备的菜肴也足够丰盛，杀鸡宰猪、盛满腊酒款待诗人，流露农家丰衣足食的喜悦。

颔联倒叙写景，回顾来路，见出境地之幽。山峦重叠，翠微苍苍，溪水盘纡，小径蜿蜒，是典型的浙东景致。诗人穿行其间，只觉山回水转，路途难辨。正当迷惘之际，前方忽而“柳暗花明”，一瞬拨云见月，花木扶疏中农舍依稀可见，明暗烘托，层次分明，既是景色渲染，也是心理刻画，得陶渊明《桃花源记》“豁然开朗”之妙。两句为流水对，造语圆活，“山重水复”“柳暗花明”又分别为句中对，对仗工稳，语言平易自然、清丽明快，如珠走玉盘，整饬中见流动，融情入景，韵味深厚。《御选唐宋诗醇》赞曰："有如弹丸脱手，不独善写难状之景。"此联佳处，不仅在于善状难写之景，还在于"等闲言语变瑰琦"（宋戴复古《读放翁先生剑南诗草》），化平淡为清丽，毫不炫奇猎异，如信口道来，无意雕琢，富于理趣，耐人咀嚼。

不少学者指出，"山重"二句景象，早有前人描摹，如唐王维"遥爱云木秀，初疑路不同。安知清流转，偶与前山通"（《蓝田山石门精舍》），唐李商隐"花明柳暗绕天愁"（《夕阳楼》），唐耿湋"花落寻无径，鸡鸣觉近村"（《仙山行》），宋王安石"青山缭绕疑无路，忽见千帆隐映来"（《江上》），等等。这些诗句各有其妙，但境界、造语略输陆诗一筹。钱锺书评曰："要到陆游这一联才把它写得'题无剩义'。"（《宋诗选注》）至此，陆游此联集前人之大成，对意境进行开拓，将不尽之意道出，妙笔生花，韵趣俱佳。顾佛影赞曰："三、四极自然，为时传诵。"（《评注剑南诗钞》）此联已成为格言，艺术性与哲理性兼具，脍炙人口，千古传诵。

颈联由自然入人事，转写村中古朴的风俗。村人衣着简朴，犹存先民淳厚之风，与市朝浮薄侈靡之风正相反，令诗人向往。正值丰收之年，人们喜气洋洋，击鼓吹箫，祭祀土地，祈求风调雨顺，来年仍有好年景。场景历历如绘，似一幅生动的南宋乡村风俗画，古趣天然。

尾联宕开一笔，以今后乘月之约收束全诗，也与首联紧相呼应，极似孟浩然"待到重阳日，还来就菊花"（《过故人庄》）。诗人为农家生活深深吸引，愿今后闲暇之时，能再度前往，乘兴踏月而来，拄杖叩门。"无时"，即是无定时，能随时拜访，可见农家朴直忠厚，也表现陆游与农家双向的深情厚谊。"夜叩门"三字，见出诗人真正将农民视为知己好友，相交不拘礼数，颇有魏晋名士风度。

此诗前六句实写，后二句虚写，体现律诗典型的“六二”结构特色。清方东树评曰：“以游村情事作起，徐言境地之幽、风俗之美，愿为频来之约。”（《昭昧詹言》）理出全诗脉络。全诗未着一“游”字，而处处切“游”，紧扣题旨，纪游、写景、抒情结合，结构紧凑，层次分明，出语洒落，圆融浃洽。

晚　泊

半世无归似转蓬，今年作梦到巴东①。
身游万死一生地，路入千峰百嶂中。
邻舫有时来乞火②，丛祠无处不祈风③。
晚潮又泊淮南岸，落日啼鸦戍堞空④。

【注释】

①巴东：郡名，东汉末年益州牧刘璋置，包括今重庆奉节、云阳、巫山诸县。此处代指夔州。

②邻舫（fǎng）：相邻船只。乞火：借火。

③丛祠：乡野林间的神祠。祈风：船舶起航前举行仪式，敬祭神灵，祈求一路顺风。

④“落日”句：黄昏时戍楼上空无一人，只有乌鸦在上面啼叫。戍，戍楼，古代边防用以瞭望军情、防守的岗楼。堞（dié），城墙上如齿状的矮墙。

【评析】

乾道六年（1170）五月，陆游四十六岁，为王炎所召，遂动身赴夔州通判任，溯江西上，途经瓜洲（在今江苏扬州邗江区），作此诗。

首联化用李白“光景不可留，生世如转蓬”（《效古二首》其一）句，感慨身世飘零。诗人半生播迁，远离故土，年至半百，功业无成，流寓各地，恰似无根蓬草，飘转随风，东奔西走，行止无定。诗人常以蓬草自喻，如“老子痴顽惯转蓬，残年懒复问穷通”（《遣兴》），表明自己已心灰意懒，不愿苦苦奔忙、计较穷通。虽是牢骚之语，但从“惯”字也可看出其离乡背井、飘零颠沛之常态。再如“老谙世事宁多叹，身自人间一转蓬”（《南园观梅》），“故国千年鹤，征途万里蓬”（《会稽》），老来洞悉世事，更觉此身似蓬。蓬草四处漂泊，无所依傍，却生命力顽强，正是诗人真实写照。“作梦”流露此次西行入蜀的矛盾心态。诗人即便苦于游宦艰险，却仍有志报国，赋闲多年，纵然得微职似此，怎可轻言放弃？故又叹“不恨生涯似断蓬”（《武昌感事》），坦言入蜀为官，无悔无怨。

颔联承上而来，写前路诸多险阻。巴东多山，重峦叠嶂，鸟道曲折；沿江西上，必经三峡，峡深水急，礁石暗伏，道路艰险难行。前人远谪来此，都言“投荒万死”（宋黄庭坚《雨中登岳阳楼望君山二首》其一），心有余悸，堪称九死一生。但难行的又不仅仅是入蜀道路，还有诗人的未来宦途。陆游对前路忧虑重重，极言道路难行，也暗寓对未明前途之担忧。诗人“残年走巴峡，辛苦为斗米”（《投梁参政》），半百之身，为斗米微官所缚，离家远游，心境凄凉，又无可奈何。

前两联为身世之叹，后两联则转写晚泊之景。颈联入题，记叙江边夜泊所见。清吴焯曰：“二语皆晚景也。”（《批校剑南诗稿》）诗人分别撷取两个场景入诗，信手拈来，看似随意，实有深意暗蕴其中。“乞火”典出《汉书·蒯通传》，有荐贤举能之意。唐杜牧诗云：“自愧扫门士，谁为乞火人。”（《寄崔钧》）此处一语双关，渴望此去能得贵人提携，一抒己志。众多舟子在郊野丛祠“祈风”，诗人也在心中默祷，希望仕途顺遂，一路顺风。邻船借火，野庙祈风，声情转缓，写景真切，既是实景，也寄寓诗人对前途的美好祈愿。

尾联以景语作结，余味悠长。瓜洲与镇江仅隔一江相望，隆兴二年（1164），陆游通判镇江，写下“楼船夜雪瓜洲渡”（《书愤》），当时何等意气风发，壮志满怀！六年后，故地重返，夜泊江上，诗人身在羁旅，见晚潮起伏，暝色四合，鸦啼戍堞，武备松弛，一派萧瑟荒凉景象，思绪万千，心中郁闷凄苦可想而知。

清方东树评曰：“前四句情景交融。五、六晚泊之景，收亦自然。”（《昭昧詹言》）寓情于景，景中含情，收放自如。顾佛影称赞后两联：“后半写景真切。”（《评注剑南诗钞》）末句宕开写景，以景结情，自然收束，意境悠远，韵味无穷。明费经虞称赏：“放翁亦学杜学白，而尖新峭别，自成一体，有宋诗人无出其右。”（《雅伦》）认为放翁转师多家而又能自成一派，宋之一朝，无人能匹，对放翁诗给予极高评价。清陈衍分析说：“翁与石湖、诚斋，皆倦游者。而石湖但说退居之乐，陆、杨则甚言老于道途之苦。似与官职大小，亦有关系。”（《宋诗精华录》）指出陆游与范成大、杨万里皆为厌倦游宦之人，道途之中，陆、杨二人每多叹老嗟卑之语，意绪凄怆，而范成大只言退居之乐，之所以心境不同，大抵是因为现实处境不同。此说确有见地。诗押“东”韵，平仄合律，前三联对仗工切，晓畅自然，融叙事、写景、抒情于一体，情感起伏，深切感人，明显可见杜甫七律影响。

黄　州

局促常悲类楚囚①，迁流还叹学齐优②。
江声不尽英雄恨，天意无私草木秋。
万里羁愁添白发，一帆寒日过黄州。
君看赤壁终陈迹③，生子何须似仲谋④。

【注释】

① 楚囚：本指春秋时被晋国拘押的楚人钟仪。后比喻处境窘迫的人。《左传·成公九年》："晋侯观于军府，见钟仪，问之曰：'南冠而絷者谁也？'有司对曰：'郑人所献楚囚也。'"

② 齐优：齐国的女乐。此处借指取悦于人的优伶。《史记·乐书》："自仲尼不能与齐优遂容于鲁，虽退正乐以诱世，作五章以刺时，犹莫之化。"

③ 赤壁：此指黄州（治今湖北黄冈）赤壁。苏轼作《赤壁赋》，以黄州赤鼻矶为三国赤壁，陆游从其说。

④ 似仲谋：《三国志·吴书·吴主传》注引《吴历》载，曹操见吴国军伍整肃，喟然叹曰："生子当如孙仲谋，刘景升儿子若豚犬耳。"陆游反用其意，抒发怀才不遇、壮志难酬的感慨。明刊须溪本作"万户侯"。

【评析】

此诗创作年月颇有争论。一说作于淳熙五年（1178）。清人姚鼐批“局促”两句：“此是自蜀东归。时在蜀为幕僚，故有‘楚囚’之叹。召回乃以诗上闻，非欲登用，故以‘齐优’自比。”（《五七言今体诗钞》）认为放翁此诗作于东归途中。一说作于乾道六年（1170）。清高步瀛则认为：“放翁乾道六年赴夔州通判任，淳熙五年赴召东归，往还皆经黄州。然按钱晓徵《陆放翁年谱》，东归时正月五日次归州，六月十四日在江州，其过黄州当在春夏时，与诗草木秋句不合。其赴夔州时以八月十八日至黄州，《入蜀记》（卷四）曰：‘（乾道六年）八月十八日晡时至黄州，二十日晓离黄州，江平无风，挽船正自赤壁矶下过。’与诗中寒日赤壁等皆合，则姚以为东归时作非也。楚囚、齐优，特借以寓慨，不必如姚所云矣。”（《唐宋诗举要》）反驳姚鼐说法，指出诗中草木零落、一帆寒日的景象显然在秋季。若按姚鼐所言，陆游当于淳熙五年（1178）春夏间作此诗，与年谱考证的行程不符，故此诗应作于乾道六年（1170）八月，正值秋季，符合诗意。此年诗人四十六岁，西行入蜀，赴夔州通判任，八月十八日舟经黄州，作此诗抒怀。

诗人览赤壁遗迹，叹多年宦游各地，蹉跎岁月，流落飘零，而功业未就，徒添白发，过前人勋业之地，怀古更兼伤今，一时客愁羁恨涌上心头。首联以“楚囚”“齐优”自比，喻己处境困窘，“有沉郁顿挫之致”（清戴第元《唐宋诗本》）。诗人以“楚囚”之“局促”，状近年为佞臣陷害，拘谨而不得自由的遭遇。又借“齐优”典故，感叹自己四处迁调，如齐优至鲁一般，漂泊无定，“残年走巴峡，辛苦为斗米”（《投梁参政》），为微官所缚，伤情无限。或云“楚囚”“齐优”为放翁率尔成对，无需拘泥于此，亦可。

颔联“英雄恨”既指当年赤壁大战时三国人物之遗恨，也暗寓自己壮志未酬、许国成空之恨。朱东润评道：“‘江声’两句流露了岁月蹉跎、壮志未成的感慨。”（《陆游选集》）赤壁之战，孙刘联手，以少胜多、以弱胜强，功业卓著，促成三足鼎立之势。而孙吴终为西晋所灭，霸业成空，触动诗人心怀，联想今事，捐躯无地，搔首叹息。“天意”句似化用梅尧臣“天意无私任自然”（《韩钦圣问西洛牡丹之盛》）句，江声滔滔，迎今送古，催生无尽感慨。诗人惊秋气逼人，草木枯落，感天意无私，大道无情，不曾为春光停驻，也不曾为韶华留步。时序变化，自有定时，情随境转，情景相契，悲秋之情油然而生。

颈联写客途沿岸景象。秋高气肃，愈显日色清冷，衬着一帆西去，山寒水冷，惨然无光。王国维云：“一切景语皆情语也。”（《人间词话删稿》）因此，“一帆寒日”的惨淡景象，正是诗人羁旅之情、身世之悲在现实中的投射。诗人临窗而望，寒日惨惨，朔风凛厉，多年常客他乡，往来奔忙，所为何事？时光奄忽，未成功业，徒增白发。今又离乡背井，万里赴蜀，心情难以言说。

尾联反用《三国志》中典故，喟叹怀才不遇、生不逢时。明俞弁认为此联脱化自苏轼诗句，评道：“陆放翁《黄州》诗云：‘君看赤壁终陈迹，生子何须似仲谋。’赵与时《宾退录》云陆诗本晁载之《咏昭灵夫人》诗‘安用生儿作刘季，暮年无骨葬昭灵’之句。予曰：非也。东坡有‘但令有妇如康子，何须生儿似仲谋’，放翁本此。”（《山樵暇语》）此言甚确。南宋朝廷执意屈节求和、苟安一隅，纵有仲谋之雄才大略，亦无用武之地，强敌进犯时，无中流砥柱，又如何力挽狂澜？放翁作此愤激牢骚之语，看似虚无、消极，实是怀才抱器的失意之士发出的不平之鸣，言有尽而意无穷。此诗结句颇为名家所称道。清陈衍赞曰：“翻案不吃力。”（《宋诗精华录》）放翁一反前人定论，翻案巧妙，令人耳目一新。顾佛影则评：“（局促）二句费解。中四句笔力雄健，酷似老杜。凭吊作结，却翻进一层，尤觉感喟无穷。”（《评注剑南诗钞》）可见放翁学杜，颇具其神。诗人苦思恢复，多年壮志难骋，激愤之情溢于言表。结句与辛弃疾《南乡子》“生子当如孙仲谋”句殊途同归，虽对建功立业的雄心壮志进行消解，却以反说正，尤能看出其拳拳爱国之心。清陆次云指出结句为“诗眼”：“结语往往出人头地。”（《五朝诗善鸣集》）吴汝纶亦云：“收处笔意横绝。”（《唐宋诗举要》引）可见此联文简意深，挥洒自如，笔力绝高。

清方东树评曰：“此非咏黄州也，胸中无限凄凉悲感，适于黄州发之。起自咏，三四即景生感，五六写行役情景，收即黄州指点以抒悲。”（《昭昧詹言》）认为此诗诗题虽为《黄州》，其意却不在于纪行、写景，而在抒发胸中悲慨。诗人观黄州赤壁陈迹，万般感慨，一触即发，情感宣泄而出。吴闿生批于方氏后：“数语得之。不独此诗，凡古今名人之作，皆如是也。方氏乃斤斤于题中字义，不大可笑乎！”（《昭昧詹言》）认为方东树不应为文字、题目拘挛，流于琐碎，当在词句凄怆处识其真意。元罗懋《〈涧谷精选陆放翁诗集〉序》云：“放翁天才豪迈，笔势遒劲，属事比偶，不烦绳削。”（《精选陆放翁诗集》）中间两联对仗字字工切，畅达自然，可见诗人七律高超功力。诗押“尤”韵，音节顿挫，感喟深沉，肖似杜甫《秋兴》。

系舟下牢溪，游三游洞二十八韵

旧观三峡图，常谓非人情。
意疑天壤间，岂有此峥嵘[①]。
画师定戏耳，聊欲穷丹青[②]。

西游过沔鄂[3]，莽莽千里平。
昨日到峡州[4]，所见始可惊。
乃知画非妄，却恨笔未精。
及兹下牢戍，峰嶂毕自呈。
下入裂坤轴[5]，高骞插青冥[6]。
角胜多列峙，擅美有孤撑[7]。
或如釜上甑[8]，或如坐后屏。
或如倨而立，或如喜而迎。
或深如螺房[9]，或疏如窗棂[10]。
峨巍冠冕古，婀娜髻鬟倾[11]。
其间绝出者，虎搏蛟龙狞。
崩崖凛欲堕[12]，修梁架空横。
悬瀑泻无底，终古何时盈？
幽泉莫知处，但闻珩佩鸣[13]。
怪怪与奇奇，万状不可名。
久闻三游洞，疾走忘病婴[14]。
窦穴初漆黑[15]，伛偻扪壁行。
方虞触蛰蛇[16]，俯见一点明。
扶接困僮奴[17]，恍然出瓶罂[18]。
穹穹厦屋宽，滴乳成微泓。
题名欧与黄，云蒸苍藓平。[19]
穿林走惊麇[20]，拂面逢飞鼪[21]。
息倦盘石上，拾樵置茶铛[22]。
长啸答谷响，清吟和松声。
辞卑不堪刻，犹足寄友生。

【注释】

①峥嵘：形容山势高峻突兀。

②丹青：即朱砂、石青，古代绘画中常用颜料，借指绘画。

③沔鄂：即沔州、鄂州。沔州，治今湖北武汉汉阳；鄂州，治今湖北武汉武昌。

④峡州：治今湖北宜昌。

⑤坤轴：古人想象中的地轴。

⑥青冥：青苍幽远，指青天。

⑦孤撑：独自撑住。

⑧釜：古炊器，敛口，圆底，或有二耳，置于灶口，上置甑以蒸煮。甑（zèng）：古炊器，底部有透气小孔，置于鬲上蒸煮食物。

⑨螺房：以房屋比喻螺壳之大。

⑩棂（líng）：指窗上的格子。

⑪髻鬟（jìhuán）：环形发髻。

⑫凛：害怕，畏惧。

⑬珩（héng）佩：杂佩，各种不同的佩玉。珩，佩玉上面的横玉，形似磬而小，或上有折角，用于璧环之上。

⑭病婴：久病缠身不愈。婴，缠绕。

⑮窦穴：孔穴，洞。

⑯虞：忧虑，忧患。

⑰僮奴：书童。

⑱瓶罂（yīng）：泛指小口大腹的陶瓷容器。

⑲"穹穹"四句：《入蜀记》载，三游洞中年深日久，钟乳石垂向地面，宛如石柱，上刻黄庭坚等人名，一旁石壁上刻欧阳修等人名，缺字、磨损较严重。穹穹，高大的样子。泓，形容水深而广。云蒸，水气

升腾。

⑳ 麋（mí）：一种鹿科动物，角似鹿，尾似驴，蹄似牛，面似马，亦称“四不像”。

㉑ 鼪（shēng）：鼪鼠，俗称黄鼠狼。

㉒ 茶铛（chēng）：煎茶用的釜。

【评析】

乾道六年（1170）十月，诗人四十六岁，赴夔州通判任，行经峡州（治今湖北宜昌），解船过下牢关，作此诗纪游。下牢溪，传说大禹之父鲧为惩治孽龙，将其锁于溪底，因是得名。欧阳修诗：“入峡江渐曲，转滩山更多。”（《下牢津》）所言之地，即在此处。三游洞，因唐时白居易、白行简、元稹三人同游此地，故称“三游”，宋时“三苏”慕唐贤遗风同游于此，又有“后三游”之说。

诗为五言古体，共五十六句，“庚”“青”二韵邻韵通押，大体以六句为一段落。首六句欲扬先抑，怀疑“三峡图”为画师杜撰，天地之间并无此等峥嵘景象，凸显其奇伟宏丽为想象所不能企及。“西游”六句写亲到峡州后，游目四骋，一睹山川风光，反觉“三峡图”笔力未精，自然造化之工，令人惊叹不已，为凡匠笔力所不能图画。一抑一扬，翻新出奇，构思奇特。“及兹”六句总写下牢溪边山高谷深的特点。峰峦耸峙，高插入云，裂谷下切，几探地轴。语言极尽夸张，突出峡州山峰峻峭挺拔的磅礴气势。紧接六句“或如”句式，一句一喻，连用六种比喻铺排山势，刻镂山形，用笔铺张，想象奇崛，尽力雕绘，与韩愈《南山》诗连用数十“或”字句式各擅胜场。自创“螺房”一词，“螺”状其幽深崎岖貌，“房”绘其恢宏雄伟态，新颖精巧，形象生动。

“峨巍”六句再次以奇譬妙喻摹写山峰形态，穿插对“绝出者”描写，危崖欲坠，飞梁纵横，凸显奇丽惊险特征，与前文关合，神完气足。“悬瀑”六句转而写水，俯而观之，则瀑布、幽泉尽伏眼底。“泻无底”“珩佩鸣”等视、听结合，以水势之险，烘托山势高危，也从水声泠泠，见出环境幽美。移步换景，别开胜境。“久闻”六句由外而内，写初入三游洞之艰难，承上启下，蓄起文势。“扶接”八句写洞内景色，诗人历经艰险却不减游兴。不直言自己行路艰难，而用童仆扶持侧面反映道路崎岖难行，婉曲有致。由“一点明”至“出瓶罂”，从逼仄狭窄到恍然而出，可知陶渊明《桃花源记》“豁然开朗”之语不虚。洞内宽如广厦，有泉水倾泻而出，水色乳白，颇为奇异。诗人见石壁上前人题刻遗迹，似寓感慨，却不尽言。末六句收束全诗，写兴尽之余煮茶、长啸、作诗，可与诗人同时所赋诗句“苔径芒鞋滑不妨，潭边聊得据胡床。岩空倒看峰峦影，涧远中含药草香。汲取满瓶牛乳白，分流触石佩声长。囊中日铸传天下，不是名泉不合尝”（《三游洞前岩下小潭水甚奇，取以煎茶》）相参看。陆游取潭水煮水煎茶，野趣横生，题此诗于潭旁岩壁，文人之雅与山水之胜相辉映。后人见题壁，遂将此无名山泉称为“陆游泉”。

《御选唐宋诗醇》评此诗曰：“语奇句老，颇近昌黎，视《南山》盖具体而微尔。”此诗与韩愈诗风近似，格不类诗，如押韵之文，造语生僻，句断意连，鲜明可见韩愈“以文为诗”的诗歌创作主张对其影响。诗歌叙游如画如记，按游览顺序娓娓道来，以散文章法结构全篇，对所见所闻详细记叙，给人身临其境之感。因此，清吴焯指出此诗应“作记看”（《批校剑南诗稿》）。全诗气象雄浑，构思巧妙，结构严谨，险处见奇，工中见巧，极富变化。鸟瞰、眺望、环视、远看、近瞩相结合，视角不一，写景状物，历历如绘。结处寓洒脱悠然于浑劲质朴，确有昌黎之风。

瞿唐行

四月欲尽五月来，峡中水涨何雄哉！
浪花高飞暑路雪①，滩石怒转晴天雷②。
千艘万舸不敢过，篙工柂师心胆破③。
人人阴拱待势衰④，谁敢轻行犯奇祸。
一朝时去不自由⑤，山腹空有沙痕留。
君不见陆子岁暮来夔州，瞿唐峡水平如油。

【注释】

① 暑路雪：像酷暑日路上有飞雪。

② “滩石”句：意谓水击滩石响声如雷，好比晴天雷鸣。

③ 篙（gāo）工、柂（duò）师：均指船工。柂，同“舵”。篙工柂师，明刊须溪本作“篙师柂工”。

④ “人人”句：人人私下里都拱手默祷，等待水势减缓。

⑤ 时去：指过了涨水季节。

【评析】

乾道六年（1170）五月，陆游四十六岁，离开山阴赴夔州通判任，此诗十月作于夔州。瞿唐，峡名，长江三峡之首，为西蜀门户，亦作“瞿塘”“瞿塘峡”，在今重庆奉节东。“行”，明刊须溪本作“歌”，皆表示体裁为歌行体。

全诗四句一换韵，可分三段。前四句用“灰”韵，写传闻中水急滩险之景。春夏之交，峡中水涨，江流湍急，声势浩荡。“何雄哉”作惊叹语，可见诗人早闻奇景，心向往之。“浪花”二句承上而来，对仗工稳。“高飞”突显地势跌宕，江涛拍岸，水流峻激，浪花飞溅犹如堆雪，景似柳永“怒涛卷霜雪”（《望海潮》）。“怒转”见出峡中险滩之多、浪涛威势之大，水击巉岩，空谷回响，滩声雄浑如同转雷。“暑路雪”“晴天雷”形容此景鲜见，不同寻常，令人惊异。

“千艘”四句换用“个”韵，侧面烘托瞿塘之险。瞿塘天险，自古难渡。李白《荆州歌》云：“白帝城边足风波，瞿塘五月谁敢过？”又有刘禹锡《竹枝词》：“瞿塘嘈嘈十二滩，此中道路古来难。”黄庭坚九死投荒，遍历艰险，竟也为“生入瞿塘滟滪关”（《雨中登岳阳楼望君山二首》其一）而深感庆幸。人力在自然面前何等渺小！千艘万舸，一字排开，踯躅不前，等待水势渐衰。面对险滩激流，就连经验老到、久经风浪的篙工、梢师也为之惶然失色、束手无策，徒自叹息。天威如许，令人魄动魂惊。一时间，人人自危，不敢轻行，生怕自蹈奇祸。“阴拱”状舟子、行人暗自祷告之态，“谁敢”与上文“不敢过”相承相接，互为照应，屡作强调，反复咏叹，将瞿塘之难行写至极处。

末四句换用“尤”韵，由虚想之景转入现实之景。“时去”意谓时令更易，“不自由”指降雨减少，江水回落，不复此前雄伟壮观，无法滥施其威，肆意兴起风浪。秋冬之际，风平浪静，瞿塘水势渐趋平缓，唯有山腰“沙痕”昭示当初险急。末句“君不见”为呼告语，用反问语气增强语势，醒人耳目，写岁暮过峡，江水波纹不起，油光可鉴，与传闻中全然不同。可见瞿塘景色因四季更迭而变化，多态多姿，各具特色，趣味良多。

如今诗人溯流而上，初至瞿塘，水平如油，却以如椽巨笔生动描摹仲夏景象，险象环生，历历如见，极富想象力；九年后，诗人东归，顺流而下，再经瞿塘，正值汛期，终于得见传闻之景，当时却不曾摹状此景，道出此身经历，只言“雷动江边鼓吹雄”（《初发夷陵》），以“百滩过尽”一笔带过，可见亲履奇险，心有余悸。两过此地，所见、所感各不相同，自当识得瞿塘真面目。

综观全诗，前八句为虚景，后二句为实景，虚实相间，虽是虚景，尤显生动、真实，以虚带实，构思巧妙。“浪花”二句历来为人称赏。清方东树评曰：“‘浪花’二句似杜。”（《昭昧詹言》）认为“浪花”二句雄浑奔放，对仗严谨，声律协美，颇有老杜之风。吴闿生赞：“尚有奇气。”（《昭昧詹言》引）放翁设喻新颖，摹写灵动，开阖纵横，字里行间奇气横溢。清吴焯大为赞叹：“人人有此恨，人人有此险，只写不到，正坐着力。”（《批校剑南诗稿》）有历瞿塘之险而不能尽言者，放翁代其言说，即便全诗以虚想为主，仍不显艰涩生疏，写人写景，摹画传神，既有正面描写，又有侧面烘托，笔法多变，熨帖自然。诗皆在紧要处用力，张弛有度，象外传神，故清范大士赞曰：“起落有势，险俱在毫端。”（《历代诗发》）诗为七言歌行体，间杂十言，平声韵、仄声韵交替，气象宏阔而不失和缓，放情长歌，驰骋千里，节奏明快，音节铿锵。

哀郢二首

其　一

远接商周祚最长①，北盟齐晋势争强②。

章华歌舞终萧瑟③，云梦风烟旧莽苍④。
草合故宫惟雁起，盗穿荒冢有狐藏。
离骚未尽灵均恨⑤，志士千秋泪满裳。

其　二

荆州十月早梅春，徂岁真同下阪轮⑥。
天地何心穷壮士⑦，江湖从古著羁臣⑧。
淋漓痛饮长亭暮，慷慨悲歌白发新。
欲吊章华无处问，废城霜露湿荆榛⑨。

【注释】

①“远接”句：相传楚国祖先为颛顼帝高阳，殷商时期高阳氏后裔彭祖氏为侯伯。西周时，熊绎受封于周成王，为楚国始封君。故谓楚国历史远接商、周，国统最为久长。祚（zuò），原指君位，引申为王朝延续的时间。

②“北盟”句：楚国国势鼎盛之时，为谋霸业，曾与北边齐国、晋国结盟，与强秦抗衡。

③章华：即章华台，又名章华宫，春秋时楚灵王所筑，遗址在今湖北潜江。

④云梦：古代楚国大泽名。莽苍：苍茫广大貌。

⑤离骚：屈原诗作。灵均：屈原的字。《离骚》云：“名余曰正则兮，字余曰灵均。”

⑥徂（cú）岁：过去的岁月。下阪轮：下坡的车轮，喻光阴疾逝。阪，山坡，同“坂”。白居易《春游》：“我今六十五，走若下坂轮。”苏轼《次韵田国博部夫南京见寄二绝》其一：“岁月翩翩下坂轮。”

⑦穷壮士：使壮士处于穷途困境。赵晔《吴越春秋·王僚使公子光

传第三》："伍员与胜奔吴。……至江，江中有渔父乘船从下方溯水而上。……子胥既渡，渔父乃视之有其饥色。乃谓曰：'子俟我此树下，为子取饷。'渔父去后，子胥疑之，乃潜身于深苇之中。有顷，父来，持麦饭、鲍鱼羹、盎浆，求之树下，不见，因歌而呼之曰：'芦中人，芦中人，岂非穷士乎？'"

⑧ 羁臣：指遭流放驱逐，被迫客寓异乡、漂泊颠沛的忠臣节士。《左传·昭公七年》："君之羁臣，苟得容以逃死，何位之敢择？"

⑨ 废城：指郢城旧址已成废墟。荆榛：泛指丛生灌木，此处代指荒芜原野。

【评析】

郢，即郢都，战国时期楚国都城，旧址在今湖北江陵。《哀郢》，为《九章》中篇名。屈原将自己流放陵阳时所见、所闻、所感以诗歌形式呈现，哀悼郢都陷落、怀王受辱、百姓离散，表达对故国的怀恋与思念。明末清初蒋之翘评《哀郢》篇"于《九章》中最为凄凉，读之实一字一泪也"（《楚辞韵解》引）。屈原目睹国难时的荒乱景象，以沉痛笔触追叙九年前楚国东迁之事，语深意重，情感极悲苦哀切。乾道六年（1170），陆游四十六岁，将赴官夔州，溯江西上，九月过荆州，借《哀郢》为题，抒发凭吊楚国旧都时的怀古伤情。

第一首首联回顾楚国悠久历史。楚人立国之初，"筚路蓝缕，以启山林"（《左传·宣公十二年》），经数百年发展，幅员广阔，兵强马壮，国力鼎盛，可与齐、晋合盟对抗强秦。颔联承上而来，写楚国由盛转衰，楚都为秦军攻破，最终灭亡。一千五百年来，世事变迁，风雨沧桑，楚国旧时层楼叠榭、琼楼玉宇夷为荒野，疮痍满目。管弦静默，笙歌零落，空留荒烟衰草，乱鸦斜日，繁华过去，已非畴昔。“云梦”句由怀古转为叹今。云梦不改，风烟如旧，但历史却风云变幻、物是人非。诗人以自然之永恒反衬人事代谢无常，云梦风烟亘古不变，更显章华歌舞短如昙花一现。

颈联落笔现实，继续铺写郢都萧瑟之景。楚国昔日荣光掩入荒草黄土，故宫冷清，成为雁群栖身之所，坟茔无人祭扫，盗墓猖獗，白骨曝野，曾经人烟辐辏的万落千村变作狐兔盘踞横行之地，凄凉败落，诗意颇近“虎狼秦国破，狐兔汉陵空”（唐司空图《秦关》）。尾联指出，楚国衰亡的原因可于《离骚》中寻觅。奸佞嫉贤妒能，结党营私，祸乱朝政；君王不辨忠奸，偏听偏信，导致国势渐衰，坐失江山。诗人追昔叹今，心潮起伏，对屈原遭谗被疏、忠不见用的遭遇愤慨难平。联想今事，不禁泪下沾襟，抒发怜才共命之悲叹。

第二首伤古悼今，颇为评家所称道，顾佛影赞曰：“二诗皆雄阔，而次首为佳。”（《评注剑南诗钞》）首联写荆州早梅初绽，异于寻常。常言道“十月小阳春”，诗人或许是首次见早冬十月开放的梅花，有所触动，由山地气候滋生出的独特花事景观，联想至岁月流逝之速，生发年光飞驰之慨。颔联化用《吴越春秋·王僚使公子光传第三》及《左传·昭公七年》典故，语带愤激，质天问地。天地居心何在？天行有常，可谓荒谬！纵观古今，竟总迫使忠诚节烈之士走向穷途末路。而江湖之上，总有丹心赤胆却遭贬受逐的臣子去国离乡，浮家泛宅，流寓各地。古今皆如此，堪叹“时也命也”，令人徒唤奈何。诗人将无限感慨尽诉诸此联，此处虽为屈原的含冤受屈抱不平，又不单指屈原一人，实对古今受诬被逐贤士羁臣皆寄寓无限同情，也包蕴个人家国之恨与身世之感。放翁用典使事出神入化，浑然无迹。顾佛影颇为称赏：“三、四用事入化，不露痕迹，咏史良法也。”（《评注剑南诗钞》）认为此为咏史良法，甚得春秋笔法之精髓。

颈联写借酒浇愁，排遣怨愤。屈子何辜，竟屡遭流放，最终以身殉节，葬身鱼腹。诗人抚今追昔，郁郁不乐，唯有淋漓痛饮、慷慨悲歌以慰伤情。念及自身，年过半百，却功业未立，窥镜自视，白发又生，怎不令人叹惋？尾联用废城荒景进行收束。“欲吊”句照应题旨“哀郢”，再度提及楚国离宫章华台无处寻觅，在世事变迁中化为陈迹，一唱三叹，极具感染力。“废城”句勾勒出郢都如今荆榛遍野、霜露侵人的惨淡之景，以景结情，余味悠长。

陆游有多篇诗作都以凭吊屈原为主题。此时他溯流而上，前往任所，过楚都及屈原祠，写有此诗与《泛溪船至巴东》等诗作，新愁旧愁，随猿啼鸟鸣，相伴相叠而生。九年后，诗人奉召东归，又经楚城、屈乡，赋《归州重五》《屈平庙》《楚城》等诗。其中《楚城》诗云：“江上荒城猿鸟悲，隔江便是屈原祠。一千五百年间事，只有滩声似旧时。”造语平易自然，不事雕琢，却包蕴无穷，含蓄蕴藉，堪称妙手偶得之作。诗人在数次对屈原的凭吊、缅怀中，也寄托对南宋朝廷屈节苟安行径的贬斥，以及自己济世有策而报国无门的感慨。直至嘉定元年（1208），陆游八十四岁，仍念念不忘“歌招屈子魂”（《梦中江行，过乡豪家，赋诗二首，既觉，犹历历能记也》其二），对屈原的崇慕之心与追思之意昭然可见。宋杨万里在《跋陆务观〈剑南诗稿〉》中说陆游诗“重寻子美行程旧，尽拾灵均怨句新”，此言甚确。放翁丹心一片，每饭思君，忧时忧国，以恢复旧疆、驱除胡虏为平生志，当为屈子异代知音。

风雨中望峡口诸山，奇甚，戏作短歌

白盐赤甲天下雄①，拔地突兀摩苍穹②。
凛然猛士抚长剑，空有豪健无雍容③。
不令气象少渟滀④，常恨天地无全功⑤。
今朝忽悟始叹息，妙处元在烟雨中。
太阴杀气横惨澹⑥，元化变态含空蒙⑦。
正如奇材遇事见，平日乃与常人同。
安得朱楼高百尺，看此疾雨吹横风。

【注释】

① 白盐：白盐山，在夔州府城东十七里，色如白盐。南宋张珖曾于其上写“白盐赤甲”四大字。赤甲：赤甲山，在夔州府城东十五里，土石皆赤，如人袒衣露臂。

② 突兀：高耸突出。

③ 健：明刊须溪本作“气”。

④ 少：明刊须溪本作“久”。渟滀（tíngxù）：凝聚，停留。渟、滀，均指水积聚、停留。

⑤ 全功：泽被万物。

⑥ 太阴：指冬天。冬天阴气极盛，故太阴主冬。

⑦ 元化：造化。

【评析】

峡口，指瞿塘峡口，瞿塘峡西起夔州，东至巫山（今重庆巫山县境内），长约二十里，为长江三峡之一。两岸断崖壁立，雄伟险峻，西入口处，白盐山与赤甲山隔江对峙，天开一线，峡张一门，故称夔门，即诗中所言“峡口”。乾道七年（1171），陆游四十七岁，时在夔州通判任，兼任州考监试官，风雨中瞭望峡口，触景兴怀，感触万端，作此诗。诗为歌行体，歌行本有长短之分，因此诗句少，故称“短歌”。明刊须溪本无“戏作短歌”四字。

全诗可分两段，前六句为第一段，后八句为第二段。前段欲抑先扬。首二句状瞿塘峡口险峻之景，破空而来，赞美白盐、赤甲二山之雄奇壮观，突兀挺拔，刺入云霄，似有拔地摩天之势，足以睥睨天下群山。所写山势，可与《入蜀记》“入瞿唐峡。两壁对耸，上入霄汉，其平如削成，仰视天如匹练”相参看。“凛然”二句，借人写山，将二山比作凛然抚剑、按剑待发的猛士，想象奇特。随后忽作转折，遗憾峡口诸山“豪健”有余，而“雍容”不足，空有高俊雄伟之外表，过于凌肃刚正，缺少雍容气度与悠长韵味。由于白盐、赤甲二山岩壁陡峭，土石裸露，不生树木，略显荒芜苍凉，故诗人有此说。一扬一抑间，文势跌宕起伏。“不令”二句借题发挥，感慨造物主未能完满功业，泽被万物。水止为渟，水聚为滀，此处指上天没有让含蓄蕴藉之气象在二山稍稍积聚，故二山难臻完美之境，终有缺憾。二山虽雄，奈何世上终无十全十美之造物，诗人为白盐、赤甲二山的美中不足而深致惋惜。既用“常恨”二字，说明诗人之“恨”并不由此一事而发，由二山壮伟之景，联想及世事大多难全，如同白璧微瑕、明镜有缺，不能全美于一物，随感而发，语含深意。

前段写往时晴日所见二山，为虚写，后段语又一转，落入实处。“今朝”六句回到现实，由抑而扬，描摹今日风雨中所见诸山景象。诗人原以为峡口之景略存缺陷，怎料烟雨忽来，似神来之笔，竟将造物之缺补足。一场迷蒙烟雨，柔和了二山刀削斧凿般刚硬的轮廓，顿生朦胧、涵浑之美，山色空灵，妙不可言，颇近苏轼诗句“水光潋滟晴方好，山色空蒙雨亦奇”（《饮湖上初晴后雨二首》其二）。秋季“杀气浸盛，阳气日衰”（《礼记·月令》），及至冬日，太阴主冬，阴气极盛，在一片草木凋零的惨淡景象中，白盐似雪，赤甲如血，愈发肃杀。冬日之景本就惨淡，而在一片萧肃中，忽飘来一带烟雨，巍峨群山被云雾所遮，生出似有若无的朦胧之美，如淡墨渍染，勾勒出雨中虚境，天地浑然，令人遐想无限。水雾氤氲，翠霭凝碧，亦虚亦实，浓淡有致，正如雾里看花，有无之中，美感顿生，二山如丹青水墨，人似置身画图。陆游忽悟得峡口诸山妙处。晴日观之，二山俱是童土，植被稀少，缺乏郁郁生机，而烟雨则增添苍郁，营造了依稀飘忽的距离感，为点睛之笔。诗人遂借这场绝妙烟雨，抒发“奇材遇事见”之理。峡口诸山好似怀才抱器之人，平日不显，与人无异，遇事方明。国家危难之际，此类异才便脱颖而出，扶危济困，砥柱中流，为国排忧解难、力挽狂澜。陆游此时正于夔州试院兼任监试官，恰逢科举选拔人才之际，或有感而发，寄寓自己报国之志，也似召唤此类奇才俊杰，收复失地。

末二句即景抒怀，化用宋曾巩“朱楼四面钩疏箔，卧看千山急雨来”（《西楼》）句，想象更登百尺高楼之上，看风雨横吹的壮美景象。朱楼百尺，雄踞江边，诗人登临俯视群山秀水，挑起珠帘，静观疾风骤雨。气度非凡，动中寓静，以静衬动，疏放有致。诗人胸襟阔大，豪情万丈，一吐局促、郁闷之气，流露出报国尽忠的雄心壮志。

全诗“东”“冬”韵邻韵通押，文势起伏多变，虚实结合，妙句迭出，跌宕莫测。清范大士评此诗：“先抑后扬，方见烟雨之妙。从来诗文俱无直说平说者，于此可以憬然也。”（《历代诗发》）他指出，正是先抑后扬之笔法，才显出烟山云雾之妙处。由此诗运笔命意，延伸至诗文章法，作诗为文，贵在不可捉摸，当造意曲折，宛转而出，宜一顿一挫，忌平直浅显。《御选唐宋诗醇》赞曰："奇思横出，杰语迭见。"此诗情、景浑融，气势雄壮，而不失灵动，层层递进，极富层次美，寓意深刻，理趣横生。

岳池农家

春深农家耕未足，原头叱叱两黄犊①。
泥融无块水初浑，雨细有痕秧正绿。
绿秧分时风日美②，时平未有差科起③。
买花西舍喜成婚，持酒东邻贺生子。
谁言农家不入时④，小姑画得城中眉。
一双素手无人识，空村相唤看缫丝⑤。
农家农家乐复乐，不比市朝争夺恶⑥。
宦游所得真几何，我已三年废东作⑦。

【注释】

① 叱（chì）叱：赶牛声。

② 绿秧分时：秧苗插种时节。

③ 差科：官府对农户所征的劳役和赋税。

④"谁言"句：谁说农家儿女装扮不合乎时尚。

⑤ 缫（sāo）丝：把蚕丝浸在热水里抽丝。

⑥ 市朝：公众聚集之地。此处指官场。

⑦ 东作：指春季农事。方位"东"对应四季"春"。

【评析】

乾道八年（1172）春，四川宣抚使王炎辟陆游为四川宣抚使司干办公事兼检法官，襄理政务。诗人时年四十八岁，从夔州赴南郑前线，途经岳池（今属四川），有感而作。

诗可分为三段，第一段为首六句，第二段为“买花”六句，第三段为末四句。首六句以诗为画，描绘春日田园风光。春满四野，生机勃勃，农民忙于春耕抢种，劳作田间，高声吆喝，驱使牛犊犁田。“叱叱”模拟农夫赶牛之声，勾勒农家勤恳耕耘的画面，行文生动，写景逼真，令人如临其境，意趣盎然。“泥融”二句，对仗工整，节奏鲜明，摹景状物细致生动。细雨蒙蒙，滋润田野，更显秧苗青绿；农家往来田垄，奔忙雨中，随着精耕细犁，水色变浑，泥融土湿，一派欣欣向荣的春景，笔底春光骀荡，有“泥融飞燕子，沙暖睡鸳鸯”（唐杜甫《绝句二首》其一）风味。绿秧满田，风和日美，恰逢时世承平、差科未起的嘉年好景，战乱遥远，轻徭薄赋，农家可以依靠勤劳双手创造丰衣足食的美好生活。“绿”字色彩鲜亮，渲染春日万物更新、绿意盎然的氛围。

“买花”六句记叙农家日常生活。“买花”句与“持酒”句对仗，体现农家婚嫁习俗，充满生活气息，好似乡村风情画卷。西舍喜庆新婚，村民买花祝福；东家喜得麟儿，邻人持酒来贺。体现农民忠厚善良、待人以诚，邻里之间情谊真挚，关系融洽，生活和谐。诗句看似朴实无华，喜庆气氛一览无余，实有亲切动人之情致。“谁言”二句化自唐朱庆馀《近试上张水部》“画眉深浅入时无”句，写农家少女依照城市中流行的眉形细细描画，作时兴打扮，俏丽可爱。清陈衍称赞“小姑”句“隽炼”（《石遗室诗话》），选择巧手描眉的农家少女作为热爱生活的村民的缩影，文句凝练，意味深长。宋刘克庄尤爱此句，赞曰："世称朱庆馀'妆罢低声问夫婿，画眉深浅入时无'之句，却不入选，岂嫌其自鬻耶？放翁云：'谁言农家不入时，小姑画得城中眉。'比庆馀尤工。"（《后村诗话·后集》）认为放翁此句有出蓝之妙。诗人反问"谁言农家不入时"，表达对农家纯朴美丽少女的欣赏之情，与"莫笑农家腊酒浑"（《游山西村》）异曲同工。少女外秀内慧，素手缫丝，技艺纯熟，引得村人争相观看，惊叹声声，侧面烘托其心灵手巧。"空村相唤"不仅见出少女技艺高超，也从侧面体现出农家人情之美，热情爽朗，空巷来观，兴尽方散。一句一景，几幅独立图景由诗人的内在情感相贯相连，构成统一意境。

末四句抒发感慨。"农家"句语言通俗，节奏明快，反复咏叹"农家"一词，极具感染力，可见感情充沛。陆游在夔州通判任时，主管学事，也兼管农事，他重视农业生产，贴近农民生活。诗人自言"少小遇丧乱，妄意忧元元"（《感兴二首》其一），常怀忧民之心，与农民的感情深厚。"乐复乐"连用两"乐"字，诗人对乡村生活的热爱漫溢而出，"争夺恶"的"恶"字，流露出对官场浇薄的厌恶，读来琅琅上口，具有音韵美。诗人将质朴淳厚的"农家"与争名逐利的"市朝"相比，对比鲜明，表达对农家淳朴民风的向往与眷恋。"宦游"句意趣陡然逆转，不显突兀，反觉词通意畅、顺理成章。以农家欢乐反衬市朝黑暗，透出对乡村生活的恋恋不舍。写数年来游宦各地，一无所得，郁郁于中，不如躬耕于野，退归田园。

顾佛影评曰："此白体之佳者。拙而不俚，音节入古。结四句终浅俗。"（《评注剑南诗钞》）认为此诗风格与白居易相近，浅切清雅，直白易懂，为白体佳作，又指出结四句过于浅俗，不够雅致。但正是通俗如民歌，诗人寓于诗中的爱恨才分明可见，亦有俗趣。正如南宋张戒所云：“世徒见子美诗多粗俗，不知粗俗语在诗句中最难，非粗俗，乃高古之极也。”（《岁寒堂诗话》）叹世人不识诗中俗语妙处。“农家”四句本自胸臆流出，不事雕琢，免于精致圆熟。直拙朴野之语，尤显质朴率真，臻于返璞归真境界，此谓“大巧谢雕琢”（《夜坐示桑甥十韵》）。

山水与田园，是士人永恒的精神家园。陆游极言农家之乐，是在看透官场的世态炎凉后，为自己寻找可以栖身的梦中桃源。清梁清远盛赞：“陆放翁诗，山居景况，一一写尽，可为山林史。但时有抑郁不平之气，及浮夸自侈之谈。去此，便与陶渊明何殊？”（《雕丘杂录》）该诗描摹风物，笔触细腻，歌颂乡村之美，感叹“宦游”之苦，音调和谐，结构谨严。几乎不用典故，纯粹白描，叙事简直，平易流畅，末四句颇近讴谣，声情相契，读来令人神往。

蟠龙瀑布

远望纷珠缨①，近观转雷霆。
人言水出奇，意使行人惊。
人惊我何得，定非水之情。
水亦有何情，因物以赋形②。
处高势趋下，岂乐与石争。
退之亦隘人③，强言不平鸣④。
古来贤达士⑤，初亦愿躬耕⑥。
意气或感激⑦，邂逅成功名⑧。

【注释】

① 珠缨：珠串的缨络。这里指晶莹剔透的成串水珠。

② “因物”句：指水因地势不同而改变形态。典出苏轼《自评文》：“吾文如万斛泉源，不择地皆可出。……及其与山石曲折，随物赋形，而不可知也。”

③ 退之：韩愈，字退之。隘人：胸襟不开阔的人。

④ 不平鸣：对不公之事表示愤慨。语出韩愈《送孟东野序》：“大凡物不得其平则鸣。”

⑤ 贤达士：贤能通达之人。此处特指诸葛亮。

⑥ 躬耕：亲自耕种，引申为过隐居生活。诸葛亮《出师表》：“臣本布衣，躬耕于南阳，苟全性命于乱世，不求闻达于诸侯。”

⑦ 感激：感奋激发。

⑧ 邂逅：不期而遇。

【评析】

蟠龙瀑布，在梁山（今属四川）东二十里蟠龙山，山下有二洞，洞中有龙状二石，首尾相蟠，名“蟠龙洞”，瀑布发源于此，故名“蟠龙”。乾道八年（1172）春，陆游四十八岁，被四川宣抚使王炎聘为幕僚，遂离夔州取道梁山前往，此诗作于赴任南郑路上。宋人作诗注重理趣，好“以文字为诗，以才学为诗，以议论为诗”（严羽《沧浪诗话·诗辨》），借物以言事辨理，本诗即为典型。

首二句分别从远、近两重视角描写蟠龙瀑布形态。先写远观瀑布水势浩大，如珠飞玉溅，蔚为壮观；又由远及近，由视觉到听觉，以雷霆为喻，极言瀑布声音气势，简要凝练，为下文说理作铺垫。“人言”四句，转为议论，阐明自己与其他旁观者不一致的观点。有随行人观之颇为惊奇，认为瀑布蜿蜒数里，从天而降，声如雷鸣，是意图让行人感到惊叹。而诗人却不赞同，认为瀑布跌落山岩，一泻千里，并非出自本意，而是机缘巧合。随后有条不紊地对旁人观点进行反驳。“水亦”四句接续上文，层层深入，论证、说明此前提出的观点。陆游指出，水并没有自己的主观意志，只是“因物赋形”，流经不同地形、不同物体而随之变化成不同形态。水居于高处则必然倾泻而下，处高趋下本为常理。老子云：“上善若水，水善利万物而不争，处众人之所恶。”（《道德经·道经》）水本无形，又怎么会与岩石争强斗胜？有学者认为此处“石”谐音“世”，“与石争”即是“与世争”，暗寓诗人愿“与世无争”之心迹。但诗人正逢进取之时，此说显得牵强。

随后“退之”二句，表达对韩愈“不平则鸣”观点的质疑。“古来”四句立证古来贤人功成名就本是不期而然之事。诗人认为韩愈此说过于狭隘，实属牵强附会。古之贤士，如诸葛亮，当年躬耕南阳，安于一隅，淡泊明志，若无刘备慧眼识珠“三顾茅庐”，感奋其意气，激发其斗志，怎能一朝成就功名？舜发于畎亩，傅说举于版筑，胶鬲举于鱼盐，便是恰逢机缘触发，才能顺势而起，正如水因物而赋形一样。是以诗人鉴古知今，结合自身际遇，认识到贤能之士若无外界机缘触发，就会如平湖古井，无波无澜，乐于淡泊。一旦机缘不期而至，便御风乘云，化龙而去。遂得出结论，人与因地势跌宕而泻下的瀑布一样，都是因缘际会，方成全一番造化。

朱东润指出：“此诗先说瀑布，随即指出水落石上，声若雷霆，实际没有什么不平之鸣。最后四句透出自己志在躬耕，但是因为意气激动，可能不期而遇地功成名就。作者坦率地提出自己赴南郑前线的心理状态。”（《陆游选集》）此言甚是。陆游此时正踌躇满志，受王炎所召前往南郑，奔赴抗金前线，这是诗人梦寐以求的从戎报国机会。故而游赏山水之时，随着心境融于景物，境由心转，景随情易，慨叹世事出于自身际遇，蟠龙瀑布成为诗人思想的依托物与情感的承载体。诗人正逢顺境，此去南郑，或可施展抱负，有一番作为。因此，见瀑布随地势流泻，跌落崖壁，从而审视自身，抒情言志，表明自己当顺势而为、因势利导，希望能像诸葛亮那样受明主器重，成就功名。

清陈衍评曰："言凡物之出色，皆遭遇而已。此正告怀才不遇者，内重自然外轻也。"（《宋诗精华录》）认为诗人希望通过流水的譬喻，点醒怀才不遇者，无须感叹有志无时，也不必为博取功名而苦苦钻营，应不假外求，轻外物而重内心，摒除外界物欲诱惑，注重保持内心安足、清静。修身应当先修心，不汲汲于外物，得之坦然，失之淡然，在内心与外欲中保持平衡，才能打破外在的藩篱，颇近道家"顺其自然"观念。

综观全诗，诗人由"蟠龙"自然而然联想到"卧龙"，再由诸葛亮事迹生发议论，虽言顺其自然，也表明机遇的重要性。纵湖水满陂，未有跌落之地势，又如何能成就蟠龙瀑布素流直泻、喧声如雷之景？又从何得来"天下瀑布第一"（宋范成大语）之名？正如宋寇准所言："碧落秋方静，腾空力尚微。清风如可托，终共白云飞。"（《纸鸢》）纸鸢若无清风托举则无法腾空，一旦有可趁之风，终可傍云而飞。士人亦是如此，时运不济之时，未逢识才善用之伯乐，便郁郁久居人下；一朝因缘巧合，适逢机遇，便可乘势升空，崭露头角，一展宏图。古之贤士皆是蒙受赏识，方能成就一番事业，可见机遇、时运尤为重要。

此诗说理精警深刻，颇有理趣。清陈衍赞曰："极似宛陵，析理洞情，文能见道。"（《石遗室诗话》）认为本诗缘事生发，析理精微，继承梅尧臣诗说理特色，与其诗风相近。顾佛影则评曰："五、六一转，殊不费力；七、八透进一层，更深响。"又云："结末透澈。"（《评注剑南诗钞》）诗人由瀑布起兴，从自然景物中悟出人生哲理，将所见所历上升至对生命存在的探索，思辨中又言及自身，也蕴含对身世仕途的思考，论说层层递进，鞭辟入里，可见诗人之心透澈澄明。清范大士叹曰："说得平淡如许，具见清襟。"（《历代诗发》）

山南行

我行山南已三日，如绳大路东西出[①]。
平川沃野望不尽，麦陇青青桑郁郁。
地近函秦气俗豪[②]，秋千蹴鞠分朋曹[③]。
苜蓿连云马蹄健[④]，杨柳夹道车声高。
古来历历兴亡处，举目山川尚如故[⑤]。
将军坛上冷云低[⑥]，丞相祠前春日暮[⑦]。
国家四纪失中原[⑧]，师出江淮未易吞[⑨]。
会看金鼓从天下[⑩]，却用关中作本根[⑪]。

【注释】

① 如绳：像墨线一样笔直。绳，即绳墨，此指木工用来打直线的墨线。屈原《离骚》："背绳墨以追曲兮，竞周容以为度。"

② 函秦：春秋战国时，秦国以其东有函谷关，故称"函秦"。

③ 蹴鞠（cùjū）：踢球。鞠，古代一种皮球。山南有秋千、蹴鞠之俗，陆游诗中常言及。分朋曹：分队。朋曹，朋辈。此处指比赛的两队人。

④ 苜蓿（mùxu）：又名草头，可为牛、马饲料。健：明刊须溪本作“疾”。

⑤ 举目：抬眼望。川：明刊须溪本作“河”。

⑥ 将军坛：即拜将台，在今陕西汉中城南门外。相传为汉高祖刘邦拜韩信为大将时所筑。

⑦ 丞相祠：指蜀汉丞相诸葛亮祠庙，遗址在今陕西勉县北。

⑧“国家”句：古代以十二年为一纪，自宋钦宗靖康二年（1127）中原沦陷，至此已四十六年，近四纪。

⑨“师出”句：意谓南宋若从江淮出兵，不容易消灭敌人、收复失地。

⑩ 金鼓：战争中使用的锣鼓。此处代指军队。

⑪ 关中：指函谷关与陇关之间，即今陕西。陆游提出抗金战略，认为要恢复中原，必须以关中为根据地。

【评析】

乾道八年（1172）三月初，陆游四十八岁，初抵南郑，作此诗。山南，为终南山之南，指今陕西汉中一带，易守难攻，战略位置优越，当时是西北国防前线，为宋、金必争之地。行，即歌行。全诗四句一换韵，可分四段。

首四句押“质”韵，写初到山南所见之景。土地平阔，沃野千里，麦垄青青，桑林郁郁，大路横贯东西，笔直如绳。这是西北地区特有的景象，与江南、蜀中的地形地貌迥然不同，大开大阖，壮阔雄浑，令人见之心胸开阔。诗人以豪健笔调概写南郑的山川形势和丰饶物产，交代地理、农业状况。“青青”“郁郁”连用叠词，音律和谐，节奏明快。可见作物长势喜人，土地肥沃。“地近”四句换用“豪”韵，写南郑豪健的民风民俗。秦地尚武，流行秋千、蹴鞠等运动，百姓身强体健，诗人《春晚感事二首》其二也言及："寒食梁州十万家，秋千蹴鞠尚豪华。"南郑百姓的生活方式与精神面貌可见一斑。苜蓿是品质极佳的马草。昔日张骞通西域，引入苜蓿，带回大宛马，改善中原马匹的品质，扩充军备力量，是以诗人见苜蓿即联想到战马。陆游见南郑一带桑麻遍野，苜蓿连云，马匹健壮，气俗豪雄，认为恢复可图，不禁精神振奋，志气昂扬。

诗前八句写南郑山川风物，见出此地财力、地利皆备；写社会民情，则体现此地民心可用，"劲气钟义士，可与共壮图"（《观大散关图有感》），定有意气慷慨之士能与自己同襄盛举。状似摹景，却道尽地利人和。顾佛影称赞："是何意态雄且杰！"（《评注剑南诗钞》）可见诗人初至山南，壮心澎湃，意态雄杰。

"古来"四句换用"遇"韵，写汉中的前人遗迹与历史遭际。"古来"二句寓兴亡之感，山川不改，人事变换，怀古感今，引出下文。"将军"二句，以往事古迹相对，对仗工巧，"冷云低""春日暮"藏意炼字，苍凉悲壮，景中含情，蕴悲慨无限。顾佛影评曰："'将军坛''丞相祠'一对无深意，而章法甚整齐宽暇。"（《评注剑南诗钞》）其言犹有待推敲之处，"将军"二句并不纯粹写景，实属特意为之，意味深长。当年刘邦为韩信筑坛，拜将授印，韩信于此东征，长驱直入，直抵关中，暗度陈仓，摧灭三秦，锐气逼人。诸葛亮也在此地屯兵，六出祁山，兴兵陇右，北伐中原。诗人引经据典，历数陈迹，以前贤先取关中、一统天下的战略，佐证自己军事主张的正确性，认为可于此咽喉锁钥之地，厉兵秣马，恢复中原，徐图天下。末四句统率全诗，为全诗主旨所在，换用"元"韵，自阐军事见解，点明经略关中的重要性。中原沦陷日久，取道江淮，鞭长莫及，不占形势之利，不易全歼金兵。而汉中北瞰关中，南接巴蜀，形势最重，若以此为“本根”，兵出秦川，“北定中原”“还于旧都”（三国蜀诸葛亮《出师表》）将指日可待。至此，收束前文对汉中地理、风俗、历史的描写，提出战略主张，逐项陈述，有理有据，神完气足。

朱东润分析道：“陆游担任干办公事的职务，在这首诗中提出他的主张。他认为收复中原，必先收复关中。这和辛弃疾收复中原必先收复山东的主张，正是相反相成的。南宋初期，一边扼守江淮，一边控制西北，其原因亦在此。”（《陆游选集》）因为南宋朝廷苟安屈节、软弱无能，所以无论是辛弃疾在《美芹十论》里提出的师出江淮、收复山东的主张，还是陆游提出的以汉中为本根的观点，都根本没有机会实践。虽无法评判孰优孰劣，但二人拳拳爱国之心，于此耿耿可见。

全诗脉络清晰，内容充实，语言流畅，笔力刚健，首尾俱佳，一字不懈。宋刘辰翁称赏：“起、结次第皆称。”（《须溪精选陆放翁诗集·后集》）诗为歌行体，间杂律句，兼具歌行的音乐性与律诗的整饬、谨严，自由灵动，收放自如，体现古体与近体的融会。全诗多为律句，或为正格，或为拗救，仅“杨柳”句为“三平调”，“我行”“平川”“秋千”句单字不合平仄，声调铿锵，琅琅上口。平声韵、仄声韵相互穿插，顿挫抑扬，富于变化。本诗充分体现了诗人亲至前线后诗歌内容、艺术上的新特点和成就。

太息二首（宿青山铺作）

其　一

太息重太息①，吾行无终极。
冰霜迫残岁②，鸟兽号落日③。
秋砧满孤村④，枯叶拥破驿⑤。
白头乡万里，堕此虎豹宅。⑥
道边新食人，膏血染草棘。⑦
平生铁石心⑧，忘家思报国。
即今冒九死⑨，家国两无益。
中原久丧乱，志士泪横臆⑩。
切勿轻书生，上马能击贼⑪。

【注释】

①太息：叹息。

②“冰霜”句：已至深秋，冰霜遍地，一年即将终了。残岁，指岁末。北宋宋祁《除夕》：“持愁剩残岁，将老入新年。”

③号（háo）：哀鸣。

④秋砧（zhēn）：秋天的捣衣声。砧，捣衣石。此处指捣衣声。

⑤拥：堆满。

⑥“白头”二句：白发之人还要向着万里之遥奔波，落在这种虎豹经常出没的地方。乡，向。

⑦“道边”二句：道边虎豹刚吃完人，血浆涂染了周围的野草丛。

⑧铁石心：坚强的决心。唐皮日休《〈桃花赋〉序》称赞宋璟“铁

肠石心”而能为“清便富艳”之文。

⑨即今：至今。九死：多次死亡。语出屈原《离骚》：“亦余心之所善兮，虽九死其犹未悔。”九，表示多数。

⑩臆（yì）：胸中。

⑪“上马”句：《魏书·傅永传》：“帝每叹曰：‘上马能击贼，下马作露布，唯傅修期耳。’”

【评析】

乾道八年（1172）秋，陆游四十八岁，时在四川宣抚使王炎幕府任职。九、十月间因公事赴阆中，夜宿苍溪（在今四川广元）青山铺，作此诗。青山铺在苍溪西三十里，今名青山观，唐宋时为交通要冲。诗人在幕府中掌管军政外勤事务，常往来于南郑与前线各军事重镇，出入川陕一带险峻荒僻之地，奔波无定，满身风尘。兼之从戎南郑以来，屡屡向王炎进陈平戎之策而不被采用，诗人心情苦闷，在《八月二十二日嘉州大阅》中感叹：“早事枢庭虚画策，晚游幕府愧无功。”后又作《三山杜门作歌五首》回忆：“画策虽工不见用，悲吒那复从军乐？”壮志难酬，前途未卜，加上久客外乡，家眷尚在前往南郑途中，诗人见此凄清冷落、民生凋敝之景，不禁触景生情。

全诗可分三段，第一段为首二句，第二段为“冰霜”八句，第三段为“平生”八句。首二句模仿“行行重行行”句，有拟古之意。叠用“太息”，加强语势，再以一“重”字绾结，更显愁绪深重，叠声长叹，寄慨遥深。迟缓的节奏，拖长的声调，营造沉重、压抑的氛围。接着道出叹息原因，整日南来北往，苦苦奔忙，却碌碌无为，功业无成，夜宿青山铺，羁愁涌上心头。“冰霜”八句承上而来，写此行所见、所闻、所感。冰霜凛冽，催迫残岁，鸟兽哀鸣，落日如血，一片肃杀荒寒之景。秋砧声声，是村里女子为征戍在外的丈夫捣制寒衣，充盈着生离死别的悲凉气氛。客中怎忍听砧？唐杜甫诗云："寒衣处处催刀尺，白帝城高急暮砧。"（《秋兴八首》其一）宋赵崇森则在诗中直接点明"秋砧"与"清愁"的关系："谁家夜月响秋砧，一段清愁不自禁。况是客中欹枕听，声声捣碎故乡心。"（《砧》）陆游本就身在羁旅，黄昏听闻清砧，唤起乡心，又见枯叶凋败，念及孑然一身，老态渐侵，归途万里，愁思不减反增。"孤村""破驿"对仗工整，状山村破败之景，见出战争给黎民百姓带来的苦难。"堕"表明内心不甘，流露愤然不平之气。虎豹食人，膏血涂地，野草丛生，触目惊心，诗人描绘生动，悲惨景象历历在目。

"平生"八句转抒己志。诗人平生虽有忘家报国、力挽时势的凌云之志，奈何有志无时，捐躯无地，终日奔波于虎豹出没之地，生死悬于一线，怀才抱器，却无处施展，落得"家国两无益"的境地，如何不感喟伤叹、泪流满襟！"中原"二句与首二句遥相呼应，悲愤满怀，既寓对丧乱中百姓的同情，也透露未被重用、报国之志难以实现的现实遭遇。末二句情绪稍稍振起，诗人虽是白首癯儒，但不甘仅仅纸上谈兵，边地军旅生活为其平添豪气，他渴望奔赴前线战场，"上马击狂胡，下马草军书"（《观大散关图有感》），将文才、武略充分发挥。朱东润指出："陆游南郑军中的生活不是没有苦闷的，秋间因事到阆中，他感到时局的沉闷，生活得没有出路。'切勿'两句透露出没有得到足够的重视，以致杀身报国的志愿无从实现。"（《陆游选集》）此言极是。清范大士赞曰："悲咽之音，纯乎老杜，刘后村推放翁为宋之大宗，不谬也。"（《历代诗发》）放翁"记问足以贯通，力量足以驱使，才思足以发越，气魄足以陵暴，南渡而后，故当为一大宗"（宋刘克庄《后村诗话·前集》），继老杜之音，嗣响其后，悲歌慷慨，壮怀激烈，大宗之名，实至名归。全诗抒情、写景、叙事、言志熔于一炉，沉郁中蕴刚健，有老杜之风，情感尤显真挚感人。

游锦屏山，谒少陵祠堂

城中飞阁连危亭，处处轩窗临锦屏。①
涉江亲到锦屏上，却望城郭如丹青②。
虚堂奉祠子杜子③，眉宇高寒照江水④。
古来磨灭知几人，此老至今元不死⑤。
山川寂寞客子迷，草木摇落壮士悲⑥。
文章垂世自一事，忠义凛凛令人思。
夜归沙头雨如注，北风吹船横半渡。
亦知此老愤未平，万窍争号泄悲怒⑦。

【注释】

①“城中”二句：阆中城里到处是高耸的亭阁，每一扇门窗都面对着锦屏山。飞阁，又称阁道、飞合，即天桥，古代为连接亭台楼阁等建筑物之间的通道，凌空修建。危亭，耸立于高处的亭子。唐王勃《滕王阁序》：“层峦耸翠，上出重霄，飞阁流丹，下临无地。”临，《四库全书》本曹学佺《蜀中名胜记》卷二十四引作“对”。

② 望：《蜀中名胜记》卷二十四引作“对”。

③ 虚堂：即空堂。子杜子：古代尊称老师或有德行的人曰“子”，“杜子”是对杜甫的尊称，“杜子”前再加“子”，表示极为尊敬。

④ 江水：指嘉陵江水，锦屏山在嘉陵江南岸。

⑤ 元：同“原”，原来。

⑥ 客子、壮士：均指杜甫。

⑦ 万窍争号：指山野间数不清的孔穴发出呼号，形容风大。《庄子·齐物论》：“夫大块噫气，其名为风。是唯无作，作则万窍怒号。”窍，空穴。

【评析】

锦屏山，一名阆中山，一名宝鞍山，在阆中（今属四川）南三里，北临嘉陵江，与阆中城隔江相对。因花木似锦，壁立如屏，故名“锦屏”，上有杜甫祠堂。乾道八年（1172）春，陆游四十八岁，抵达南郑，亲赴抗金前线，从戎报国，一展抱负，意气风发。同年秋，诗人因公事行经阆中，游锦屏山，吊谒杜甫祠堂，作此诗。

全诗四句一换韵，可分四段。首四句用“青”韵，描绘锦屏山、阆中城秀丽风光，颇具巧思。“城中”二句至“涉江”二句，视角变换，先于城中眺望锦屏，后在山上俯观城郭，运笔平添波澜，跌宕多姿，渲染“游”兴，照应诗题。阆中城依山而建，诗人登城中飞阁危亭，倚轩窗而望，见青山如屏绵延，蟠蓄秀蔚，草木葱茏。游兴勃勃，遂涉江登锦屏，百余里景象尽收眼底。近瞰城池，远望山川，江水绕郭，山水相依，如丹青妙手，着墨留白，浓淡相宜，点染灵动，气象万千。衬垫数句，先渲染杜祠所在环境，方引入后文，缓和语势，纡徐得当。无此段则一泻无余，直而无味。

“虚堂”四句换用“纸”韵，转写杜祠中所见。少陵塑像面目高古清峻，神态庄重肃穆，正气凛然。“虚堂”空荡，幽寂冷清，愈显老臣孤忠一片，胸怀磊落，肝胆澄澈；眉宇“高寒”，映衬其清操高节、遗世独立，萧瑟之气破纸而出。寥寥几笔，形神兼备。古今多少庸碌之辈，灵魂随肉体磨灭而消亡，湮没在历史洪流中，此老虽已逝，而其精神却不朽，“是气所磅礴，凛烈万古存”（文天祥《正气歌》），如不灭之烛，耿耿长明，遗照后世，也如山下滔滔嘉陵江水，奔流不息，泽被万代，语近“尔曹身与名俱灭，不废江河万古流”（唐杜甫《戏为六绝句》其二）。

“山川”四句转用“支”韵，概写杜甫生前身后事，语含双意。“山川”句化用杜甫“远游虽寂寞，难见此山川”（《季秋江村》）诗句。杜甫一生颠沛流离，漂泊异乡，羁旅寂寞，故常以“客子”自谓。“草木”句语出宋玉《九辩》：“悲哉秋之为气也，萧瑟兮草木摇落而变衰。”杜甫诗云：“摇落深知宋玉悲。”（《咏怀古迹五首》其二）虚实结合，既照应当下清秋时节，烘托凄清氛围，也借草木凋零，秋气萧肃，暗喻唐王朝由盛而衰，风雨飘摇，凸显老杜一腔孤愤，无力回天。用典使事，浑然无迹。“文章”二句点明题旨，“忠义”一词可见诗人心期所在，认为老杜文章垂世，成就不可估量，固然令人敬仰、尊崇，但其忠君报国、忧时忧民之心更发人深思。陆游极为仰慕杜甫，注意寻访诗圣遗踪所在，也常属文追和，作《读杜诗》《题少陵画像》《龙兴寺吊少陵先生寓居》等数十首诗，悼念缅怀，长歌当哭。

清贺裳叹曰：“《题少陵画像》，叙三百年前事，声容如见，亦令人忽忽难堪。”（《载酒园诗话》）陆游与杜甫相隔数百年，却因共同理想、相似经历，引为异代知音。正如黄漳所云：“翁为南渡诗人，遭时之艰，其忠君爱国之心，愤郁不平之气，恢复宇宙之志，往往发之于声诗。昔人称老杜为诗之史，老杜遭天宝之乱，居蜀数载，凡其所作，无非发泄忠义而已。翁亦居蜀数载，然后归杭，其出处大致，存心积虑，旷世相符。”（《书陆放翁先生诗卷后》）放翁学杜，不仅习其诗风，更循其志节。清沈德潜称赞："务观……七言古诗沉雄激壮，恢复中原之态，时流露于笔墨之间，位虽卑微，独存忠爱，得杜少陵一体，不必毛拳麻列，概没其志节也。"（《答某太史书》）后人怜惜杜甫独自枯守成都草堂，千秋寂寞，将陆游、黄庭坚雕像分置杜甫雕像两侧，为其寻得二位知己相伴。老杜一出，如投石入谷，空谷嗣响，回音不绝，曲高虽和寡，终有琴音相和。

末四句押"遇"韵，将历史与现实相关合，由夜归途中所见北风吹雨之景，联想到杜甫生前未平之愤，悲愤填膺，蓄势而出，一吐为快。运用夸张手法，以哀景写哀情，尽显其哀，极言风狂雨骤的危急情形，北风吹雨，甚至吹横渡船，阻遏江中，寸进不前。诗人只觉雨中传来的不是风声，是《兵车行》，是《秋兴八首》，是《茅屋为秋风所破歌》。杜子不遇，是以长恨，而山野间无数洞穴发出哭号，仿佛也在为杜甫贫病交加、漂泊一生、壮志难酬的坎坷遭际而呼号。

此诗后两段与《龙兴寺吊少陵先生寓居》写法相似，都是以实带虚，虚中有实，悼杜更兼自伤。朱东润分析说："陆游过阆中，游杜甫祠堂，想起这位唐代诗人，艰难寂寞，但是忠义凛凛，令人深思。他写着杜甫，同时也正写着自己。这里看到陆游心中的苦闷。"（《陆游选集》）因此，这"悲怒"不仅是杜甫的，也是陆游的。诗人对老杜寄寓深厚同情，既为其倾葵向日的赤胆忠心而深深感动，也为其怀才见弃的不幸遭遇而叹惋不已，借对杜甫的追念与颂扬，抒发自己有志难伸的悒郁不平之气。故《御选唐宋诗醇》感叹："伤今怀古，怀抱略同，忾焉寤叹，如见其人，亦以写其胸臆耳。"读毕此诗，栩栩然老杜现于眼前。清简朝亮评曰："陆游务观《游锦屏山，谒少陵祠堂》，怀忠义也。此宋诗人之有感于唐诗人也。”（《读书草堂明诗》）怀古触动今怀，以情动人，故而真挚深沉。

全诗结构谨严，层层深入，起首与结尾风格迥异，抑扬随心，曲折变化，跌宕难测。诗为七古，本可不拘句数，不依律诗平仄、粘、对、韵式，却四层四韵，每层一转，平仄相间，音韵相谐，如四首七绝相连，句法浑成。情感激荡，慷慨悲壮，气势磅礴，动人肺腑，有苍古劲拔之致。

归次汉中境上

云栈屏山阅月游①，马蹄初喜踏梁州②。
地连秦雍川原壮③，水下荆扬日夜流④。
遗虏孱孱宁远略⑤，孤臣耿耿独私忧。
良时恐作他年恨⑥，大散关头又一秋⑦。

【注释】

①云栈：连云栈，由陕入蜀要道。屏山：锦屏山，在今四川阆中南。

②踏：一作“蹋”。梁州：指南郑。

③秦雍：古代国名。秦地在今陕西，雍地在今甘肃、陕西一带。

④荆扬：荆州（今属湖北）和扬州（今属江苏）。此泛指长江中下游一带。

⑤孱（chán）孱：弱小的样子。此处表示对金人的蔑视。

⑥年：明刊须溪本作“时”。

⑦大散关：关中四关之一，在今陕西宝鸡西南大散岭上，因其扼南北交通咽喉，自古为兵家必争之地。南宋与金在西部以大散关为界。

【评析】

乾道八年（1172）十月，诗人四十八岁，接王炎令，自阆中返汉中，途中考察汉中各地形势，作此诗。归次，即奉命赶回到达。次，止息、停留之意。

首联用作烘染，概写此行经历，用字精稳。诗人此去阆中，往返月余，饱览大川，今回汉中，抵境而喜。“云栈”为入蜀要道，前人因山就势，架木而建，萦折迂回，悬于半空，所经皆悬崖峭壁，可知地势奇险。“屏山”即锦屏山，两侧山峦连列如屏，上有杜甫祠堂，诗人登临锦屏，有《游锦屏山，谒少陵祠堂》诗，表达对杜甫的追慕与同情，此处或含报国无门、有志难伸的生命共感。“马蹄初喜”侧面体现诗人初归汉中的愉悦心情，以情观物，物我相融。“踏”用入声，属平水韵十五合部，一发即收，急促有力。“马蹄”起落交替，起，似激扬澎湃的抗金壮志；落，如远方疆场的战鼓声声。

颔联含军事谋略，借沿途山川形胜言复土事，以豪情丽语塑壮阔图景。汉中雄踞关隘，“地连秦雍”“水下荆扬”，为战略要地，土地平阔，物产丰饶，民风豪壮，又兼具水利之便，王师可由汉水而下，转入长江，远至中下游的军事重镇荆州、扬州。韩信、诸葛亮曾在此屯兵，前控三秦，后据两蜀，一者成就汉室四百年基业，一者形成天下三分之局势，可见汉中历来为兵家用武之地。诗人遍览陕南山川形势，燃起复土希望，故而喜悦。一“喜”历险而归，从“虎豹宅”中脱身，风尘仆仆，终得复见汉中川原；二“喜”地利可用，抗敌有路，收复在望。陆游早已洞见汉中在抗金大业中的重要战略地位，曾上疏建议朝廷“经略中原，必自长安始，取长安，必自陇右始”（《宋史·陆游传》），在初来汉中写的《山南行》中也陈述了这样的观点，提出“却用关中作本根”的战略主张，可见其深谋远虑。

颈联分析敌方形势，颇显章法。“遗虏”句看似笔锋突转，实则意脉通连，承上而来，点明复土主题。名词、叠字、虚词互对互应，用词精妙，属对工整。“孱孱”作轻蔑语，意谓残虏孱敌，不足为惧，显露无所畏惧的气概，豪迈之情扑面而来。当时金人遗留陕地的兵力不多，既乏实力，又乏谋略，无勇无谋，不堪一击。因此，诗人认为此时是反攻的大好时机。“耿耿”出情直露，抒发胸臆，道出隐忧，由喜转忧，情感跌宕起伏。此等“良时”，诗人却平添抗敌忧思，只因如今朝廷主和，无意征战，按兵不动，此前与金签订“隆兴和议”，导致将军临边不战、战马肥死槽枥的景况，复土大业恐被搁置。“孤臣”句，着一“孤”字，又下一“独”字，独抱孤衷之意顿出，怅然北望，郁情难收。

尾联抒发悲叹。“恐”字呼应“独私忧”，炼字精当，运笔细腻。如今王炎内调，诗人揣摩朝廷政策，预感北伐搁置，良机已失，痛惜无限。虽是推测之语，也在事后得到印证。诗人感叹“中原机会嗟屡失”（《楼上醉书》），“逆胡未灭心未平”（《三月十七日夜醉中作》）。胡虏未平，功业未建，人生空度，岁月蹉跎，空余孤独叹息。“大散关”在陆游诗中多次出现，既承载其南郑从戎的峥嵘岁月，也承载北上复土的不灭遗恨，是其爱国壮志与驱敌心结的双重映照。诗人感情最后汇聚于此，“又”字联结历史时空，表达忧虑、愤慨、叹惋、无助、无望的复杂心情。

清方东树分析：“从题前起，次入归，三、四汉中境上，后半感时忧事。”（《昭昧詹言》）《御选唐宋诗醇》评曰：“才气慷慨，不诡风人。”赞其才气纵横，不落窠臼。清潘德舆盛赞放翁七律：“且放翁七律，佳者诚多，然亦佳句耳；若通体浑成，不愧南渡称首者，尝精求之矣。如‘地连秦、雍川原壮，水下荆扬日夜流’……此十数章七律，著句既遒，全体亦警拔相称。盖忠愤所结，志至气从，非复寻常意兴。”（《养一斋诗话》）所论极是。宋刘克庄赞曰：“古人好对偶，被放翁用尽。”（《后村诗话·前集》）全诗情感郁结，慷慨多气，或激扬，或低沉，忠愤填膺，将大好河山的描写与自己的战略思想、忧国情怀相结合，且对仗极为工整精巧，章法、结构、情感俱佳，确是一篇骨肉丰盈的七律作品。此诗先扬后抑，结构分明，雄浑沉郁，宏肆劲健，豪迈中见深沉。

剑门道中遇微雨

衣上征尘杂酒痕①，远游无处不消魂。
此身合是诗人未？细雨骑驴入剑门。②

【注释】

① 征尘：旅途中衣服所蒙灰尘。

② “此身”二句：唐李商隐《李长吉小传》载，李贺每日早晨带书童，背锦囊，骑驴外出寻觅诗句。宋尤袤《全唐诗话》载，唐昭宗时，相国郑綮善诗，或问：“相国近为新诗否？”对曰：“诗思在灞桥风雪中驴子上。此何以得之？”明张岱《夜航船·天文部·雪霜》载，孟浩然情怀旷达，常冒雪骑驴寻梅，曰：“吾诗思在灞桥风雪中驴背上。”合，应该。未，表示发问。门，明刊涧谷本作“南”，误。

【评析】

乾道八年（1172），陆游四十八岁。是年十月，四川宣抚使王炎被召还，幕府解散，陆游改任成都府安抚使司参议官。十一月，诗人自南郑赴成都，途经剑门关，赋此诗。剑门，即剑门关，为蜀道至险之地，位于大小剑山间，在今四川省剑阁县东北。据《重修大清一统志》载，大剑山在剑州北二十五里，东西横亘，削壁中断，两崖相嵌，如门之辟，如剑之植，故又名剑门山。剑门为大、小剑山中断处，两侧峭壁危崖，峰峦似剑，直插霄汉，山若刀削，独路如门，地势险要，是由陕入蜀要道与天然关隘，为“蜀北之咽喉”（《嘉庆四川通志》），被称作“剑门天下险”“天下第一关”。

关于“消魂”的含义，一说“消魂”有神往、眷恋之意，指诗人边走边饮，游兴勃勃，沿途景致入眼，不禁心神陶醉，表达远游的喜悦之情。一说“消魂”即感伤无限，神思不属，心神黯然，意同江淹《别赋》“黯然销魂者，唯别而已矣”句。一说“消魂”谓沉浸于痛苦之中，失魂落魄，心荡神移。三说皆有一定依据，但不应孤立看待，需结合诗人其他诗作具体分析。诗人于嘉定元年（1208）作诗回忆此行：“忆自梁州入剑门，关山无处不消魂。亚松托宿逢秋雨，小柏经行听晓猿。当日只知悲客路，归来终亦老江村。吾儿生晚那知此，聊对青灯与细论。”（《夜与子遹说蜀道因作长句示之》）也用“消魂”来形容此次远游，而后连用“秋雨”“晓猿”两个含悲带愁的意象，又言当日“悲客路”，可见诗人由梁州入剑门时的心情绝非陶醉与喜悦。此前，诗人从戎南郑，协助王炎襄理军务，到过大散关及陇县一带，常“寝饭鞍马间”（《怀昔》），扬鞭临关，登高北望，有肃清虏尘、恢复河山之志，意气何等慷慨！而写作此诗时，陆游带着悲愤心情，被迫离开战地生活，赴成都做闲官。由前线转向后方，去劳就逸，去危就安，壮志未酬，遗憾满腹。再结合首句“衣上征尘杂酒痕”，“征尘”可见羁途遥遥，风尘仆仆；“酒痕”可见颓唐带愁，借酒难消。“征尘”与“酒痕”相杂相映，失意落拓之感顿出，由此可知第一种说法有误。诗人由王炎的内调推知朝廷政策之变，自料良机已失，北伐难期，建功立业的愿望几化泡影，加上长途跋涉，羁愁萦心，回顾年来踪迹，百感交集，心中复杂的情感唯有用“消魂”来形容。

关于对“此身”二句的理解，一说是自得之语，自喜为诗人。陈衍评道：“仆谓以细雨骑驴剑门，博得诗人名号，亦太可怜，况尚未知其是否乎！结习累人至此。然此诗若自嘲，实自喜也。”（《石遗室诗话》）认为诗人于自嘲语中寓自喜意。一说是自嘲之语，不甘仅为诗人。朱东润指出：“对于一位有志杀敌的爱国志士，这是一个打击。他感到幻想的破灭，在痛苦中唯有饮酒解闷。他此时骑驴入境，因此嘲笑自己，说‘今日骑驴，恰和唐代诗人郑綮那样，诗思在灞桥风雪中驴子背上，那我也许能算是诗人吧！’”（《陆游选集》）颇有见地。

纵观全诗基调，“此身”二句似兼有自嘲、自喜及自宽之意。骑驴吟诗本非诗人初衷，心有不甘，不禁自嘲、自叹：“难道甘心一直只做个诗人？”但转而联想到孟浩然、杜甫、黄庭坚等唐宋前贤，皆在入蜀之后诗风一变，笔力尤佳，句法更高，堪称登峰造极，走在这条满是前人诗情的栈道上，诗人因景生情，故作此语。南郑之行对诗人影响甚巨，正如其所言：“四十从戎驻南郑，酣宴军中夜连日。……诗家三昧忽见前，屈贾在眼元历历。天机云锦用在我，剪裁妙处非刀尺。”（《九月一日夜，读诗稿有感，走笔作歌》）有此经历后，方悟得“诗家三昧”。诗人力主抗金，奈何英雄无用武之地，郁闷愁苦之情无处排解，因此自宽自慰，辗转秦关蜀道，苦苦奔忙，也并不是一无所获。此身虽与功业无缘，幸而诗思如潮，还能驴背行吟，浅酌低歌。细雨骑驴，出于剑门，鸟道雄关，视险若夷，何其脱洒！顾佛影赞曰：“风神跌宕，读之意消。”（《评注剑南诗钞》）这等潇洒悠然，见出陆游虽自喜为诗人，又不甘仅为诗人，终在无可奈何后，自我开解。“细雨”句以景语结，如一幅写意画，意境清美，不尽之意见于言外。陆游诗中多次提及“骑驴”，如“我似骑驴孟浩然，帽边随意领山川”（《夜闻雨声》），“骑驴上灞桥，买酒醉新丰”（《谢王子林判院惠诗编》），“山中看雪醉骑驴”（《正月二十八日大雪，过若耶溪，至云门山中》），“闲游野寺骑驴去”（《排闷》）等，皆出现“诗人骑驴”的形象，骑驴觅句，闲游买醉，颇有雅趣。

清陈衍引罗掞东语：“剑南七绝，宋人中最占上峰。此首又其最上峰者，直摩唐贤之垒。”（《石遗室诗话》）对放翁七绝评价极高。明卢世㴶称赞：“笔墨之乱，脱化殆尽。”（《御选唐宋诗醇》引）此诗情景妙合，浑然天成，笔墨简淡，风致宛然，毫无雕琢之意、做作之嫌，确可追踪唐贤。程千帆、沈祖棻将此诗与李益的《边思》共论：“‘腰垂锦带佩吴钩，走马曾防玉塞秋。莫笑关西将家子，只将诗思入凉州。’如果知道李益有这首《边思》，读陆游此作，就很难不想起它来。虽然由于诗人们当时心境不同，两篇作品一壮美，一优美，风格上存在着显著的差异。”（《古诗今选》）

三月十七日夜醉中作

前年脍鲸东海上，白浪如山寄豪壮。[1]
去年射虎南山秋，夜归急雪满貂裘。[2]
今年摧颓最堪笑[3]，华发苍颜羞自照。
谁知得酒尚能狂，脱帽向人时大叫。
逆胡未灭心未平[4]，孤剑床头铿有声。
破驿梦回灯欲死[5]，打窗风雨正三更[6]。

【注释】

①“前年”二句：从前在东海捕杀鲸鱼，如山白浪寄托我的豪情壮志。绍兴三十年（1160），诗人任福州宁德县主簿，曾泛舟海上。前年，从前。脍鲸（kuàijīng），指捕杀鲸鱼。脍，切得很细的鱼或肉。此处用作动词，细切。

②“去年”二句：去年在南山射虎，夜归时大雪已落满貂皮衣。乾道八年（1172），诗人于南郑王炎幕下任干办公事兼检法官，曾射杀猛虎。南山，此处指终南山以南，在今陕西汉中一带。

③ 摧颓：困顿失意。

④ 逆胡：蔑称，指金人。

⑤ 灯欲死：灯将熄灭。

⑥ 三更：半夜十一时至次日凌晨一时。

【评析】

乾道九年（1173），诗人四十九岁，任成都府安抚使司参议官，兼摄蜀州（治今四川崇州）通判。春日自蜀州暂返成都，夜宿驿站，忆往昔豪情壮举，感今朝衰态渐起、事业未成，徒领空衔，遂作此诗。

诗用倒叙，前四句着墨往事。前年，指诗人十四年前航行海上的经历，那年诗人三十五岁，正值壮年，豪情万丈。“如山”海浪与“豪壮”并提，气韵沉雄，何其壮哉！去年，诗人在王炎幕下任职，南山射虎，寒夜始归。他在《十月二十六日夜，梦行南郑道中，既觉恍然，揽笔作》一诗中记载射虎经历：“耽耽北山虎，食人不知数。孤儿寡妇雠不报，日落风生行旅惧。我闻投袂起，大呼闻百步，奋戈直前虎人立，吼裂苍崖血如注。”他带领当地驻军三十人，刺杀恶虎，为民除害。关于“射虎”一事，钱锺书举《闻虏乱有感》《建安遣兴六首》《十月二十六日夜，梦行南郑道中，既觉恍然，揽笔作》《病起》《怀昔》《三山杜门作歌五首》诗句云：“或说箭射，或说剑刺，或说血溅白袍，或说血溅貂裘，或说在秋，或说在冬。”（《宋诗选注》）并将其与畏虎之句对照，指出前后判若两人，称“简直不像出于一人之手”。又引后世师法陆游的诗人曹贞吉诗句：“一般不信先生处，学射山头射虎时。”（《读陆放翁诗偶题五首》其三）认为射虎一事不可信。但此说略牵强，畏虎心理与杀虎之举也并不构成矛盾。畏惧猛兽本是人之天性。武松景阳冈上赤手空拳杀虎，也是先有胆怯退避之意，后在酒酣气张之际将老虎毙于拳下。陆游写“心寒道上迹，魄碎茆叶低。常恐不自免，一死均猪鸡”（《畏虎》），表达对老虎的恐惧，也符合人性。各家争论不休，但不可否认，无论是确有南山射虎一事，还是仅为诗人浪漫想象，泛海“脍鲸”、雪夜“射虎”等壮举，皆以夸张手法烘托诗人勇猛无畏、豪气凌云的形象，实中有虚，虚中带实，形成扇对，对仗工巧，奏响爱国强音，读来荡气回肠。

往事峥嵘，历历在目，然不及半年，诗人被调回成都后方，饱受挫折，心力交瘁。“今年”二句写回现实，自讥自嘲，与前四句对比强烈，更显老迈颓唐、困顿失意。昔遏浪而行，急雪夜归，今为风雨所隔，困居破驿，“华发苍颜”，羞于揽镜自视，只怕如此老态惹人嘲笑。诗人念及旧事，发现往昔峥嵘竟如瑰奇梦境一般，了然无踪，匆匆消逝，颓丧之情油然而生。“谁知”句，笔锋突转，情绪振起。诗人脱帽露顶，借酒发狂，愤然大叫，有草圣张旭之狂态，也有魏晋名士之遗风。一“尚”字，于怅惘中重拾斗志，烈士壮心、老臣怀抱跃然纸上，情感波澜起伏，跌宕有致。“逆胡”二句，与前句气脉相承，吐露心中愤郁不平。孤剑床头铿然发声，所为何事？自然是驱敌复土之事，“不然愤狂虏，慨然思遐征”（《宝剑吟》）。诗人以剑鸣匣椟，喻自己虽受桎梏，仍壮志满怀，只愿有朝一日能荡平胡虏，恢复中原。结句以景结情，笔力饱满，颇有弦外之音，余味不尽。黑夜沉沉，雨横风狂，“欲死”之灯摇摇欲熄，却又尚存一息，顽强跃动，象征壮心虽弱不灭，苍劲有力。凄凉之景中寓豪迈之情，可见诗人坚韧心志。

朱东润评道：“他想到从前到过东海，去年到过南郑，生活都有意义，可是今年只能在残破的驿舍中，度过这凄风苦雨的一夜。广大的沦陷区还在敌人手中，床头孤剑跃跃欲动，发出撞击的声音，但是自己只能借酒浇愁。无限的悲愤涌现纸上。”（《陆游选集》）此诗“前年”四句回忆过去，前两句押去声韵，后两句换平声韵。“今年”八句记述当下，前四句押去声韵，后四句又换平声韵。语言明白如话，而又寄浅于深，正如清翁方纲所云：“极酣肆处，正是从平熟中出耳。”（《石洲诗话》）全诗抚今追昔，虚实相生，情随韵转，跌宕生姿，内含蕴藉，读来酣畅淋漓，耐人寻味。

八月二十二日嘉州大阅

陌上弓刀拥寓公①，水边旌旆卷秋风②。
书生又试戎衣窄③，山郡新添画角雄④。
早事枢庭虚画策⑤，晚游幕府愧无功⑥。
草间鼠辈何劳磔⑦，要挽天河洗洛嵩⑧。

【注释】

① 陌：东西方向的路。寓公：原指失地而寄居他国的诸侯，后泛指寄居他乡的官吏，此处为作者自称。

② 旌旆（pèi）：旗帜。西晋陆机《饮马长城窟行》：“戎车无停轨，旌旆屡徂迁。”

③ 书生：作者自称。戎衣：军服。

④“山郡”句：诗人自注：“郡旧止角四枝，近方增如式。”山郡，指嘉州。画角，古管乐器，因角身绘有图案，故名，古时军中多用来警示昏晓，振奋士气。

⑤ 枢庭：指枢密院。陆游于绍兴三十二年（1162）至隆兴元年（1163）任枢密院编修官。虚画策：徒然提出建议。陆游曾提过一些政治改革主张和积极抗金计划，皆未被采纳。

⑥ 晚游幕府：指陆游在南郑任四川宣抚使司干办公事兼检法官，以及任成都府安抚使司参议官等幕府职位。

⑦ 鼠辈：指一般盗贼。磔（zhé）：古代一种把肢体分裂的酷刑。此处指捕杀。

⑧“要挽”句：要挽取天河水洗刷洛水和嵩山。洛嵩，洛水和嵩山，

前者在今河南洛阳，后者在今河南登封。此处泛指当时中原沦陷区。

【评析】

乾道九年（1173），诗人四十九岁，时以通判摄知嘉州（治今四川乐山），代行州府长官职权。通判地位略次于州府长官，但握有连署州府公事和监察官吏实权，号称“监州”。诗人于八月二十二日主持大规模秋操检阅，遂有此嘉州大阅之作。

前两联对仗工整，描写秋操盛大场面。诗人身着戎装，检阅军队，精神昂扬，然而千骑拥簇的，并非主将，却是一介书生“寓公”，置身行伍间，仿佛又临前线，豪情顿生。陆游生活在梁州（治今陕西汉中）、益州（治今四川成都）时，作诗一直以“寓公”“羁客”等自谓，有“寓公那得称遨头”（《何元立示九日诗，卧病累日，乃能次韵》），“寓公虽作一月留，梅发东湖归思乱”（《嘉州守宅旧无后圃因农事之隙为种花筑亭观甫成而归戏作长句》），“白头羁客恨依依”（《秋思》）等诗句。放翁是越人，寓居他乡，对自己的身份定位始终是“异乡人”。虽道入乡随俗，他山终究有别故乡。因为知晓只能短期居留，故陆游常自称“寓公”，点出离乡万里的事实，寄托自己的无限乡思。

一、三句写人，首句为战士群像描写，三句则为陆游个人细节描写。“又试戎衣”表明曾着戎衣，以随军旅。而“戎衣窄”，又见出诗人脱下戎衣已多年，导致昔日军装已不再合身。诗人多年壮志难酬，闲居饮酒，消沉颓唐，描写衣窄，实是感叹年来光阴虚度，功业未就，绝似玄德“髀肉复生”之叹。重着戎装，亦是重拾旧梦，重回“铁马秋风大散关”（《书愤五首》其一）的峥嵘岁月，为国捐躯，驰骋疆场。二、四句摹景，“水边”“山郡”简写郡城环境，“旌旆”“秋风”倒装，既谐格律，又点时令。秋气萧瑟，水冷刀寒，旌旗舒卷，画角吹雄，视听结合，意境阔大，有“半卷红旗临易水”（唐李贺《雁门太守行》）的苍凉感。

颈联承上而来，情绪由高涨转为低沉，回忆早年任职枢密，出谋划策，积极抗金；近来虽筹备军务，但一事无成。“虚”字写自己向朝廷提出抗金良策，均未被采纳，不过徒然而已，感慨愤懑之气，于此破纸而出。“愧”字则谓自己多年竭尽全力，东奔西走，为国分忧，却劳而无功，语带自嘲，却尤有自强之心。尾联振起全篇，直陈抗战复土之雄心壮志。陆游在嘉州只是掌管边地防务，驱除盗贼，并没有真正前往抗金前线。“草间鼠辈”指的是啸聚山林、打家劫舍的盗贼。行走草间，藏头露尾，无非鼠兔之辈，此为轻蔑之语。杀鸡焉用牛刀？诗人怀才抱器，熟知兵法，骑射皆精，剿匪捉贼是为屈才，渴望杀敌建功，肃清虏尘，而不是仅仅行此捉贼打猎之事，更不是“却将万字平戎策，换得东家种树书”（宋辛弃疾《鹧鸪天·有客慨然谈功名，因追念少年时事，戏作》）。诗人观嘉州大阅，见军容整饬，声势浩大，遂于末句突发奇思，希望挽来天河银汉之水，来洗净当时失陷敌手、为金人玷污的洛水和嵩山，梦想率领这支正被检阅的军队，剑锋直指洛、嵩，收复沦丧已久的中原地区，一雪前耻。

南宋爱国诗词里多用“挽天河”语，出语豪壮，欲清洗蒙上“胡尘”的山河，如“欲挽天河，一洗中原膏血”（宋张元幹《石州慢·己酉秋，吴兴舟中作》），“欲泻三江雪浪，净洗胡尘千里，不用挽天河”（宋无名氏《水调歌头·建炎庚戌题吴江》），“帝命煌煌敕百神，方倾天汉洗胡尘”（宋陆游《书意》），“天山挂旆或少须，先挽银河洗嵩华”（宋陆游《送辛幼安殿撰造朝》）等。“要挽”句脱化自杜甫“安得壮士挽天河，净洗甲兵长不用”（《洗兵马（收京后作）》）句，宋人将洗净甲兵移用为洗净虏尘，直抒胸臆，笔锋含愤，气势磅礴，只盼能一改金人主北的局面，报此切齿拊心之仇。

陆游诗集中，以检阅为题的诗众多。除此篇外，诗人于淳熙元年（1174）八月写有《蜀州大阅》，淳熙二年（1175）九月写有《成都大阅》，淳熙十四年（1187）九月写有《严州大阅》，年逾花甲，仍坚持观阅兵，可以看出其重视习武练兵的思想，一以贯之。陆游认为，唯有兵强马壮，方能抵御敌侮，恢复中原。此类诗作，读来皆慷慨磊落、意气昂扬，似见诗人厉兵秣马、枕戈待旦之态。此首七律为“二部式”，八句中间分开，四句为一意段，前后分明，前实后虚，章法开阖。纵观全诗，首联叙题兼写景，渲染气氛，句法雄迈，中间两联由写实到追忆，情感由激昂转入幽愤，尾联则振臂高呼，以壮语作结，声情激越。全诗格律精工，笔力遒劲，气度超凡，沉郁中见雄健之气。

九月十六日夜，梦驻军河外，遣使招降诸城，觉而有作

杀气昏昏横塞上[①]，东并黄河开玉帐[②]。
昼飞羽檄下列城[③]，夜脱貂裘抚降将。
将军枥上汗血马[④]，猛士腰间虎文韔[⑤]。
阶前白刃明如霜，门外长戟森相向。
朔风卷地吹急雪[⑥]，转盼玉花深一丈[⑦]。
谁言铁衣冷彻骨，感义怀恩如挟纩[⑧]。
腥臊窟穴一洗空[⑨]，太行北岳元无恙[⑩]。
更呼斗酒作长歌，要遣天山健儿唱[⑪]。

【注释】

① 横：充满，弥漫。

② 并：依傍。玉帐：主帅的军营。

③ 羽檄：紧急军用文书。下列城：攻下许多城池。

④ 枥：马槽。汗血马：汉武帝时大将军李广利斩西域大宛王，得汗血马，马汗从前肩胛出，色红如血，传闻一日能行千里。事见《汉书·武帝纪》。此处指主帅坐骑。

⑤ 虎文韔（chàng）：画有虎头的弓套。韔，弓套。

⑥ 朔风：北风，寒风。

⑦ 转盼：转动眼睛，形容时间短暂。玉花：雪花。

⑧ 如挟纩（jiākuàng）：好像披着棉衣，喻受人抚慰而感到温暖。《左传·宣公十二年》载，楚怀王关怀军士是否受寒、挨冻，军士心里都感到温暖，仿佛穿了棉衣。挟，同“夹”。纩，本义为新丝棉絮，后泛指棉絮。

⑨ 腥臊窟穴：蔑称金人居所。北方游牧民族吃生牛羊肉，身上有腥臊味，故以“腥臊”指金人。

⑩ 太行：即太行山。北岳：即恒山。当时均为沦陷区。

⑪ 天山：在今新疆中部。此处泛指西北边境。

【评析】

乾道九年（1173）九月，陆游四十九岁，时在嘉州知州任，身在后方，远离前线，报国无门，日思夜想，竟梦至塞外，招降诸城，收复河山。醒后回味不已，遂作此诗记梦。诗题“觉而有作”，坐实梦境。因诗人刚编纂《岑嘉州诗集》不久，此诗受岑参诗风影响尤为明显，气势极豪放奇伟。河外，即黄河以北。此处泛指黄河流域沦陷区。

诗分四层，前四句写战争场面，极言战斗紧张激烈。“昏昏”“横”可见杀气纵横，刀光森森，遮天蔽日，在昼犹昏，令人生畏，有“黑云压城城欲摧”（唐李贺《雁门太守行》）之势。据“东并黄河”“玉帐”可知，王师主帅于黄河东安营设帐。王师抵此，代表国耻已雪，失地已复。诗人日有所思，夜有所梦，可见恢复之事为其平生素志。三、四句照应诗题，对仗工稳。“昼飞”句化用高适“校尉羽书飞瀚海”（《燕歌行》），“飞”“下”两个动词由大处入手，急传羽书，突出军情紧迫，局势一触即发，渲染临战前的紧张气氛；“脱”“抚”则从细处聚焦，表现“苟能制侵陵，岂在多杀伤”（唐杜甫《前出塞九首》其六）的观点，突出仁义之师风范。王师战意锋锐，势如破竹，昼夜之间，招降诸城，对比强烈，诗意饱满。“将军”四句遣词精警，笔力雄健。描写大捷后的军营风貌，突出军幕武卫森严，军备精良，将士战意勃发、军容整肃，王师军威赫赫、虽胜不骄。“朔风”四句由岑参“北风卷地白草折，胡天八月即飞雪”与“将军角弓不得控，都护铁衣冷难着”（《白雪歌送武判官归京》）二句脱化而出，既体现主帅对麾下战士的关怀，将贤兵勇，上下一心，也以恶劣环境反衬将士的英勇无畏、心无旁骛，一腔爱国热忱，只思报国，执戈前驱，乃至忘却严寒。末四句呼应开篇四句，写王师乘胜追击，高唱凯歌，收复秦、汉故土，战果丰硕。诗人“要挽天河洗洛嵩”（《八月二十二日嘉州大阅》），欲将金兵胡虏驱逐出北宋旧地。“一洗空”运笔如椽，境界阔大，豪气冲腾，寄寓诗人扫清胡尘、恢复河山的美好愿景。末二句以长歌收束，豪宕奔放，气势宏伟，振奋人心。

朱东润分析道：“陆游在嘉州任内，无法实现他的希望，只有把收复失地的意图，寄托给不能实现的幻梦。他梦到收复河北的太行山、恒山和河西走廊，一直到天山的地区，把敌人的政治机构一扫而空，让西北的健儿高唱凯歌。我们必须从欢乐中理解他的悲哀，同时也必须从他的幻梦中玩味他的理想。”（《陆游选集》）陆游借梦境抒发出师北伐之志，梦中大捷，所向披靡，痛饮高歌，何等欢乐！然而南柯梦醒，更显现实苍凉，颓然可悲。幻梦与现实之间落差鲜明，尤显凄恻动人。诗人执着于恢复大业，奈何不被重用，受制于人，加上南宋王朝气数将尽，其收复失地的热望无所凭依、无从实现，在苦闷现实中，唯有将理想寄托于幻梦，聊以慰藉。诗押去声韵，一韵到底，韵脚密且为开口音，音韵铿锵，声洪气壮，声情相谐，风格刚健雄奇，结构分明，层层推进，充满豪放之气和乐观精神。

闻虏乱有感

前年从军南山南[①]，夜出驰猎常半酣。
玄熊苍兕积如阜[②]，赤手曳虎毛毵毵[③]。
有时登高望鄠杜[④]，悲歌仰天泪如雨。
头颅自揣已可知[⑤]，一死犹思报明主[⑥]。
近闻索虏自相残[⑦]，秋风抚剑泪汍澜[⑧]。
雒阳八陵那忍说[⑨]，玉座尘昏松柏寒[⑩]。
儒冠忽忽垂五十[⑪]，急装何由穿袴褶[⑫]？
羞为老骥伏枥悲，宁作枯鱼过河泣。[⑬]

诗人自注：古乐府《枯鱼诗》：“枯鱼过河泣，何时复还入。作书与鲂鱮，相教谨出入。”

【注释】

① 南山南：终南山以南，即汉中一带。

② 玄熊：黑熊。苍兕（sì）：青色犀牛。阜（fù）：小山。

③ 曳：拖拉。毵（sān）毵：毛发细长的样子。

④ 鄠（hù）杜：指鄠县（今陕西西安鄠邑）和杜陵（今陕西西安东南），时为沦陷区。

⑤“头颅”句：已自知年迈，不为朝廷所重，再无担任要职的可能。南朝梁陶弘景《与从兄书》：“仕宦期四十左右作尚书郎，即抽簪高迈。今三十六方作奉朝请，头颅可知，不如早去。”范成大《除夜书怀》：“岐路东西变，羲娥日夜催。头颅元自觉，怀抱故应开。”

⑥ 明主：指宋孝宗赵昚（shèn）。

⑦ 索虏：蔑称金人。金人蓄辫发，长如绳索。

⑧ 汍（wán）澜：流泪的样子。

⑨ 雒（luò）阳八陵：北宋八个皇帝的陵墓，在今河南巩义。雒阳，洛阳古称。雒，同“洛”。

⑩ 玉座：指皇陵。

⑪ 儒冠：读书人的帽子。此为陆游自指。

⑫ 急装：扎缚紧凑的装束。袴褶（kùzhě）：古代一种骑服。此处代指戎装。

⑬“羞为”二句：不愿像衰老的千里马那样因伏在马槽而悲愁，又岂肯像枯鱼一样因出水丧生而悔泣。老骥伏枥，语出曹操《步出夏门行·龟虽寿》：“老骥伏枥，志在千里。”骥（jì），良马。枯鱼过河泣，自注中“何时复还入”应为“何时悔复及”，当系误记。

【评析】

此诗乾道九年（1173）九月作于嘉州。所谓“虏乱”，是指乾道八年（1172）金国内部动乱，事见宇文懋昭《大金国志》。诗人常怀报国之心，闻金人内乱，忆及南山射猎，豪举、壮怀奔涌胸中。可是朝廷固守和议，按兵不动，眼看坐失良机，诗人抚剑落泪，不胜感慨，作此诗。诗分两层，前八句回忆往昔从军岁月。起四句先写游猎汉中的盛况，南山刺虎，雪夜射熊，意气风发，豪迈激昂。下四句笔锋陡转，酣畅情绪戛然而止。陆游昔日从军，防秋巡边，常"北游山南，凭高望鄠、万年诸山，思一醉曲江、渼陂之间，其势无繇，往往悲歌流涕"（《〈东楼集〉序》），泪如雨下。失地就在眼前，空有杀敌之心，却无用武之地，忍看"遗民膏血饱豺狼"（《题海首座侠客像》），内心悲愤万分，因此屡屡提及。"近闻"八句回到当下，抒发北伐杀敌、恢复故土之愿。诗人身在嘉州，心驰边关，对中原的怀念之情难以抑制，传闻敌军内乱，激动万分，含泪抚剑，虽已年近半百，仍愿重整戎装，血洗国耻。此诗起笔极力渲染当年游猎豪放壮观场面，意在表现自己立功疆场的平生心事，而现实中却已是老骥伏枥，衰鬓霜白。即便如此，诗人宁做过河出水而丧生的枯鱼，渡河杀敌，一去不回，也不愿"骈死于槽枥之间"（唐韩愈《马说》），拳拳报国之情，借"枯鱼"意象表达，至死不悔，感人泣下。

陆游一心渴望恢复中原，对北方敌情始终念念不忘。金人的任何风吹草动，都会引起他的密切关注，特别是所谓的"虏乱"，往往能让其触物兴怀、浮想联翩。然而陆游从未涉足北方，所以诗中有关"虏乱"的内容大多数是出于传闻和想象，常与史实不符。陆游集中涉及"虏乱"的诗歌有十多首，其中小部分诗歌有一定历史依据，但也不乏夸大不实之处，如"群胡自鱼肉，明主方北顾"（《夜读岑嘉州诗集》），"近闻索虏自相残"（《闻虏乱有感》）等。也有一些诗歌并无史实依据，更多的是道听途说，如"颇闻匈奴乱，天意殄蛇豕”（《投梁参政》），“中原乱方作，弱虏运将平”（《作雪二首》其一）等。还有一些诗歌完全背离史实，捕风捉影，主观臆测，特别是因金世宗北徙而引发的诸多“虏乱”传闻，纯粹是无稽之谈，却让陆游异常兴奋，在诗中多有歌咏。金大定二十四年（1184）二月至次年九月，金世宗因思念故乡风物，遂携宗室、大臣北巡上京（治今黑龙江省哈尔滨市阿城区）。此事传至陆游耳中，就成为胡酋北遁的好消息，兴奋之余，不禁连作数诗记录此事。清赵翼评道：“放翁之不忘恢复，未免不量时势；然亦多误于传闻之不审。……淳熙十一年，金世宗如会宁（上京会宁府），命太子守国，而放翁有《闻虏酋遁归漠北》诗。十二年，又有《感秋》诗，自注：‘闻虏酋自香草淀入秋山，盖远遁矣。’不知金国每年巡历春水、秋山，自其常制。金世宗最号贤君，国中称小尧舜。其时朝政清明，边圉乂安，有何事而遁归漠北、遁入秋山耶？可见邻国传闻之讹，易于耸听，而放翁辄轻信之。”（《瓯北诗话》）陆游诗歌所载失实，一方面是受到信息传播条件的客观限制，另一方面也与他主观偏听偏信、不加分辨有关。这也从侧面反映出其强烈的爱国之情一触即发，而这些诗歌对鼓舞南宋军民士气也多有助益。

宝剑吟

幽人枕宝剑[①]，殷殷夜有声[②]。
人言剑化龙[③]，直恐兴风霆。
不然愤狂虏[④]，慨然思遐征[⑤]。

取酒起酹剑[6]，至宝当潜形[7]。
岂无知君者，时来自施行。
一匣有余地，胡为鸣不平[8]？

【注释】

① 幽人：幽居的人，此处为陆游自指。

② “殷殷”句：前秦王嘉《拾遗记》：“有曳影之剑，腾空而舒，若四方有兵，此剑则飞起指其方，则克伐；未用之时，常于匣里，如龙虎之吟。”士人常以“剑鸣匣中”喻己有才能而不受赏识重用。语出曹丕《黎阳作三首》其二：“殷殷其雷，蒙蒙其雨。”殷殷，拟声词，模拟雷鸣之声。

③ 剑化龙：东晋雷焕于丰城掘出一对宝剑，一名龙泉，一名太阿，一剑赠张华，一剑自留。张华死后，宝剑消失。雷焕死后，其子雷华携剑经过延平津（在今福建南平），剑忽从腰间跃出，坠入水中，化为两条长龙。事见《晋书·张华传》。

④ 狂虏：指金人。

⑤ 遐征：远征。

⑥ 酹（lèi）剑：以酒酹地，对宝剑祝告。酹，把酒浇在地上。

⑦ 至宝：极其宝贵的东西。此处指宝剑。

⑧ 鸣不平：即作不平之鸣，语出韩愈《送孟东野序》：“大凡物不得其平则鸣。”

【评析】

乾道九年（1173）九月，陆游四十九岁，时在嘉州通判任。诗人借物自喻，自宽自慰，将满怀愤懑之情，尽数发于此诗。首句“幽人”为诗人的理性化身，“宝剑”为诗人的理想寄托，诗人本我则是理性、感性二者之统一。幽人头枕宝剑，一刻也不松懈，仿佛随时可以上阵杀敌，似有枕戈待旦之感。他与宝剑相伴相依，寸步不离，只因征战沙场之时，二者本为最相契的战友，也是最亲密的伙伴，连睡眠中也不舍分开。宝剑夜里忽然“殷殷”作响，声如雷鸣，此为作者内心情感的具象化。宝剑夤夜“有声”，实为作者“不平”。

“人言”句借龙泉、太阿二剑化龙的神话传说展开想象，写宝剑非是池中之物，转瞬腾起风云，化身为龙。而地面苟且偷安的人们见此却心生惊恐，畏惧万分，只怕此龙招致雷霆，掀起风浪，故而禁锢、压制神龙，让其囿于匣中，无力腾空。着一“恐”字，暗讽朝中屈节求和之人，状尽其胆小怕事之态。暗指自己便如此刻蟠曲在匣中的巨龙，渴望呼云唤雨、叱咤风雷，剑锋指处，所向披靡。“剑化龙”与“愤狂虏”“思遐征”的想象，恰证诗人志意与现实冲突，已揭题旨。陆游一腔热血投注复土事业，渴望以惊雷声势、巨龙神威，一扫“狂虏”，报效国家，却难以实现。从这种意义上来看，宝剑当是诗人内心深处褪去理性外壳的感性自我，不知现实阻遏、世情冷暖，只知与胡虏仇深似海、不共戴天，对所遇之事表示愤慨，隐有抗争之意。若无幽人阻拦、剑匣束缚，宝剑几欲脱手而去，远赴战场，手枭逆贼。

“取酒”二句明写幽人宽慰宝剑，在未逢机遇之前，潜匿踪迹，机缘触发，方可崭露头角，脱颖而出。知音难寻，伯乐难遇，这段幽人与宝剑的对话，实是诗人自我开解。“百岁光阴半归酒，一生事业略存诗”（《衰疾》），诗人以酒酹剑，理智与情感的化身在此刻互敬一杯，劝慰彼此，也让高涨的情绪稍稍舒缓。此处“取酒”祭剑，亦祭过往峥嵘岁月，愤懑怨怼之情溢于言表，又以理性节制，托物感怀，与宝剑相劝慰。唯有心存蓝图，俟机而动，一举灭敌，才可纾忧。诗人渴望“知君者”，盼“时来”，坚信“风云之会立可乘”（《胡无人》），认为因缘际会，方可一展宏图，成全一番造化，终能“邂逅成功名”（《蟠龙瀑布》）。

结句巧用反语设问，首尾呼应，曲表心迹。金人猖狂，宝剑斗志昂扬，剑意凛然，想远征破虏，却被拘于一匣之地，徒然嗡鸣。剑在匣中容身有余，为何要作不平之鸣？只因怀有凌云之志，非是等闲之辈、池中金鳞，它的战场在更广阔的天地，剑匣虽有余地，却容纳不下它的雄心壮志。神龙怎耐久困幽狭井底？鸿鹄又岂能栖身燕雀居处？正如诗人纵有领兵杀敌之能，怀济世匡时之策，却报国无门，不得施展。“丈夫有志苦难成，修名未立华发生”（《楼上醉歌》），诗中“不平”之意更进一层，力透纸背。诗人忧国情深，语多激切，常以剑鸣匣椟喻己未遂之志、难平之意。如：“逆胡未灭心未平，孤剑床头铿有声”（《三月十七日夜醉中作》），“国仇未报壮士老，匣中宝剑夜有声”（《长歌行》），“鹘飞局上新棋势，龙吼床头古剑声”（《遣兴二首》其二），“匣中孤剑铿有声”（《秋雨叹》），“野店灯残宝剑鸣”（《旅思》），等等。宝剑寄寓其恢复热望，剑作铿锵之声，暗喻其怀才不遇，故慨然而叹，传情达意，委婉曲折，动人至深。

此诗与辛弃疾《水龙吟·过南剑双溪楼》同臻妙境，借剑自指，侠气顿出，诗人既有稼轩词中“举头西北浮云，仰天万里须长剑”的豪壮，又有“待燃犀下看，凭栏却怕，风雷怒，鱼龙惨”的忧虑，情感跌宕，深婉蕴藉。纵观全诗，构思奇巧别致，有起有伏，衔接自如，形式新颖活泼，语言平实，强力意志与外在拘限得以调和一体，而怨愤之情又掩抑低回，溢出诗外，风格豪宕沉郁。

观大散关图有感

上马击狂胡[①]，下马草军书。
二十抱此志，五十犹癯儒[②]。
大散陈仓间[③]，山川郁盘纡。
劲气钟义士[④]，可与共壮图。
坡陁咸阳城[⑤]，秦汉之故都。
王气浮夕霭，宫室生春芜。
安得从王师，汛扫迎皇舆[⑥]？
黄河与函谷[⑦]，四海通舟车。
士马发燕赵[⑧]，布帛来青徐[⑨]。
先当营七庙，次第画九衢。[⑩]
偏师缚可汗[⑪]，倾都观受俘[⑫]。
上寿大安宫[⑬]，复如正观初[⑭]。
丈夫毕此愿，死与蝼蚁殊。
志大浩无期，醉胆空满躯。

【注释】

① 狂胡：指狂妄的金兵。

② 癯（qú）儒：瘦弱的书生。

③ 大散：即大散关。陈仓：在今陕西宝鸡，为关中、汉中的交通要冲，战略要地。

④“劲气”句：刚毅勇敢之气凝聚于忠义之士身上。

⑤ 坡陁（tuó）：山路起伏不平。

⑥ 汛扫：洒扫。皇舆：皇帝的车驾。

⑦ 函谷：函谷关，在今河南灵宝，是进出关中的要塞。

⑧ 燕赵：在今河北及山西部分地区。

⑨ 青徐：青州和徐州。前者今属山东，后者今属江苏。

⑩ “先当”二句：应当先建造好七座祖庙，接着规划四通八达的大道。七庙，古代礼制，天子有七个祖庙。此处指宋朝七个祖庙。九衢（qú），四通八达的街道。

⑪ 偏师：协助主力军作战的部队。可汗：古代鲜卑、突厥、回纥、蒙古等族对最高统治者的称呼。此处指金主。

⑫ 倾都：城中所有居民。

⑬ 上寿：献酒祝寿。大安宫：唐代宫殿名。此处借指宋朝宫殿。

⑭ 正观：即贞观，唐太宗李世民年号（627—649）。宋人避仁宗赵祯讳，改作“正观”。

【评析】

大散关在今陕西宝鸡西南，时为南宋与金交界的边防重镇。乾道九年（1173）冬，四十九岁的陆游摄知嘉州，偶观大散关图，心生收复之意，遂作此诗。诗分四层，起四句言明诗人抱负和而今境遇。首二句笔锋突兀，少年英气跃然纸上；下二句转折，点出其已年逾五旬却仍是“癯儒”，与上句文韬武略的英雄形象相差悬殊。着一“犹”字，于豪放中更见心中愤懑。“大散”十句为观图之感。陆游身在蜀地，心驰关中，观图之意，全在恢复。此前他入王炎幕中，亲赴南郑，“瞻望鄠杜，志盛气锐，真有唾手燕云之意”（清赵翼《瓯北诗话》）。但不过一年，幕府解散，王师出关遂成泡影。此刻的舆图带诗人重游故地，重会义士，过往记忆奔涌而来，一下将诗人抛入回忆与想象中，沉湎其间。遥想秦汉故城，嵯峨富庶，而今却王气暗收，宫生春芜，颇近张孝祥“洙泗上，弦歌地，亦膻腥”（《六州歌头》），黍离之悲一览无余。“安得”二句是呐喊，是一腔愤恨的迸发，笔力铿锵，却饱含面对现实的无奈。虽壮志难成，但诗人仍翘首以盼，足见其孤忠。“黄河”十句全用赋法，幻想王师北净胡尘的场景。师出关中、收复河洛、金主就擒、京师献俘、入宫祝捷、军民同庆、重建旧都、中兴国家的美好愿景，由诸多动词相贯穿，如银瓶泄水，一气呵成。但如此蓝图终是幻影，一切美好只存在于想象或梦境中，更见志士悲壮之处。最后四句潜气内转，跌落现实。“丈夫”二句自惜自叹，也正话反说，讽刺为政者庸碌无为，与蝼蚁别无二致。“志大”二句自嘲自慰，写忧国孤臣壮志难酬，只能蹉跎岁月，流涕樽前，读之令人叹惋。《御选唐宋诗醇》评曰：“忠愤蟠郁，自然形见，无意于工而自工。”全诗起句破空而来，结句寄慨遥深，以豪迈起，以落寞结，起承转合，跌宕生姿，又层层递进，气势飙举，沉郁之情波折而出，于雄健中见勃郁。

陆游在弥留之际，曾作绝笔《示儿》诗，有“死去元知万事空，但悲不见九州同”句，九州分裂是诗人挥之不去的遗憾，也是他放心不下的身后事。在陆游看来，九州代表王朝所辖的疆域范围，九州完整是王朝一统的标志。舆图作为特殊的图形符号，关系收复大业，更是九州一统的象征，因此成为陆游文学世界中重要的意象。宋薛季宣指出：“舆地之图，所以尽载地域经纬之数。人民之众寡，土地之产，财物之用，皆王政之本也。”（《〈汉舆地图〉序》）地图是王政之本，也是王朝正统性的重要象征，然而靖康之变后，九州分裂，舆图遭掠，疆土沦丧，致使“中原宋舆图，今乃传胡雏”（《悲歌行》）。“凡兵主者，必先审知地图”（《管子》），陆游一生渴望杀敌恢复，格外珍视地图，研究地图，日夜不倦，地图意象在诗中屡屡出现，如“胡尘漫漫连淮颍，泪尽灯前看地图”（《夜观子虡所得淮上地图》），“行年七十初心在，偶展舆图泪自倾”（《九月二十八日五鼓起坐，抽架上书，得〈九域志〉，泫然有感》），“书生有泪无挥处，寻见祥符九域图”（《书叹二首》其二），“灯前此图忽到眼，白首流落悲涂穷”（《夜观秦蜀地图》），“灭胡意气嗟谁许，泪尽神州赤县图”（《官居书事二首》其一），“但愿舆图早来复，白头敢望起云中”（《雨夜》）等。这些地图，在陆游看来不仅是一个地理符号，更饱含他对故国的温情记忆，代表其恢复河山、一统中原的殷切期望。陆游多次观图生情，念及故土，或痛哭流涕，或唏嘘感慨，赤子之心昭然在目。

金错刀行

黄金错刀白玉装①，夜穿窗扉出光芒②。
丈夫五十功未立，提刀独立顾八荒③。
京华结交尽奇士④，意气相期共生死。
千年史策耻无名⑤，一片丹心报天子⑥。
尔来从军天汉滨⑦，南山晓雪玉嶙峋⑧。
呜呼！楚虽三户能亡秦，岂有堂堂中国空无人！⑨

【注释】

①黄金错刀：典出张衡《四愁诗》：“美人赠我金错刀，何以报之英琼瑶。”错，涂饰。装：指刀柄和刀鞘装饰。

②“夜穿”句：用龙泉剑气冲斗牛典故。《晋书·张华传》载，晋

初，斗、牛二星宿所在之处常有紫气照射，张华问后，得知乃龙泉宝剑光辉，后于丰城掘地而得龙泉、太阿二剑。窗扉，窗户和门。

③ 八荒：又称八方，四方（东、南、西、北）和四隅（东南、东北、西南、西北）的总称，泛指所处世界整个空间，直至最远之处。

④ 京华：京城。此指南宋都城临安。

⑤ 史策：史书。策，书册。

⑥ 丹心：赤诚的忠心。

⑦ 天汉：天河，借指汉水。此处指兴元府治所南郑。

⑧ 南山：指终南山，在今陕西西安南。玉嶙峋：参差矗立，晶莹如玉。

⑨“楚虽”二句：即使楚国只剩下三个氏族，也可以灭掉秦国，难道现在堂堂大宋会没有收复失地的人？战国时，楚怀王被扣押在秦国，不愿答应割地要求，后客死秦地。楚国民谚：“楚虽三户，亡秦必楚。”事见《史记·项羽本纪》。中国，泛指中原。此处指南宋。

【评析】

关于此诗创作时间，一说为乾道八年（1172）作于陕南，诗人身处军中，踌躇满志，意绪振奋；一说为乾道九年（1173）十月作于嘉州知州任，虽远离前线，而复国之志未泯。

此诗托物寄兴，借咏刀抒发报国之志。首二句借刀入题，写宝刀镶金嵌玉，华美无比，光芒难掩，直冲斗牛。此刀外有金玉雕饰交相辉映，精美绝伦，内有削铜断铁、斩金截玉之能，内外皆美，堪称至宝，奈何未逢时运，被人深藏刀鞘，默默无闻。宝刀难耐寂寞，不甘埋没，其刀光竟夜穿窗扉而出。赋予宝刀自我意志，与其所作“逆胡未灭心未平，孤剑床头铿有声”（《三月十七日夜醉中作》）及“幽人枕宝剑，殷殷夜有声”（《宝剑吟》）等诗句有异曲同工之妙。诗人化用《晋书·张华传》典故，以华美宝刀光辉穿扉，暗喻自己怀才抱器、不受重用，遂引出下文对持刀之人的联想。

三、四句笔锋陡转，出人意料。大丈夫持刀能断长蛟、斩楼兰，而诗人此时年近半百仍功业未建、一事无成，怎不令人唏嘘！“提刀”句意境颇近李白“拔剑四顾心茫然”（《行路难三首》其一）。“独”字可见鲜有同道、同谋者，寂寞冷清，处境难堪；“顾”字则昭示诗人内心苦闷，茫然怅惘，环顾八荒，天地空阔，前路未知，徒踯躅彷徨。“提刀独立”极具画面感，既如落魄侠客，也似失意老将，无路请缨的悲情英雄形象立现目前，苍凉之状令人唏嘘。

“京华”四句抚今追昔，写曾经策马京华，结交奇人异士，共襄壮举，同仇敌忾，誓共生死，渴望赤心报国，留名青史，豪气干云。“丹心”语出阮籍《咏怀八十二首》其五十一：“丹心失恩泽。”后被诗家传用。如杜甫《郑驸马池台喜遇郑广文同饮》：“白发千茎雪，丹心一寸灰。”后晋开运二年（945）官刻《杜甫集》作“丹心一片灰”。又曹邺《东郎山》云：“一片丹心存万古，谁云坐处是遐荒？”诗人语袭前人，除此篇外，也常借“丹心”吐露心曲，如“双鬓多年作雪，寸心至死如丹”（《感事六言八首》其一），“只言一寸丹心在，无奈千茎白发何”（《对酒戏作》），“一寸丹心空许国，满头白发却缘诗”（《独坐闲咏二首》其一）等诗句。诗人丹心如许，济世有策，却报国无门，“胡未灭，鬓先秋”（《诉衷情》），伤感尤甚，自知“我死骨即朽，青史亦无名。此诗倘不作，丹心尚谁明”（《春夜读书感怀》），但仍将一片孤忠、满怀热忱寄托于兴复大业，足见其爱国之心、许国之志。

“尔来”二句写自己从军南郑，北望失地，又起恢复之心。“玉嶙峋”状南山晶莹洁白、参差矗立之貌，光辉与刀剑之光相映成趣。诗人思及南山，想起自己“却用关中作本根”（《山南行》）的主张，以及立足汉中，兵出秦川，扫清天下的恢复大计，一时胸中翻涌不休，激情澎湃。末二句突然振起。以“呜呼”结篇末，表达对早日恢复中原的渴盼。引用“楚虽三户，亡秦必楚”的典故，凸显抗金灭虏、一雪国耻的坚定信念，也有伤今思古之意。“岂有”的反诘式警句冲口而出，如春雷轰鸣，振聋发聩。

顾佛影盛赞：“英气出纸背。”（《评注剑南诗钞》）称此诗英气勃发，锐意逼人，力透纸背。又云：“观于《宋史》，孝宗朝群小盈廷，英贤凋谢，君臣喘息，仅图苟安，实已无恢复之望。因知放翁才难之叹，良非偶然。”放眼南宋朝廷，君臣屈节苟安，英才凋敝，堂堂一国，竟无人可用，大抵不是“无人”，而是因为“公卿有党排宗泽，帷幄无人用岳飞”（《夜读范至能〈揽辔录〉，言中原父老见使者多挥涕，感其事，作绝句》）。统治者腐朽无能，佞臣当道，结党营私，陷害忠良，贤能之人多受排挤，郁郁于下。可见诗人“无人”之叹，并非空穴来风，实道出南宋末年之弊。

朱东润评道：“在这首诗里，陆游提出自己的志愿，同时也指出摧毁敌人的信心。”（《陆游选集》）宋末国祚衰落至斯，诗人仍有如此豪壮气魄、如此坚定信心，以英雄志士的豪情，奏响雄迈刚健之音，振臂疾呼，奔走呼号，诗中能有这样的感召力，实属不易。唐圭璋分析说：“这首诗语言流畅，气魄沉雄，形象生动（有宝刀的形象，有人物的形象，有晓雪的形象），充分表现了诗人坚强无比的战斗意志和爱国热情。全诗每四句一换韵，平仄相间，意随韵转，这就使诗的思想和艺术获得和谐的统一。”（《陆游诗三首分析（〈金错刀行〉〈关山月〉〈书愤〉）》）诗为七言歌行体，全篇语言精练，意脉相连，情绪跌宕起伏，变化无定，熔状物、摹景、叙事、抒情、议论为一炉，意气慷慨，气壮山河，读之令人斗志昂扬，振奋不已。

胡无人

须如猬毛磔，面如紫石棱。①
丈夫出门无万里，风云之会立可乘。②
追奔露宿青海月，夺城夜蹋黄河冰。③
铁衣度碛雨飒飒④，战鼓上陇雷凭凭⑤。
三更穷虏送降款，天明积甲如丘陵。
中华初识汗血马⑥，东夷再贡霜毛鹰⑦。
群阴伏⑧，太阳升。胡无人，宋中兴。
丈夫报主有如此，笑人白首篷窗灯。⑨

【注释】

①“须如”二句：胡须如刺猬般张开，面如紫石般威严。《晋书·桓温传》载，桓温“眼如紫石棱，须作猬毛磔”。磔（zhé），古代一种把肢体分裂的酷刑。此处指张开的样子。棱，瘦劲之貌。

②“丈夫”二句：英雄出门不以万里为远，遇到贤主、良机，立即可以施展抱负。风云之会，《易经·系辞》：“云从龙，风从虎。”后以龙虎与风云际会比喻人遇贤主、良机。

③“追奔”二句：露宿青海月下，连夜追击奔逃的敌人，踏着黄河冰块夺城。青海，青海湖。此处泛指西北边防要塞。

④碛（qì）：原指浅水沙石，后引申为沙漠。

⑤“战鼓”句：谓战鼓声响彻边地，直冲云霄。陇，陇山，在今陕西陇县西北。凭凭，象声词，形容声音洪亮。

⑥“中华”句：指宋朝缴获敌人好马。汗血马，产于大宛国的一种良马。

⑦东夷：古代对东方少数民族的蔑称。此处指金国。霜毛鹰：白鹰，毛色白如霜，新罗等国上贡唐朝。

⑧群阴：古时以中国为阳，夷狄为阴。此处主要指金人。伏：伏罪。

⑨“丈夫”二句：大丈夫报效君王就应如此，可笑那些苦读的白头书生，老死在篷窗孤灯下，一事无成。篷窗，篷草编的窗户。此处指简陋房屋。

【评析】

此诗乾道九年（1173）十月、十一月间作于嘉州。《胡无人》，古乐府名，陆游借用其字面意思，表现反对异族侵略的志向。胡，此指金人。诗分为四层，起四句将镜头瞄准一位忠勇刚毅、气凌霄汉的英雄。首二句用笔突兀，活用桓温之典描绘英雄外貌，须髯如戟，状貌奇伟，英姿勃发，气概非凡。三、四句言明英雄不畏艰难，若遇良机则才华得展，驰骋疆场，功业可成。“立可乘”三字，一方面突出英雄求战心切，刻不容缓；一方面也表明英雄蓄势待发，招之能战，斗志昂扬。东晋大将桓温曾亲率大军三次北伐，将王导“克复神州”的口号付诸实践，一度直抵关中、收复洛阳。《晋书》将桓温视为不臣之臣，而陆游却视其为民族英雄，对其所建功绩赞叹有加。此处的英雄，实际是诗人自我形象的理想化，也有以桓温自况之意。五至八句表现英雄艰苦北伐之景，视野开阔，形象飞动，与唐人边塞诗相类。先从视觉着眼，描写将士们北伐杀敌的激烈场景。他们不畏艰苦，餐风饮露，伴宿青海月；攻城夺地，披星戴月，夜踏黄河冰。再从听觉入手，摹状紧张的战争场面，如在目前。风雨声、战鼓声响彻四野，壮我胆气，灭敌威风，气势磅礴，令人精神为之一振。

接下八句承上而来，续写金灭宋兴的胜利景象，群阴慑服，戎虏乞降，一夜积甲与山齐；四夷宾服，称臣纳贡，宋室中兴如日升。此刻诗人喜悦之情难以遏制，“群阴伏”四个短句，排比直下，节奏短促，掷地有声，铿锵有力，如胜利宣言，似听无数将士高声疾呼，豪情壮志，气震山河，令人读之心潮澎湃、热血沸腾。末二句回到现实，情绪急转直下，与三、四句相对应。尽管幻想令人神往，但毕竟是虚幻的，一旦诗人发觉现实与其幻想之间的巨大差距，就难免失望，愤懑不已。陆游自嘲虽历经高、孝、光、宁四朝，但君臣际遇始终相距甚远，“丈夫无成忽老大”（《夏夜不寐有赋》），只能才不见用，老死寒窗。“有如此”却未必“能如此”；“笑人”实为“自笑”，报国无门鬓先斑，悲愤之情不言自明。此诗以律入古，借乐府旧题言志，直抒胸臆，气势雄健，语言生动自然，恣肆酣畅，三、五、七言长短句式交错，抑扬顿挫，音韵节奏多变，纵横自如，又因一韵到底，盛气贯注，而充满“气可吞匈奴”（《三江舟中大醉作》）的雄豪与悲凉之气。塑人物形神毕现，绘北伐酣畅淋漓，奏凯歌音调高亢，虽是幻想，却神韵并茂，声容俱壮，“使人读之，发扬矜奋，兴起痿痹矣”（清方东树《昭昧詹言》引姚鼐语），可与李白《胡无人》相媲美。

晓　叹

一鸦飞鸣窗已白，推枕欲起先叹息。
翠华东巡五十年[①]，赤县神州满戎狄[②]。

主忧臣辱古所云[3]，世间有粟吾得食[4]。
少年论兵实狂妄，谏官劾奏当窜殛。[5]
不为孤囚死岭海，君恩如天岂终极。[6]
容身有禄愧满颜，灭贼无期泪横臆[7]。
未闻含桃荐宗庙[8]，至今铜驼没荆棘[9]。
幽并从古多烈士，悒悒可令长失职？[10]
王师入秦驻一月，传檄足定河南北。[11]
安得扬鞭出散关[12]，下令一变旌旗色[13]。

【注释】

①翠华：指皇帝车驾。古代皇帝车盖用翠羽装饰，故称。东巡：委婉说法，指高宗仓皇南渡，迁都临安事。

②赤县神州：指中国，出自《史记·孟子荀卿列传》。戎狄：古代称西部少数民族为戎，北方少数民族为狄。此处指金人。

③主忧臣辱：君主有了忧愁，是臣子的耻辱。语出《史记·范雎蔡泽列传》："昭王临朝叹息，应侯进曰：'臣闻主忧臣辱，主辱臣死。'"

④"世间"句：世间虽有粮食，我怎么能吃得下？粟，泛指粮食。《论语·颜渊》："公曰：'善哉！信如君不君，臣不臣，父不父，子不子，虽有粟，吾得而食诸？'"

⑤"少年"二句：年少时论兵实在狂妄，应当被谏官弹劾而罢官处死。乾道二年（1166），陆游任隆兴府通判，因支持张浚北伐，被弹劾罢官，归山阴闲居。事见《宋史·陆游传》。窜，流放。殛（jí），处死。

⑥"不为"二句：我没有成为孤独的囚徒死在岭南，可见皇恩如天没有边际。岭海，指岭南，即五岭以南，宋获罪官员常被放逐至此。

⑦贼：指金人。臆：胸中。

⑧含桃荐宗庙：上古农历五月，天子在寝庙中以樱桃祭祀祖先。《礼

记·月令》："天子乃以雏尝黍，羞以含桃先荐寝庙。"

⑨ 铜驼没荆棘：西晋将亡时，索靖指着洛阳宫门铜驼，叹曰："会见汝在荆棘中耳！"事见《晋书·索靖传》。此处指汴京沦陷后荒芜景象。

⑩ "幽并"二句：幽州、并州自古就有许多忠烈之士，怎能让他们郁郁不乐，长期无所作为？幽州，今河北及辽宁一带。并州，今河北西部及山西北部一带。悒（yì）悒，忧闷不乐的样子。

⑪ "王师"二句：若朝廷出师北伐入秦，驻扎一个月，传布文书，就可以收复黄河南北一带沦陷区。秦，指古秦地，在今陕西。檄，古代官府用以征召、晓谕或声讨的文书。

⑫ 散关：即大散关。

⑬ 一变旌旗色：改变旌旗颜色，意谓收复失地。

【评析】

淳熙元年（1174）夏，诗人五十岁，任蜀州通判，感慨中原沦陷日久，国势危殆，而朝廷偏安一隅，抱残守缺，灭胡无期，遂作此诗。首二句总领全诗，着眼清晨，一声鸦鸣，诗人尚未晨起便推枕叹息，似有心事郁结在胸。"翠华"四句承上而来，引出所叹之事。先回顾南宋迁都五十年来局势，"满戎狄"凸显当前事态严峻，笔调沉痛。又借范睢与《论语》典故写心忧国事，寝食难安，即使有粮饷俸禄，念及国耻，也无法安心享用。"少年"六句回忆自身遭遇，早年意气风发，踌躇满志，委实轻狂，为解君忧，敢于纵论兵事，虽遭劾免官，几蹈流放、处死之祸，但未一蹶不振，反而"流落愈忧国"（《雨夕排闷二首》其一）。

"未闻"二句写汴京沦陷后"铜驼没荆棘"的荒凉景象，饱含兴衰感慨，意味深沉。昔日繁华国都，今已乱草丛生，林木荒芜，满目凄然，怵目惊心。诗人用《晋书》典故，痛感昔年君臣南渡之苦恨，抒发强烈的黍离之悲，意近“国破山河在，城春草木深”（唐杜甫《春望》）。“幽并”二句写沦陷区爱国志士跃跃欲试，翘首以待恢复，欲一洗国耻，为君分忧。幽、并一带自古便有尚气任侠之风，民风雄豪，意气慷慨，沦陷区的热血男儿定能驱逐胡虏、共谋盛举。诗人推想，若坚守出师决策，收复失地并非难事，借此希望朝廷下定决心，出师北伐，不要辜负“忧国孤臣泪，平胡壮士心”（《新春》）。结尾四句振起全篇，谋划出师策略：王师若立足汉中，兵出秦川，顷刻间便可改旗换帜，“先取关中次河北”（《送范舍人还朝》），从而恢复中原，扫清天下。诗人《山南行》《归次汉中境上》《送范舍人还朝》等诗作都提及自己以关中为“本根”（《山南行）》，直取长安、经略中原的战略主张，有替朝廷出谋划策之意，一片赤胆忠心耿耿向君，只盼恢复旧疆，还于旧都。

宋刘辰翁赞曰：“志士而不能言，是翁能言。”（《须溪精选陆放翁诗集·后集》）幽、并地区爱国仁人志士含恨忍耻，南望王师，年复一年，渴盼恢复，奈何沦陷日久，有口难言，而放翁使气敢言，代其言说，将其郁愤愁闷一吐为快。明郎瑛抚卷长叹曰：“《晓叹》一篇，《书愤》一律，足见其情。”（《七修类稿》）清孙枝蔚感于放翁孤忠赤忱，读罢泪下沾襟，其《陆放翁研歌，为毕载积题》云：“放翁不止是诗人，酒罢凄凉南宋事。挥毫意气凌千秋，冬天不惧寒无裘。《晓叹》一篇情具见，后人展诵泪长流。”（《溉堂前集》）放翁曾扪心自问：“此身合是诗人未？”（《剑门道中遇微雨》）虽自喜为诗人，又不甘仅为诗人。而后人“不止是诗人”的评价，对其诗才、将略皆加以肯定，应可告慰放翁在天英灵，令其释然一笑。朱东润点评：“他因收复失地没有实现的日期，感到深切的悲哀。他指出只要收复长安，布告一出，河北、山西等地的爱国之士，立刻发动起来，可以摧毁敌人。”（《陆游选集》）诗写系念家国之思、英雄失路之悲，诗情由悲而壮，沉郁悲愤中充溢满腔热血，笔力遒劲，格调慷慨激越，多用典故，自然贴切而不滞涩。诗押入声“职”韵，一韵到底，韵脚极密，低沉而有力，沉郁顿挫。

对酒叹

镜虽明，不能使丑者妍。
酒虽美，不能使悲者乐。
男子之生桑弧蓬矢射四方，古人所怀何磊落。①
我欲北临黄河观禹功②，犬羊腥膻尘漠漠③。
又欲南适苍梧吊虞舜，九疑难寻眇联络。④
惟有一片心，可受生死托。
千金轻掷重意气⑤，百舍孤征赴然诺⑥。
或携短剑隐红尘，亦入名山烧大药。⑦
儿女何足顾，岁月不贷人⑧。
黑貂十年弊，白发一朝新。⑨
半酣耿耿不自得，清啸长歌裂金石⑩。
曲终四座惨悲风，人人掩泪无人色⑪。

【注释】

①“男子”二句：男子出生，以桑木作弓、蓬梗为矢，射天地四方，古人胸怀何等光明磊落！《礼记·内则》载，国君世子出生后，为君掌管射事之人以桑弧蓬矢射向天地四方。桑弧，桑木制的弓。蓬矢，蓬梗

制的箭。李白《上安州裴长史书》：“以为士生则桑弧蓬矢，射乎四方，故知大丈夫必有四方之志。”

② 禹功：夏禹治水的功绩。此处指龙门山，在今山西河津西北及陕西韩城东北，跨黄河两岸。相传夏禹治水时凿通龙门山，疏洪水，消灾难，故后人称龙门山为“禹功”。

③ 犬羊：对金人的蔑称。

④“又欲”二句：又想向南到苍梧凭吊虞舜，但九嶷山中山峰相似，难以寻找其所葬之地。虞舜，上古五帝之一，号舜，名重华，南巡时死于苍梧之野，葬于九嶷山。事见《史记·五帝本纪》。九疑，九嶷山，又名苍梧山，在今湖南宁远。疑，同“嶷”。

⑤“千金”句：轻视钱财，注重恩义与情谊。千金轻掷，即“一掷千金”，形容用钱满不在乎。千金，汉代以一斤黄金为一金。

⑥ 百舍：百里一宿，意谓长途跋涉。战国初期，公输般为楚国制造攻城云梯，预备用来攻打宋国。墨子听到此事，步行百舍，脚底磨起厚茧，赶去阻止公输般。事见《战国策·宋策》。赴然诺：去实现诺言。秦末，楚人季布性情耿直，尚侠义，乐助人，只要答应的事，无论多大困难都设法办到，故楚人谚：“得黄金百斤，不如得季布一诺。”即后世所说“一诺千金”。见《史记·季布栾布列传》。

⑦“或携”二句：若无报国机会，就携带短剑隐于闹市，并到名山炼丹修道。晋葛洪《抱朴子·内篇·金丹》载，古之道士必于名山中炼制神仙大药。大药，即丹药，用丹砂炼制的药物，道教认为服之可长生不老。

⑧ 贷：本义为借贷。此处意谓宽限、等待。

⑨“黑貂”二句：黑貂皮衣穿着十年后已经残破，白发每日都在不断增多。战国时，苏秦游说秦王，上书十次都未见采用，身上黑貂袍被穿破，黄金百斤用尽，最后离秦。事见《战国策·秦策》。

⑩ 裂金石：啸歌之声如金石碎裂。

⑪ 无人色：面无人色，意谓变容失色。

【评析】

淳熙元年（1174）夏，陆游五十岁，离嘉州返蜀州通判任。同年夏，揽镜自照，见两鬓星星，思及岁月将暮而功业未建，对酒长叹，作此诗。首四句起笔铺排，劈空而下。镜虽光亮可鉴，却不可改变苍老容颜，诚实且无情地展现镜前事物形貌，细纹白发，触目惊心，纤毫毕现，无所遁形。酒虽名贵醇美，却无法排解心中忧愁，诗人饮酒，酒酣肠热，而牢骚更盛。人常言“销愁凭酒盏，遣兴赖诗篇”（宋李纲《北望》），此处却一反常语，不言美酒“解忧”，却说纵饮美酒，仍无法转悲为乐，可见愁绪深重，有世事难全、怅然失志意。

“男子”二句豪气振荡，有李白遗风。男儿堕地，便用桑木为弓、蓬梗作矢，射向天、地、四方，以示此子志向远大。诗人借古代生子桑弧蓬矢的风俗表露崇古之心，也阐明己志，对当下投闲置散的生活状态极为不满。“我欲”四句，效东汉张衡《四愁诗》“欲往从之梁父艰，侧身东望涕沾翰。……欲往从之湘水深，侧身南望涕沾襟”句式，回环重叠，反复咏叹。诗人“北临黄河”，但见虏尘漫漫，阻碍重重，北伐无门，恢复无期；“南适苍梧”，则音信杳杳，纵孤忠一片，奈何圣君难觅、有志难伸。偌大天地，竟致蹇于一隅，无处可去，进退维谷，生出彷徨之感。诗人北进南行，求索追寻之地皆关涉朝政，寄寓其政治理想，既盼良君良策，又以疆土之事为忧。用神话典，更增厚重感；借古论今，文采斐然；列举方位，突破空间局限，尤显境界阔大，气概豪壮，悲愤郁结，动人心魄。

"惟有"四句，忽宕开一笔，变为短句，音节短促，节奏转急，自剖肝胆衷肠，发抒性情襟抱。面对无法逾越的险阻，诗人直放豪语，以生死表忠诚，未露怯色。语言激昂高亢，先说明重义轻财，有豪侠气概，后化用李白"三杯吐然诺，五岳倒为轻。眼花耳热后，意气素霓生"（《侠客行》）诗句，用墨子与季布典，表重义气、然诺的高尚人格。"或携"二句退而求次，留有转圜余地，有现实紧逼、山穷水尽之势。写倘若无法建功立业，也愿栖隐名山，炼丹修道，以待时运。"儿女"二句则重申情志，有岁月不居、及时建功意，与诗人"但悲鬓色成枯草，不恨生涯似断蓬"（《武昌感事》）同一机杼。"黑貂"二句对仗工稳，运用对比手法，语带沧桑，强化时不我待、"美人迟暮"之感。末四句写愁绪郁郁在心，化作悲歌长啸，喷涌而出，有碎金裂石之势，冲破天际，一吐为快，曲终静寂，语尽意不尽。又以四座宾客掩袖而泣，侧面衬出此曲极富感染力，哀切动人，悒悒低回。

钱锺书《谈艺录》评道："《后村诗话》云：'诚斋天分似太白，放翁学力似少陵。'比拟尚非不伦。然放翁颇欲以'学力'为太白飞仙语，每对酒当歌，豪放飘逸，若《池上醉歌》《对酒叹》《饮酒》《日出入行》等篇，虽微失之易尽，如桓宣武之于刘越石，不无眼小面薄声雌形短之恨，而有宋一代中，要为学太白最似者，永叔、无咎，有所不逮。同时刘改之《龙洲集》中七古，亦多此体，伧野粗犷，信似京东学究饮私酒、食瘴死牛肉，醉饱后所发，与放翁雅俗相去，不可以道里计矣。"所论颇为中肯。指出宋代效仿太白诗风者虽众，但陆游为其中最为相似者。尤其是乐府歌行，颇似太白，北宋欧阳修、晁补之等人，皆力有不逮，南宋刘过集中七古，则流于俗俚粗野，不如放翁能得太白风神。认为此诗便为放翁学太白的代表作品。放翁当时就被友人周必大誉为"当世李太白”，宋罗大经记载：“寿皇（孝宗）尝谓周益公（周必大）曰：‘今世诗人，亦有如李太白者乎？’益公因荐务观，由是擢用，赐出身为南宫舍人。”（《鹤林玉露》）明毛晋曰：“孝宗一日御华文阁，问周益公曰：‘今代诗人，亦有如唐李太白者乎？’益公以放翁对。由是人竞呼为‘小太白’。”（《汲古阁刊〈剑南诗稿〉跋》）因诗人与李白性情有相似之处，皆任侠好施、热情奔放，喜问道求仙，故而发之为诗，语语有气，一气贯注，奔放飘逸，想象瑰奇，有太白之风。此诗用典恰到好处，句式参差，长短相协，错落有致，跌宕生姿，风格豪壮悲慨，有流动飞纵之势。

秋　声

人言悲秋难为情，我喜枕上闻秋声。①
快鹰下韝爪觜健②，壮士抚剑精神生。
我亦奋迅起衰病③，唾手便有擒胡兴。
弦开雁落诗亦成，笔力未饶弓力劲④。
五原草枯苜蓿空⑤，青海萧萧风卷蓬。
草罢捷书重上马，却从銮驾下辽东⑥。

【注释】

①“人言”二句：化用刘禹锡《秋词》：“自古逢秋悲寂寥，我言秋日胜春朝。”难为情，难以忍耐胸中悲情。秋声，指秋天里自然界的声音，如风声、草木摇落之声、虫鸟声等。

②韝（gōu）：臂套。觜（zuǐ）：同“嘴”。

③亦：明刊须溪本作“已”。奋迅：精神振奋，行动迅速。

④ 未饶：不让，不亚于。

⑤ 五原：关塞名，即汉五原郡之榆柳塞，在今内蒙古五原。

⑥ 銮驾：天子车驾。此处代指帝王。辽东：在今辽宁东南。此处指金朝后方。

【评析】

关于此诗创作时间，一说淳熙元年（1174）初秋蜀州任上作。一说题目虽为《秋声》，但编次在六月十四日、二十五日所作诸诗之前，当为淳熙元年（1174）夏蜀州作。秋风乍起，天气转凉，草木凋落，令人倍感萧瑟凄凉，因此古来文人多写秋日寂寥。宋玉有句“悲哉秋之为气也，萧瑟兮草木摇落而变衰”（《九辩》），自此开创“悲秋”传统。杜甫《登高》慨叹“万里悲秋常作客，百年多病独登台”，欧阳修有《秋声赋》，格调皆与此诗迥然不同。陆游翻案作诗，一扫颓唐悲凉，为秋日注入昂扬奋发之气。

首二句先声夺人，直抒胸臆，点明“闻秋声”而喜，奠定全诗刚健爽朗、激越向上的基调。次四句写行猎场面，雄鹰展翅，壮士抚剑，引发擒敌之意。蓄养一夏的猛禽，爪尖喙利，跃跃欲试；渴望北伐的战士，精神饱满，按剑待发。就连卧疾在床的诗人也褪去衰病暮气，于病中奋迅而起，生出将胡虏唾手擒来之兴致，精神焕然，热血沸腾。接下二句绾上启下，既照应前句“擒胡兴”，也为后文远征辽东、捷报频传张本。“弦开”“雁落”“诗成”动作紧凑相续，可见身手不凡，文思敏捷，毫无拖沓滞涩，一气呵成。“未饶”二字尤为精妙，以通感手法，将弓力比作笔力，弓力、笔力之刚劲双双凸显。“五原”二句换“东”韵，写王师与金兵在五原、青海一带进行一场声势浩大的战役，战后空余荒芜原野、枯草飞蓬，恍然有肃杀意。诗人不言战斗激烈，只着墨于萧瑟秋景，笔端却杀气毕现、寒意凛冽，侧面凸显王师势如破竹，如风卷残云般将残虏扫荡一空。末二句收束前文战役，写已收复被金人占领的西北疆土，遂草就捷书，策马扬鞭，预备跟随帝王继续向辽东进发，杀敌复土，将全诗情感推到高潮。“五原”“辽东”为虚景，诗人逸兴遄飞，于“枕上”造境于万里间，想象新奇，令人服。

陆游喜爱秋天，虽也接续前人遗声，屡有悲秋之作，有“谁知病客悲秋意，尽在空阶点滴中”（《秋雨三首》其二），“病后支离不自持，湖边萧瑟早寒时。已惊白发冯唐老，又起清秋宋玉悲。枕上数声新到雁，灯前一局欲残棋。丈夫几许襟怀事，天地无情似不知”（《悲秋》）等诗句。却又能在其中翻出新意，在丛菊、哀雁这些典型秋景中，品咂出与古人不同的感受，“乌桕微丹菊渐开，天高风送雁声哀。诗情也似并刀快，剪得秋光入卷来”（《秋思三首》其一），将诗情比作剪刀，好剪得一缕大好秋光入卷珍藏，让秋光化为诗句永远停驻。除却对秋景的单纯喜爱，诗人还认为秋为用兵之季。冬日天寒地冻，雪大路滑；夏日炎热多雨，泥泞不堪，皆不利行军。而秋高气爽，正合时宜。加上秋收之后，粮草充足，战马肥壮，正是摧毁胡虏老巢的最佳时机，王师厉兵秣马，即可北上秋征。因此，陆游在描写秋声、秋景的众多诗作中，不咏悲怀，也不言愁苦，而是自然而然生出凌云豪气。其《立秋后作》云：“宋玉悲秋千载后，诗人例有早秋诗。老夫自笑心如石，三日秋风漫不知。”当文人延续宋玉“悲秋”传统，逢秋兴悲、凄凄切切时，诗人却笑言自己心如铁石，并不因秋风萧瑟而生出多愁善感之意，可见诗人心态何等恬然自适、乐观放达！

朱东润评道：“古代诗人认为秋天使人伤感。宋玉的《九辩》，汉武帝的《秋风辞》，杜甫的《秋兴八首》，都是这样。陆游不是如此，他认为秋天是作战的季节，是打垮敌人、收复失地的季节。

这首诗充满了坚强、勇敢的战斗气氛；结尾一句，把战争推向辽东，具备有余不尽的意致。”（《陆游选集》）此诗颇似刘禹锡《秋词》“自古逢秋悲寂寥，我言秋日胜春朝”，然刘禹锡寄诗情于晴空白鹤，陆游则寓豪兴于壮士抚剑、唾手擒敌，更增家国情怀。诗人于枕上听闻秋虫唧唧、叶落簌簌、风声萧萧等种种季节衰败萧条之声，不仅没有催生悲情，还由此唱出一首高亢嘹亮的战歌。在战歌声中，王师大捷，慨然北进，是以宋刘辰翁赞曰：“但能言此，亦不易得。”（《须溪精选陆放翁诗集·后集》）全诗境界壮阔，豪迈雄壮，意气轩昂，换韵得当，层次分明，叙事、摹物生动逼真，诗人精神风貌宛然可见。

寓驿舍

诗人自注：予三至成都，皆馆于是。

闲坊古驿掩朱扉，又憩空堂绽客衣①。
九万里中鲲自化②，一千年外鹤仍归③。
绕庭数竹饶新笋，解带量松长旧围。
惟有壁间诗句在，暗尘残墨两依依。

【注释】

①绽客衣：缝制衣裳。汉乐府相和歌辞《艳歌行》：“兄弟两三人，流宕在他县。故衣谁当补，新衣谁当绽。赖得贤主人，览取为吾绽。”绽：明刊涧谷本作“浣”。

②“九万”句：化用《庄子·逍遥游》所载鲲鱼化为鹏鸟，乘旋风飞上九万里寓言。

③“一千”句：陶潜《搜神后记》载，辽东人丁令威学道于灵虚山，后化鹤归乡，少年举弓欲射之，丁令威道：“有鸟有鸟丁令威，去家千岁今始归。城郭如故人民非，何不学仙冢垒垒。”宋丁谓《寄友人》：“九万里鹏重出海，一千年鹤再归巢。”释普济《五灯会元》卷十六载佛印语：“九万里鹏从海出，一千年鹤远天归。”

【评析】

淳熙元年（1174）夏，陆游自蜀州赴成都，寓居古驿，作此诗。自乾道六年（1170）入蜀以来，诗人辗转蜀中，往来奔走，数次落脚成都，此为第三次。初至成都，曾作《汉宫春》（其一·初自南郑来成都作），思及南郑前线截虎呼鹰，深雪夜归，豪气冲霄，满腹诗情将略，时时“记取封侯事在”，直道“功名不信由天”。然而五年过去，诗人职务变动多次，做过州郡佐吏，也做过帅府幕宾，风尘碌碌，四处迁调，但在沉闷的政治局势里，建功立业愿望仍无法实现，徒抱雄心壮志，蹉跎岁月。三往成都，皆落脚此驿，此刻故地重游，景况却不比往昔，不由感慨万千，生出物是人非之感。

首联写驿舍冷清无人、历史久远，朱门半掩，厅堂空寂。坊“闲”与堂“空”相呼应，烘托荒凉幽静氛围。诗人解衣四顾，满目萧然，念年来漂泊无定，浮沉宦海，羁愁涌上心头。“绽客衣”用汉乐府《艳歌行》典故，古人以此抒发游子思乡之情，诗人用此典叙说流宕他乡之悲苦。颔联笔锋一转，写独憩空堂的想象，突破时间、空间局限，意境苍莽无垠。化用《庄子·逍遥游》鲲鹏奋翅飞天、《搜神后记》丁令威化鹤归辽二典，有时过境迁、时移世易、沧海桑田的感慨。漫多往来之客旅居此驿，其中有后来飞黄腾达、青云直上的得志者，也有如诗人这般一直奔走各地、无所建树的失意者。二者升沉异势，进退穷达，不相干系，唯有诗人在此故地重游，虚掷流光。“九万里”连续三仄声，“一千年”音读入平平，抑扬顿挫，铿锵有力，对仗工整，气势宏阔。

颈联承上而来，由远及近，写古驿庭院中变化。远处竹林绕庭，脚下新笋已发，落箨成竹，蔓延繁衍，枝繁叶茂，生生不息，此语与苏轼“不知旧竹生新笋，但见清伊换浊河”（《留题兰皋亭》），周邦彦“新笋已成堂下竹，落花都上燕巢泥”（《浣溪沙·黄钟》）诗句感喟尤似。旧竹新笋，喻新旧更替，寓情于万物的自然变化之中。诗人闲步庭中，解带而量，发现古松愈发粗壮，一切都不复从前光景，可见“流光容易把人抛，红了樱桃，绿了芭蕉”（宋蒋捷《一剪梅·舟过吴江》），有岁月不居、功业无成之感。顾佛影赞曰：“三、四开合，笔甚超拔，五、六有情致。”（《评注剑南诗钞》）认为颔联大开大阖，气象高壮，颈联数竹量松，情致宛然，实将个人心迹暗蕴其中。

颈联写变化之景，尾联则写未变之景。诗人追寻旧迹，见旧日题壁依稀可辨，怀旧感今，似在指缝中寻到当年漏下的时光。“依依”摹写四周尘埃漂浮不定之态，以及壁上墨迹黯淡模糊之状，既照应前文“古驿”，也喻往日峥嵘皆已消散入暗尘残墨。坏壁旧题，烟尘漠漠，诗人抚今追昔，不胜唏嘘，所发感慨与苏轼“人生到处知何似，应似飞鸿踏雪泥。泥上偶然留指爪，鸿飞那复计东西。老僧已死成新塔，坏壁无由见旧题。往日崎岖还记否，路长人困蹇驴嘶”（《和子由渑池怀旧》）异曲同声。人生路途漫漫，辗转颠沛，匆匆无常，停驻各地，似“雪泥鸿爪”一般，飞鸿偶然在雪地留下轻浅爪痕，又转瞬飞离，不计东西。正如题诗在壁，壁坏诗消，终有一日无处寻觅。曾经存在过的大抵都会被时间抹去，消失殆尽。诗人寻访旧迹，感于人事代谢无常，来去无定，对往事峥嵘，虽有怅惘，亦存眷恋，忧伤感慨尽在不言之中。综观全诗，鹏飞鹤举，我独闲居，此一重悲；树犹如此，人何以堪，此二重悲；物是人非，旧迹残败，此三重悲。寓情于景，别出机杼，情感沉郁低回，深切动人。

长歌行

人生不作安期生①，醉入东海骑长鲸②。
犹当出作李西平③，手枭逆贼清旧京④。
金印煌煌未入手，白发种种来无情⑤。
成都古寺卧秋晚⑥，落日偏傍僧窗明⑦。
岂其马上破贼手⑧，哦诗长作寒螿鸣⑨。
兴来买尽市桥酒⑩，大车磊落堆长瓶⑪。
哀丝豪竹助剧饮⑫，如钜野受黄河倾⑬。
平时一滴不入口，意气顿使千人惊。
国仇未报壮士老，匣中宝剑夜有声⑭。
何当凯还宴将士，三更雪压飞狐城⑮。

【注释】

① 安期生：道教神仙，琅琊阜乡（今山东诸城）人。卖药东海边，人称“千岁翁”。曾受秦始皇召见，长谈三日三夜，受赐金璧而去。事见刘向《列仙传》。

② 骑长鲸：喻指隐道或游仙。杜甫《送孔巢父谢病归游江东，兼呈李白》：“若逢李白骑鲸鱼，道甫问信今何如。”李白自署“海上骑鲸客”。后世以“骑鲸客”喻仙家、豪客。

③ 李西平：唐名将李晟。德宗时，泾原节度使姚金言叛变，奉朱泚为大秦皇帝。李晟于德宗兴元元年（784）平定朱泚叛乱，收复长安，封西平郡王，事见《旧唐书·德宗纪》。

④ 枭：枭首，悬首示众。旧京：指唐都城长安，李晟率军平定长安，故曰“清旧京”。

⑤ 种种：头发短少的样子，指年迈衰微。《左传·昭公三年》载卢蒲嫳语：“余发如此种种，余奚能为？”

⑥ 成都古寺：陆游时寓居成都多福院，曾作《客多福院晨起》。

⑦ “落日”句：化用诗句“夕阳如有意，偏傍小窗明”。北宋惠洪《冷斋夜话》卷四载该句为陈叔宝作，蔡居厚《蔡宽夫诗话》以为系唐人方棫诗，并非陈叔宝作。后人收入张溥《汉魏六朝百三家集·陈后主集》，又收入清彭定求等《全唐诗》卷七七五方棫诗。

⑧ 马上破贼手：骑马杀贼的能手。《魏书·傅永传》：“帝每叹曰：‘上马能击贼，下马作露布，唯傅修期耳。’”

⑨ 寒螀（jiāng）：寒蝉，秋蝉。

⑩ 市桥：桥名，在今成都石牛寺一带。

⑪ 磊落：众多错杂的样子。

⑫ 哀丝豪竹：指悲壮的音乐。杜甫《醉为马坠，诸公携酒相看》：“酒肉如山又一时，初筵哀丝动豪竹。”丝，指弦乐器。竹，指管乐器。

⑬ 钜野：古代大泽，在今山东巨野北，邻近黄河下游，面积广大，元末后被黄河冲决逐渐干涸。钜，同“巨”。

⑭ “匣中”句：前秦王嘉《拾遗记》载，颛顼有曳影之剑，未用之时，常在匣里作龙虎之吟。此借喻有才能而不受重用。匣，剑鞘。

⑮ 飞狐：古关隘名，在今河北涞源，当时被金人占领。

【评析】

《长歌行》，为乐府旧题，属乐府相和歌平调七曲之一。淳熙元年（1174）秋，陆游五十岁，时寓成都多福院。客居古寺，生活看似清闲自在，实则落寞无聊。诗人年已半百，国仇未报，而功业未立，感白发无情，壮士垂老，赋此诗。

首四句明志抒怀。“人生”句将安期生传说与醉骑长鲸之事融合，气势宏阔，想象瑰奇，似有吞山吐海之势。诗人否定消极出世之心态，言明自己不愿效仿安期生，求仙问药，隐逸方外，不踏软红，虚活千岁。纵能与天齐寿，又有何趣味？只愿如唐代收复长安的西平郡王李晟一般，成为抗击外辱的名将，扫清中原虏尘，所到之处，狂胡胆寒，逆贼枭首，平定中原，复兴旧京。连用抱朴子和西平郡王典故，一仙家一名将，仿佛横亘在诗人眼前的两条道路。一者出世，昂首尘外，仙游自在；一者入世，建立功勋，青史留名。诗人将二人共论，一抑一扬，于对比中彰显志向，建功立业之情、积极进取之意喷薄而出。四句连而贯之，用典使事，精当贴切，直抒壮怀，读来雄迈有力，意气骏爽。

“金印”四句陡转而下，回归现实，形成“逆折”，激起第一层波澜，锤炼入妙。“金印”在手，喻兵权在握，纵然诗人理想远大，却一直未受重用，无法“上马击狂胡，下马草军书”（《观大散关图有感》），出将入相，为君驱驰。报国无门，建功未期，奈何光阴无情，老之将至，“可怜白发生”（宋辛弃疾《破阵子·为陈同甫赋壮词以寄之》）。叹老嗟卑之语，与上句所言鸿鹄之志形成鲜明反差，由理想高峰跌入现实深渊，一扬一抑，跌宕有致。“成都”二句，极写自己近来寓居僧寮、投闲置散的百无聊赖之情。择取“秋晚”“落日”等意象，似言人之将老，如同日薄西山，构建凄清、苍茫之意境，抒己感伤愁苦之情。

“岂其”二句，以散文句法入诗，语势连贯，意脉相承，可作一句看，反问语气，愈显情绪激愤。上承“手枭”句之雄心壮志，下启“匣中”句之不平则鸣，承前启后，掀起第二重波澜。清吴汝纶批曰：“平空提起，意态英伟非常。”（清高步瀛《唐宋诗举要》引）作为爱国志士，诗人渴望杀敌报国，不愿闲卧古寺，吟哦度日，虚掷光阴，寂寞焦灼。诗人对现状不满却无计可施，唯有借酒浇愁。酒兴来时，势不可当，“尽”“堆”“剧”“倾”等字，状饮酒时淋漓酣畅之态，“满腹牢骚之气”（清高步瀛《唐宋诗举要》引吴汝纶语），笔调极尽夸张，胸中意气似透纸而出。“平时”二句，波澜又起，“转笔不测”（清高步瀛《唐宋诗举要》引吴汝纶语）。放翁平日不饮，一饮却如长鲸吸川，海量惊人，只因“闲愁万斛酒不敌”（《草书歌》），故而作此“剧饮”，望排遣烦忧。“意气”句情绪飞扬，精神奋发，豪气干云，热烈中显深沉。

“国仇”二句复叹事业无成，岁月蹉跎。“四到锦城身愈老，更堪重入少年场。”（《客多福院晨起》）身在寺中，心却在前线，无事可做，徒怆然而歌。匣中被冷落已久的宝剑亦不甘寂寞，嗡然作声，似亟欲痛饮胡虏之血，劈砍敌将之首，借物写人，情感振起，由沉郁低回转向斗志昂扬。末二句寄寓诗人的美好愿景，呼应开头宏愿，展开联想，想象自己已掌帅印，挥师北伐，剿灭敌虏，恢复故土，还于旧京，犒赏三军，与将士们举杯痛饮，欢庆凯旋。“雪压飞狐城”，以边境荒寒之景反衬大捷频传之欢乐，景寓希望，境界阔大。

历代诗评家皆对此诗多加赞誉。清马星翼盛赞：“放翁《长歌行》最善，虽未知与李、杜何如，要已突过元、白。集中似此亦不多见。”（《东泉诗话》）认为将本诗与唐诗作比，亦无逊色，甚至隐有匹敌李杜、超越元白之意，予以极大肯定。清方东树称《长歌行》为陆游集中的“压卷”之作。吴闿生批：“所以压卷，亦以豪迈纵横也。”（清方东树《昭昧詹言》引）赞同方说，也推举本诗为放翁压卷。吴汝纶亦云：“放翁豪横处自臻绝诣。”（清高步瀛《唐宋诗举要》引）诗为七言歌行体，字句间宛转流动，语语有气，尽显纵横开阖之态，故而力压集中众诗。陆游诗作起势豪纵有力的不在少数，也有众多诗作结句精妙，但似此一字不懈、通体完美之作，亦属少有。顾佛影评曰：“只是骯髒郁勃之气滚滚而出，后人辄喜效之如元遗山等，而有其豪宕，无其真挚，由于性情不足也。”（《评注剑南诗钞》）放翁诗风独特，他人难以仿效，与其风格相似的元好问因性情使然，未有放翁豪宕之气、赤子之心，故而只能学其表，未能习其里。朱东润点评：“陆游时在成都，生活中的苦闷，使他只有终日沉醉。他认为一位马上杀敌的将士，转变为呻吟的诗人，是一种痛苦和无聊。他的希望是收复失地，直到河北境内，大宴部下。诗句极生动活跃。”（《陆游选集》）虽然陆游曾反问：“此身合是诗人未？”（《剑门道中遇微雨》）但他并不以成为诗人为人生理想，正如“犹当”句所言，成为名将，征战疆场，为国一雪前耻方为他所愿。此愿不遂，是以长久处于苦闷之中。王文濡指出：“烈士暮年，壮心未已，老骥伏枥，志在千里。南渡君臣之选软，惟知称臣纳币耳。诗盖慨乎言之。”（《宋诗评注读本·宋元明诗卷》）南宋君臣偷生畏死，苟安一隅，对金屈节求和，不思收复疆土，诗人牢骚愤懑之言，多来源于此。程千帆、沈祖棻说：“陆游发了一辈子牢骚，这种牢骚痛苦地折磨着诗人的心灵，但同时，希望的火焰也不停息地在他心中熊熊地燃烧着。这篇诗是很好的例证。它意态英伟，风格清壮，笔势顿挫转折有力，确是一篇杰作。”（《古诗今选》）

江上对酒作

把酒不能饮，苦泪滴酒觞。
醉酒蜀江中[1]，和泪下荆扬[2]。
楼橹压湓口[3]，山川蟠武昌[4]。
石头与钟阜[5]，南望郁苍苍。
戈船破浪飞[6]，铁骑射日光。
胡来即送死，讵能犯金汤[7]。
汴洛我旧都，燕赵我旧疆[8]。
请书一尺檄，为国平胡羌[9]。

【注释】

①蜀江：蜀郡（今四川成都）境内江河。宋王象之《舆地纪胜·夔州路·涪州》载：“蜀江，发源岷山，经嘉、叙、泸、重庆至城下。”

②荆扬：荆州（今属湖北）和扬州（今属江苏）。此处泛指长江中下游地区。

③楼橹：古时筑在城上或战船上用以瞭望敌阵的瞭望台。此处指代高大的战船。晋陆机《洛阳记》：“城上百步有一楼橹，外有沟渠。”湓口：即湓浦口，在今江西九江西，古代军事重地。

④武昌：今属湖北武汉。

⑤石头：指石头山，在今江苏南京西。钟阜（fù）：钟山，又名紫金山，在今江苏南京东北。

⑥戈船：战船。此指水军。《汉书·武帝纪》：“归义越侯严为戈船将军。”颜师古注引：“臣瓒曰：‘《伍子胥书》有戈船，以载干戈，因谓

之戈船也。’”

⑦ 金汤：即金城汤池，喻指城池防守坚固。《汉书·蒯通传》：“皆为金城汤池，不可攻也。”颜师古注：“金以喻坚，汤喻沸热不可近。”

⑧ 汴洛：指北宋东京汴州（治今河南开封）和西京洛阳（今属河南）。燕赵：燕国、赵国，在今河北。

⑨ 胡羌：胡人和羌人，古时对少数民族的称呼。此指金人。

【评析】

乾道九年（1173），诗人任蜀州通判，五月，经四川宣抚使虞允文举荐，改调摄知嘉州。淳熙元年（1174）二月，虞允文病逝，诗人又调回蜀州通判，时五十岁，不久离任，闲居成都。短短两年间，诗人调任频繁，游踪不定，远离前线，有志难伸，故作此诗发抒郁闷。首句以酒起端，刻画坐立难安、对酒弹泪的失意苦闷之态。效仿鲍照“对案不能食，拔剑击柱长叹息”（《拟行路难十八首》其六）及李白“停杯投箸不能食，拔剑四顾心茫然”（《行路难三首》其一）诗句，情感浓烈，似有万语千言，却强自压下，欲言又止，似吐又吞，故作伏笔，构思精巧。何事“不能饮”，何事作“苦泪”，诗人并未直说。“醉酒”二句仍作衬垫，舒缓语势，继写把酒倾江，一路醉酒，一路“和泪”，顺流而下，以至“荆扬”，神游万里，将读者目光引向长江中下游诸军事重镇。

“楼橹”二句对仗工整，铿锵有力，写湓口军队声威之壮大以及武昌地形地貌之险峻。湓口楼船危耸矗立，突出军备精良，军威严正，士气高昂；武昌山川虎踞龙盘，地势险要，历来易守难攻，诗人念及此，情绪振起。“石头”二句由近而远，写建康府三面环山，山势莽苍，拥有长江天堑，占山水之利，屏障天然。诗人曾提议建都建康府，取道皖北，恢复失地，后因朝廷执意苟安一隅，未被采纳，此策终不了了之。此处着力描写建康山景，其意旨大抵在此。

“戈船”四句，由静及动，由景及人，“破浪飞”“射日光”刻画将士骁勇善战、轻捷矫健的身姿，表现王师英勇无畏的气概，锐气逼人，豪气干云。用丫叉句法，先写“楼橹”“山川”，再写山势、战船，先呼后应，有起必承，回环吞吐，文势流动。铺垫至此，诗人斗志昂扬，“胡来”二句表露阻遏金兵南侵、保卫家国之决心，“送死”一词掷地有声，抒发对金兵的切齿痛恨，宣誓此仇此辱，不共戴天，恨不能“壮志饥餐胡虏肉，笑谈渴饮匈奴血”（宋岳飞《满江红·写怀》）。诗人推想，南宋占据这样有利的作战地势，得山川、气候之利，又有这样一支勇猛善战、无以匹敌、势如破竹的精锐军队，城池固若金汤，何愁不胜？诗人少时遍阅地志，游历山川，后揣摩疆域地形及布防，并写有《观大散关图有感》《观长安城图》《夜观秦蜀地图》等诗，见出其见识卓著，阅历丰富，真正熟知用兵形势，了解战略布局。诗人主张占据长江中下游天险以抗敌，金人不擅水战，王师自可凭借有利的自然条件，在防守攻击中转换自如，让胡虏有来无回。“讵能”句运用反问句式，加强语言的感染力，气势逼人。

末四句直抒胸臆，彰显全诗主题。诗人思及汴、洛旧都与燕、赵旧疆沦为失地，心中郁愤不平之气喷涌而出，情感激越。连下两“我”字，强调失地之痛，斩钉截铁，正气凛然，吐露恢复失地、驱除胡虏之报国心迹，让人不禁联想杭州岳王庙内“还我河山”匾额，怒发冲冠，震撼人心。接连两“旧”字，既表现对金人的痛恨，也在无形中鞭挞、谴责朝中不思恢复的权贵，亦与开头的“不能饮”和“苦泪”遥相照应。至此，开端把酒难欢、苦泪滴觞的原因终于昭示，与杜甫诗“浩荡想幽蓟，王师安在哉？

对食不能餐，我心殊未谐”（《夏日叹》）之传情达意，隔世相同。诗人满腔无可奈何、无计可施的苦泪，皆化作慷慨激昂、斗志满怀的忠愤，随滚滚江水奔泻而出。诗人酒酣气张，慨然而歌，欲请书一尺，撰写檄文，以笔为戈，为国平虏。

此诗为五言歌行体，实中有虚，虚实结合，意脉分明，力透纸背。钱振锽指出：“放翁飚举电发，运笔急疾，然宜于七古而不宜于五古。以五古之气宜缓宜宽，不比七古句长体博，无所往而不宜也。然五古有宽裕之气者，虽唐人亦少。”（《谪星说诗》）认为放翁古体诗作声势浩大，以气取胜，七古尤佳，而五古每句五言，气息较七古而言，相对宽缓，本不是放翁最擅长的诗体。但此诗通首押阳声韵，一韵到底，且为开口音，音调铿锵，由低回感伤转为高昂有力、豪健奔放，壮语豪言，读来荡气回肠，当属放翁五古佳作。朱东润评道：“陆游从眼泪滴入酒杯，酒杯浸入江水，写到东南的形胜，敌人的不能进犯，这里我们必须从诗人的思想飞跃，逐步发展，体会他高涨的爱国情绪。”（《陆游选集》）

花时遍游诸家园十首

其　二

为爱名花抵死狂①，只愁风日损红芳②。
绿章夜奏通明殿③，乞借春阴护海棠④。

【注释】

①抵死：分外，格外。北宋王安石《与微之同赋梅花得香字三首》

其三："向人自有无言意，倾国天教抵死香。"

② 风日：谓风吹日晒。红芳：红花。此处指海棠。唐陈子昂《感遇诗三十八首》其三十一："但恨红芳歇，凋伤感所思。"

③ 绿章：即青词。旧时道士祭天时上奏天神的奏章，用朱砂笔书写青藤纸上，故名。唐李肇《翰林志》："凡太清宫道观荐告词文用青藤纸，朱字，谓之青词。"通明殿：相传为道教神话中众神领袖玉皇大帝所居宫殿。

④ "乞借"句：祈求玉帝能赊借无风雨、无骄阳且温度适宜的春日阴天，令海棠长开不败。乞，祈求，恳求。

【评析】

诸家园皆以海棠著称，包括燕王旧宫所在的张园，碧鸡坊的王园、赵园、施园、范园等。淳熙三年（1176）春，陆游五十二岁，时在成都，遍游诸家园林踏春赏花，赋绝句十首以赞，此诗为第二首。

海棠喜湿怕旱，不耐高温，娇贵难植。而成都气候、环境皆得天独厚，故海棠品种众多，繁艳姝丽，天下闻名，足与洛阳牡丹相抗衡。春日游园，品赏海棠，在宋时已蔚然成风。陆游酷爱海棠，自言"走马碧鸡坊里去，市人唤作海棠颠"（《花时遍游诸家园十首》其一），观花游市，吟赏忘归，有痴狂之态，以至被时人称为"海棠癫"。在陆游歌咏海棠的众多诗作中，此篇在当时流传颇广，将爱花成痴的心态反映得淋漓尽致。

首句"抵死狂"自绘自己爱花狂态。此等痴癫之态，可与"暮归奚奴负锦囊，路人争看放翁狂"（《观花》），"衰翁不减少年狂，走马直与飞蝶竞"（《二月十六日赏海棠》）以及"狂吟恨未工，烂醉死即休"（《海棠》）等诗句相参看。放翁如同蜂蝶一般迷狂，在锦绣花海里游走奔忙，饮酒赋诗，烂醉方休。醉后心旌摇荡，不知人间天上，日暮归家，妙句盈囊。痴态妄语，令人叹为观止。

次句承上句爱花而来，流露惜花之情。诗人深谙花性，知晓海棠“不耐暖日炙”（《春晴暄甚花开略无余矣赋以寓感》），唯恐风吹日晒摧损娇嫩花朵，面有愁色，为留得春光一刻而费尽思量。诗人对海棠处境极为关注，与碧鸡坊相隔十里之遥，犹自推想坊中晴雨，唯恐雨后园内只余残红狼藉之景，有诗云：“十里迢迢望碧鸡，一城晴雨不曾齐。今朝未得平安报，便恐飞红已作泥。”（《海棠二首》其一）一腔惜花心事与易安居士相仿。三、四句突发奇思，竟想连夜写就青词，上奏玉帝，乞得一片春阴来庇护海棠，令其常开不败。足见诗人想象浪漫而离奇，情感热烈而奔放。无怪宋刘辰翁为之咋舌，评道：“狂得有理。”（《须溪精选陆放翁诗集·后集》）

诗人有《海棠》同题诗多首，以及《张园海棠》《张园观海棠》《二月十六日赏海棠》《夜宴赏海棠醉书》《雨霁出游书事》《观花》等近五十首专咏或兼咏海棠诗词，持酒临花，且歌且咏，何等风流雅致。乾道九年（1173）时，就有诗“成都海棠十万株，繁华盛丽天下无”（《成都行》），状摩蜀中海棠盛景。又云：“成都二月海棠开，锦绣裹城迷巷陌。燕宫最盛号花海，霸国雄豪有遗迹。猩红鹦绿极天巧，叠萼重跗眩朝日。繁华一梦忽吹散，闭眼细思犹历历。”（《驿舍见故屏风画海棠有感》）花时已过，诗人仍魂牵梦萦，见屏风所绘海棠，即思及当日繁盛花事，可见为其绝妙风姿所倾倒。直到八十四岁高龄时，陆游依然惦念蜀中海棠旧事，作《海棠歌》追忆，称“更看千年未为足”。诗人自知年事已高，或不久于人世，愿得长生妙法，再看海棠千年，语极凄切，对成都海棠盛景的留恋中，亦含对当年在蜀地度过峥嵘岁月的怀念，也暗寓对韶光流景、人间繁华的不舍。海棠是蜀中风光的代表与象征，放翁的感喟也借花事得以抒发。诗人在蜀中奔走、交游，海棠在园中盛放、凋败，经冬历春，年复一年，九年光阴悄然疾逝。人生寂寞，道途仆仆，诗人从海棠脆弱且坚韧的生命中参悟己身，在生命与生命的相互映照中，获得精神慰藉与心理疗愈，满腔惜花、爱花心事，也显见自我投射。

清陈衍从十首中选录六首，本诗也在其中："（清罗掞东《剑南诗选》）评云：'此十绝句，皆清丽高响。'仆谓最胜者此六首（指"看花""为爱""花阴""枝上""重萼""丝丝"六首），今录之。"（《石遗室诗话》）清朱梓、冷昌言指出："与东坡《海棠》诗，同一惜花心事，各具深情。"（《宋元明诗三百首》）认为此诗与苏轼"东风袅袅泛崇光，香雾空蒙月转廊。只恐夜深花睡去，更烧高烛照红妆"（《海棠》）同出机杼，各有千秋。但若说相似，陆游"贪看不辞持夜烛"（《海棠》）体现的秉烛观花之情致则与苏诗更似。王文濡评本篇曰："爱花心事，无微不至。"（《宋诗评注读本・宋元明诗卷》）放翁对海棠关怀备至，爱护之意昭然可见。顾佛影称赏："诗共十首，节去三、四、五、八、九，自为章法，此种诗非放翁精诣，而亦清新可喜。"（《评注剑南诗钞》）全诗精巧别致，语言平易晓畅，不同放翁以往沉雄激壮、豪宕俊爽诗风，也并未提及家国之思、恢复之志，却奇思妙发，兴会神到，颇有清趣。朱东润分析说："此诗在《剑南诗稿》中颇有名，虽然没有提到忧时爱国，但是透露了对于自然景色的深厚感情。"（《陆游选集》）

雨

映空初作茧丝微①，掠地俄成箭镞飞②。
纸帐光迟饶晓梦③，铜炉香润覆春衣。
池鱼鲅鲅随沟出④，梁燕翩翩接翅归⑤。
惟有落花吹不去，数枝红湿自相依⑥。

【注释】

① 茧丝微：形容细雨如丝。

② 箭镞（zú）：箭头。此处形容春雨变大后落地的势头。

③ 纸帐：剡溪藤纸所制帐子。明高濂《遵生八笺·起居安乐笺》："用藤皮茧纸缠于木上，以索缠紧，勒作皱纹，不用糊，以线折缝缝之，顶不用纸，以稀布为顶，取其透气，或画以梅花，或画以蝴蝶，自是分外清致。"饶：多。

④ 鲅（bō）鲅：鱼鲜活跳跃的声音。《诗经·卫风·硕人》："施罛濊濊，鳣鲔发发。"杜甫《观打鱼歌》："绵州江水之东津，鲂鱼鲅鲅色胜银。"

⑤ 翩翩：鸟轻快飞翔的样子。

⑥ 红湿：花着雨的颜色。杜甫《春夜喜雨》："晓看红湿处，花重锦官城。"相依：雨湿花枝，风吹不起，故曰"相依"。

【评析】

淳熙三年（1176）二月，陆游五十二岁，寓居成都，于范成大幕府任参议官。首联富有空间感与动态美，首二句分别选取雨丝飘在空中与甫一落地时的瞬间进行描摹，呈现雨由高到低、由远及近、由弱至强的动态变化。诗人昂首仰望，只见春雨细如茧丝，飘飘洒洒，随风欹斜，映空而下，熠熠闪光，疏密交织，俄而迫近地面，却如箭镞飞掠，落地有声，噼啪作响。雨初落时，细柔如丝，“茧丝”比喻细雨绵绵，“微”字状雨中如雾如烟之景。“箭镞”赋予雨凌厉之感，随着雨势渐大，雨滴变得迅疾如箭，“飞”表明雨一改此前乘风飘落之态，速度极快。此虽为平常之景，但体现诗人对雨观察细致入微，抓取春雨变幻无穷的特征，察他人所不能察，言他人所不能言，写景状物平易真切，令人如临其境。

颔联着眼于雨中人的活动及感受。阴雨绵绵，光线本就昏暗，人又在帐中，故而日光迟迟，难以透入，让人忘却时辰。再加上正逢季节交替，春日阳气上浮，人多乏力，春睡沉沉，清梦连连，“饶晓梦”言尽诗人阴雨天的慵懒闲适、悠然自得。这场雨，不是带愁秋雨，雨打芭蕉，点滴到明，也不是瓢泼骤雨，声如落石，惹人烦闷，而是淅淅沥沥、滋润万物的春雨，带来勃勃生机。诗人极爱在雨天入眠，有诗如：“美睡雨声中”（《初冬至近村》），“梦逐雨声长”（《昼睡起偶赋》），“雨声添好睡”（《春夜》），“清梦初回窗日晚，数声柔橹下巴陵”（《小雨极凉，舟中熟睡至夕》）等。卧听雨声，陶然美睡，何等闲惬！雨天潮润，春衣难干，往往将其覆在铜炉上烘烤，驱除湿意，熏染香味，颇有清致。此联虽写春梦、春衣，亦是从侧面烘托春雨给人带来的舒适感受。

颈联化自杜甫“细雨鱼儿出，微风燕子斜”（《水槛遣心二首》其一）句，转写“池鱼”“梁燕”。池鱼爱雨，雨落水涨，池水漫溢，欢蹦跳跃，鲅鲅有声，游出沟渠，汇入河流，好不欢乐。燕子回巢避雨，“翩翩”谓其翻飞轻快，“接翅归”写梁燕归巢呼朋引伴、接踵而至的亲昵情态，景似“双燕归来细雨中”（宋欧阳修《采桑子》），景中含情，文字疏隽。“鲅鲅”“翩翩”叠词对仗，整饬美观，琅琅上口，节奏明快，音韵和谐。前者拟声，后者摹状，活泼鲜明，形象生动。一出一归，一游一翔，俱典型化，由微显著，见出春雨中自然生灵的不同反应，情趣天然。

尾联将视角从动态转向静态，与杜诗“晓看红湿处，花重锦官城”（《春夜喜雨》）意境有异曲同工之妙。诗人不直言细雨沾湿花瓣，而言“落花吹不去”，令人不禁心生疑惑。晴好之日，落花轻盈，每随徐徐微风缤纷漫天，又何以吹之不去？下句“数枝红湿”则揭晓谜底，原是绵绵春雨让花重陡增，诗人工于体物，造出一番曲折婉转。落花不扫，红湿相依，雨中花朵鲜妍欲燃，花枝错落有致，可怜可爱，一派秾丽春景跃然纸上。狼藉残红，飘零委地，又不可避免生出萧瑟之意，渲染出诗人闲居无事的落寞孤寂心境。

纵然如此，诗歌整体基调仍是闲适而喜悦的。诗人侧面落笔，通过对各类生灵的精描细画，表达对春雨的纯粹喜爱，运笔灵动，意境恬淡悠远。除此诗外，陆游咏雨诗作众多，仅仅是以“喜雨”为诗题或内容相关的诗就有数十首，欣悦之情溢于言表。这些喜雨诗往往还体现陆游对农事的关心，以及对农民疾苦的深切体察，如：“楚巫奔走畏天悭，变化宁知转盼间？初夜电光摇北斗，平明云气冒南山。坐令沃野新秧遍，已觉丰年旧观还。白首老农愁破处，梦回高枕听潺潺。”（《喜雨》）写巫师祈雨，适逢雨落，老农颜开，诗人亦眉头舒展，卧听雨声潺潺，高枕无忧，仿佛已透过返青秧苗看见来年的好年景。再如：“入夏久不雨，旱势已岌岌。……虚檐雨竞泻，平野苗尽立。……人言雨非雨，乃是倾玉粒”（《喜雨》），“淅沥檐声枕上闻，揽衣起坐对炉熏。万家歌舞丰年乐，未费乌龙一线云”（《喜雨二首》其二）等诗，将久旱所逢之雨比作玉粒，足见春雨可贵，道尽对降雨的渴盼。透过春雨，诗人似看见人们欢庆丰年的歌舞，于诗中寄寓对丰年的无限期望。

华夏民族历来以农耕为主要生产方式，因为传统种植业与气候变化息息相关，再加上古时耕种方式仍相对简朴，基本都“靠天收”，所以风调雨顺显得尤为重要。人常言“久旱甘霖”，可见对春雨的喜爱已深入骨髓，成为一种本能，甚至祈雨也成为农耕文化的一部分。士大夫高居庙堂，往往不需要亲力亲为去操持农事，闻雨而喜，无非忧心人民苦难，关注农桑之事。唐杜甫诗云：“好雨知时节，当春乃发生。随风潜入夜，润物细无声。”（《春夜喜雨》）春雨往往是识情知趣的，所到之处，万物复苏。喜见春雨，亦是一份农耕民族的浪漫。“贵如油”“润如酥”的春雨润泽大地，带来勃勃生机，万物生长，春色满城，是以诗人们观雨，心生喜悦，已不足为奇。

全诗不着一“雨”字，却处处含“雨”。元方回评曰：“工而润，亦如小雨云。”（清方回选评、李庆甲集评校点《瀛奎律髓汇评》）此诗造语圆转、工巧，亦如绵绵春雨一般，沁润心田。清纪昀批：“空运，却佳。”（清方回选评、李庆甲集评校点《瀛奎律髓汇评》）赞其摩景深细，造境淡远空灵。顾佛影则认为：“四句甚工，而出句无力。”（《评注剑南诗钞》）但出句实自有奇趣，浑然天成。清范大士称赞：“洗刷殆尽，而意味正自浓深，故不可及。”（《历代诗发》）此诗平淡自然，含蓄隽永，又不失灵动，意到笔随，景到意随，读来回味不已。

过野人家有感

纵辔江皋送夕晖①，谁家井臼映荆扉②。
隔篱犬吠窥人过，满箔蚕饥待叶归③。
世态十年看烂熟④，家山万里梦依稀。
躬耕本是英雄事，老死南阳未必非。⑤

【注释】

① 纵辔：纵马奔驰。东晋孙绰《三月三日兰亭诗序》："耀灵纵辔，急景西迈，乐与时去，悲亦系之。"

② 井臼（jiù）：水井、石臼。此指打水舂米的家务劳动。

③ 箔：养蚕所用的竹筛子或竹席。

④ 十：明刊须溪本作"千"，误。

⑤"躬耕"二句：借用诸葛亮《出师表》中躬耕南阳典故，表示诗人被免官后认为归乡种田亦无不可。南阳，即隆中，今湖北襄阳，诸葛亮隐居之所。

【评析】

淳熙三年（1176）暮春，陆游遭攻讦者以"燕饮颓放"为罪名弹劾免官，自嘲"放翁"，闲居成都，江边出游过乡村农家时，作此诗。夕照余晖中，诗人纵辔江岸，信马驰骋，行经农家庭院门前，不由停驻，走近细观。井臼荆扉、隔篱犬吠、蚕待桑归，村民日出而作，日落而息，农桑生产，井然有序，一派静谧祥和之景。田家日常景象由诗人妙手偶得，写得逸趣横生，鲜活天然。"井臼""荆扉""犬吠""蚕饥"，诗人择取乡村中的典型意象入诗，描写淡而有味。满身风尘的诗人乍入此境，好似误探桃源的武陵人，满目歆羡，心生向往，但身份差异与肩上重任又令他与此地格格不入，只能如观赏名画一般投出目光久久凝望，让灵魂短暂栖身田园，稍稍休憩。淳朴的乡村如招隐的诱惑，抚慰着诗人沉浮宦海的疲惫心神。

前两联着重描摹“过野人家”所见之景，后两联则落笔“有感”。此前，陆游在范成大幕中任参议官，建言献策，主张积极抗金、恢复中原，奈何国土未复，君王求和，不思恢复，举国苟安，一腔报国之志付诸东流。他知晓“燕饮颓放”只是故伎重施，十年前劝说张浚用兵时，即被加以“鼓唱是非”的罪名。现在亦是如此，无力和郁闷使他愤而发声：“流俗之见排，加之罪其无词乎？”（《福建谢史丞相启》）欲加之罪，何患无辞？诗人遭谗罢职，早已看透浇薄人情，谙熟炎凉世态，因此瞻井臼而有故园之思，望荆扉而动家山之念，农家氛围让他从尘世纷扰、宦海风波中暂时抽离，渴望退居山阴，回归田园。

“躬耕”二句承上句“家山万里”而来，用诸葛亮躬耕南阳典故，恰合此刻心境。似诸葛亮这般英雄人物，也曾隐居南阳，躬耕畎亩。若无刘皇叔三顾茅庐，诸葛丞相便如山野农夫一般，以耕作为事，终老山林。虽然清闲，却也避开乱世种种风波，也不会落得“出师未捷身先死，长使英雄泪满襟”（唐杜甫《蜀相》）的悲剧结局。由此可见，“老死南阳”也未必是不智之举。诗人深知官场险恶，生出回避之心、归隐之意，故以诸葛亮自比，进行自我宽解。但所谓“老死南阳未必非”，“言如此”而“心未必”，不过作牢骚之语，发抒免官的郁愤不平之气而已，与诗人不愿“虚死蜀山中”（《病起书怀二首》其二）的心迹实相违甚远。顾佛影评“躬耕”二句云：“此一翻更，深至感慨。”（《评注剑南诗钞》）

诗人既出此语，是逃避，亦是反抗，也是归隐与入世两种价值取向在思想中不断角力、颉颃。

这种矛盾的心态，还体现在诗人同时期所作的众多作品中。遭罢免后，诗人一边作戏谑牢骚之语自宽自慰，如“免从官乞假，且喜是闲身”（《病中戏书三首》其三），“饱饭即知吾事了，免官初觉此身轻”（《饭保福》）等；一边仍不能忘怀国事，思虑国势艰危、百姓苦难，有诗“病骨支离纱帽宽，孤臣万里客江干。位卑未敢忘忧国，事定犹须待阖棺。天地神灵扶庙社，京华父老望和銮。出师一表通今古，夜半挑灯更细看”（《病起书怀二首》其一），“素心虽愿老岩壑，大义未敢忘君臣。鸡鸣酒解不成寐，起坐肝胆空轮囷”（《夏夜大醉醒后有感》）等。衰病之中，不顾形销骨立，依旧心系恢复大业，牵念遗民父老，夤夜不寐，反复翻阅《出师表》，思量珍重，枯坐至鸡唱天明，其执着爱国精神可见一斑。纵观全诗意脉，情感一波三折：一心报国涤清虏尘，却换来白衣之身，悲愤抑郁、无可奈何，为一折；悠然恬淡的田家生活唤起思乡情绪，为二折；报国无门但痴心未改，为三折。诗押“微”韵，构思巧妙，层次分明，境随情迁，意蕴深厚。

关山月

和戎诏下十五年[①]，将军不战空临边。
朱门沉沉按歌舞[②]，厩马肥死弓断弦。
戍楼刁斗催落月[③]，三十从军今白发。
笛里谁知壮士心[④]，沙头空照征人骨。

中原干戈古亦闻[5]，岂有逆胡传子孙[6]。
遗民忍死望恢复[7]，几处今宵垂泪痕。

【注释】

① 和戎：古代汉族与少数民族和平相处的一种国策。此指与金人议和，暗寓屈服于金人，含有讽刺之意。隆兴二年（1164），宋、金达成和议，成“叔侄之国”，“岁币减十万”，史称“隆兴和议”。事见《宋史·孝宗纪》。戎，古时对西部少数民族的称呼。此指金人。十五年：自隆兴元年（1163）孝宗赵昚任命王之望为“金国通问使”议和，至淳熙四年（1177）诗人作此诗，恰已历十五年。

② 朱门：朱红色大门，指豪门贵族。按：按照音乐的节拍。白居易《后宫词》：“泪尽罗巾梦不成，夜深前殿按歌声。”李煜《玉楼春》：“笙箫吹断水云闲，重按霓裳歌遍彻。”

③ 戍楼：边防的岗楼。刁斗：古时军中用具，白天用作炊具，夜晚则击以巡更。

④ 笛里：笛声里。《关山月》属乐府横吹曲，用笛吹奏。

⑤ 中原：此指金人所占淮河以北地区。干戈：古代两种兵器，指代战争。

⑥“岂有”句：何曾听闻异族占据“中原”，繁衍生息。金人占领中原后纷纷移民，以图长期统治。传子孙，金国自太祖完颜旻建国、太宗灭北宋，至南宋淳熙年间（1174—1189），已传太宗、熙宗、海陵王和世宗，共五世。

⑦ 遗民：指沦陷区宋朝百姓。

【评析】

此诗作于淳熙四年（1177）初春，其时陆游在成都范成大幕府任参议官。隆兴元年（1163），宋军在符离大败后，孝宗由主战变为主和，次年十二月，“和戎诏”下，与金国达成和议。屈节求和之后，南宋朝廷仍不思进取，文恬武嬉，苟且偷安。诗人满怀报国热忱，却无用武之地，感事伤时，抚今追昔，内心愤慨，作此诗。

全诗分为三层，前四句反映将军权贵醉生梦死、不思恢复的惨痛现实。“和戎”句统领全篇，继而写出因“和戎”出现的种种颓败之景，点明和戎政策正是造成统一无望、山河破碎的根源。由于一纸和议，致使守边将帅临边不战，按兵不动，空耗国帑，形同虚设；而豪门权贵却整日按拍而歌，按节而舞，纵情享乐，在声色犬马中丧失斗志，前线战事无人问津，以致战马肥死，弓弦朽断。“空”“肥”“断”等字生动表现出边境“不战”、武备废弛之状。两组场景一动一静，一远一近，一虚一实，尽显权豪势要苟且偷生之态。“戍楼”四句写戍边战士以身许国却年华老去的忧愤。将士们胸怀壮志，亟欲杀敌，却因“和戎”而欲战不能，“报国欲死无战场”（《陇头水》）。他们长期戍边，无事可做，雄心日渐消磨，虚掷年华，徒添白发，纷纷老死沙场。寒月照白骨，落笔沉痛有力，渲染出悲凉凄清氛围。最后四句写中原遗民盼望恢复又年年失望的痛苦。“中原”二句回顾历史，国土沦丧日久，百姓忍辱含垢，苦等王师不来，只能对月垂泪，饮泣中宵，郁愤而又无奈，反衬现实，语调沉重。“岂有”句，极写诗人强烈的愤慨。“忍死”二字写出遗民饮泣吞声之苦，感情真挚。

《关山月》本为汉乐府横吹曲名。“《关山月》，皆言伤离别也。”（唐吴兢《乐府古题要解》）陆游创造性运用乐府旧题写时局战事，巧妙紧扣关、山、月三字组织材料，表现主题。以月为线索，移步换景，由此及彼，由表及里，通过“今宵”把边关内外串联起来，将其置于同一月光之下，镜头转换，独具匠心。将军趁月寻欢、戍卒月下吹笛和遗民望月垂泪，三者都是月下不眠人，同时出现，相互映照，对比强烈，社会现状如在眼前，令人触目惊心。清赵翼指出："试观唐以来古体诗，多有至千余言四五百言者；放翁古诗，从未有至三百言以外，而浑灏流转，更觉沛然有余，非其炼之极功哉！"（《瓯北诗话》）陆游善于撷取典型事物，寓深意于片言之中，三个场景，构成三幅画面，由明月绾在一起，据题立意，构思奇巧，高度概括，仅用八十四字，就综括出和议以来十多年间南宋社会的基本面貌和不同人物的心态处境。语言凝练，用字精当，一字褒贬，蕴含甚丰，诗人沉痛悲愤之情充溢其间，催人泪下。全诗十二句，四句一转韵，且韵脚平仄相间，韵随意转，过渡自然，"落""月""白""发"皆为入声字，抑扬顿挫，声情并茂，苍凉激越、忧愤深广，浑然一体，不可句摘，颇有"老杜"之风。清施山赞曰："剑南七古，虽篇幅稍狭，然以清健之气，积为雄豪，途轨正，机局警，蹊径分明，易知易从。初学七古，当从始。可以上接韩、柳，追攀李、杜。"（《望云诗话》）

秋晚登城北门

幅巾藜杖北城头[①]，卷地西风满眼愁。
一点烽传散关信[②]，两行雁带杜陵秋[③]。
山河兴废供搔首[④]，身世安危入倚楼[⑤]。
横槊赋诗非复昔[⑥]，梦魂犹绕古梁州。

【注释】

①幅巾：古代书生闲居时不戴帽而以丝巾束头，是一种儒雅装束。藜杖：藜茎所作手杖。

②烽传：古时边关预警，筑高台、积薪草，夜间有寇，即举火燃烧，以相传告，称为“举烽”；白天有寇则放狼烟以望，称为“燔燧”。散关：大散关。

③“两行”句：两行大雁带来杜陵秋意。借以抒发对关中失地的关切之情。唐于邺《秋夕闻雁》：“忽闻凉雁至，如报杜陵秋。”杜陵，在今陕西西安，本称杜县，以汉宣帝陵墓在此，故称杜陵。此处泛指被金人占领的广大关中地区。

④“山河”句：念及山河兴废，国土沦陷，自己搔首难安。供，明刊涧谷本作“客”。

⑤“身世”句：登上城北门，倚楼望远，激起颠沛流离、壮志难酬之感。唐杜甫《江上》：“勋业频看镜，行藏独倚楼。”入，明刊涧谷本作“人”。

⑥横槊（shuò）赋诗：唐元稹《唐故检校工部员外郎杜君墓系铭》载，曹操父子常横持长矛赋诗。此处指陆游乾道八年（1172）三月至十月南郑军中生活。

【评析】

淳熙四年（1177）九月，诗人五十三岁，时在成都领祠禄，偶登成都北门，北望昔日从军地，忧思难收，山河兴废、身世安危之感油然而生，遂作此诗。

首联基调苍凉悲慨。“幅巾”刻画诗人登城时的装束，也点明此时免官任闲职的处境。“藜杖”暗示老态渐侵，而功业未建，更增悲凄。“卷地”句以我观物，寓情于景。“西风”照应诗题“秋晚”，霜风凄紧，余晖残照，渲染萧瑟气氛。诗人步履蹒跚，拄杖拾级而上，已与寻常老翁无异。登楼北望，唯见西风卷地，草木凋黄，满目清愁。所“愁”有二：表面为百草摧折肃杀之景而哀愁，实则暗寓对国家前途命运的忧虑。

颔联紧承首联，铺写所见愁景。极目远眺，烽火一点，依稀可见，诗人联想此为前线要地大散关防务讯息，引起对戍守边关戎马岁月之追忆，胆气既生，壮心又起。对句化自唐人于邺“忽闻凉雁至，如报杜陵秋”（《秋夕闻雁》）句，虽自此脱胎，而有出蓝之妙。“带”字尤为传神，雁过长空，自北向南，带来秋意，也将故土未复的愁绪一并裹挟而来。此般寒来暑往，春去秋来，五十载转瞬即逝，中原父老长期处于水深火热之中，不得解脱，“遗民泪尽胡尘里，南望王师又一年”（《秋夜将晓，出篱门迎凉有感二首》其二），何时可恢复旧疆，还于旧都？诗人移情于雁，思及关中一带至今沦丧敌手，山河破碎，遗民困弊，愁肠百结，胸中郁郁。“一点烽”“两行雁”为实，“杜陵秋”为虚，以实带虚，虚实结合，用杜陵借指长安，又暗喻故都汴京，可见诗人时刻关切边防、牵念故土。

此联精警，常为各家所赞誉，顾佛影评曰：“五、六雄浑。”（《评注剑南诗钞》）。意境雄浑壮阔，格调苍凉悲壮，值得称道。清潘德舆亦称赏：“且放翁七律，佳者诚多，然亦佳句耳；若通体浑成，不愧南渡称首者，尝精求之矣……一点烽传散关信，两行雁带杜陵秋……此十数章七律，著句既遒，全体亦警拔相称。盖忠愤所结，志至气从，非复寻常意兴。”（《养一斋诗话》）放翁将忠愤不平之气灌注于诗，则语语有气，对仗工巧，言简义丰，笔墨淋漓酣畅，力透纸背。清沈德潜指出：“务观诗七言律体……使事稳切，对仗工整，非经史烂熟、胸有炉冶者不能，故于白傅之外，并称大家。”（《答某太史书》）将陆游与白居易二人并举，皆称大家。放翁学力深厚，烂熟经典，博取多体，转益多师，被诗评家推举为南渡之冠。

颈联转入抒情，自剖心迹。家国风雨飘摇，兴废难料，正值多事之秋；个人报国无门，多年起落浮沉，颠沛流离，安危无定，此番登临，顿生身世之悲、兴亡之感，瞻望前路，徒搔首长叹，与宋文天祥“山河破碎风飘絮，身世浮沉雨打萍”（《过零丁洋》）诗句同声异调。尾联由昔及今，纵时事多艰，命途多舛，诗人却依然壮志不改。此联借曹操父子“横槊赋诗”之典，怀想从前军旅生涯，又将昨日豪情壮举、诗情将略与今日“幅巾藜杖”的颓唐憔悴之貌相对比。诗人年过半百，已不像从前从戎南郑、防秋巡边时那般英姿勃发，然而边关仍是其寄情之所，“梦魂”以“绕”字出之，慷慨悲壮。诗人曾有以古梁州为基地收复失土之计，然“良时恐作他年恨，大散关头又一秋”（《归次汉中境上》），北伐搁置，良机已失，关山遥远，相隔万里，唯有魂牵梦萦。

《御选唐宋诗醇》称赞：“神似少陵。”清沈德潜也认为：“放翁出笔太易，气亦稍粗，是其所短，然胸怀磊磊明明，欲复国大仇，有触即动，老死不忘，时无第二人也。上追少陵，志节略同，勿第以诗人目之。”（《宋金三家诗选·放翁诗选例言》）认为陆游襟怀与杜甫极似，雄健阔大的气象中，透出沉郁之气，声调铿锵，气韵流转，语意跌宕，抒写内心郁结难舒的爱国情感和羁旅愁思。放翁与老杜，忧国伤时的情感大抵相同，故发之为诗，深挚动人。清方东树分析说：“先叙题面，三、四切地写景，后半入己情，缠绵蕴藉。”（《昭昧詹言》）所评确有见地。朱东润评道：“他离开南郑已经五年，但是不断怀念军中的生活。三、四两句从想象和现实中所看到的烽火和秋雁，认为这是从前线和沦陷区来的消息，因此加深了自己对于国家民族前途的关切。最后两句完全写出他的爱国热忱。”（《陆游选集》）全诗围绕一“愁”字，表达匡复中土而不得的失落英雄的孤悲情怀，先写景叙事，后抒情，虚实结合，情景交融，用典高妙，一位卷地西风中倚楼搔首、悲慨感叹的爱国志士形象跃然纸上。

南定楼遇急雨

行遍梁州到益州①，今年又作度泸游②。
江山重复争供眼③，风雨纵横乱入楼。
人语朱离逢峒獠④，棹歌欸乃下吴舟⑤。
天涯住稳归心懒⑥，登览茫然却欲愁。

【注释】

①“行遍”句：陆游于乾道九年（1173）春至南郑，以左承议郎权四川宣抚使司干办公事兼检法官，其间作阆中之行；冬，改除成都府路安抚使司参议官，自汉中至成都。

②泸：泸水，指金沙江经泸州一段江流。

③重复：重重叠叠。争供眼：竞赴眼底。

④朱离：即侏离，形容异地语音难辨。朱，明刊涧谷本作“侏”。峒（dòng）獠：古代对西南少数民族的蔑称。峒，明刊涧谷本作“洞”。

⑤棹（zhào）歌：鼓桨而歌。欸（ǎi）乃：象声词，桨橹声。吴，明刊涧谷本作“渔”。

⑥天涯住稳：谓自己长期宦游，早已习惯异乡生活。

【评析】

南定楼，在泸州（今属四川）城中，依江而建，取诸葛亮《出师表》“南方已定”意命名。始建于唐代，南宋时泸州知州晁公武改建，遂闻名天下，与黄鹤楼、岳阳楼、大观楼齐名。晁公武诗云：“水接荆门陆控秦，卧龙陈迹久尤新。剑关驿外青山旧，锦里祠边碧草春。更筑飞楼瞰泸水，拟将遗恨问洪钧。南方已定虽饶富，北望中原正惨神。”（《南定楼》）改建用意由此可知。南宋爱国人士，莫不寄意恢复，对渡江北还、收复中原翘首以盼，望眼欲穿。无数文人骚客登临南定楼赋诗题咏，北望神京，惨然伤神，流下忧国忧时之泪。

淳熙五年（1178），陆游奉召自成都东归，途经泸州，登南定楼，急雨骤降，四顾空茫，心绪凄迷，即景作诗。首联连下三个地名，交代近年旅宦行迹。自乾道六年（1170）入蜀算起，诗人辗转梁、益间，已游宦近十年，先供职王炎幕下，从戎南郑，后北伐搁置，王炎被召回，复调归成都，自云：“客游梁、益半吾生。”（《四鼓出嘉会门赴南郊斋宫》）时间何等漫长，空间何等辽远！以宦游踪迹起笔，贯串以“行遍”“到”“又作”等词，将道途漫漫、山程水驿皆囊括其中。近十年光阴似于眼前闪现，倏而疾逝，文势迅疾如电，读来一气贯注、奔泻而下。

颔联点题，对仗工整，写登楼所见，兼具“山雨欲来风满楼”（唐许浑《咸阳城东楼》）之雄浑与“白雨跳珠乱入船”（宋苏轼《六月二十七日望湖楼醉书五绝》其一）之激荡。南定楼临江依山而建，江上风大，山中雨急，诗人不仅描摹山重水复、风雨纷乱的壮观景象，也对南宋政权危机四伏、风雨飘摇之没落局势进行形象勾画。朝廷为避敌虏之锋芒，远遁临安，苟安一隅，歌舞升平，不思北伐，故土尚且未复，金人虎视眈眈、气焰嚣张，繁荣之下埋伏着荆棘与獠牙，隐患颇多。诗人通过描绘风雨，将尾联“茫然却欲愁”的真实原因传达得淋漓尽致。雨横风狂与锦绣山河互为映衬，“争”字化静为动，“乱”字平中出奇，极富动态美感与壮阔气势，令人身临其境，忧国情怀落笔即出，势雄而意远。

颈联承山河、风雨自然之景，转写思乡之情。诗人游宦蜀地，漂泊西南多年，远离故土，一旦登临，离愁别绪涌上心头。“人语”句极言宋时西南诸夷土俗犷陋、风教未开、语言不通，实暗寓此地不可久留之意。“棹歌”句为想象虚景，诗人归心似箭，仿佛已坐上回乡船只，在棹歌清越、桨声悠悠中顺江东下，直抵山阴故里。陆游多次书写宦游经历和感慨，“何人不宦游”（《送王龟龄著作赴会稽大宗丞二首》其一），“宦游三十载”（《醉中作》），倾其半生，几经辗转，为宏愿投身，为生计奔波，“残年走巴峡，辛苦为斗米”（《投梁参政》），虽漂泊天涯、阔别乡里，却也“不恨生涯似断蓬”（《武昌感事》）。

尾联呼应开头，与宋苏轼《自题金山画像》风格相仿，历数年来踪迹，故作坦然，造语豪健苍凉。南定楼底楼分置李德裕、诸葛亮塑像，并绘有南蛮、西夷地图，再与命名用意互鉴，即知南宋爱国志士之夙愿。南宋梁介登楼，有“南陲粗安堵，北鄙方举燧。倚楼独何为，尚下忧国泪”（《南定楼》）诗句，拳拳爱国之心，当与放翁相同，两相关照，应知放翁所“愁”为何。诗人登此楼，目断山河，心牵家国，自叹飘零，多重情感交织，人生起落尽在不言中。

清方东树评曰：“起叙行迹，三南定楼，四急雨，五、六当前景事，收入思乡，而笔意生新。”（《昭昧詹言》）吴汝纶指出：“此诗当于神气纵宕超忽处求之。”（清高步瀛《唐宋诗举要》卷六引）其子吴闿生评曰："当于神气纵宕超忽处求之，否则不知其妙境何在矣。'笔意生新'四字，与此诗了不相干也。"（方东树《昭昧詹言》吴闿生评本）认为方氏所言不确，"笔意生新"之语不知从何而起。放翁笔势纵横驰骋、狂放恣肆，变换超忽，神完气足，需领略其神，方能知其妙境。《御选唐宋诗醇》赞曰："属对之妙，神韵自然，不可凑泊。"放翁属对精工，颔联尤佳，为全诗致语，顾佛影称赞："三、四沉雄。"（《评注剑南诗钞》）又指出此诗弊病："结句太滑。"清沈德潜也说："《剑南集》原本老杜，殊有独造境地。但古体近粗，今体近滑，逊于杜之沉雄腾踔耳。"（《说诗晬语》）皆言放翁之诗病在太"熟"，长此以往，便成滑调。"熟""滑"已成为后人评价陆游律诗的常用语，认为陆游虽风格老成，属对妥帖精工，但有时未能打破固有风格与程式，作诗、为文当以生熟相济为佳。而清陈衍对此诗却评价极高："雄浑处岂亚杜陵？许丁卯之'山雨欲来'，对此能无大小巫之别？"（《宋诗精华录》）指出放翁笔意雄浑，不亚老杜，甚至境界远在许浑《咸阳城东楼》之上。

龙兴寺吊少陵先生寓居

中原草草失承平[①]，戍火胡尘到两京[②]。
扈跸老臣身万里[③]，天寒来此听江声。

诗人自注：以少陵诗考之，盖以秋冬间寓此州也。寺门闻江声甚壮。

【注释】

① 草草：仓促的样子。谓南宋政权衰弱。承平：指持续相承的治平之世，泛指太平。

② 戎火：即烽火。此指唐玄宗天宝十四载（755）爆发的“安史之乱”。胡尘：胡人铁骑扬起的沙尘，原指边地夷狄入侵，此代指安禄山叛军。两京：指唐朝东京洛阳和西京长安。

③ 扈跸（hùbì）：指跟随帝王车驾，扈驾随行。扈，即跟从、随从。跸，原指帝王出行开路清道，后泛指帝王车驾或驻留之地。

【评析】

龙兴寺，又名治平寺，在忠州（治今重庆忠县）北，一说唐建（《道光忠州直隶州志》卷三《坛庙》），一说汉永平（58—75）间建（明曹学佺《蜀中名胜记》），已不可考。唐代宗永泰元年（765）五月，杜甫离开成都，乘舟东下，入秋至忠州，寓居龙兴寺约两月，作《题忠州龙兴寺所居院壁》诗，题于寺墙。宋孝宗淳熙五年（1178）正月，陆游五十四岁，奉诏东归。四月，行经忠州，追蹑杜甫遗踪，于龙兴寺凭吊怀古，推想当年情状，伤情无限，遂作此诗。

首二句追溯杜甫生平遭际，交代离乱背景。天宝末年，安史之乱爆发，中原大乱，叛军攻陷东都洛阳后，又攻陷西京长安。胡尘弥漫两京，铁骑践踏山河，潼关失守，国祚日衰，玄宗仓皇奔蜀，大唐盛世，如枕上一梦，倏然破碎。末二句点明题旨。肃宗即位后，杜甫孤身北上去投，却为叛军所俘，至德二载（757），再次冒险逃奔凤翔（今属陕西）投效，“麻鞋见天子，衣袖露两肘”（唐杜甫《述怀》），报君心切，历尽艰难，以致形容狼狈，被授左拾遗。杜甫此后因上疏营救房琯，触怒肃宗，被贬华州（治今陕西渭南华州区），又逢饥荒，而后几经辗转，流落西南，晚年始出蜀。寓居忠州时，杜甫已五十三岁，故称“扈跸老臣”。“身万里”为虚数，化用杜甫诗句“万里悲秋常作客”（《登高》），写尽老杜贫病交迫、报国成空的凄凉晚景。

此诗题为吊杜，实兼自咏情怀。《御选唐宋诗醇》评曰：“双管齐下，一写两枝。”后又引清张完臣语：“‘草草’二字，状尽衰世景象，谓之咏少陵可，谓之自咏亦可。”确然如此，双线并行，语含双意，天衣无缝，浑然无迹。陆游所处境遇，与杜甫极其相似：同样故都沦陷，兵戈扰攘，忧国忧民，一腔孤愤；又同样辗转万里，壮志未酬。因此，诗人在对唐代历史的追述中，既寄寓对老杜遭遇的悲悯之情，也融入自己的切身之痛，借咏史怀古，曲折反映国土沦丧、金人主北的现实形势，饱含对国事的重重忧虑。

陆游诗下自注，据杜甫在忠州时所作“云气生虚壁，江声走白沙”（《禹庙》）等诗，可推知其寓居龙兴寺当在永泰元年（765）秋冬。诗人遥想数百年前，岁暮时节，北风萧瑟，山寒水冷，皤然一老，孤立门前，倚杖听江。又联想自己一官匏系，出关入蜀，亦是年过半百，功名未就，万里羁孤之感油然而生。春日独立江边、怅望江涛的诗人为实景，秋冬流离至此、驻听江声的杜甫为虚景，交错重叠，两位伟大爱国诗人跨越悠悠时空，交心对谈。

宋叶绍翁《四朝闻见录·乙集》云：“游宦剑南，作为歌诗，皆寄意恢复。”此非纯粹吊古之作，既为吊古，也抒今怀，借前人之事抒发自己恢复难期的失意情怀。诗人仰慕杜甫，极爱追循“诗圣”脚步，觅其余韵，遍游夔州、成都、蜀州等地，寻访诗圣遗踪，不仅在创作上师法杜甫，更将杜甫视为精神导师。陆游爱君忧时、积极入世的人格理想与杜甫一脉相承，深入骨髓。不仅如此，二人所处社会背景、宦游经历也惊人相似。流寓蜀地的八年经历，令杜甫的诗歌内容变得更为丰富，风格也渐趋成熟，漂泊西南时期为其创作丰收期。而陆游入蜀后近十年宦游生涯，也让诗歌境界一变，遂勘得诗家三昧。与杜甫相似的生活遭遇，再加上相似的人格理想与文学主张，铸就了两个灵魂的异代共鸣。因此，诗人对杜甫颠沛流离的不幸遭遇感同身受。龙兴寺前的江声跨越古今，叩击着两位诗人的心扉，似述说着共同心声，可谓“怅望千秋一洒泪，萧条异代不同时”（唐杜甫《咏怀古迹五首》其二）。

此诗构思精巧，一线在明，一线在暗。悼杜在明，自伤在暗，明暗交织，时空交错，情感跌宕，苍凉沉郁，悲慨激昂。顾佛影对此诗评价极高，拊掌赞曰：“苍凉激越，是放翁真性情，亦是集中第一等好诗。”（《评注剑南诗钞》）

楚　城

江上荒城猿鸟悲，隔江便是屈原祠①。
一千五百年间事②，只有滩声似旧时③。

【注释】

①屈原祠：在今湖北秭归东南。传说屈原故居即在此地。

②一千五百年：从屈原生活的时代（约前340—前278）到陆游作此诗的淳熙五年（1178），约一千四百七十多年，诗人取整为一千五百年。

③滩声：水击险滩发出的涛声。

【评析】

淳熙五年（1178）春，诗人五十四岁，奉诏东归，舟抵归州

（治今湖北秭归）时恰逢端午，感触良深，作此诗怀古凭吊。楚城指战国时楚国故都的遗址，在归州东，为楚国诗人屈原的出生地。千年前楚国繁荣的国都，今已凋敝破落。首句中的“荒城”即奠定此诗苍凉基调，楚城往日繁荣烧作一撮青灰，碾成一把尘烟，在铁蹄下永远消逝，只余荒城独立江畔。陆游《入蜀记》记载，归州虽有一州之地，却人烟稀少，只三四百户人家。千年前的楚国兵强马壮，国富民殷，而今安在？荒城见猿鸟而不见人，可见其“荒”。琼楼玉宇现已荒草丛生，轻歌曼舞变为鸟鸣猿啼。荒城静默不语，却又仿佛将一切都传达给了后人。荒城本已凄凉，猿鸟悲啼愈显其悲。猿鸟何尝懂得人事代谢？因此，猿鸟之悲实是诗人之悲。诗人不直抒己悲，而移情于猿鸟，情感含蓄而又百转千回。楚王国昔日的富强繁荣，委顿成史书册页里一把拾也拾不起的浅淡影子，随着风中传来的一声缥缈而苍老的悲叹，转瞬飘散。

在前句营造的凝重悲凉氛围之上，“隔江”句随后而来，直切正题，转入所咏之事。屈原自沉汨罗后，乡人筑庙以祀之，称“屈沱”，即“屈原祠”。宋王象之《舆地纪胜》记载，屈沱所在之地本是楚王城，北枕大江，点明楚城及屈沱的地理位置。诗人在《建宁重五》中自注：“屈沱，盖屈原故居，楚人谓江之别流为沱。”沱，即江水支流。屈沱傍山枕流，临江而建，屈原祠与楚江、楚城紧密相连，恰如屈原与楚国国运也是唇齿相依的关系。诗人牵引着读者目光，让人不由思索楚城与屈原祠之间的关系，将楚国国运与屈原遭遇联系在一起。

三、四两句“不是寻常章法”（清陆次云《五朝诗善鸣集》），吊古伤今，却引而未发，对所提前事皆避而不谈，只一带而过，欲言又止。有此悼古之言，前文所叙猿鸟之悲也愈加厚重。当年楚怀王拒绝采纳屈原联齐抗秦的主张，却采纳子兰、靳尚、上官大夫等人的亲秦政策，听信谗言，疏远屈原。顷襄王继位后，则继续偏听偏信，依附强秦并流放屈原于沅、湘，致使楚国政治愈加腐败，最终为秦所灭。把国家命运托付给仇敌，何其可笑。诗人感叹，“委命仇雠事可知，章华荆棘国人悲。恨公无寿如金石，不见秦婴系颈时”（《屈平庙》），遗憾屈原雄韬大略终不见用，饮恨而死，未见秦亡。

诗人首次于屈乡过重五，感触颇多，作诗数篇，“斗舸红旗满急湍，船窗睡起亦闲看。屈平乡国逢重五，不比常年角黍盘”（《归州重五》）。诗人透过船窗，赏龙舟竞渡，观红旗飘扬，见楚地民众正自发地纪念屈原。当时兴风作浪、一手遮天左右政局的佞臣庸君，早已和荒芜残败的王城一同被众人遗忘，湮灭在历史河流中，而爱国忧民的志士却永存民众心间，“屈平词赋悬日月，楚王台榭空山丘”（唐李白《江上吟》），可见历史自会做出选择。

末句虽写滩声，却余韵无穷。据《入蜀记》载，归州城内地势参差不平，滩声如同转雷，和暴风雨一般声势浩大。一千五百年前，爱国诗人屈原在此诞生，正是伴着这样的滩声；一千五百年后，诗人东归，经此吊古，感前人，念今事，也是伴着这样的滩声；又经年，后人路过楚城，怀想屈子、放翁，留下不尽追思与感怀，仍是伴着这样的滩声。清张完臣称赞：“声味都尽，而语气不断，此之谓诗。”（《御选唐宋诗醇》引）

清王士禛举陆游等三家在归州留下的妙句，云：“归州山水粗劣，与巴东略似，三闾大夫实产是乡，屈原宅、女媭庙、女媭砧皆在。七里，有宋玉宅，放翁入蜀时尚见石刻。……荒山寒日，江声怒号，独坐吟此数诗，不必‘猿鸣三声泪沾裳’也。”（《蜀道驿程记》）列举的诗中便有《楚城》。王士禛认为，纵然归州荒山野水，景致粗劣，但因前贤题咏，犹有堪赏玩之处，不必闻猿啼而泪下沾襟。独立江畔，静听滩声，俯仰天地，怀想昔人，感触良多。

一千五百年间，多少兴亡盛衰顷刻过手，而江水仍然，浪涛依旧。滩声不解人间事，送古迎今自喧阗。古往今来，登临怀古的至悲之情在于人事虽改，景物如旧。见天地悠悠，江水滔滔，人只如蜉蝣其间，顿生兴亡之感。正是“人生代代无穷已，江月年年只相似”（唐张若虚《春江花月夜》），临楚城，听滩声，怅然之情油然而生。他们都是时间轴上无法相交的线，思想却能在时空中交汇，点燃刹那瑰丽花火，文学的意义之一不也在此吗？人类本就是这样微小的生灵，却因思想、精神的留存而永生。自然山水也因历代的登临题咏而变得底蕴深厚，成为人文山水。

王士禛提及此诗有唐人风致，顾佛影亦评曰：“唐人常语，宋人却少”（《评注剑南诗钞》）。此诗之所以兼具唐诗、宋诗二者特征，便是因为转承自然，语言畅达，情意绵长，情景交融，精于造境，颇得唐人之精髓，却又融会宋诗章法，简素平淡之中，得见功力。

初发夷陵

雷动江边鼓吹雄[①]，百滩过尽失途穷[②]。
山平水远苍茫外，地辟天开指顾中[③]。
俊鹘横飞遥掠岸[④]，大鱼腾出欲凌空。
今朝喜处君知否，三丈黄旗舞便风[⑤]。

【注释】

①"雷动"句：此指夷陵一带的长江滩声如擂鼓般雄浑壮阔。另说古时舟人放舟出峡时，常击鼓吹箫以壮声威，鼓声雷动，声势浩大。

②"百滩"句：三峡一带险滩密布，水道蜿蜒，行至夷陵后，水道变得平阔而舒缓，此前峡中行船时的迷途失道之感顿然消失。百滩，三峡中的诸多险滩。途穷，喻处境困窘。典出《晋书·阮籍传》。

③指顾：指点、顾盼之间。喻时间短暂、迅速。

④俊鹘（hú）：矫健的鹰隼（sǔn）。鹘，一种小型鹰类猛禽，又称隼，翅长而尖，飞行迅速。掠：一擦而过，形容动作迅疾。

⑤黄旗：本指战旗或天子仪仗等，此指诗人所坐船只悬挂在桅杆上的旗帜。便风：顺风。唐李白《送殷淑三首》其一："天明尔当去，应便有风飘。"

【评析】

孝宗淳熙五年（1178），诗人五十四岁，奉诏离蜀，结束九年川陕宦游生涯，往临安廷对。诗人东归出峡，行至夷陵（治今湖北宜昌）时作此诗。此时已过端午，长江流域正值汛期，水犹湍急，何况三峡向以雄伟险峻、滩多流急闻名，行船惊险万分。诗人一路舟行险象环生，终平安出峡，转危为安，乍惊还喜，出峡前后心境变化俱在诗中。

首联先回顾出峡过程中的种种惊险情状。三峡群峰林立，峭壁危岩如同刀削斧凿，"两山对崔嵬，势如塞乾坤。峭壁空仰视，欲上不可扪"（《入瞿唐登白帝庙》）。江水至此收束，故而江面狭窄逼仄，峡内回环曲折，浪涛奇险，"峻激奔暴，鱼鳖所不能游"（北魏郦道元《水经注·江水二》）。"雷动"句可与诗人入蜀时所作诗歌相参看："浪花高飞暑路雪，滩石怒转晴天雷。千艘万舸不敢过，篙工柂师心胆破。”（《瞿唐行》）水击险滩，涛声雄浑壮阔，既似雷鸣，又如擂鼓，声势浩大，夺人心魄，就连久经风浪的船夫都不免心惊胆战、怛然失色。诗人在三峡穿行，不禁发出川尽途穷之慨，与东坡“此生归路愈茫然，无数青山水拍天”（宋苏轼《慈湖夹阻风五首》其二）感喟相仿。待过尽百滩到达夷陵，诗人感天地之威、造物之奇，惊魂甫定，为平安出峡深感庆幸。

颔联笔触由远及近，由虚到实，写初出峡谷时，眼前豁然开朗的景象。诗人极目远望，见夷陵地段江面平缓壮阔，江天一色，云水苍茫，旷远无际，此前峡中行船时的迷途失道之感顿然消失。宋刘辰翁评“地辟”句曰：“是出峡气象。”（《精选陆放翁诗集》）峡内险滩暗伏，巉岩高耸；峡外水面开阔，江水浩渺；两相对比，顿生地辟天开之感。如泼墨山水画在眼前徐徐展开，指点顾盼间，水墨跃动，浓淡虚实，变幻无穷，转瞬又汇成另一幅图景，极尽点染之功，诗境极似“山重水复疑无路，柳暗花明又一村”（《游山西村》）。语言生动又极具气势，纳乾坤万千变化于一联小诗，如夷陵江水一泻千里，一发而不可收。此联当为诗眼，有点睛之妙。

颈联写近景，由高及低，情景相融，展现了江面鹘飞鱼跃的动景，生机勃勃，豪壮雄奇。空中疾掠而过的俊鹘，江中腾跃而起的大鱼，既是实景，又是诗人喜悦心情之外化。一个“遥”字，突出江面之宽阔，在夷陵开阔的江面，鹰隼也能展翅翱翔。“欲凌空”一词，显是运用夸张手法，见出鱼跃之高。诗人豪情顿起，状写鱼、鸟皆活泼灵动，自在逍遥，仿佛心也随鱼、鸟腾跃高飞。

颈联和颔联，一如工笔精描细刻，勾廓画形，描摹物象形态神韵俱似；一如粗笔蘸墨淋漓，恣意挥洒，寥寥数笔，应手随意，意境深远，诗情中亦有画意，画意中又存诗情。若拿国画作比，此二句则浓淡相宜，设色雅致。

尾联中，“今朝喜处君知否”，诗人前几联寓于景色、物象中的喜悦之情终于明白吐露。正如人逢喜事，当是眉眼先流露笑意，而后漫溢嘴角，随即笑声便按捺不住，冲破唇齿，朗然而出。诗人所喜之事应有两处：一为出峡顺利，有惊无险；二为奉诏还朝，前途可期。“黄旗”实指诗人所坐船只悬挂在桅杆上的旗帜，“三丈黄旗”极言其长，在风中猎猎鼓动，更增添几分气势。诗人心系朝廷，望着船上黄旗，又由此联想到报效君主。“黄旗”常指天子的仪仗，如“一声清跸出行宫，百尺黄旗绣戏龙”（《感旧赠超师》），古人也常用“黄旗紫盖”“黄旗紫气”比喻天子的祥瑞之气，因此“黄旗”又虚指君主。在陆诗中俯拾即是的“黄旗”意象，常引申为随天子御驾亲征，如“北望中原泪满巾，黄旗空想渡河津”（《北望》），“将军驻坡拥黄旗，遣骑传令勿自疑”（《战城南》），皆寄托了诗人杀敌报国、收复失地的豪情壮志。“便风”即顺风，人常言道，“一帆风顺”，古人常以风之顺隐喻仕途之顺。因此，这里的“便风”又暗寓诗人仕途顺畅、建功立业的美好愿景。诗人渴望身担重任，为君分忧，大展宏图。

由首联至尾联，可以窥见诗人心境之变化。先回溯来路，出峡惊险，历历在目，有失途之叹，亦有慨然之言；而后寓乐情于美景，景丽情挚，意蕴深厚；末句点明见黄旗而喜，情感层层升华。诗押“东”韵，对仗工稳，节奏流畅，一泻而下，读来意气骏爽，气势非凡。

小雨极凉，舟中熟睡至夕

舟中一雨扫飞蝇，半脱纶巾卧翠藤①。
清梦初回窗日晚，数声柔橹下巴陵②。

【注释】

①纶（guān）巾：头巾名，又名“诸葛巾”，用青色丝带制成。翠藤：此指青藤编制的卧榻。

②柔橹：船桨轻划之声。巴陵：今湖南岳阳。

【评析】

淳熙五年（1178）五月，诗人五十四岁，离蜀东归，将至巴陵时，作此诗于舟中。诗中描写了小雨过后在舟中美睡的情景，读来颇具清趣。

首句着一“扫”字，炼字极妙。时值五、六月之交，已入盛夏，午后舟行江上，烈日当空，湿热难耐，加上临水生虫，多为蚊蝇所扰，不胜其烦。一场小雨随即带来新凉，不仅扫除蚊蝇，也将盛夏酷暑与旅途的疲惫烦闷一扫而尽。这场雨是适时的，又是适度的，是喜人的。若没有这场雨，舟上便蚊蝇恼人，藤席炙手；若是大雨倾盆，江行又恐生风浪；偏偏是一场淅淅沥沥、簌簌绵绵的小雨，驱走暑热、蚊蝇，润湿山川草木，一切都恰到好处，也成全了诗人半日好眠。“半脱”句，“半脱”和“卧”，勾勒诗人慵懒之态。诗人卧在青藤榻上，纶巾松垮半脱，或许是无意滑落，但他也未想扶起偏斜的头巾，睡眼蒙眬，只欲趁着雨后凉意，沉入梦乡。此句着眼“纶巾”“翠藤”，诗人纶巾欹斜，气度儒雅，闲散自在。不言“藤床”而言“翠藤”，翠色欲滴，色调清冷，愈显藤床清凉，也为诗句加入明丽色彩，平添画意。寥寥几笔，写尽诗人午后随意、闲适。

一、二句写睡前的适意与慵懒，三、四句则写睡醒的悠闲与满足。“清梦”二句呈现朦胧淡远的诗境。巴陵附近的江面波平水缓，诗人伴雨声沥沥、凉风习习入眠，舟中酣睡，梦境清幽，醒后看向窗外，见日已西沉，夕照漫江，方知已是傍晚时分。舟人操橹轻摇，耳畔是欸乃声声，柔和而协调，伴着这样规律的橹声，小船载着诗人缓缓前行，即将抵达巴陵。明卢世㴶评道：“只末一句，有多少蕴含在。”（《御选唐宋诗醇》引）景与情融，情韵并美，宋刘辰翁称赏：“自然是。”（《精选陆放翁诗集》）诗人东归之时轻松愉悦的心情尽现眼前。这一刻，宦海浮沉、人世纷扰都仿佛离他远去，诗人在雨声、橹声、风声、涛声的交响中，将身心沉浸在自然的韵律里，远离了蚊蝇侵扰的纷繁环境，获得了片刻宁静，让疲惫的身心稍稍休憩。

诗人常年身在羁旅，难得好眠，“客中常少睡，归梦若为成”（《梦藤驿二首》其二），“底事妨人睡，楼头暮角哀”（《寓蓬莱馆》），“愁多憎夜雨，睡少喜晨鸡”（《枕上作二首》其一），忧思重重，迟迟不眠，所为何事？无非家国天下、百姓福祉，以及自身前途命运。在此情况下，诗人对酣甜睡眠极为渴望，认为“睡味甜如蜜，人情冷似浆”（《思归示儿辈》），“今宵一美睡，何止傲羲皇”（《南堂纳凉二首》其二），“此生睡足无余念，安用元戎报五更”（《晚起二首》其二），“旷怀牛屋下，美睡雨声中”（《初冬至近村》）。诗人寓蜀九年，终得返乡，归心安稳，一场清梦，似解九年愁苦与困顿，故而赋诗以记，回味不已。

清朱彝尊赞此诗“可追踪唐贤”（清王士禛《带经堂诗话》

引），便因此诗清新雅淡，天然隽永，有唐人之遗风。顾佛影亦赞其“清境逼真”（《评注剑南诗钞》），认为此诗境清且美，语言又极逼真传神。纵观全诗，词句清丽浑成，节律舒徐，给人空灵超脱的美感，有味外之旨、韵外之致。

泊公安县

秦关蜀道何辽哉①，公安渡头今始回②。
无穷江水与天接，不断海风吹月来。
船窗帘卷萤火闹，沙渚露下蘋花开③。
少年许国忽衰老，心折柁楼长笛哀④。

【注释】

①秦关：指大散关。蜀道：蜀中的道路，此处代指蜀地。辽：遥远。

②公安渡头：古渡口名，在今湖北公安。唐杜甫《公安县怀古》：“维舟倚前浦，长啸一含情。”

③沙渚：水中沙洲。

④心折：即中心摧折，形容极为伤感。南朝梁江淹《别赋》：“有别必怨，有怨必盈，使人意夺神骇，心折骨惊。”柁楼：同“舵楼”，船只后部的操控之室，高起如楼。

【评析】

孝宗淳熙五年（1178），陆游五十四岁，东归途中经公安县（今属湖北），泊舟公安渡头，赋此诗。首联追忆川、陕峥嵘岁月。诗人曾溯流而上，经公安入蜀，迢迢万里，辗转秦关、蜀道，挽弓拥戈，气吞残虏，九年戎马倥偬，至今方回。“辽”既指空间遥远，也显时间漫长，“何辽哉”写尽九年游宦沧桑。九年前，诗人行船遇风，也停泊公安渡头，避风半日。公安凭长江天堑之险，自古为兵家必争之地，孙权、吕蒙便在此屯兵，夺回荆州。诗人观吕蒙所筑城池遗址，感前人功业，叹曰：“昔人勋业地，搔首叹吾衰。”（《公安》）吕蒙白衣渡江，奇袭荆州，夺回失地，诗人联想今事，捐躯无地，恢复难期，感慨无尽，搔首长叹。两度行经前人勋业之地，却皆是功业未就，前途渺渺，心中惆怅，难以言说。“今始回”与“何辽哉”相呼应，有对光阴流逝飞速的慨叹，也暗蕴壮志未酬的失落感。

颔联写远景，对仗工巧。宋刘辰翁指出此句“骈用杜语，然亦称”（《精选陆放翁诗集》），认为其化用杜甫名句“无边落木萧萧下，不尽长江滚滚来”（《登高》），出语贴切。诗人胸中郁郁，凭窗远眺，见江旷天远，水天一色，宽广无际，境似“秋水共长天一色”（唐王勃《滕王阁序》），顿觉郁意稍豁。夜风送爽，江上月明，月从何来？诗人思及李白“长风吹月度海来”（《鲁郡尧祠送窦明府薄华还西京》）诗句，又知江海相通，故生出“海风吹月”的浪漫想象。明月高升，原是海风吹送，越海渡江而来，夸张奇特，令人拍案称奇。风送明月，也侧面体现诗人伫立窗前时间之长，远望冥想，不知不觉，月已东升，愈显愁绪深重。此联江与天接为实景，海风吹月为诗人想象，境界开阔，造语新奇、精工。融李、杜诗句为己用，赋予新意，化用得当，自然浑成。清陆次云盛赞曰：“三、四（句），十四个字，一气贯注，力有万钧。”（《五朝诗善鸣集》）

颈联写近景。流萤熠熠，时合时散，光华闪耀，在夜犹明；夜露晶莹，玲珑剔透，点染蘋花，淡雅可爱。一动一静，以动衬静，写景灵动，如梦如幻，似信手拈来，却错落有致，“贴得清丽”（宋刘辰翁《精选陆放翁诗集》），泊船江渚的夏夜景色如现眼前。景虽美，但其境过清，不免寂寥暗生。诗人欲排遣烦忧，却反而添愁惹恨。

尾联有悒郁不平之气。诗人少年许国，立志“上马击狂胡，下马草军书”（《观大散关图有感》），此后西去东归，宦游各地，而此志不泯。只愿驱驰君王左右，收复失地。可青春短暂，时光奄忽，昔日面红肤腴的有志少年，转眼已年逾五十，两鬓星星。岁月将暮，诗人想到许国成空，勋业蹉跎，只余孤忠一腔，徒然自嗟。恰逢舵楼之上有人吹笛，如泣如诉，哀切动人，催人断肠，诗人听闻笛声，愈觉悲凄，为之心折。

纵观全诗，情感起落无定，却能衔接自然，毫无滞涩，情感奔泻而出。诗押“灰”韵，合口呼，发声短促，沉郁低回，苍凉雄浑。清方东树称赏：“意亦犹是，而以兀傲之气行之，便觉超脱凡境。”（《昭昧詹言》）

六月十四日宿东林寺

看尽江湖千万峰，不嫌云梦芥吾胸①。
戏招西塞山前月②，来听东林寺里钟③。
远客岂知今再到④，老僧能记昔相逢⑤。
虚窗熟睡谁惊觉⑥，野碓无人夜自舂⑦。

【注释】

①云梦：指云梦泽。古时楚地（今湖南、湖北一带）湖沼池泽的总

称，在今湖北安陆南。芥吾胸：心胸为之鲠碍、阻塞。汉司马相如《子虚赋》："吞若云梦者八九于其胸中，曾不蒂芥。"芥，芥蒂，细小之物。此处用作动词。

② 西塞山：在今湖北大冶东，山临长江。据《入蜀记》记载，西塞山亦名"道士矶"，色青而竦峭。

③ 东林寺：位于庐山西北麓，由晋高僧慧远所创。谢灵运凿池为台，栽种白莲，名其白莲社，宋时改为禅寺。

④"远客"句：据《入蜀记》，陆游入蜀路过九江时曾游庐山，并住宿东林寺，所以说"再到"。远客，陆游自称。

⑤ 老僧：指东林寺主僧了然。

⑥ 虚窗：敞开窗户。凡开窗户，必空其中，故云。

⑦ 野碓（duì）：一种舂具，此指田野间利用水力舂米的石碓。舂（chōng）：以杵捣臼，去除谷物外壳。

【评析】

淳熙五年（1178），陆游五十四岁，东归途中，经江西九江，赋此诗。诗人西行东归，行经庐山，皆留宿于此。东林寺在庐山西北麓，因处于西林寺以东，故名。寺建于东晋太元九年（384），为佛教净土宗（又称莲宗）发源地，是庐山历史悠久寺院之一。

明刊涧谷本题中无"六月"二字。首联以议论起笔，用西汉司马相如《子虚赋》典，起势宏阔。《子虚赋》中，乌有先生向楚国使者子虚夸耀齐国疆土广袤，称即便吞噬如云梦那样的大泽八九个，胸中也不觉蒂芥，后常借"吞云梦"以表现胸襟博大、气度宽广。此联也化用宋苏轼"恨无乖崖老，一洗芥蒂胸"（《送路都曹》）诗意。诗人宦游九年，出吴入蜀，看尽秦关、汉塞、蜀岭、吴山，云梦大泽虽辽阔，又怎会梗塞诗人胸中？言下之意，似云梦泽那般广大，在诗人眼中也不过寻常泽薮，既可容纳胸中，也能转瞬忘怀。至于宦海风波、人世恩怨，更不足芥蒂，俱能吞吐自如。诗人自言“胸中七泽著犹宽”（《庵中晨起书触目四首》其一），“此老胸中万顷宽”（《园中小饮》），华山、云梦皆被诗人吐纳于胸次，“老夫合是征西将，胸次先收一华山”（《过灵石三峰二首》其二），可见诗人胸襟宽广。

颔联采用流水对，承接首联气势，想象新奇，有太白豪迈飘逸之风。西塞山是著名古战场，头上高悬明月，见证多少千古兴亡悲慨。陆游对八年前西塞山的明月念念不忘。适逢中秋，夜里江行，玉兔东升，浑似紫金釉盘，清光一片，映江万顷，诗人记录此奇绝之景，并盛赞“平生无此中秋也”（《入蜀记》）。直至二十余年后，诗人仍怀念不已，其《排闷六首》其四曰：“西塞山前吹笛声，曲终已过雒阳城。君能洗尽世间念，何处楼台无月明。”中秋月圆，恰逢何处笛声飘来，涤尽萦心尘虑，令人心旷神怡。笛起山前，月辉满江，此番景致生平罕见，故而诗人听闻东林钟声悠扬，便想招来西塞明月与己相伴，钟声明月，自是相得益彰。钟声清远，此为听觉感受；冰轮皎然，此为视觉感受。诗人欲将视听二者结合，月下闻钟，洗心涤虑，以达清静超脱之境，让九年跌宕漂泊一并化在这寺院清音中。

颈联贯通今昔，追溯过往游东林的经历。“远客”为自谓，早在乾道六年（1170），诗人就因朝廷征召，从山阴逆流而上，西行入蜀，赴任夔州通判，八月八日游庐山，亦宿东林。如今重来，已历九年，诗人宦海浮沉，行迹万里，故地重游，自然心境迥异，感慨万端。东林老僧法名了然，当年曾与诗人相识，甚至仍能记得那日相逢情景，这令诗人欣悦而感慨。还是那位老僧，还是那座东林寺，可今日的放翁已非当日之放翁。诗人一去九年，迢迢千里，而今复到，来去俱在尘网中，早已人世浮沉几遭，遍尝苦辣酸辛。此联虽只言老僧旧识，时移世易、世事难料之感却暗寓其中。

尾联淡而有味，臻至妙境。以“野碓夜舂”之景收束全篇，含不尽之意于言外。夜雾蒙蒙，诗人敞窗而卧，恬然好睡，忽而一声野碓，惊破清梦。碓声清越，愈显四野之静，动静交替，喧中见寂，达到空灵虚幻、清旷高远的审美境界，写景叙事，绝似唐韦应物“春潮带雨晚来急，野渡无人舟自横”（《滁州西涧》）。野碓自舂，暗蕴禅悟。自舂之声，如暮鼓晨钟，又如当头棒喝，禅意含蓄，自在其中，正如济南兴国禅寺门两侧石刻对联所云：“暮鼓晨钟，惊醒世间名利客；经声佛号，唤回苦海梦迷人。”诗人究竟是在睡梦中惊醒，还是在那尘梦中惊醒呢？

清姚鼐赞此诗“最似东坡”（《五七言今体诗钞》）。陈衍评云：“（罗掞东《剑南诗选》）评云：‘一气卷舒，却能凝炼稳重，宋人惟半山最擅胜场。’仆谓此放翁之极似东坡者，其所以能成大家在此。”（《石遗室诗话》）诗人谙熟东坡诗，获其真传，但众诗评家也未必言二人诗笔相似，大抵指诗人雄隽奔放的气格与豪放旷达的襟怀为东坡之嗣响，尤其是诗末东坡式参悟，与东坡如出一辙。清方东树称赞：“通首情景交融，收有奇气。”（《昭昧詹言》）诗押“冬”韵，以豪壮起，却能以高旷收束，得庄子委心任运之旨，冲淡含蓄，境生象外，余韵不尽。

登赏心亭

蜀栈秦关岁月遒[①]，今年乘兴却东游[②]。

全家稳下黄牛峡[3]，半醉来寻白鹭洲[4]。
黯黯江云瓜步雨[5]，萧萧木叶石城秋[6]。
孤臣老抱忧时意，欲请迁都涕已流[7]。

【注释】

① 蜀栈：蜀中栈道。此处代指今四川。秦关：秦地关塞。此指大散关。遒（qiú）：迫促。宋苏轼《滕达道挽词二首》其二："肮脏仪刑在，惊呼岁月遒。"

② 东游：指淳熙五年（1178）闰六月，陆游应召离川东归。

③ 黄牛峡：在今湖北宜昌。北魏郦道元《水经注》载，长江流经黄牛峡，水势湍急纡曲，惊险异常。

④ 白鹭洲：在今南京长江中。北宋乐史《太平寰宇记·江南东道二·昇州·江宁县》："白鹭洲，在县西三里，隔江中心，南边新林浦。白鹭洲在大江中，多聚白鹭，因名。"

⑤ 瓜步：瓜步山，在今江苏南京六合。

⑥ 萧萧：风吹草木声。唐杜甫《登高》："无边落木萧萧下。"石城：即石头城，南京别称。

⑦"欲请"句：陆游《上二府论都邑劄子》主张南宋不宜以临安为都城，而应以建康府为都城，未获朝廷采纳。诗人回忆过去，感慨万千。

【评析】

赏心亭，在今南京秦淮河畔，由北宋初年宰相丁谓修建，有"金陵第一胜概"之佳名。宋周应合《景定建康志》载："赏心亭，在下水门之城上，下临秦淮，尽观览之胜。丁晋公谓建。"丁谓建亭后，将宋真宗赏赐《袁安卧雪图》悬于亭中，宋郭若虚《图画见闻志》记其事。相传图为王维所绘，除可赏金陵美景之外，亭名

“赏心”或与此画亦有关系。宋人登亭观名画、赏绝景，赏心亭遂声名大噪。淳熙五年（1178）秋，诗人五十四岁，东归赴阙，途经建康府，登临赏心亭，赋此诗。

首联写离蜀东归的舒畅心情。诗人追溯于蜀、秦两地度过的九年光阴，从戎南郑，射虎北山，岁月峥嵘，难以忘怀。不言川、陕，而以“蜀栈”“秦关”代指，凸显空间感与画面感。雄伟蜀栈，巍峨秦关，何等辽远，寄托诗人当年多少壮志雄心。“秦关蜀道何辽哉，公安渡头今始回”（《泊公安县》），时光迫促，宦游沧桑，既含倦游思归之感，也有留恋不舍之意，百般心绪，皆在其中。如今“乘兴”东游，思及奉诏赴临安廷对，或可再进忠言，诗人沿途赏景，逸兴高涨。颔联概括东归行程。“黄牛峡”又名“黄牛滩”，是长江中的险段，两岸重岭叠起，江水湍急纡回，常有舟覆没于此，而诗人“全家稳下”，无惊无险，顺利通过险境，“稳”字流露庆幸意。抵达建康，诗人酒酣气张，游兴盎然，熏然“半醉”之间，寻游白鹭洲。沿途景象，历历在目，诗人以景状情，回顾来路，经险如夷，处之淡然。

颈联直切诗题，写“半醉”登亭所见、所感。诗人登高览胜，凭栏望远，见江云黯黯，秋雨沥沥，西风萧瑟，木叶飘黄，一派清秋景象，喜游乐归之意于此一转，前喜后悲，情绪急转直下。连用叠词“黯黯”与“萧萧”，皆状暗淡冷寂、凄清肃杀之景，前后相对，景中含情，念及旧事，目断魂销。尾联唯叹国事，含悲蕴慨。为何而悲？前途未卜，壮志未酬，身世飘零，生不逢时。诗人十五年前曾提议建都于此，但因南宋朝廷苟安一隅，未获采纳。建都问题原是主战派、主和派论争的焦点之一，主战派主张迁都建康府，认为可从建康渡江，取道皖北，以收复河洛。而南宋统治者及主和派则为避金人锋芒，淡化猜忌，远离战乱，定都临安，偷生惜死，贪图享乐，丝毫没有恢复失地、驱除胡虏之愿景。诗人故地重游，回忆往昔“一片丹心报天子”（《金错刀行》）的宏愿，抱负落空，终究胸中难平。

自古赏心多乐事，而诗人独自登亭，却忧从中来，兴亡满眼，涕泪交流，赏心亭上难赏心。南渡之后，文人墨客登临此地，多触景生情，赏心无意，如“把吴钩看了，栏杆拍遍，无人会，登临意”（宋辛弃疾《水龙吟·登建康赏心亭》），“胜地分明可赏心，江山满目饱登临。洛阳黯淡烟云远，多少英雄泪染襟”（宋罗必元《赏心亭》）等。此亭素称“江南绝景”，却并不能令人因景怡情，暂忘时事，纵登亭得见山水如画，但念金瓯有缺、旧都未复，亦无法吐出喜乐之言。“孤”“老”二字何其辛酸！“孤”以示其无援，抗金恢复大计屡屡搁置，朝廷避战，纵有孤忠一片，也无计可施，宝刀未老，难有出鞘之日。“老”以显其无奈，时光流逝，英雄老矣，再不复“当年万里觅封侯”（《诉衷情令》其一）的英气勃发、壮志凌云。唾手燕、云，铁马金戈，只在梦中。纵使孤立无助、老迈年高，诗人仍“位卑未敢忘忧国”（《病起书怀二首》其一），无论何时何地，常怀忧时之意，愿北定中原，还于旧都，百折不挠，九死未悔。

高步瀛赞曰：“意极沉著，词亦健拔，放翁佳构。”（《唐宋诗举要》）谓放翁此篇堪为佳作。诗应分为两段，首、颔两联由“兴”字领起，颈、尾两联则由“忧”字贯穿，一喜一忧，对比明显，起伏抑扬，顿挫有致。顾佛影见解独到：“五、六瓜步、石城，皆是未到时虚想，故与三、四之黄牛峡、白鹭洲不犯复，结处忽感到时事，妙在不甚接。”（《评注剑南诗钞》）认为此诗妙处在于“不甚接”。所谓“不甚接”，大抵指诗人思绪跳脱，移情于景，情随景易，前后转折，看似不接，却自有其内在脉络，声断而气续，藕断而丝连。程千帆、沈祖棻则评道：“这篇诗前写宦游远方多年才得东归的欣快之情；后则写登临之时，回忆前尘，忧时痛泪却不由自主地涌出，情随事迁，转换无痕。五、六两句，触景生情，以景足情，恰好作为过脉，布局很见匠心，不独‘意极沉著，词亦健拔’（高步瀛语）而已。”（《古诗今选》）亦赞放翁布局谋篇，匠心独运。诗押“尤”韵，苍凉沉郁，笔意雄健，绝似老杜，境界开阔，意蕴悠长。

过灵石三峰二首

其　一

奇峰迎马骇衰翁，蜀岭吴山一洗空①。
拔地青苍五千仞②，劳渠蟠屈小诗中③。

【注释】

①“蜀岭”句：谓吴蜀大地山峰之奇皆比不上灵石三峰，相形失色。蜀，泛指巴蜀一带。吴，泛指江南一带。

② 五千仞：极言其高。仞，古以周尺七尺或八尺为一仞。

③ 渠：它。此指灵石三峰。蟠（pán）屈：盘旋屈曲。此指委屈。

【评析】

淳熙五年（1178）冬，诗人五十四岁，由山阴前往建安（今福建建瓯），赴提举福建常平茶盐公事任，路经灵石山，作此诗。灵石三峰，在今浙江江山市城南，又名江郎山。山有三峰，峰上各有巨石。诗题“峰”下“二首”二字，底本原无，今据明刊涧谷本补。

首句起笔奇峭，劈空而来，渲染灵石三峰高耸雄峻。以“衰翁”的骇然失色侧面烘托“奇峰”兀然耸秀，有拔地而起、直插云天之势。诗人化静为动，寓主观感受于客观景物中，将“马向奇峰”巧妙化转为“奇峰迎马”，凸显山形动态感。着一“迎”字，而三峰精神、气势全出。“蜀岭”句抑彼扬此，愈显三峰美景不同凡响。诗人出吴入蜀，看山无数，而吴山的秀丽与蜀岭的巍峨，同灵石三峰相比，都相形见绌，黯淡无光。末二句蟠千仞巨峰于精练小诗，诙谐风趣，举重若轻，显出诗人笔力遒健、才气超然，如绘画，有“尺幅千里”之妙。独特的“逆反”对比、不对称对比，反差强烈，极具艺术感染力。

全诗仅“拔地”句正面描写三峰景色，气势恢宏，意境阔大，吴焯赞曰：“奇句。”（《批校剑南诗稿》）陆游喜作惊人语，集中有不少类似诗句，极尽夸张之能事，如“三万里河东入海，五千仞岳上摩天”（《秋夜将晓出篱门迎凉有感二首》其二），“太华五千仞，天台四万丈”（《醉卧道边觉而有赋》），“三万里之黄河入东海，五千仞之太华磨苍旻”（《寒夜歌》）等，奇崛峭拔，对偶严整，非大手笔不能为。

陆游将无限风光收进诗中，摆上尺牍案头，所摩山景，可与辛弃疾“三峰一一青如削，卓立千寻不可干。正直相扶无倚傍，撑持天地与人看”（《江郎山和韵》）诗句相参看。二人皆寓爱国情感于灵石美景。辛弃疾将三峰比作撑天立地的忠臣良将，表达平戎报国之志；陆游见三峰景象与华山相类，亦慨然而叹曰：“老夫合是征西将，胸次先收一华山。”（《过灵石三峰二首》其二）由灵石三峰形貌联想到已沦陷敌手的华山三峰，以“征西大将”自许，收华山于胸次，表达扫清虏尘、收复失地的勃勃雄心。全诗构思新颖奇特，灵石三峰与华山三峰竟可大可小，随诗人笔触忽而移入小诗，忽而吐纳胸中，灵变自如，妙趣横生。山水小诗能写得如此恢宏雄放，可见诗人旷阔胸襟与浪漫情怀，既咏叹河山壮丽，也将政治抱负、满腔热血倾吐诗中。

思故山

千金不须买画图，听我长歌歌镜湖[①]。
湖山奇丽说不尽，且复为子陈吾庐[②]。
柳姑庙前鱼作市[③]，道士庄畔菱为租[④]。
一弯画桥出林薄[⑤]，两岸红蓼连菰蒲[⑥]。
陂南陂北鸦阵黑[⑦]，舍西舍东枫叶赤。
正当九月十月时，放翁艇子无时出[⑧]。
船头一束书，船后一壶酒。
新钓紫鳜鱼[⑨]，旋洗白莲藕[⑩]。
从渠贵人食万钱[⑪]，放翁痴腹常便便[⑫]。
暮归稚子迎我笑[⑬]，遥指一抹西村烟[⑭]。

【注释】

①镜湖：即今浙江绍兴鉴湖。

②“且复”句：姑且再为您说说我的家。吾庐，指陆游山阴三山别业。

③柳姑庙：在山阴（今浙江绍兴）环城河内西。

④道士庄：在镜湖中，与三山连接，以贺知章号黄冠道士得名。菱

为租：镜湖沿岸渔民以采菱抵缴租税的经济方式。

⑤ 画桥：在三山别业东南，今存。林薄：草木丛杂之地。

⑥ 蓼（liǎo）：生在水边可做香料的草。菰（gū）：禾科浅水植物，嫩茎基部可做蔬菜吃，俗称茭白。蒲（pú）：浅水植物，俗称香蒲。

⑦ 陂（bēi）：山坡。此处指三山别业左右韩家山和行宫山山坡。

⑧ 无时：不时，随时。

⑨ 鳜（guì）鱼：又称桂花鱼、桂鱼，淡水鱼类，是镜湖流域的常见鱼类。

⑩ 旋：立即，马上。

⑪ 从渠：任凭他。食万钱：比喻生活豪奢。《晋书·何曾传》："食日万钱，犹曰无下箸处。"

⑫ "放翁"句：诗人开玩笑说自己常大腹便便。便（pián）便，形容肥胖的样子。

⑬ 稚子：幼子，指陆子遹，时年两岁。

⑭ 西村：陆游三山别业所在地。

【评析】

淳熙六年（1179）夏，陆游五十五岁，时在建安（今福建建瓯）任提举福建常平茶盐公事，宦海浮沉，思乡念土，作此长篇歌行以自宽自慰。

诗以"吾庐"为主体与中心，描写家乡隽美风物，表达对故土的眷恋之情。起四句自然真切，语言活泼生动、质朴简洁，具有清新淳朴的民间气息和民歌情调，似脱口而出，未加修饰，读来音韵流美，明白如话，妙若天成。诗人语带自豪，夸耀故乡镜湖山水奇丽，可与价值千金的名画相媲美，奠定全诗疏朗轻快基调。镜湖物产丰饶、胜景如画，诗人一时难以道尽，便以"吾庐"

为轴心，按照方位、远近顺序向四周发散，如向导一般，为看客介绍家乡景致，细细陈述，娓娓道来。

“柳姑”六句，先信笔点染，后转为工笔勾画，描摹泽国水乡特有风情。分别截取柳姑庙、道士庄、画桥、两岸、陂南陂北、舍西舍东六个场景进行描绘，取景由远及近，既有对生活画面、风土人情的叙写，又有对自然风貌、各类生灵的刻画，两两对仗，工丽严整。“一弯”二句，“出”“连”二字尤妙，炼字精当，将静物写活，生机盎然，别有佳趣。诗人精心剪裁，简略得当，以细腻笔触、脉脉深情勾勒家山轮廓，写景记事不显支离破碎，遣词造句温柔清隽，移步换景，由点及面，错落有致，给人身临其境之感。

“正当”十句以人物活动入画，转写乡间生活，表达思归之情。回忆昔日泛舟湖上，小酌观书，钓鱼采藕，闲居生活何等自在惬意！“从渠”二句，将自己村居质朴乐趣与贵人“食万钱”生活相比较，语近陆羽“不羡黄金罍，不羡白玉杯。不羡朝入省，不羡暮入台。千羡万羡西江水，曾向竟陵城下来”（《六羡歌》），见出诗人清高耿直、不慕名利，志趣恬淡高远，有甘于淡泊、退归乡里之意。诗人笑言自己“痴腹便便”，大抵是说放宽肚腹，敞开胸襟，可容天下难容之事，积极乐观，常开笑口，不受羁勒，便可无忧无虑、逍遥自在，洒脱随性的率真性情自然流露。整个画面形象鲜活，极富生活气息。“倦游我梦镜湖秋”（《送钱仲耕修撰》），诗人在福建常平茶盐公事任上多思归之咏，倦于宦游、懒于漂泊之际，故乡山水给予诗人心灵极大慰藉。“暮归”二句，镜头拉近，稚子相笑迎归为特写镜头，先聚焦后发散，以稚子笑指西村霭霭炊烟作结，与“牧童遥指杏花村”（唐杜牧《清明》）有异曲同工之妙，含蓄蕴藉，意在言外，余味不尽。

顾佛影评曰："浅白全似香山，而尚有曲折之致，聊以备格。"（《评注剑南诗钞》）诗写旧日乡居生活，风格浅切清雅，语言平易晓畅、拙而不俚，情感真挚饱满、含蓄深沉，章法井然，曲折有致，此为白体之佳者。陆游长期客寓他乡，有浓重的"故乡情结"，加上官场人情浇薄，谗言诽语积毁销骨，多生退避远祸意，故诗、赋中多"思故山"之作，情真意切，如《独立思故山》《晦日西窗怀故山》《思归》《病中怀故庐》《初秋梦故山，觉而有作四首》《思故庐》《念归》《思故山赋》等，借诗文排遣思乡之情。

整首诗层次分明，似电影情节缓缓推进，有条不紊地展现对故乡的眷恋情思。结构上采用总、分形式，取故乡日常之景、物、人、事，展现美丽多姿的故乡画卷。诗人注重景物着色，蓼花浅红，菰蒲青白，鸦翼黑亮，枫叶火红，莲藕洁白，鳜鱼淡紫，层层设色，色彩斑斓，令人心驰神往，目迷神夺。家乡物产、风景和乡愁绾结在一起，菰蒲的芬芳、莲藕的清脆、黄酒的香醇、鳜鱼的鲜嫩无一不牵动着似箭归心，令诗人魂牵梦萦。自然景观中透现人间烟火，亦是对现实追求不可得的一种情感寄寓。

忆山南二首

其　一

貂裘宝马梁州日①，盘槊横戈一世雄②。
怒虎吼山争雪刃③，惊鸿出塞避雕弓④。
朝陪策画青油里⑤，暮醉笙歌锦幄中⑥。
老去据鞍犹矍铄⑦，君王何日伐辽东⑧。

其　二

醉墨淋漓酒百杯，辕门山色碧崔嵬。
打毬骏马千金买，切玉名刀万里来⑨。
结客渔阳时遣简⑩，踏营渭北夜衔枚⑪。
十年一梦今谁记⑫，闭置车中只自哀⑬。

【注释】

①貂裘：貂鼠皮制成的御寒外衣。此指诗人在前线时的装束。

②盘槊（shuò）：挥舞长矛。北宋曾巩《晓出》："夺标一一飞步疾，盘槊两两翻身劲。"

③争雪刃：与明亮锋利的刀剑相斗。雪刃，刃白如雪。

④惊鸿：受惊的大雁。雕弓：柄上刻着花纹的弓。

⑤青油：此处指军中帐幕，用青油制成。唐韩愈《晚秋郾城夜会联句》："从军古云乐，谈笑青油幕。"

⑥锦幄：锦绣的帷帐。

⑦据鞍：指骑马。矍铄：形容老而精神健旺。

⑧辽东：此处指金人根据地。

⑨切玉名刀：即切玉刀，切玉刀是天下最锋利的宝刃。西晋张华《博物志》："《周书》曰：西域献火浣布，昆吾氏献切玉刀。火浣布污则烧之则洁，刀切玉如腊。"金元好问《答俊书记学诗》："诗为禅客添花锦，禅是诗家切玉刀。"

⑩结客：指结交豪侠之士。

⑪踏营：偷营。衔枚：古代行军时口中含着小竹片，以防出声。

⑫"十年"句："十年"为虚指，陆游乾道八年（1172）从戎，至淳熙六年（1179），已隔八年。

⑬“闭置”句：《梁书·曹景宗传》载，曹景宗行伍出身，从前骑马狩猎，自在逍遥，后来官升高位，身份地位一变，便觉受到禁锢，忧郁不乐，曰：“闭置车中，如三日新妇。遭此邑邑，使人无气。”

【评析】

淳熙六年（1179）夏，陆游五十五岁，回忆终南山南边即南郑军旅生活，心生豪迈之情，作此二诗。其一前六句连用貂裘、宝马、盘槊、横戈、怒虎、雪刃、惊鸿、雕弓、青油、锦幄诸多意象，笔力雄健，气概豪壮。诗人此时离开南郑已六年，但昔日场景历历在目。怒虎“吼裂苍崖血如注”（《十月二十六日夜，梦行南郑道中，既觉恍然，揽笔作此诗，时且五鼓矣》），凶猛非常。诗人持刀与猛虎搏斗，彰显无畏豪气。拈弓搭箭，鸿雁惊起，急忙远遁塞外，躲避锋锐羽箭。南山刺虎、弦惊鸿雁的雄伟形象立现眼前，可见诗人文韬武略，智勇双全。

陆游军旅生活丰富多彩，白日在幕府任职，夜晚于帷帐中饮酒赏乐，与眼前平淡生活完全不同，诗中尽显对往日峥嵘之追思。尾联由旧梦写回现今，诗人此时已五十五岁，但觉老当益壮，精神矍铄，如曹操“老骥伏枥，志在千里”（《龟虽寿》），宝刀未老，尚思报国，希望君王能重启北伐之策，自己必身先士卒。但诗人又知，如今统治者只图享乐，一味苟安，自己前线杀敌的志愿恐又付诸东流，遂于末句大声疾呼，质问君王何日挥师北上，恢复旧疆。朱东润评曰：“前六句回忆自己在梁州时的从军生活，气概之豪壮，今非昔比。最后的反问，有力地鞭挞了君王的昏庸无能。”（《陆游选集》）“梁州日”与“一世雄”表明诗人将南郑军中生活当成人生中最辉煌的岁月。“雄”“弓”“中”“东”，压平声韵“东”部，读来琅琅上口。全诗结构紧密，对仗工整，格律严饬，语言平易。

诗人醉后多作诗，认为“诗情恰在醉魂中”（《梅花四首》其四），其二便是酒后所作。前三联从军中景、军中物、军中事三方面描述回忆中的南郑军中生活，抒发豪情壮志。辕门、骏马、名刀、结客、踏营等军旅意象，凸显旧时从军之乐，出语豪宕，意气慷慨。首联写辕门外碧绿色的山高大雄伟，在此尽兴饮酒，酒过三巡，醉后行文自如，笔意酣畅。颔联用“千金”形容战马名贵，借“切玉”典故形容军刀锋利，运用夸张手法，展现朝廷对前线战事的重视。颈联描述在渔阳结交豪侠，到渭北连夜偷营。“遣简”与“衔枚”均属细节描写，可见诗人对两件事记忆犹新，择取典型画面描摹，表达对军旅生活的深切怀恋。尾联中“十年一梦”脱化自唐杜牧“十年一觉扬州梦”（《遣怀》），情调深沉，郁郁低回。近十年光阴竟似一梦，转瞬即逝。“闭置”句，用曹景宗从前逍遥骑马狩猎，后觉受禁锢之事，暗示自己如曹景宗一样，如今投闲置散，虽觉平淡轻松，终不如在前线之时。“只自哀”照应上句“今谁记”，感喟良深。时过境迁，诗人在对往昔辕门画策、运筹帷幄生活的怀念中虚掷岁月，痛饮悲歌，郁郁不得志。全诗抚今追昔，昔日豪气凌云，今日自哀自伤，多用事典，对比鲜明，情感浓郁，沉痛悲壮，意味深长，对统治者屈节求和、一意苟安深表不满。

鹅湖夜坐书怀

士生始堕地，弧矢志四方[①]。
岂若彼妇女，龊龊藏闺房[②]。

我行环万里，险阻真备尝[3]。
昔者戍南郑[4]，秦山郁苍苍。
铁衣卧枕戈，睡觉身满霜。
官虽备幕府[5]，气实先颜行[6]。
拥马涉沮水[7]，飞鹰上中梁[8]。
劲酒举数斗，壮士不能当。
马鞍挂狐兔，燔炙百步香[9]。
拔剑切大肉，哆然如饿狼[10]。
时时登高望，指顾无咸阳[11]。
一朝去军中[12]，十载客道傍。
看花身落魄，对酒色凄凉。
去年忝号召，五月触瞿唐。[13]
青衫暗欲尽[14]，入对衰涕滂。
今年复诏下，鸿雁初南翔。[15]
俯仰未阅岁[16]，上恩实非常。
夜宿鹅湖寺[17]，槁叶投客床[18]。
寒灯照不寐，抚枕慨以慷。
李靖闻征辽，病惫更激昂。[19]
裴度请讨蔡，奏事犹裹创。[20]
我亦思报国，梦绕古战场。

【注释】

①“弧矢”句：古时男子出生，以桑木作弓，蓬梗为矢，向天地四方射出，表示志在四方。《礼记·内则》载，国君世子出生后，为君掌管射事之人以桑弧蓬矢射向天地四方。李白《上安州裴长史书》：“以为士生则桑弧蓬矢，射乎四方，故知大丈夫必有四方之志。”弧矢，桑弧、蓬

矢，桑木所作之弓和蓬草干所作之箭。

② 龊（chuò）龊：拘谨的样子。

③“险阻”句：真是尝尽艰险困苦。《左传·僖公二十八年》：“险阻艰难，备尝之矣。”

④“昔者”句：乾道七年（1171），王炎宣抚川陕，驻军抗金前线南郑，召陆游为四川宣抚使司干办公事兼检法官，襄理军务。次年三月，诗人抵达南郑，八个月后离任。

⑤ 备幕府：陆游在范成大幕府任四川制置使参议官。

⑥ 颜行：前行，前列。颜，即额角，额角在前，故称排在前面的人为“颜行”。

⑦ 沮（jū）水：汉水北源之一，源出陕西留坝西。

⑧ 中梁：山名，在南郑附近。

⑨ 燔（fán）炙：用火烤熟。

⑩ 哆（duō）然：张口欲吞的样子。

⑪“指顾”句：意谓咸阳随时可以夺回。当时咸阳已沦陷于金人之手。指顾，手指目顾，表示时间极短。

⑫“一朝”句：宣抚使王炎被召还后，幕僚皆散去，见陆游《跋〈刘戒之东归诗〉》。去，离开。

⑬“去年”二句：与下“入对”句同，指淳熙五年（1178）陆游奉诏东归在临安召对之事，中途经过瞿塘峡。忝（tiǎn），惭愧，有愧于。号召，召唤，号令。瞿唐，即瞿塘峡。

⑭ 青衫：唐朝低阶官服，泛指卑微官职。暗欲尽：颜色已褪色到几乎看不见。

⑮“今年”二句：指在衢州（今属浙江）得旨，改任提举江南西路常平茶盐公事，赴抚州（治今江西抚州临川）事。

⑯ 阅岁：经过一年。

⑰ 鹅湖寺：在今江西铅山北，以鹅湖山得名。

⑱“槁叶”句：枯叶飘落，诗人在外投宿。一说指落叶飘向客舍床铺。

⑲“李靖”二句：唐太宗时名将李靖病惫不忘征辽，击败东突厥、吐谷浑等国。事见《旧唐书·李靖传》。

⑳“裴度”二句：唐宪宗时，吴元济据蔡州叛乱，宰相裴度请讨伐之，遭刺客袭击，击中头部。见《新唐书·裴度传》。裹创，裹着伤。裹创，底本作“衷创”，据文渊阁《四库全书》本改。

【评析】

鹅湖，即鹅湖山，在今江西铅（yán）山东北，张廷珩《同治铅山县志》载：“鹅湖山在县东北，周回四十余里。”本名荷湖山，因湖中产荷得名，相传东晋时有双鹅育子成群，羽翮丰满后飞离，遂更名鹅湖，山上有鹅湖寺。淳熙六年（1179）秋，诗人奉诏离建安任，归途经铅山鹅湖，旅夜难眠，无以成寐，追忆往昔，心潮澎湃，作此诗抒怀。

开篇借桑木弧矢之古俗表明自己志在四方，不图安乐。接下四句回顾此前辗转秦关蜀道的旅宦经历，道途仆仆，颠沛流离，悲喜忧乐皆备。“昔者”十六句承上文“环万里”而来，铺夸昔日征戍梁、益时的军旅生活，风餐露宿，枕戈待旦，铁甲霜寒，饮酒分炙，登高临远，豪气干云，如今回味，虽苦犹甘。诗人自云“从军乐事世间无”（《独酌有怀南郑》），故用大段笔墨追忆在南郑前线度过的峥嵘岁月，壮志满怀，逸兴遄飞，而离南郑后投闲置散的落魄生活仅以“一朝”四句带过，与对军中生活的详写大相径庭，一详一略、一起一落间，更见理想破灭后的寂寞凄凉。最后十八句转写如今朝廷再度委任，诗人感于君主礼遇，更借李靖、裴度典故表明杀敌报国之志愿，瞻望前路，精神抖擞，豪情尽显，意气慷慨。

全诗按照时间顺序，以从戎南郑、返归成都、奉诏东归、游宦江南为脉络，叙事为主，穿插抒情，历数半生行迹，末二句紧扣题旨，再申己志，铿锵有力。结构安排独具匠心，层次过渡巧妙自然，情随事移，婉曲有致。篇幅虽长，但诗人善于布局谋篇，截取南郑军中几个典型画面，叙写事件详略得当，主次分明。南郑从军，充满壮志豪情，故着浓墨重彩详叙；蜀中看花，颓唐凄凉，故描寥寥几笔略写。诗人回眸军旅生活，以含情笔墨再现当日场景、行动，描摹心理细致入微，语言灵动，形象鲜活，朱东润称赏："'官虽备幕府'以下十二句写军中生活，字字飞动。"（《陆游选集》）诗以壮志开篇，以豪举结尾，前呼后应，风格慷慨悲凉，感人泪下，数年间仕途起伏，身如断蓬，而报国之心始终未变。

弋阳道中遇大雪

我行江郊暮犹进①，大雪塞空迷远近。
壮哉组练从天来②，人间有此堂堂阵③。
少年颇爱军中乐④，跌宕不耐微官缚⑤。
凭鞍寓目一怅然⑥，思为君王扫河洛⑦。
夜听簌簌窗纸鸣⑧，恰似铁马相磨声⑨。
起倾斗酒歌出塞⑩，弹压胸中十万兵⑪。

【注释】

① 江郊：江岸。江，此指信江，一名上饶江，弋阳在信江中游。

② 组练：古代兵士所穿两种衣甲，后借指精锐部队武装军容。此处指军队。组，组甲，用丝绳连缀皮革或金属而成的甲衣，车士所穿。练，被（bèi）练，披在甲外的练袍，一说指熟丝穿缀甲片而成的甲衣，步兵所穿。

③ 堂堂阵：雄壮强大的阵容。

④ 少年：少壮之时，指青年。

⑤ 跌宕：放纵不拘。

⑥ 凭鞍：骑在马上。寓目：放眼望去。

⑦ 扫河洛：驱逐金兵，收复失地。河洛，指中原。

⑧ 簌簌：象声词。此处形容风吹窗纸声。

⑨ 铁马：披着铠甲的战马。

⑩ 出塞：指《出塞曲》，汉乐府横吹曲名，多写边塞征戍之事。

⑪ 弹压：镇压，抑制。胸中十万兵：南宋朱熹《五朝名臣言行录·参政范文正公仲淹》引《名臣传》，记载北宋范仲淹有军事谋略，阅兵选将得当，西夏人称赞其“腹中自有数万兵甲”。

【评析】

淳熙六年（1179）十二月冬，陆游由衢州（今属浙江）至抚州任提举江南西路常平茶盐公事，行经弋阳（今属江西）道中，恰遇大雪纷纷而落，作此诗。此时距诗人亲临抗金前线襄理军务的军旅生活已过去八载之久，昔日场景历历在目，如今宦途辗转，持戈卫国的壮志豪情却始终落空，实乃“志士虚捐少壮年”（《感愤》）。

全篇四句一换韵，可分三层。前四句叙事写景。暮行江郊，道途仆仆，将晚未歇，隐有前路非所志却不得已而奔波之意。“大雪”句为迷途之景，“塞”字运用极妙，描摹大雪茫茫、塞空蔽日的景象，也昭示诗人前路未明、迷途失路的现实处境。但诗人转瞬从茫然中挣脱，赏爱漫天白雪。大雪忽降，好似组练当空，遂联想漫天雪花化成白盔白甲的神兵神将从天而降，直呼“壮哉”。王师若得如此军容整肃的神武之师襄助，何愁不能击退强虏、恢复旧疆？诗人以“组甲”“被练”代指军队，除浪漫想象外，亦寄托强军理想，也借《孙子兵法·军争》中“勿击堂堂之阵”（不要攻击阵容堂皇、实力强大的敌人）一意，反语正用，意在言外，暗寓唯有整兵强军，才能免受侵略。

中四句自陈年少志向至今未改。诗人年轻时就一心投军卫国，不屑蜗角功名，渴望出将入相，建立卓著功业，自言“勋业少年梦，关河游子心”（《新岁》）。陆游诗中反复表达“从军乐”，如“投笔书生古来有，从军乐事世间无”（《独酌有怀南郑》），愿投笔从戎，为君前驱，主帅帐中画策，三军阵前执兵，壮志凌云，豪气冲霄。梁启超也说：“集中什九从军乐，亘古男儿一放翁。”（《读〈陆放翁集〉四首》其一）由此可见，从军报国为放翁生平素志，坚定不移。然而岁月不居，时节如流，半百之年，倏忽已过。如今“丈夫五十功未立，提刀独立顾八荒”（《金错刀行》），纵心寄关河，神驰散关，奈何“心在天山，身老沧洲”（《诉衷情》），为微官所缚，为斗米奔波，生平所历恰与年少所愿相背相违，可悲可叹。廉颇老矣，壮志成空，怎能不令英雄怅惘？笔势低回至此，诗人却再度振起，表达自己仍一心想为君王扫清胡尘，收复河洛，北定中原的愿望，“径持河洛还圣主，更度辽碣清妖氛”（《碧海行》），将胸臆之语一抒为快。

后四句转写残酷现实、政治理想之间的错位与落差。诗人客寓驿舍，环堵萧然，卧听夜间寒风穿堂，窗纸鼓动间发出簌簌之声，如同远方战场行军时铁甲兵戈相摩，虽寄身驿馆，神思却早已越过关山，追随散关的铁马秋风驰神万里。每思及恢复之事，不禁怆然，悲慨无限，心潮难平，似有十万大军在胸中时时欲动，遂畅饮美酒，高歌《出塞》，方能将翻涌的报国激情强自压下，将满腹文韬武略与雄心壮志付与痛饮狂歌。

朱东润评析："他从大雪想到大军，从大军想到自己年少时为国家扫平河洛的大志。夜深了，簌簌的窗纸，令人唤起战场上铁马冲突的战声。"（《陆游选集》）陆游常念"即今河洛污腥膻"（《夜读了翁遗文有感》），一心恢复，却壮志难遂，手无兵权，空叹"安得熊罴十万师，蹴踏幽并洗河洛"（《醉中作》）。放翁"以我观物"，故而见万物皆有刀兵征伐之声，可见其素以从军为志，报国心切。全诗共十二句，两落两起，意脉清晰，寓情于景，情景相生，情感抑扬跌宕，奋起激荡中寓无奈悲慨，可谓"辜负胸中十万兵，百无聊赖以诗鸣。谁怜爱国千行泪，说到胡尘意不平"（梁启超《读〈陆放翁集〉四首》其二）。境界雄浑壮阔，笔力似有千钧。

登拟岘台

层台缥缈压城闉[①]，倚杖来观浩荡春[②]。
放尽樽前千里目[③]，洗空衣上十年尘[④]。
萦回水抱中和气[⑤]，平远山如酝藉人[⑥]。
更喜机心无复在，沙边鸥鹭亦相亲。[⑦]

【注释】

① 城闉（yīn）：城内重门。

② 浩荡春：宽广无边的春光。宋苏轼《正月二十一日病后，述古邀往城外寻春》："曲栏幽榭终寒窘，一看郊原浩荡春。"

③ 千里目：谓远望之目。西晋孙楚《之冯翊祖道诗》："举翮抚三秦，抗我千里目。"

④ 十年尘：作者于乾道六年（1170）赴蜀中，至作此诗时已十一年，此举其整数。

⑤ 中和气：极为和谐的气象和境界。

⑥ 酝藉人：宽容含蓄的人。此处比喻山色秀美悦人。

⑦ "更喜"二句：更欢喜巧诈之心已不复存在，沙边鸥鹭也乐于与我亲近。《列子·黄帝篇》载，有一人住在海边，与鸥鸟相亲，其父要求他将鸥鸟带回家中。他再去海边时，鸥鸟知道他有机心，便不肯飞近他。人无巧诈之心，异类可以亲近。多比喻淡泊隐居，不以世事为怀。机心，智巧诈变之心。《庄子·天地》："有机事者，必有机心。"

【评析】

拟岘台，在抚州（今属江西）汝水畔，为宋仁宗嘉祐二年（1057）州守裴材兴筑。西晋贤臣羊祜极爱岘山之景，每登岘山，置酒吟咏，终日不倦，裴材缅怀追思，有效法羊祜德政爱民之寓意，加上当地山势形貌与湖北襄阳岘山相类，故名"拟岘台"。初建时，曾巩作《拟岘台记》以记之，王安石有《为裴使君赋拟岘台》诗。众多文人墨客在此登临远望，题咏酬唱，拟岘台后成为江南名胜。孝宗淳熙七年（1180）正月，诗人五十六岁，时在抚州提举江南西路常平茶盐公事任，登拟岘台有感，赋此诗。

首联点明时令，总写拟岘台巍峨高峻形势，语言简练，先声夺人。飞楼“缥缈”，迫近青天，高耸入云，状尽拟岘台高远隐约貌。“压”字化静为动，为点睛之笔，以城闉低矮衬托层台之高。抚州多山，城闉本自依山绕郭而建，雄踞高地，却在层台对比之下相形见绌，更凸显楼台恢宏壮观，气势不凡。诗人倚杖登台，踏青寻春，见春光浩荡，万象更新，心情欢畅适意。颔联承上句“浩荡春”而来，写登临放目所见，对仗工整，夸张、借用兼备。诗人举杯畅饮，极目远眺，原野广阔，山河辽远，春色无边，顿感心胸豁然开朗。骋目驰怀，游赏山水，在繁忙俗务中“偷得浮生半日闲”（唐李涉《题鹤林寺僧舍》），涤净十年旅宦征尘，也将萦心尘虑一洗而空，表现出旷达自适人生态度。此二句过渡自然，为颈联情感外化作铺垫。

颈联为全诗精妙所在。台下汝水萦纡，山川平远，诗人在描山绘水之时，寄寓自己的主观意志和情思，将对山水的情感体验外化为看水中和、看山蕴藉，奇譬妙喻，尽显冲淡平和之气。王国维《人间词话》云：“有我之境，以我观物，故物皆著我之色彩。”此联正是“有我之境”写照。清陈衍评曰：“五、六二语，可括尽苏、松、常、太山水。”（《宋诗精华录》）此联不仅描绘眼前所见之景，也将江南独有景致状摹无遗。顾佛影则云：“五、六惟饬，自是好句，然而南宋山川安得有此境界？”（《评注剑南诗钞》）南宋山河破碎，朝廷不思北伐，只图苟安。金瓯有缺的窘境、偏安难安的状态造就时代隐痛，扎根于南宋人的潜意识中，对其精神格调也影响深远。因“诗画本一律”（宋苏轼《书鄢陵王主簿所画折枝二首》其一），所以从南宋山水画中也可透视这点。南宋人的空间感显著缩小，创立“边角构图”，如“特写镜头”一般截取一段景致精妙细画，着力描绘“残山剩水”，讲求局部细节，不再如宋初那般描绘全景，形成迥异于北宋的审美趣味。或言此为金人主北政治形势带来的时代烙印，是以顾佛影认为南宋朝廷抱残守缺，山川狭小逼仄，时人精神空间不复开阔，导致文学艺术作品中的山川已很难达到陆游颈联所述的宏大境界。此联大开大阖，却又含蓄蕴藉，丝毫不沾染时人寥落伤感之精神底色，尤为历代诗评家所称道。尾联反用《列子·黄帝篇》“沤（鸥）鸟舞而不下”典故，写欣喜机巧功利之心不复存在，鸥鹭也与己亲近，表明自己昂首尘外，浑然忘机，内心冲和平淡，不为世俗之事萦怀，也流露退隐山林、避谗远祸之意。

陆游在任江西提举常平盐茶公事的两年间，写下八首拟岘台诗。与此诗同时作有《拟岘台观雪》，诗云：“狂歌痛饮豪不除，更忆衔枚驰出塞。”可见仍以恢复中原为念。同年五月，复作《雨后独登拟岘台》《冒雨登拟岘台观江涨》，其中有妙句：“燕子争泥朱槛外，人家晒网绿洲中。”笔触轻快，挥洒自如，择取意象色彩明丽，历历如绘，一派生机盎然春景。“雨气昏千嶂，江声撼万家。云翻一天墨，浪蹴半空花。”用笔雄劲，风格豪宕，境界阔大。九月又作《秋晚登拟岘望祥符观》，诗云：“中原未复泪横臆，故里欲归身属官。”表明有志北伐而无力，思欲归隐却不能，进退两难，矛盾无奈。此后又多次登临，可见放翁极爱拟岘之景，不吝用“我行万里跨秦吴，此地固应名二绝”（《拟岘台观雪》）的溢美之词来夸赞。

全诗整体为“六二”结构，前六句以摹写拟岘台山水风光为主，穿插呈现诗人情感外化；后两句则与十年征程告别，抛却“机心”，回归平和，内心喜悦。全诗层次鲜明，意脉清晰，遣词精警，雅洁冲淡，清新脱俗，在陆游诗中别具一格。

五月十一日，夜且半，梦从大驾亲征，尽复汉唐故地。见城邑人物繁丽，云：“西凉府也。”喜甚，马上作长句，未终篇而觉，乃足成之

天宝胡兵陷两京①，北庭安西无汉营②。
五百年间置不问③，圣主下诏初亲征④。
熊罴百万从銮驾⑤，故地不劳传檄下⑥。
筑城绝塞进新图⑦，排仗行宫宣大赦⑧。
冈峦极目汉山川，文书初用淳熙年⑨。
驾前六军错锦绣⑩，秋风鼓角声满天。
苜蓿峰前尽亭障⑪，平安火在交河上⑫。
凉州女儿满高楼，梳头已学京都样。

【注释】

①“天宝”句：谓唐玄宗天宝十四载（755）十一月，安禄山率兵叛唐，不久攻陷东京洛阳和西京长安。

② 北庭、安西：唐时设北庭都护府、安西都护府。

③ 五百年间：唐玄宗天宝十四载（755）至宋孝宗淳熙七年（1180），相距四百余年。此处举其成数。

④ 圣主：指宋孝宗赵昚。

⑤ 熊罴（pí）：皆为猛兽，比喻英勇军队。銮驾：皇帝车驾。

⑥ 故地：凉州（治今甘肃武威）原属宋朝，后被西夏占领，所以称为“故地”。不劳传檄下：不需要传送征讨的文书便收复。

⑦ 图：版图，地图。

⑧ 排仗：排列仪仗队。行宫：皇帝外出所居之处。

⑨ 淳熙：宋孝宗年号（1174—1189）。

⑩ 六军：周代，天子有六军。后泛指天子直接统领的军队，即禁军。错锦绣：锦绣战袍，五色错杂。

⑪ 苜蓿峰：峰，当作“烽”，故址在玉门关外，此指河西边地要塞。亭障：古代边疆险要处用以防守的堡垒。亭，底本作“停”，误。

⑫ 平安火：唐制，每三十里设一烽堆，每日初夜举烽火以报平安。交河：县名，在今新疆吐鲁番西。

【评析】

淳熙七年（1180），陆游提举江南西路常平茶盐公事。五月十一日，将近半夜，诗人梦随孝宗御驾亲征，将汉唐故地尽数收复，欣喜若狂，作此七言古诗于马上，梦醒后录下断章，续成全篇。西凉府，即汉、唐时凉州，治今甘肃武威，宋时已被西夏占领。开头四句追溯国土沦陷史，“五百年”，突出“故地”沦落时间之久，跨度之大，具有历史纵深感。诗人心怀愤懑，以曲笔讥讽统治者懦弱无能。“圣主”句，一笔兜回，由悲转喜，圣上终于下诏出征，亲率大军，挺进边陲。“熊罴”四句，描写收复故地的过程，声势浩大。百万雄师，传檄出征，斗志昂扬，军威远震，敌人闻之胆战心惊，望风而降，因此王师兵不血刃就尽复故地，重绘版图，大赦天下。诗笔夸张凝练，充溢着诗人振奋激动之情、扬眉吐气之感。

“冈峦”四句，写胜利后的升平繁荣景象。“中原日月用胡历”（《秋兴》）是陆游深为痛心之事，而收复之后，政治开明，南北政令归一，各项文书均使用大宋文书和历法，这与“五百年间置不问”形成鲜明对比，喜悦之情溢于言表。王师凯旋，庆功封赏，军容肃整，戎装华美；秋风劲吹，鼓角齐鸣，声震九霄，气势磅礴。“极”“错”“满”，着力表现告捷盛况，准确生动，形象传神。结尾四句，将视角转向边地，写边防守备，百姓易俗。边境各地，严阵以待，常备不懈，夜举烽火，以报平安，盛唐气象，复睹于兹。末二句，妙笔生花，通过凉州女儿学习京城发式的生活细节，说明九州已和平归一，以小见大，画面逼真，雄壮中极富柔情，使诗境横添波澜，意趣传神。

顾佛影评道：“自李显忠、邵宏渊符离之败，孝宗意志颓唐，恢复之念已绝，虽有陈亮、朱熹等反复疏陈激励，而终厌厌不能复振。放翁职小官微，更无进言余地，忠愤无所泄，则托诸梦寐之言聊以快意。则明知此愿不复偿也。”（《评注剑南诗钞》）诗人借梦境表达尽复故地的理想，充满乐观精神；而现实中，南宋政权苟安一隅，且不论收复失地，就连偏安江南也岌岌可危，梦与现实反差强烈，深藏于心底的悲愤可想而知。清赵翼云：“人生安得有如许梦？此必有诗无题，遂托之于梦耳。”（《瓯北诗话》）此诗每四句一换韵，每转一韵，诗意骤然一新，参差错落，声情相协，格调高亢，以大胆的想象，借助梦境，表达北伐收复之愿。程千帆、沈祖棻认为：“这是一篇以浪漫主义手法写成的诗篇，其中洋溢着渴望民族兴复的激情和崇高美丽的想象，而广大人民无比深厚的反侵略反压迫精神，则正是诗人的激情和想象的根源。结尾以生活中一个细小的变化，反映出时局的重大变化，有‘一粒粟中藏世界’之妙。”（《古诗今选》）

草书歌

倾家酿酒三千石[①]，闲愁万斛酒不敌[②]。
今朝醉眼烂岩电[③]，提笔四顾天地窄。
忽然挥扫不自知，风云入怀天借力。
神龙战野昏雾腥，奇鬼摧山太阴黑[④]。
此时驱尽胸中愁，槌床大叫狂堕帻[⑤]。
吴笺蜀素不快人[⑥]，付与高堂三丈壁。

【注释】

① 石（dàn）：古代容量单位，十斗为一石。

② 斛（hú）：古代量器名，亦为容量单位，十斗为一斛，南宋末年改为五斗。

③ 醉眼烂岩电：醉后双目明亮有神，如同岩石下闪电。西晋王戎目光清澈，炯炯有神，可以看太阳而不眩，裴楷说他“眼烂烂如岩下电”，见南朝宋刘义庆《世说新语·容止》。烂，光芒四射的样子。岩，因人额骨眉弓突出，故以岩作比喻。岩，明刊须溪本作“崖”，误。

④“神龙”二句：草书如同神龙战斗于原野，又如奇鬼摧毁大山，飞腾快意，酣畅淋漓，墨迹奇崛惊人。形容写作草书的狂态和草书的纵肆神奇之状。神龙战野，语出《易经·坤卦》：“龙战于野，其血玄黄。”太阴，指月亮，因日称太阳，故而月称太阴。唐杜甫《戏为韦偃双松图歌》：“白摧朽骨龙虎死，黑入太阴雷雨垂。”

⑤ 槌：通“捶”。床：交椅一类坐具。堕，明刊须溪本作“脱”。帻（zé）：包头发的巾。

⑥ 吴笺蜀素：吴笺，吴地出产的宣纸。蜀素，蜀地出产的素绢。

【评析】

淳熙九年（1182），陆游五十八岁，闲居山阴，年近花甲，仍功名未立，胸中愤懑，八、九月间作此诗。诗歌起首，诗人突发奇言，竟欲“倾家酿酒”，只因郁郁于心，愿倾尽家财，痛饮狂歌，换得一醉，宣泄一腔郁愤。怎奈闲愁重逾千斤，纵饮千杯万盏，仍无计可施，块垒难消。“三千石”“万斛酒”，极尽夸张之能事，谓愁绪深重，为酒所不能消解。诗人狂饮大醉，双目却神光迸发，湛然如电，酒劲上涌，胆粗气豪，目空一切，提笔四顾，只觉天狭地窄，人虽在斯，而神驰八极。酒助才思，书借酒力，挥毫濡墨，笔走龙蛇，落笔间风云鼓荡，笔墨酣畅，似得天地之助。如虬龙鏖战四野，似神鬼斗法八方，地崩山摧，月黯天昏，意象虚荒诞幻，奇而入怪，颇有李贺酒诗奇诡瑰丽之风。

一卷书罢，愁闷尽舒，情绪高昂，快意飞腾，槌床大叫，连头巾堕地也无暇顾及，可见诗人作书狂态。《旧唐书·贺知章传》记载：“（张）旭善草书，而好酒，每醉后号呼狂走，索笔挥洒，变化无穷，若有神助，时人号为张颠。”诗人揽风云在胸，融天地万物之情势于神思意态，而后运笔如神，隐有张颠“脱帽露顶王公前，挥毫落纸如云烟”（唐杜甫《饮中八仙歌》）之态。唐李颀《赠张旭》云：“露顶据胡床，长叫三五声。兴来洒素壁，挥笔如流星。”诗人亦如此，兴致勃发时，书写在吴地生宣、蜀地素绢上，犹嫌不够畅快，遂写至堂上三丈粉壁上，方能发挥笔力，臻至妙境。首四句为提笔前之酝酿，中四句状醉后作书之情态，后四句则书罢愁消，意犹未尽，遂题诗在壁，醉墨淋漓，一快此意。

陆游是书法名家，诸体皆擅，尤长于狂草，其草书诗法张旭，意态神逸。其《暇日弄笔戏书》云："草书学张颠，行书学杨风。平生江湖心，聊寄笔砚中。龙蛇入我腕，匹素忽已穷。余势尚隐辚，此兴嗟谁同！"狂草体现其狂野恣肆、豪放不羁的个性，人品、诗风两相契合。清赵翼评曰："放翁不以书名，而草书实横绝一时。……是放翁于草书，工力几于出神入化。惜今不传，且无有能知其善书者，盖为诗名所掩也。"（《瓯北诗话》）放翁书名不盛，实是因其诗名太盛，故而不显。黄漳亦云："予少时得翁墨刻，有所谓《草书歌》者，见其字画奇妙，诗思清逸，有飘洒出尘之想，殆非常格所可及。酷爱之不能忘，恨不得全集而观之。其后游京师，间从书肆，方得是集。时置几案，玩复不厌。然后知翁之诗，非向之所谓飘洒出尘者所能尽也。"（《书陆放翁先生诗卷后》）大赞放翁墨宝，诗如其人，书亦如其人，远非常格。陆游留存书迹极有限，今仅有《苦寒帖》《怀成都诗帖》等十余帖传世，体势修长，笔画秀润，纵逸恣肆，清劲脱洒，点画精妙。《怀成都诗帖》作于诗人五十八岁前后，与此诗创作时间相仿，笔力豪纵劲健，奇倔不平之气自然流露，可以想见其人胸次。

诗人极爱酒后醉书，借狂草排遣郁闷忧愁，在尽情挥洒中，求得精神解脱，诗中多有提及，如"酒为旗鼓笔刀槊，势从天落银河倾。端溪石池浓作墨，烛光相射飞纵横"（《题醉中所作草书卷后》）；"赐休暂解簿书围，醉草今年颇入微。手挹冻醪秋露重，卷翻狂墨瘦蛟飞"（《醉中草书因戏作此诗》）；"墨翻初若鬼神怒，字瘦忽作蛟螭僵"（《醉后草书歌诗戏作》）；"还家痛饮洗尘土，醉帖淋漓寄豪举。石池墨沈如海宽，玄云下垂黑蛟舞"（《醉中作行草数纸》）等诗句。放翁学书多年，于狂草一道，颇有心得，饮酒挥毫，兴至笔随，酒与书互为助益。《御选唐宋诗醇》赞曰："与《醉后草书》一篇，各成奇致。"两篇遥遥呼应，对照一观，方知诗人愁难自抑，作此醉狂之态，是因胸中枉藏甲兵，济世有策，奈何报国无门，壮志难酬，一腔正气，炽热郁勃，化作不平之鸣，激愤填膺。程千帆、沈祖棻将二诗共论：“陆游这篇诗写自己借草书来排遣闲愁。这种闲愁的具体内容，他在诗中没有明说，可是在《题醉中所作草书卷后》中，却讲得很清楚：‘胸中磊落藏五兵，欲试无路空峥嵘。酒为旗鼓笔刀槊，势从天落银河倾。……须臾收卷复把酒，如见万里烟尘清。’这也再一次证明了，这位诗人对祖国的热爱，对现实的关注，是他创作激情的根源。”（《古诗今选》）可见家国天下，为诗人心之所系，纵使醉后挥毫，借以忘忧，但书、酒以外，恢复之愿、建功之志仍如影随形，没齿不忘。朱东润分析说：“中间四句写书家提笔纵横的意境。书法是中国特有的艺术，草书驰骤挥洒，更能发抒书家的不平之气。陆游此诗极能深入。”（《陆游选集》）诗为七言歌行，押入声韵，音节短促，节奏铿锵，四句一转韵，挥洒自如，一气呵成，联珠而下，力有千钧。

夜泊水村

腰间羽箭久凋零①，太息燕然未勒铭②。
老子犹堪绝大漠③，诸君何至泣新亭④。
一身报国有万死⑤，双鬓向人无再青⑥。
记取江湖泊船处，卧闻新雁落寒汀⑦。

【注释】

①“腰间”句：腰间箭尾羽毛早已落光，指自己离开军旅生活已经

很久。腰间羽箭，唐杜甫《丹青引赠曹将军霸》："猛将腰间大羽箭。"

②"太息"句：《后汉书·窦宪传》载，窦宪等人击匈奴，深入三千余里，至燕然山刻石、作铭。此句借窦宪事反衬南宋未能击败金人，因而叹息。燕然，即杭爱山，在蒙古国境内。

③"老子"句：老夫还有横度沙漠、北伐金人的壮志。大漠，大沙漠。此处泛指金人统治的北部边远地区。

④"诸君"句：南朝宋刘义庆《世说新语·言语》载，西晋灭亡，东晋初士大夫常相约至新亭，往往哭泣而不作为，仅王导有恢复之志。此处借以批评朝廷主和派当权者。新亭，三国吴建，故址在今江苏南京南郊。

⑤有万死：有万死不辞的报国心。

⑥"双鬓"句：白发不能再恢复黑色，意谓人老不能再返回少壮。

⑦"记取"二句：我会记住，在江湖水边停船之处，我躺在船上，听见新秋从北方飞来的大雁停落在寒冷沙洲。新雁，刚从北方飞来南方的大雁。汀，水中小洲或水边平地。

【评析】

淳熙八年（1181），诗人五十七岁，除提举淮南东路常平茶盐公事，三月，遭臣僚弹劾其"不自检饬，所为多越于规矩"罢官，退居山阴故里投闲置散。次年，授朝奉大夫，主管成都府玉局观。以主管某座道观为名的官职属于"祠禄官"范畴，这种"祠禄官"制度为宋朝所特有，体现政治与宗教的结合。祠禄官实为空名闲职，一般由一些老臣、外戚以及被官场排挤并边缘化的臣子担任，任此职的官员不需办理实事，即可领取俸禄，与诗人有相同遭遇的辛弃疾也曾提举武夷山冲佑观。本诗即为陆游赋闲山阴时所作。

首联以物起兴，含蓄婉转。反用杜甫《丹青引赠曹将军霸》

“猛将腰间大羽箭”诗意及《后汉书·窦宪传》典故，将笔墨聚焦于腰间凋零已久的羽箭，声声叹息引出心中愁闷之事，写壮志难酬，功业未建，激愤暗藏。颔联笔锋急转，风骨清刚，写自己宝刀未老，犹能杀敌制胜，将悒郁之气一扫而空，体势突高，似劈空而来，语极精警。关于“老子”句，一说用老子骑青牛出关后西入流沙终悟道的典故，一说“老子”为诗人自谓。相较而言，后说更为可取。若真按照“老子出关”典故解，则与后句诗意难以衔接。“绝大漠”典出《史记·卫将军骠骑列传》，昔骠骑将军霍去病率兵横穿大漠，深入腹地，追击匈奴，锐不可当，汉武帝以“约轻赍，绝大幕，……执卤获丑七万有四百四十三级”赞其战功赫赫。故而此处应是将自己暮年驰骋大漠、浴血疆场之壮心，与朝廷中面对强敌只知割地求和、俯首称臣的文臣武将作对比，对只知落泪悲泣却不知奋起抗金的士大夫进行辛辣的讽刺，真实刻画当下忝居高位、袖手垂泪的朝臣萎靡懦弱的整体精神面貌。潘德舆对此联颇为赞赏，称其“著句既遒，全体亦警拔相称”（《养一斋诗话》），吴闿生赞曰：“三、四生气奋出，千古常新。”（《昭昧詹言》引）朱东润颇称赏三、四句：“陆游不断地怀念到时光易过，功名未立，三、四句用力写出对于胜利的信心。”（《陆游选集》）诗人幻想中自己横绝大漠的高亢激越，与主和派委曲求和的堕落消沉对比强烈，极具艺术张力。

颈联紧承上文，层层推进，诗人一抒己志，豪情万丈，万死不辞，“捐躯赴国难，视死忽如归”（三国魏曹植《白马篇》）。奈何岁月无情，纵报国豪情直冲云霄，也已英雄迟暮，两鬓斑白，落寞不已。“双鬓”句，笔力顿挫，急转直下，将内在高昂精神与外在衰老形体对举，凸显痛苦而矛盾的心理。用“反对法”，情感饱满，对比鲜明，句意跌宕，铿锵有力，艺术感染力极强。

前三联为诗人自咏自伤，情绪大起大落，太息之际，转为激愤狂放，又突变忧伤自怜，流露深衷，情感随意脉起伏变化，委婉曲折，顿挫有致，摇曳不尽。尾联始写夜泊之景，紧扣题旨。清方东树评云："前六句自咏，收二拍题。"（《昭昧詹言》）诚然如此。尾联情感趋于冲淡，以景结情，借象表意，写卧居舟中，四野皆寂，久久无眠，独自谛听雁落寒汀之声。"寒"字，用通感手法，打通视觉与触觉，将触觉上"寒"赋予视觉上"汀"，读来凄神寒骨，冷意逼人，颇近东坡"拣尽寒枝不肯栖，寂寞沙洲冷"（《卜算子·黄州定慧院寓居作》）意境。

《御选唐宋诗醇》评曰："率多胸臆，兼有气骨，可为南渡君臣慨然太息。"放翁以气驭文，用笔雄劲，骨气深沉，此乃胸臆之语、肺腑之言。淳熙八年（1181），诗人初罢官还乡，赋有《西村醉归》，诗云："侠气峥嵘盖九州，一生常耻为身谋。酒宁剩欠寻常债，剑不虚施细碎仇。歧路凋零白羽箭，风霜破弊黑貂裘。阳狂自是英豪事，村市归来醉跨牛。"以阳狂自许，自述经时济世之志，耻于独善己身，答复论劾之人。而《西村醉归》与本诗都提及"腰间羽箭"，那渐渐凋零的腰间羽箭似寄寓放翁亲身上阵绝大漠、斩楼兰之宏愿，随年岁增长而不断削减。直至晚年，诗人年迈体衰，自知为国上阵杀敌、平虏复疆已无望，只云"腰间白羽凋零尽，却照清溪整角巾"（《感昔二首》其二）；"射胡羽箭凋零尽，坐负心期四十年"（《七月二十四日作》），从南山射虎、雪满弓刀的踌躇满志之态，至今日羽箭凋零已尽之可悲境遇，"廉颇老矣"，教人怎不叹惋！此恨绵绵，长鲠在喉，耿耿不忘。简朝亮指出："陆务观《夜泊水村》，随地亦老思报国也。"（《读书草堂明诗》）一语破的。诗押"青"韵，声情和谐，含蓄蕴藉，寄慨遥深，苍凉悲壮中见深沉。

感 愤

今皇神武是周宣[①]，谁赋南征北伐篇[②]？
四海一家天历数[③]，两河百郡宋山川[④]。
诸公尚守和亲策[⑤]，志士虚捐少壮年[⑥]！
京洛雪消春又动[⑦]，永昌陵上草芊芊[⑧]。

【注释】

① 今皇：宋孝宗赵昚。神武：神明英武。周宣：即西周的“中兴之主”周宣王，在位时南征北伐，四夷咸服，史称“宣王中兴”。

② 南征北伐篇：《诗经》中《六月》《采芑》《江汉》《常武》，分别为宣王北伐猃狁、南征荆蛮、平淮夷、平徐戎之诗。

③“四海”句：四海一家乃是天命所归。天历数，天之历数。《尚书·大禹谟》载，舜对禹说：“天之历数在汝躬。”即天命安排的帝王次序轮到你身上。“历”指“日月行道”的轨迹，“数”指“气朔早晚”的周期，古人以此观盛衰兴亡之气运。

④ 两河百郡：指黄河、淮河流域沦陷区。百郡，泛指众多郡。宋无郡制，此处借用汉代行政建制单位名称。

⑤“诸公”句：陆游《醉歌》：“战马死槽枥，公卿守和约。”和亲：通过婚姻关系与他邦结亲好之谊。此处指北面称臣，与金国结好，具体指宋金于高宗绍兴十一年（1141）订立的“绍兴和议”和孝宗隆兴二年（1164）订立的“隆兴和议”。事见《宋史》之《高宗纪》《孝宗纪》。

⑥ 虚捐：白白舍弃、浪费。

⑦ 京洛：洛阳为东汉都城，故名“京洛”，后以“京洛”代指国都。

此指北宋国都汴京。

⑧ 永昌陵：宋太祖赵匡胤陵墓，在今河南巩义。芊芊：草木茂盛的样子。

【评析】

此诗淳熙十年（1183）十一月作于山阴，抒发恢复中原之志不得实现的悲愤。

首联用典，开门见山，表达诗人对时局的不满，恰当有力，可用“有恢复之君，而无恢复之臣”概括。说“今皇”是“周宣”，并非从实际功业而言，而是就其有志恢复言之，肯定孝宗之不甘偏安，积极准备北伐收复。以“赋南征北伐篇”代指北伐功成，以反问为句，对当朝诸公抱以期许。当然，对这一反问，陆游心中已有答案，因此首联既是本诗发端，带起全篇，实际也揭示诗人收复失地、恢复中原的主张。清施补华评曰：“放翁七律，极有佳者，如《新夏感事》之‘百花过后绿阴成’，《感愤》之‘今皇神武是周宣’，皆逼近盛唐。今人必取其雕琢小巧之句以为工，失放翁之真矣。”（《岘佣说诗》）清人多喜放翁纤巧明丽的摹景诗，而忽略此类沉郁的忧国诗，确有“失真”之嫌。

颔联义脉紧承首联，述说为何言周宣、谈征伐。统一是天命，“两河百郡”俱是宋之天下，但如今却沦落敌手，“秋风两京道，上有胡马迹”（《书悲》）。因而北伐便不只是为了建立功业，而是一种家国责任，一种天历运行的定数，这就使诗歌述说之意图含有一种迫切感，情绪也渐趋高涨。然而事实是执政诸公怯懦保守，以伺敌空隙为借口，主和议，忌北伐，使力图恢复之人报国无门，宏图壮志付诸东流，只能在不断期盼和失望中消磨岁月，就连诗人自己也频频叹息“放翁白发已萧然”（《口占送岩师还大梅护圣》），此与“谁赋”句形成呼应，也使“愤”达到极点。“尚”“虚”二字对比鲜明，斥责当权者，催化“愤”的生成。但是即使才不见用，屡遭打击，诗人的爱国之心也丝毫未曾消退，反而愈挫愈坚，矢志不渝。

尾联势转，空间变换，仍是颈联情绪的延漫，而以春景作结，不说透，含不尽之意。“永怀河洛间，煌煌祖宗业”（《登城》），诗人选取河洛、永昌陵两个特殊意象，指出河洛旧地，太祖陵寝，为祖宗基业之所在，“今皇”岂能置之不顾？曲笔抒怀，可见其良苦用心。雪消冰融，万物复苏，陵草郁郁，生机盎然，此时正是北伐良机，而陆游为王前驱、恢复中原的顽强意志和决心，也如野草一样“春风吹又生”（唐白居易《赋得古原草送别》）。《御选唐宋诗醇》评此诗：“大声疾呼，气浮纸上，《诸将五首》之嫡嗣也。卢世潅曰：‘南渡乐于偏安，谁能念此？’”

本诗全用赋体，直抒胸臆，“起有建瓴之势，三、四阔大，五、六题之正位，收意含蓄无穷”（清方东树《昭昧詹言》）。前六句直发议论，感周宣以励今皇，慨先帝而憾当朝，叹志士而愤诸公，失望而又不忍绝望，以气运笔，直赋心中磊块，奋发之气，愤慨之情，溢于言表。然又于尾联旁逸斜出，看似虚笔带过，实则使前势不得尽泻，寓情于景，悲中见壮，切题中之“愤”，沉郁顿挫一如杜诗。清李慈铭评道：“全首浑成，风格高健，置之老杜集中，直无愧色。”（《越缦堂诗话》）清李调元对此诗喜爱有加，赞曰：“余独爱其《感愤》一律，颇近唐人，尝举以示客。……可称《渭南》《剑南》二集压卷。”（《雨村诗话》）

书　愤

早岁那知世事艰，中原北望气如山①。
楼船夜雪瓜洲渡②，铁马秋风大散关③。
塞上长城空自许，镜中衰鬓已先斑④。
出师一表真名世，千载谁堪伯仲间⑤。

【注释】

①“中原”句：北望中原，收复失地的豪迈志气坚定如山，不可动摇。

②“楼船”句：雪夜里飞奔着高大的战舰，在瓜洲渡痛击金军。瓜洲，在今扬州之南，处于长江与运河交汇处，是当时军事重地。隆兴二年（1164），陆游任镇江通判，闰十一月二十九日，与韩元吉等踏雪登焦山，望见风樯战舰出没于烟霭间。其时金军已渡淮，楚州失陷，江防紧张，瓜洲渡正与镇江隔江相望。

③“铁马”句：秋风中骑着身披铁甲的战马纵横驰骋，收复大散关捷报频传。此处既追述绍兴三十一年（1161）秋宋人和金人争夺大散关之战，同时也回忆后来从军南郑时巡视大散关所见。

④“塞上”二句：自己当年曾以万里长城自期，到如今鬓发已渐渐斑白，盼北伐、盼恢复都成空谈。塞上长城，《宋书·檀道济传》载，檀道济被捕前道：“乃复坏汝万里之长城。”衰鬓，年老而渐渐稀疏的鬓发。

⑤“出师”二句：诸葛亮《出师表》真是名传后世，千载以来没有人可以和写《出师表》、坚持北伐的诸葛亮相比。伯仲间，原指兄弟次

序，此指相提并论。

【评析】

此诗作于淳熙十三年（1186）春，时陆游赋闲在乡已五年有余。山河破碎，世事多艰，奸臣误国，诗人空有“一片丹心”，但抗敌主张不被采纳，才能无处发挥，长期遭排挤，“书生无地效孤忠”（《溪上作二首》其二），年过花甲，仍壮志未伸，胸中郁愤，发而为诗。

首联追叙早年杀敌报国、建功立业的壮志雄心。诗人亲赴一线，北望中原，收复之心坚定如山，不可动摇。那时他涉世不深，哪里知道世事艰难。“世事艰”三字，激愤难平，暗指南宋朝廷无所作为，致使爱国志士报国无门，“北望中原泪满巾”（《北望》）。以“山”形容北望中原之“气”，极有分量，使人感到其重如山，有岿然不动、不可动摇之势。颔联追忆诗人壮年时期短暂的战斗生活。省去动词，不用虚词，六个名词连缀，分作三组意象，上下相对，“楼船”与“夜雪”，“铁马”与“秋风”又为句中对，绘成两幅气壮山河的战争图景。而且意象选取典型，涵盖广阔，笔力劲健，对仗精工，造语新奇。

颈联承上转下，“塞上”句回想当日，“镜中”句感慨今时。诗人自诩“万里长城”，愿为恢复大业竭尽全力。着一“空”字，使文气陡转，引入下句。可惜世事乖舛，如今年迈体衰，一事无成，镜中衰鬓，白发先斑，伤情难已，“世事艰”之意暗寓其中。尾联绾合呼应，以诸葛亮事迹自勉，表明自己统一河山的坚定意志，更讥讽朝中公卿苟安误国，不思恢复。当年蜀汉处境艰难，仍有诸葛亮坚持北伐，以求“兴复汉室，还于旧都”（诸葛亮《出师表》）。千载之后，南宋朝上衮衮诸公却无一人效法前贤，经略中原，令人悲慨。王文濡评曰：“忠义奋发，直以武侯自命，不知南宋斯时，君臣耽于宴安，弱势已达极点，纵令有武侯，其将如之何哉？”（《宋诗评注读本·宋元明诗卷》）诚然！假若武侯生于南宋，只怕也要和放翁一样才不见用，老死牖下。清范大士赞曰：“结句自负，妙有浑含。”（《历代诗发》）

本诗忠愤所结，气涌如山，是陆游的七律名篇之一。程千帆评曰：“这篇诗从早年的豪迈写到晚年的悲愤。这不仅是诗人自己的生活和感情的写照，也是那一时代宋、金之间由战而和，宋由对金抵抗转为对金屈服的历史局势的写照。”（《古诗今选》）全诗前半追昔，后半叹今，前后勾连，起伏呼应，浑然一体。用今昔对比，古今观照，借古讽今，未着一“愤”字，但悲愤之意充溢其间，“音节境界宛然杜陵”（顾佛影《评注剑南诗钞》）。而且此诗属对工稳，自然妥帖，特别是颔联两句，多重意象并置，将不同时空的两幅画面相叠加，妙接无痕，一气贯注，历代论者赞不绝口。清方东树评曰：“志在立功，而有才不遇，奄忽就衰，故思之而有愤也。妙在三、四句，兼写景象，声色动人，否则近于枯竭。”（《昭昧詹言》）清许印芳赞曰：“通篇沉郁顿挫，而三、四雄浑，不但句中力量充足，抑且言外神采飞动。”（元方回撰、李庆甲集评校点《瀛奎律髓汇评》）清李慈铭云：“全首浑成，风格高健，置之老杜集中，直无愧色。”（《越缦堂诗话》）此诗格调悲壮，感情激越，词采宏丽，气韵沉雄，横刀立马、报国雪耻的报国热情力透纸背。姚鼐赞曰：“放翁激发忠愤，横极才力，上法子美，下揽子瞻，裁制既富，变境亦多，其七律固为南渡后一人。其余如简斋、茶山、诚斋诸贤，虽有盛名，实无超诣。”（《〈五七言今体诗钞〉序目》）

临安春雨初霁

世味年来薄似纱[①]，谁令骑马客京华。
小楼一夜听春雨，深巷明朝卖杏花。
矮纸斜行闲作草[②]，晴窗细乳戏分茶[③]。
素衣莫起风尘叹，犹及清明可到家[④]。

【注释】

① 世味：世道人情之况味。

② “矮纸”句：在短纸上随意书写斜行草书。作草，即写草书。

③ “晴窗”句：晴日在窗前悠闲品尝细乳香茶。细乳，茶中精品。分茶，又称“茶百戏”，指在点茶时通过技巧使茶汤泡沫形成各种图案或花纹。

④ “素衣”二句：西晋陆机《为顾彦先赠妇二首》其一：“京洛多风尘，素衣化为缁。”此化用其意。

【评析】

明刊须溪本诗题作“临安雨晴”。霁，雨后放晴。淳熙十三年（1186）春，陆游被起用为严州（治今浙江建德）知州。二月，诗人赴行在觐见，孝宗绝口不提恢复事，只说：“严陵山水胜处，职事之暇，可以赋咏自适。”（《宋史·陆游传》）。本诗即作于陆游暂住临安期间。

诗人住在客馆里，百无聊赖，触景生情。首联写世味人情之浇薄，表达对“京洛风尘”的厌倦。以比喻起笔，用“薄纱”譬喻世态人情，颇具匠心，后以反问自诘，只问不答，留人深思。颔联一转，写江南春景。夜闻临安春雨落和晓听深巷卖花声的描写，别有情趣，优美动人。“一夜”两字暗示诗人心绪难宁、孤馆难眠，有话外之音。国事、家愁伴着潇潇雨声萦绕心头，以明媚春光为背景，与落寞情怀构成鲜明对照，又隐含惜春伤花之意。清舒位云：“小楼深巷卖花声，七字春愁隔夜生。”（《书〈剑南诗集〉》）两句作流水对，语言秀丽工整、细致贴切，风格清新自然、句律流畅轻快，“有唐人风韵”（《御选唐宋诗醇》引卢世㴶语）。冯振评此联：“言风雨与花，俱臻妙境。”（《诗词杂话》）程千帆、沈祖棻将此二句与陈与义“客子光阴诗卷里，杏花消息雨声中”（《怀天经智老因访之》）相比，认为：“虽然陈诗上句的意境，在陆诗中是通过全篇而展现的；而陆诗上下句之间，存在着明显的因果关系，也自不同。”（《古诗今选》）

颈联再转，进一步写独客京华的生活。人情淡薄，诗人厌恶官场虚伪的应酬，所以写草书、品茶以打发时光。陆游擅长行草，其书法疏朗有致，风韵潇洒。春雨初晴，诗人客居馆驿，闲极无聊，以草书消遣，表面上闲适恬静，背后藏着无可奈何又姑且为之的矛盾情绪。尾联自我安慰，与“谁令”句相呼应。化用陆机《为顾彦先赠妇》诗句，自我解嘲，与其闲居京城，不如早日回乡，厌倦仕宦之情见于言外，“虽写离思，而有萧逸之致”（王文濡《宋诗评注读本·宋元明诗卷》）。

“小楼”一联是诗中为人称道的名句，光耀全篇，以致有学者认为，此联放入诗中则有句无篇、前后不贯。诗的首尾两联，表达对仕途的厌恶，而中间两联又仿佛诗人并无苦恼，而且风格清新隽永，似与全诗厌倦京华的主题不符。明瞿佑指出：“陈简斋诗云：‘客子光阴诗卷里，杏花消息雨声中。’陆放翁诗云：‘小楼一夜听春雨，深巷明朝卖杏花。’皆佳句也，惜全篇不称。”（《归田诗话》）清李调元认为：“陆放翁诗，以‘小楼一夜听春雨，深巷明朝卖杏花’得名，其余七律名句，辐辏大类此，而起讫多不相称。人以先生先得好句，后足成之，情理或然。”（《雨村诗话》）今人金性尧评曰：“三、四两句为传诵名句，五、六嫌凑泊，七、八亦觉生吞，且‘小楼’‘深巷’明明是写京华风物之可爱。”（《宋诗三百首》）实际上，这也正体现出陆游的矛盾内心：此次被起用，结束了多年赋闲生活，这是诗人所期盼的；但是任职严州，与他心中志向相去甚远，虽非所望，却也聊胜于闲居。因此陆游暂客临安，欣赏美景，心中依旧郁郁寡欢。

颔联意象优美而生动新警，对仗工稳而细腻熨帖，在宋代就已广为流传。宋刘克庄评道：“陆放翁少时调官临安，得句云：‘小楼一夜听春雨，深巷明朝卖杏花。’传入禁中，思陵（高宗）称赏，由是知名。”（《后村诗话・前集》）此则诗话所载有误。元方回认为：“据《剑南集》，编在严州朝辞时所作，翁年六十二岁。刘后村《诗话》乃谓妙年行都所赋，思陵赏音，恐误，当考。”（元方回撰、李庆甲集评校点《瀛奎律髓汇评》）明人冯舒根据诗歌内容也评此联：“光景气韵，必非少年作。”（元方回撰、李庆甲集评校点《瀛奎律髓汇评》引）清曾国藩对此诗的作年考证道：“先生还自蜀中，一为江西常平，即归山阴数年，今始入朝，旋即还山。此诗之末句已决矣。考其时，当在孝宗淳熙十三年丙午之春。”（《十八家诗钞》）由此可知，刘克庄对这段史实并不清楚，但“小楼”一联在当时广为传诵却是事实。纪昀认为此诗：“格调殊卑，人以谐俗而诵之。”（元方回撰、李庆甲集评校点《瀛奎律髓汇评》）此论完全抹杀此诗，未免过于绝对。事实上，此诗对后世诗词多有影响，如宋张炎“深巷明朝休起早。空等卖花人到”（《杏花天・赋疏杏》），宋史达祖“小雨空帘，无人深巷，已早杏花先卖”（《夜行船·正月十八日闻卖杏花有感》），宋何应龙“杏花深巷无人卖，细雨空帘尽日垂”（《题临安僦楼》）等句，均从陆游诗意化出。

程千帆认为：“这首诗还体现了陆游诗内容的另外一个主要方面，即他除了以忠义慷慨之怀写报国雪耻之志，取得极大的成功之外，还善于以闲适的心情，细致的手法，曲曲传出士大夫日常生活的情趣。”（《读宋诗随笔》）钱锺书评陆游诗善于“咀嚼出日常生活的深永的滋味，熨帖出当前景物的曲折的情状”（《宋诗选注》），此诗正是绝好的证明。

余年二十时，尝作《菊枕诗》，颇传于人。今秋偶复采菊缝枕囊，凄然有感二首

其　一

采得黄花作枕囊[①]，曲屏深幌闷幽香[②]。
唤回四十三年梦[③]，灯暗无人说断肠。

其　二

少日曾题菊枕诗，蠹编残稿锁蛛丝[④]。
人间万事消磨尽[⑤]，只有清香似旧时[⑥]。

【注释】

①黄花：菊花。枕囊：枕芯。

②曲屏深幌：卧室内曲折的屏风、幽深的帷幔。闷（bì）：同“闭”，关。

③ 四十三年：陆游与唐琬结婚，至淳熙十四年（1187）作此诗，已四十三年。

④“蠹（dù）编”句：被虫噬咬的残旧诗稿上布满蜘蛛丝，多年未被翻阅。

⑤ 消磨：逐渐消散磨灭。

⑥ 清香：清纯香气。此处喻指唐琬高洁人品。

【评析】

此二诗作于淳熙十四年（1187）初冬，六十三岁的诗人在权知严州军事任上，思念亡妻刻骨铭心，历时持久，时刻不忘。陆游初娶唐氏之际，新婚燕尔，琴瑟相和，曾与她仿效陶潜采菊东篱雅事，采集菊花，缝制枕囊，诗人还因此作《菊枕诗》，为时人所传诵（原诗南宋时已失传）。后二人迫于母命，只得忍痛仳离，劳燕分飞。唐琬早逝，成为诗人心中难以抚平的伤痛。四十三年后，陆游漂泊半生，秋天来临，采菊做枕囊时，念及当年与唐氏携手采菊、题诗唱和一事，不禁悲从中来，不能自已，凄然有感，遂写诗抒怀。

第一首写诗人睹物思人，往事复现，内心悲不自胜。菊枕缝好之后，室内满是清香，这芬芳淡雅的气息宛如时间长河中的一个碎片，将诗人的记忆牵引回四十三年前的那个秋天。当时也是如此的曲屏深幌，如此的菊枕幽香，昔日相濡以沫的甜蜜回忆随兴而至，又一去不返。如今严州衙署内，老诗人辗转难眠，独对昏灯，形影相吊，同衾共枕之人早已作古，心中无限幽情又向谁倾诉？无人能说，也无人能懂，心事无人解会，只得泪向内流，痛苦凄楚，郁积心怀，令人断肠，与苏轼《江城子》词句“千里孤坟，无处话凄凉”哀感异曲同工。第二首触景生情，抚今追昔，沉淀多年的感伤又一次翻江倒海，奔涌而出。光阴荏苒，风物迁逝，一切都难以永驻，昔日《菊枕诗》诗稿尘封已久，蛛丝缠绕；而作为唐、陆爱情象征的菊枕，却清香依旧，沁人心脾，也暗示诗人与亡妻温馨甜蜜的爱情记忆始终珍藏心间，历历在目，难以忘怀，看似平淡无奇的叙述，其实凝聚着诗人绵绵不尽的深切哀痛。“第二首结句，‘只有清香似旧时’，‘支’韵是哑韵，句中用‘香’字，‘香’字响；第一首结句‘灯暗无人说断肠’，‘阳’韵是响韵，句中用‘暗’‘无’，此乃调和之美。”（叶嘉莹笔记，高献红、顾之京整理《驼庵传诗录》）《御选唐宋诗醇》评此二首：“黯然自伤，与《沈园》二绝所感同，而词亦并工，盖发乎情者深也。”

顾随认为：“此二首诗有其不可磨灭的价值在，不伟大，亦可存在、流传——以其真，真的情感、真的景致。前无古人，后人学亦不及。虽小而好，虽好而小。”（《驼庵传诗录》）这两首诗虽然篇幅不长，但是容量不菲，句句沉痛，语语深情，二诗并无一字言及悼亡，但悼亡之意却充溢其间，昔日旧事，一往情深；眼前情景，凄苦难言，两诗首尾照应，低回婉转，一唱三叹，今昔时空意象交错，情深意切，哀婉缠绵。陆游才华过人，天性至淳，对亡妻一往情深，至死不渝，每经故地，每览旧物，必定重温旧事，想见斯人，以致唏嘘长叹、悔恨交加。因此他的悼亡诗善于捕捉过去生活中的细节，于细微处见真情，传递难以言喻的悲痛与眷念，完全是发自于心而肆之于口，措意遣词朴质平易，纯以情真意切感动人心。清徐晓亭曰：“杨诚斋诗，力求超脱，范石湖诗，力求精工；却不道诗从至性至情流出，不求超脱而自超脱，不求精工而自精工。此妙惟陆放翁先生得之。南渡以后诗，断宜推此老为第一。”《麈谈笔存》

秋夜将晓，出篱门迎凉有感二首

其　二

三万里河东入海，五千仞岳上摩天[①]。
遗民泪尽胡尘里，南望王师又一年[②]。

【注释】

①“三万”二句：三万里长黄河奔腾向东流入大海，五千仞高华山耸入云霄触青天。三万里，极言其长。五千仞，极言其高。仞，古代长度单位，周制为八尺，汉制为七尺。岳，高大的山。此处指西岳华山，在今陕西华阴，《山海经·西山经》载其高五千仞。摩天，迫近、接触到天。黄河和华山当时都在金人控制下。

②“遗民”二句：中原沦陷区百姓在金人压迫下眼泪已流尽，他们盼望南宋军队北伐盼了一年又一年。

【评析】

此诗为绍熙三年（1192）秋作者赋闲山阴时所作，原诗共二首，此为其二。天将破晓时分，诗人推开篱门，外出迎凉散心，但胸中郁闷依旧，耿耿于怀，感触万千，遂作此诗。

前两句托山河起兴，劈空而来，黄河滔滔东流入海，千仞华岳穿入云霄，对仗工整，气势不凡。“三万里”“五千仞”均是虚数，以夸张手法摹状两个被视为民族象征的壮丽意象，既是对祖国山河的赞美，又饱含着山川沦落敌手的悲慨。长河贯地，山岳触天，一河一山，一横一纵，境界阔大，辞意沉痛，景象虽远在天边，但却常萦绕诗人心间，浮现眼前。“入”“摩”二字，极富动感，颇有生气。后两句调转笔锋，用“对面飞来”手法，展现遗民泪尽胡尘、年复一年盼望王师北伐的情景。山河之壮与遗民之悲，对比强烈鲜明。“尽”与“又”字，下得极悲痛，可见等待之久，年年盼望，年年落空，而心犹未绝，寓含无限忧愤与同情。清黄培芳云：“郑板桥谓陆放翁直以山居村居了却诗债而已，又谓杜之历陈时事，寓谏诤也，陆之绝口不言，免罗织也。不知陆所遇与杜相似，陆之诗亦为杜嗣音。”（《香石诗话》）此论不虚。诗人垂暮之年幽居山村，尽管“食且不继”，疾病缠身，却始终对中原故土念念不忘，与中原遗民心息相通。陆游《关山月》有“遗民忍死望恢复，几处今宵垂泪痕”句，《寒夜歌》有“三万里之黄河入东海，五千仞之太华磨苍旻”句。此诗绾合二者，气势雄健，形式上打破七言律句“二二三”节奏常规，作“三一三”对起，有生新拗峭之感。用壮阔景色烘托悲凉心情，以遗民南望写自己北望，代表南北百姓思渴统一共同心声。清赵翼评道：“放翁功夫精到，出语自然老洁，他人数言不能了者，只用一二语了之。此其炼在句前，不在句下。观者并不见其炼之迹，乃真炼之至矣。”（《瓯北诗话》）此诗以“望”字为眼，用山河壮丽、人心思宋，对照宋室孱弱无能，表现诗人希望、失望而终不绝望的心情，悲壮深沉，言短情长，景中见情，笔力雄健，格调苍凉，有尺幅千里之妙。

这种悬拟遥想的写法，白居易《西凉伎》已发其端，诗有“遗民肠断在凉州，将卒相看无意收”句。南宋诗人多用此法，表达忧心家国之情，如范成大“忍泪失声询使者，几时真有六军来”（《州桥》）；韩元吉“殷勤父老如相识，只问天兵早晚来”（《望灵寿致拜祖茔》）。事实上，随着时间推移，中原遗民对金人的痛恨以及对南宋王朝的眷恋也逐渐消失。绍兴十三年（1143），留金十五年始还的洪皓，归宋途中作《白马渡》，有“留落十五年，至今方北归。缭绕一万里，人物太半非”句。从中可知，靖康之变过去不过十几年，中原遗民对朝廷的信念已有所动摇。乾道六年（1170），范成大使金，记载遗民见宋使之状：“遗黎往往垂涕嗟啧，指使人云：‘此中华佛国人也。’老妪跪拜者尤多。”（《揽辔录》）比范成大晚三年使金的韩元吉也对中原移民的人心向背有所担忧：“吾尝念之，中原陷没滋久，人情向背，未可测也。”（《南涧甲乙稿》）楼钥使金时，在汴京也看到“戴白之老多叹息掩泣”（《北行日录》）。可见，当时对南宋王朝仍抱有感情的中原遗民已多为饱经沧桑的父老翁妪，他们的后代出生时北宋已经灭亡，对“故国”已没有什么概念，大多已认同金朝的统治，对现状也习以为常。范成大《揽辔录》云：“民亦久习胡俗，态度嗜好与之俱化，……最甚者，衣装之类，其制尽为胡矣。自过淮已北皆然，而京师尤甚。”因此，对于南宋爱国诗中强烈的遗民情怀，我们应该客观看待。

九月一日夜，读诗稿有感，走笔作歌

我昔学诗未有得[①]，残余未免从人乞[②]。
力孱气馁心自知[③]，妄取虚名有惭色。
四十从戎驻南郑[④]，酣宴军中夜连日。
打毬筑场一千步[⑤]，阅马列厩三万匹[⑥]。
华灯纵博声满楼[⑦]，宝钗艳舞光照席[⑧]。
琵琶弦急冰雹乱[⑨]，羯鼓手匀风雨疾[⑩]。

诗家三昧忽见前[11]，屈贾在眼元历历[12]。
天机云锦用在我[13]，剪裁妙处非刀尺[14]。
世间才杰固不乏，秋毫未合天地隔[15]。
放翁老死何足论，广陵散绝还堪惜[16]。

【注释】

① 学诗：指当年向“江西诗派”诗人曾幾请教作诗。

② 残余：指不完整的方法。

③ 力孱（chán）：力薄。气馁（něi）：气虚。

④ 四十：陆游到南郑时四十八岁。此处举整数而言。

⑤ 打毬：指蹴鞠、击球，古代用以练武的马球运动。毬，同“球”。步：古时长度单位，其制历代不一，周以八尺为步，秦以六尺为步。

⑥ 阅：检阅。厩：马棚。

⑦ 纵博：纵情博戏。博，古代一种棋类游戏。

⑧ 宝钗：华贵的双股簪子。此处借指装饰华丽的妇女。

⑨“琵琶”句：琵琶声急促，如同冰雹乱落。

⑩ 羯（jié）鼓：出于羯族（匈奴的一支），形状如桶，两头可击。

⑪ 三昧：佛教用语，意为禅定。此处指诀窍、真谛。

⑫“屈贾”句：好像清楚地看到屈原和贾谊。指领会到其创作精神。元，原来。

⑬ 天机云锦：天上织女的织机和她所织彩云般的锦缎。此处比喻作诗词藻。

⑭“剪裁”句：意为剪裁得当。刀尺，比喻简单的标准和规律。

⑮“秋毫”句：谓失之毫厘，差之千里。秋毫，秋天鸟兽新生细毛，喻微小之物。

⑯“放翁”二句：自己死去不足惜，遗憾的是作诗心得从此绝传。

广陵散，古琴曲名。三国时，魏嵇康善弹此曲。后嵇康为司马昭所害，临刑前要求再弹一次，叹息道："《广陵散》于今绝矣！"事见南朝宋刘义庆《世说新语·雅量》。

【评析】

绍熙三年（1192）九月，时年六十八岁的陆游退居山阴，夜读五年前刻成的《剑南诗稿》，提笔而作此诗，自述其诗歌创作发展变化过程，深刻总结创作经验。全诗可分为三层。

起首四句为第一层，是他对自己早期诗歌创作的自我剖析。陆游早年学诗，受到"江西诗派"影响很大，虽然学习了江西诗法和句法，但始终未能别开生面、自出机杼，只是模仿别人，拾人牙慧，虽早负诗名，却多是工于辞藻，根底浅薄，气力不足，还未形成自己独有的诗歌面貌。钱锺书认为："放翁诗中，美具难并，然亦不无蹈袭之嫌者。《困学纪闻》卷十八即举其本朱新仲、叶少蕴两联，殆翁《九月一日夜读诗稿有感走笔作歌》所谓'残余未免从人乞'者欤？"（《谈艺录》）气为艺术生命之体现，当诗人远离生活，一味模仿前人，傍人门户，则诗作必然"气馁"。清管同作诗，请教姚鼐，姚鼐评道："诗句格近老成，此是进步。然于古人神气超绝转换变化处未得也。陆放翁云：'我昔学诗未有得，残余未免从人乞。'异之此时正在此界内。凡初学皆不能免此，然于此关不能跳过，则终是庸才矣。"（《与管异之》）

接下十二句为第二层，自述从军南郑的特殊经历促使其诗学观念发生转变。"投笔书生古来有，从军乐事世间无"（《独酌有怀南郑》），陆游四十八岁从军南郑，为期虽不满一年，但如火如荼、紧张热烈的军旅生活却令其眼界大开，豪情满怀。铁马秋风、沙场征战、南山射虎、巡防边塞、军中酣宴、筑场打球、豪情纵博、横刀跃马等边地体验，都使他难以忘怀。“诗家”句笔锋一转，总结自己的作诗体会。“中年始少悟，渐若窥宏大”（《示子遹》），丰富广阔的现实世界激发了诗人的创作灵感，令其茅塞顿开，领悟到作诗的真正法门，屈原、贾谊的文学精神如在目前。“忽”字可见其豁然开朗的惊喜心情。此后，陆游作诗心领神会，诗兴触处迸发，无尽的诗材和灵感纷至沓来，安排组合之妙存乎一心，终于超越“江西诗派”的羁勒，形成了雄浑奔放的诗歌风格。自此其诗歌创作产生了质的飞跃，进入了得心应手、信笔成章的创作境界。清赵翼总结陆游这一时期的诗歌变化称：“放翁诗之宏肆，自从戎巴蜀，而境界又一变。”（《瓯北诗话》）

结尾四句为第三层，诗人再次强调生活体验的重要性。诗用入声韵，一韵到底，音调短促，一气呵成，脱口而出，节奏明快，用自己的切身经历来阐释诗歌创作的经验和规律，见识卓越，意深语工，气势豪迈。清姚鼐评道：“此诗所述，字字真实，学者不悟此旨，终不为作家矣。”（清方东树《昭昧詹言》引）程千帆、沈祖棻认为：“诗中指出，学诗与实际生活的体验密切相关，也与其他艺术相通。没有生活，诗就没有了内容，而不从其他艺术得到借鉴，也会使技巧受到限制。很显然，他偶然从其中受到启发的军中生活的那些部分，并不是生活中最本质的东西，这是我们应加注意的。”（《古诗今选》）

禹迹寺南有沈氏小园，四十年前尝题小阕壁间。偶复一到，而园已易主，刻小阕于石，读之怅然

枫叶初丹槲叶黄[①]，河阳愁鬓怯新霜[②]。

林亭感旧空回首，泉路凭谁说断肠[3]。
坏壁醉题尘漠漠，断云幽梦事茫茫。
年来妄念消除尽[4]，回向禅龛一炷香[5]。

【注释】

① 槲（hú）叶黄：槲树叶开始凋零。槲，槲树，一种枝干很高的落叶乔木。

②“河阳”句：自己如同当年西晋河阳令潘岳，为新增白发而感伤。河阳，晋潘岳曾为河阳令。愁鬓，语本潘岳《秋兴赋》：“斑鬓髟以承弁兮，素发飒以垂领。”后世因以“潘鬓”代指鬓发斑白。

③ 泉路：黄泉路，即阴间。

④ 妄念：虚妄而不切实际的念头，为佛家语。

⑤ 回向：佛教用语，指回转自己的功德，趋向众生和佛果。禅龛（kān）：佛龛，指供佛小室。

【评析】

此诗绍熙三年（1192）秋作于山阴。禹迹寺，在山阴城东。沈氏小园，即沈园，为陆游题写《钗头凤》处。宋周密《齐东野语》、宋陈鹄《耆旧续闻》记述陆游被母亲逼迫与表妹唐琬离婚，后春日出游，遇唐琬于沈园，陆游怅然，遂赋《钗头凤》，题于园壁间。唐氏未几怏怏而卒。这段旧情，陆游刻骨铭心，始终难以忘却。数十年后，放翁重游旧地，但见亭台深锁，鸿影不再，墨迹犹存，往事浮现，悲难自禁，遂题此诗发抒怅恨。

“空”字为全诗主旨，首联写空冷之景。四十年前红墙绿柳、春意盎然的沈园，如今已枫树初丹，槲叶转黄，秋风露重，一片肃寂。“河阳”句用潘鬓之典，暗抒悼亡之悲。潘岳在其妻亡故后，曾作《悼亡诗》三首，哀情动人，此处陆游以潘岳自比，寄托对唐氏的怀念。“怯”字点出诗人触绪生悲，旧情新霜，无限感怀。颔联言空落之感。林间亭台犹在，至爱之人不复，独坐亭中，抚迹追昔，“红酥手，黄縢酒”（《钗头凤》），物是人非，愁怀难诉，不禁泫然泪下。颈联睹物思人，抒空寂之怀。园已易主，刻石尚在，坏壁之上，当年醉题虽苔痕斑斑，却依稀可辨，“读之怅然”；而往日欢情却如天际残云，枕上梦痕，一去无迹，然生死永隔，难以忘怀。此二句，虚实相间，对仗精工，与苏轼“十年生死两茫茫。不思量，自难忘。千里孤坟，无处话凄凉”（《江城子》）同属佳构。“漠漠”“茫茫”读之又生空寞之感。尾联转宕开来，露空无之念。诗人因为旧情难续、阴阳相隔而感慨万千，遂有遁入空门之念。诗末似乎说消除尽“妄念”，看破一切，然虔心礼佛，是否真能四大皆空，平复悲情？答案显见，往事随水，人去楼空，空余怅恨，墨痕背后是诗人真挚痴绝的血泪，“此恨绵绵无绝期”（唐白居易《长恨歌》），自是难以忘怀。此诗于尺幅之间浓缩千言万语，情真意切，语言质朴，“自然清转，情韵甚佳，亦刘随州（刘长卿）、许丁卯（许浑）之亚矣”（清李慈铭《越缦堂诗话》）。

钱锺书评道：“宋代五七言诗讲‘性理’或‘道学’的多得惹厌，而写爱情的少得可怜。宋人在恋爱生活里的悲欢离合不反映在他们的诗里，而常常出现在他们的词里。……除掉陆游的几首（按：指本首及其他沈园系列诗歌），宋代数目不多的爱情诗都淡薄、笨拙、套板。”（《宋诗选注》）陆游对唐氏的思念历久弥坚，屡屡形诸梦境，诉诸笔端，除此首之外，《沈园》二首也是其中的代表作。这些诗歌感情丰沛，文情并茂，情韵悠长，在以理性思考见长的宋诗中，更是难能可贵。清陈衍赞此三首曰：“古今断肠之作，无如此前后三首者。”（《宋诗精华录》）

夜读范至能《揽辔录》，言中原父老见使者多挥涕，感其事作绝句

公卿有党排宗泽[1]，帷幄无人用岳飞[2]。
遗老不应知此恨，亦逢汉节解沾衣[3]。

【注释】

① 公卿：泛指高官。此处指高宗亲信主和派大臣黄潜善、汪伯彦等。有党：官员结成党派以谋取政治利益。排：排挤。宗泽：抗金名将，屡败金军。任东京留守期间，二十余次上书，请驾还都东京，未获采纳，忧愤而终。

② “帷幄”句：指岳飞为高宗、秦桧所杀事。帷幄，军营帐幕，此处指军事决策机关。岳飞：抗金名将，后被投降派以“莫须有”罪名杀害。

③ 汉节：汉朝使节，此处指出使金国的范成大。解：懂得。沾衣：泪水沾湿衣裳。

【评析】

此诗作于绍熙三年（1192）冬。乾道六年（1170），范成大（字至能）出使金国，后将途中见闻编成笔记《揽辔录》。其中记载他行经相州（治今河南安阳）的情景：“遗黎（遗民）往往垂涕嗟啧，指使人云：‘此中华佛国人也。’老妪跪拜者尤多。”二十二年后，闲居山阴的陆游夜读至此，有感而发，悲慨不已，形诸吟咏。

首二句单刀直入，一政一军，一有一无，互文见义，控诉主和派置遗民于水深火热而不顾，表达无限愤慨。宗泽、岳飞都是杀

敌御侮的名将，然而主和派操纵权柄，苟安畏敌，自毁长城，宗泽抗金建议不被采纳，反遭结党诬陷；岳飞在抗金战场立下赫赫战功，却惨遭杀害。这和诗题所载的中原父老苦盼王师之状对比鲜明，也说明中原不复、北伐搁浅的根本原因正在南宋朝廷内部。《御选唐宋诗醇》评曰："南渡之不振，实由于此，扼腕而言，自成高调。"同样是报国无门，英雄无用武之地，诗人自身经历与宗泽、岳飞多有共鸣，因此对宗、岳二将也极为敬仰。末二句紧扣诗题，揭示这种愤恨之深广。通过遗老对故国的深沉怀念，侧面批判庙堂宰执诸公不思进取、媚敌求和的本质，对面写来，直意曲说，更显深沉。诗作以议论抒发感慨，前两句将朝廷高官与宗泽、岳飞进行对比，揭露其迫害忠良的卖国行径；后两句写中原父老挥泪沾衣，进一步加深心中苦楚。此诗情感深沉，语言简练，尺幅千里，笔锋犀利，写当朝事，毫不隐讳，以致后人惊呼"本朝敢作此等诗"（清吴焯《批校剑南诗稿》）！诗人眼光敏锐，直斥主和派的胆量与强烈爱国之情全部注于诗中，爱憎之情溢于言表，忠愤激昂，直抵人心。清潘德舆赞曰："宋人绝句亦有不似唐人，而万万不可废者。如陆放翁《夜读范至能〈揽辔录〉》云……此类纯以劲直激昂为主，然忠义之色，使人起敬，未尝非诗之正声矣。"（《养一斋诗话》）

陆游虽未能亲赴河洛沦陷区，但他念念不忘恢复大业，常神游故国，怀念两京，牵挂渴望统一的故都遗民，诗中反复书写他们翘首南望王师的情形，如"遗民泪尽胡尘里，南望王师又一年"（《秋夜将晓出篱门迎凉有感二首》其二），"落蕃遗民立道边，白发如霜泪如雨"（《出塞曲》）；"遗民忍死望恢复，几处今宵垂泪痕"（《关山月》）；"遥想遗民垂泣处，大梁城阙又秋砧"（《秋思六首》其四）；"大事竟为朋党误，遗民空叹岁时遒"（《北望感怀》)。无独有偶，范成大的使金纪行诗中也大量表现中原遗民对南宋的拳拳眷恋之心，其代表作如《州桥》《翠楼》《相州》等，均可与此诗并读。

十一月四日风雨大作二首

其　二

僵卧孤村不自哀[①]，尚思为国戍轮台[②]。
夜阑卧听风吹雨，铁马冰河入梦来[③]。

【注释】

①僵卧：直挺不动地躺着。孤村：指别业所在三山。

②轮台：今新疆轮台，汉武帝发兵守其地。此处泛指边疆。

③“铁马”句：梦中骑上披着铠甲的战马北征，在冰河上驰骋。

【评析】

此诗光宗绍熙三年(1192)作于山阴，其时陆游以“嘲讽风月”的罪名罢职两年余，虽年近古稀，但“烈士暮年，壮心不已”(三国魏曹操《步出夏门行·龟虽寿》)，虽闲居乡里，却依旧忧心国政。

前二句采取赋法，直抒胸臆。首句写诗人幽居荒僻山村，“卧”而“僵”，“村”而“孤”，写尽其老弱衰病、清苦孤独之状。而后“不自哀”笔锋一转，情绪由抑转扬，诗人虽身处困境，却孤而不哀，老而不衰，意志昂扬，毫不悲观消沉。次句承上，表达自己仍渴望驰骋疆场之心。诗人“老病虽惫甚，壮气颇有余”（《夜读兵书》）；“壮心埋不朽，千载犹可作”（《醉歌》）；尽管年迈力衰，却仍对北伐大业充满信心，爱国热忱有增无减。这种至死不渝的报国热情正是诗人“不自哀”的精神源泉。“尚”字表明有过无数次渴念，情之深、思之切溢于言表。后两句转写耳边之声、梦中之境，情有所牵，梦必随之。第三句点出诗题，转写眼前景象。“夜阑”句可见诗人操劳国事，忧心如焚，夜不能寐，僵卧在床，闻风听雨，思绪纷纷，触景生情，由实到虚，幻化入梦。结句出之以梦境，凸显诗人心中志向。“铁马冰河”闯入梦境，对面写来，化宾为主，凄风冷雨幻化成冰河铁马之声，千军万马，踏破冰河，追击杀伐，场面雄壮，遂将感情推向高潮。“铁马冰河”虽是名词，一个“来”字传达出动态感。现实与梦想反差巨大，收复国土的夙愿无法实现，亦无法抑制，只能寄之于梦，表现出英雄气概，其中所含悲愤也显而易见。欲扬先抑，实情虚写，“卧听”与“僵卧”相照应。此诗语言简练，感情炽烈，笔酣墨饱，悲壮深沉，气势豪迈，构思奇巧，有尺幅千里之势。

陆游有许多记梦诗，据清赵翼统计，“即如记梦诗，核计全集，共九十九首，人生安得有如许梦，此必有诗无题，遂托之于梦”（《瓯北诗话》）。其实除了以梦为题或通篇记梦的诗作外，陆游集中写梦的诗歌远不止这些。日有所思，夜有所梦。梦是想象的产物，是对现实压抑、失落情绪的精神补偿，体现了个人内心的真实想法。陆游的记梦诗大多借梦境反映现实生活，表现出渴望收复失地、杀敌报国的真实心态。钱锺书指出：“爱国情绪饱和在陆游的整个生命里，洋溢在他的全部作品里；他看到一幅画马，碰见几朵鲜花，听了一声雁唳，喝几杯酒，写几行草书，都会惹起报国仇、雪国耻的心事，血液沸腾起来，而且这股热潮冲出了他的白天清醒生活的边界，还泛滥到他的梦境里去。”（《宋诗选注》）此类抗金复土梦，诗人笔下还有很多，如“腥臊窟穴一洗空，太行北岳元无恙。更呼斗酒作长歌，要遣天山健儿唱”（《九月十六日夜，梦驻军河外，遣使招降诸城，觉而有作》）；“壮心自笑何时豁，梦绕祁连古战场”（《秋思》）；“三更抚枕忽大叫，梦中夺得松亭关”（《楼上醉书》）。虽然这些梦都是虚幻的，却是陆游爱国精神的折射，寄托其老而弥坚的报国理想，为国效力的壮志豪情。

读陶诗

我诗慕渊明，恨不造其微①。
退归亦已晚②，饮酒或庶几。
雨余锄瓜垄，月下坐钓矶。③
千载无斯人，吾将谁与归。④

【注释】

①恨：遗憾。造：达到。微：指深远微妙的境界。

②退归：退职归隐。陶渊明四十一岁便弃官归隐。

③“雨余”二句：在雨后锄瓜，在月下垂钓。钓矶，可供垂钓的岩石。

④“千载”二句：千年来如果没有出现陶渊明这样的人，我将追随谁？北宋范仲淹《岳阳楼记》：“微斯人，吾谁与归？”归，追随。

【评析】

此诗绍熙四年（1193）秋作于山阴，诗中表达对陶渊明及其诗歌的仰慕之情。首联写追慕陶渊明，“慕”字既指醉心陶诗，又指尊崇其人。“恨”字体现对陶渊明诗歌境界无限向往。中间两联，“退归”“饮酒”“瓜垄”“钓矶”，为隐居代名词。王国维认为：“昔人论诗词，有景语、情语之别，不知一切景语皆情语也。”（《人间词话》）陆游读陶诗，不只是欣赏其诗，还学其为人，并亲自践行。颈联写其雨后锄瓜，月下垂钓，不假雕饰，天然成趣，景中有情，神于言外，体现对陶渊明“采菊东篱下，悠然见南山”（《饮酒二十首》其五）田园生活的神往。语气舒缓清朗，清新质朴，韵味无尽。尾联发抒感慨，呼应首联。诗人将陶渊明视若异代知己、旷世知音，渴望追随终生。

陆游对陶渊明推崇备至，认同有加，诗歌创作也深受其影响。陆游追慕陶渊明，始于年少之时，而盛于闲居山阴之后。他十三四岁时即喜读陶诗，一见倾心，以致废寝忘食，其《跋〈渊明集〉》载：“吾年十三、四时，侍先少傅居城南小隐。偶见藤床上有渊明诗，因取读之，欣然会心。日且暮，家人呼食，读诗方乐，至夜，卒不就食。”陆游入仕以后，忧心时局，志在恢复，其慷慨澎湃的心境与归隐山林的志趣相去甚远，自然无法静心慕陶、学陶。淳熙二年（1175）六月，陆游在蜀中时，作《弥牟镇驿舍小酌》，有“行遍天涯身尚健，却嫌陶令爱吾庐”句。他认为男儿应当志在四方，建功立业，而不能像陶渊明一样挂冠归隐，幽居故里。

陆游晚年归居田园以后，远离尘嚣，徜徉湖山，“身杂老农间”（《晚秋农家》），躬耕自作，乐以忘忧，心境渐趋平淡，心理上与陶渊明也更加亲近，自此“老始爱陶诗”（《书南堂壁》）。“归来偶似老渊明”（《小雨初霁》），道出了他与陶潜的契合处。由于生活状态相似，陆游许多田园诗都取法陶诗，而且在思想境界上也与陶渊明心神相契。因此他在诗中反复提及陶诗，如“平生慕陶谢，著语终不近”（《春晚》）；“莫谓陶诗恨枯槁，细看字字可铭膺”（《杭湖夜归二首》其一）；“竹林嵇阮虽名胜，要是渊明最可人”（《家酿颇劲戏作》）；“海石陈书几，陶诗贮药囊”（《书适二首》其一）；“柴荆终日无来客，赖有陶诗伴日长”（《二月一日作》）；“学诗当学陶，学书当学颜”（《自勉》）。诗人对陶渊明的赞扬之情可见一斑。

事实上，陶渊明诗歌平淡自然的风格对陆游超越江西诗派藩篱也有所助益。江西诗派诗人学陶潜时虽追求“不烦绳削而自合”的目标，但因自身无法摆脱江西诗派旧习，学陶诗往往平淡中见瘦硬奇崛，缺少感性生活的体验，以及心中对自然田园的热诚，因此并未达到“豪华落尽见真淳”的高度。而陆游的学陶诗，特别在其晚年闲居山阴后，用语平易自然，对偶工稳，却毫无瘦硬处。这正是陆游深入农村田园、将自己的所见所感同陶渊明诗歌情趣相融合的结果。但是这种平淡并不是陆游晚年生活的常态，即使是陶潜，也有“金刚怒目”式的诗歌。对陆游来说，有关北方的消息一旦传来，那“铁马冰河”的遐想便立即萦绕心头。清梁清远云：“陆放翁诗，山居景况一一写尽，可为山林史。但时有抑郁不平之气及浮夸自侈之谈。去此，便与陶渊明何殊？”（《雕丘杂录》）他看出陆游晚年诗中“时有抑郁不平之气”，是极有见地的。陶渊明厌恶官场黑暗，不为五斗米折腰而回归田园，躬耕自足，自得其乐。而陆游是有心许国，却报国无门，被迫退居山阴，亲事农桑，“壮志可怜成昨梦，残年惟有事春耕”（《忆昔》）。即使他身处山野，也不失爱国热忱，因此陆游的不少田园诗，都夹杂着一股不平之气，蕴含了英雄暮年的悲慨。清王士禛赞曰：“务观闲适，写村林茅舍、农田耕渔、花石琴酒事，每逐月日记寒暑，读其诗如读其年谱也；然中间勃勃有生气，中原未定，梦寐思建功

业，其真朴处多，雕锼处少。”（《带经堂诗话》）

书室明暖，终日婆娑其间，倦则扶杖至小园，戏作长句二首

其　二

美睡宜人胜按摩[①]，江南十月气犹和。
重帘不卷留香久[②]，古砚微凹聚墨多[③]。
月上忽看梅影出，风高时送雁声过。
一杯太淡君休笑[④]，牛背吾方扣角歌[⑤]。

【注释】

① 美睡：睡得香甜酣适。

② 重帘：指一层层帘幕。

③ 古砚：指素心砚，陆游从蜀都带回。

④“一杯”句：一杯酒太淡，请您不要笑话。《晋书·张翰传》载张翰语：“使我有身后名，不如即时一杯酒。”

⑤“牛背”句：《吕氏春秋·举难》载，卫人宁戚家贫，未出仕前为人挽车，在车前“扣牛角而歌”，后被齐桓公任用，拜为上卿。以上二句自表颓放，兼叹怀才不遇，隐含有待君王任用之意。

【评析】

此诗作于绍熙五年（1194）初冬，诗人闲居山阴三山别业。诗写耕稼之余的悠闲生活。大体上，前四句摹写白昼室内生活情景，后四句写夜晚室外之景。首联紧扣题目中“明暖”二字，写江南

十月，秋高气爽，正是美睡宜人之际。诗人深谙养生之道，故能体会美睡胜按摩的保健原理，深得睡中三昧。闲暇之余，美美睡上一觉，神安气平，俗念全无，“微倦放教成午梦，宿酲留得伴春愁”（《柳林酒家小楼》），无事睡眠，得懒中闲趣。

颔联写书室之景，极具烟火气息，运用多重感官体验，满室飘香写嗅觉，浓墨古砚写视觉，摹绘景物细腻、真切，后世广为流传。颈联转而描写小园景色，诗人神倦时，漫步小园，看月照梅影，听风送雁声，有宋林逋《山园小梅》意境美，以雁声反衬寂静，以动写静，境界凄清，幽静绝伦，如同唐王维《皇甫岳云溪杂题五首·鸟鸣涧》“月出惊山鸟，时鸣春涧中”。尾联化用春秋时宁戚扣牛角而歌故事，感叹命运不济、壮志未伸，自嘲自慰，自我开解，出语平淡，含意幽深。全诗意蕴深厚，结构严整，声情和婉，语句精雕细刻，风格清丽闲雅，为诗人晚年生活真实写照。

陆游作诗诸体皆工，尤擅七律，“一生精力，尽于七律，故全集所载，最多最佳”（清陈讦《〈剑南诗选〉题词》），功力精湛，对仗稳惬，堪称宋人七律之最。放翁七律，注重锻炼，对偶工巧，考究精致，看似信手拈来，毫不费力，但实际都经过炉锤锻炼，反复推敲。正因如此，诗人笔下“名章俊句，层见叠出，令人应接不暇；使事必切，属对必工；无意不搜，而不落纤巧；无语不新，亦不事涂泽”（清赵翼《瓯北诗话》），名篇、佳句不胜枚举，以至有“古人好对偶被放翁用尽”（宋刘克庄《后村诗话·前集》）之叹。此诗中“重帘”一联摹写书斋生活，对偶工巧，绵密细腻，而富有书卷气，常被用作亭台或者书房之楹联。《红楼梦》第四十八回中，香菱对此联也十分偏爱，她说：“我只爱陆放翁的诗‘重帘不卷留香久，古砚微凹聚墨多’，说的真切有趣！”而林黛玉却对此句不以为然，她认为：“断不可看这样的诗。你们因不知诗，所以见了这浅近的就爱；一入了这个格局，再学不出来的。”

林黛玉认为此联语言浅近而无韵致，不适合初学者由此入门。黛玉意在指出学诗入门应该要格局做大，艺术构思要有足够的深度和广度，这样日后作诗才不必受浅俗细巧所拖累，这样的看法颇有见地。清李慈铭评道：“放翁律句，太平切近人，又往往句法相似，与全篇气多不贯，其诗派之不高，自由于此。”（《越缦堂诗话》）南宋严羽云：“夫学诗者以识为主：入门须正，立志须高；以汉魏晋盛唐为师，不作开元天宝以下人物。”（《沧浪诗话·诗辨》）陆游早年学诗，诗法江西，也曾误入歧途。自称“我初学诗日，但欲工藻绘。中年始少悟，渐若窥宏大”（《示子遹》）。陆游晚年闲居山阴，虽然时刻不忘恢复，但是退居生活的闲适与佛道思想的影响，使其诗歌创作多用工致语、精美语，“才具无多，意境不远，唯善写眼前景物，音节琅然可听”（清王士禛《带经堂诗话》引贺裳语），风格趋于温润精工，为清人所钟爱。清李兆元指出：“放翁诗，世但取其写景清新之句，转相摹效。不知放翁诗所以卓然可称为大家者，不在此也。”（《十二笔舫杂录》）清钱泰吉认为：“放翁真面，不为流连光景之词蒙翳晦塞，诗家正脉，庶几不坠。”（《甘泉乡人稿》）实际上，尚兴寄、重意趣的诗歌作品固然很好，但是闲适细腻、明白如话的日常化诗作，能“咀嚼出日常生活的深永的滋味，熨帖出当前景物的曲折的情状”（钱锺书《宋诗选注》），也自有其独特的价值。对陆游这样胸怀家国、至死不渝的志士来说，呼酒买醉、投闲置散，实为无奈之举，所以他晚年诗歌疏淡隽永与其内心悲愤难释是互为表里的。

初夏行平水道中

老去人间乐事稀，一年容易又春归。
市桥压担莼丝滑[①]，村店堆盘豆荚肥。
傍水风林莺语语，满原烟草蝶飞飞。
郊行已觉侵微暑[②]，小立桐阴换夹衣[③]。

【注释】

①“市桥”句：市桥附近的人挑着整担莼菜丝，把扁担都压弯了。莼，莼菜，水生植物，可以做羹。

②侵微暑：开始感到暑气袭人。

③夹衣：有里有面的夹层单衣。

【评析】

庆元元年（1195）三月，年逾古稀的陆游退居山阴，初夏漫步平水道中，诗兴勃发，作此诗。平水在绍兴东四十余里，流入镜湖，水南有村市桥渡，以产茶著称。首联欲扬先抑，以议论发端，感慨光阴荏苒，人生短暂。诗人年已老迈，仕途坎坷，赋闲在家，壮志难酬，“乐事”自然不多，因此常常外出游览，赏景怡情，到山水田园寻找乐趣。“一年”句，既点明“初夏”时令，同时又包含乐事难遇而弥足珍贵，以及不意春归之后却有如此悦目娱心的情景两层意思。中间两联上承“春归”，扣合诗题，描绘扑面而来的水乡佳景。颔联写山乡集市风光。平水道上，担担莼丝掠桥而过，村中小店，满盘豆荚又嫩又肥。诗人将镜头聚焦时令鲜蔬和市桥村店，既有春末夏初时令特点，又显越中水乡特色，以简驭繁，着墨不多，却饶有生活气息。“压”“滑”“堆”“肥”，状物传神，生动形象，炼字炼句，细腻妥帖，有辞简意密之妙。颈联转写清新明快的自然景物。疏林傍水，和风鸟语，碧草如烟，蝶舞翩翩，绘声绘色，动静相协，画意葱茏，野趣横生。“莺语语”“蝶飞飞”叠词相对，情景热闹，音调谐美，洋溢着盎然春意与蓬勃生机，读来让人忘情世务，备觉亲切。清李调元评道：“先生取材宏富，对仗精工，而出以隽笔，每遇佳句，不啻如杨柳承露，芙蓉出水，天然不假雕饰；而呕出心肝者，虽镂冰刻骨，无以过之。”（《〈陆诗选〉序》）颔、颈二联写故乡风土人情，对仗工稳，情趣横溢，俱为佳句。尾联以叙事结，写郊行之感。“郊行已觉侵微暑”，既是春夏交替，时令特点使然，也是诗人贪看美景，出游已久所致。于是诗人小立桐阴，换下夹衣，乘凉片刻。“小立桐阴”为点睛之笔，巧妙地写出诗人游兴正浓，乐不思归的风神意态，言随情遣，浑然天成，已入画意。清韩泰华指出：“放翁诗善用‘阴’字，以心地清闲，故体贴得到。”（《无事为福斋随笔》）

诗押“微”韵，声韵与文情丝丝相扣，婉转谐美。全诗笔触细腻，语言朴素，情景交炼，而无浮艳气息。首联以议论开篇，落笔不凡，以扫为生，颔联写集市风物，颈联写自然风光，层次分明，尾联写诗人出行感受，又与首联相呼应，章法有序，丝丝入扣。这首七律所写的田园景物均为诗人随处所见，率意写来，不出喜字，笔下意象，一派欢欣，有声响、有动态、有情意，组合成一幅幅恬静优美的山村图景，一扫叹老嗟卑或伤春怅然的传统情调，诗境清新，淡而有味，洋溢着诗人对田园生活的热爱。宋朱熹云：“放翁之诗，读之爽然，近代惟见此人为有诗人风致。如此篇者，初不见其著意用力处，而语意超然，自是不凡，令人三叹不能自已。”（《答徐载叔赓》）此诗即是一例。

小舟游近村，舍舟步归四首

其　四

斜阳古柳赵家庄[1]，负鼓盲翁正作场[2]。
死后是非谁管得，满村听说蔡中郎[3]。

【注释】

①赵家庄：陆游故乡山阴一个村庄。

②“负鼓”句：背着鼓的老年盲人正在说唱故事。作场，在众人中说唱故事、演奏歌曲或表演各种游艺。

③“满村”句：南宋民间已演说蔡中郎故事，情节不尽符合蔡邕生平事迹。南戏《赵贞女蔡二郎》写蔡中郎及第后抛弃父母妻室，入赘相府等事。蔡中郎，东汉蔡邕，字伯喈，官左中郎将，以职称中郎。

【评析】

组诗写于庆元元年（1195）十月，此选其四。其时年逾七旬的陆游，已避居山阴七年之久，不以是非萦心。关于此诗本事，明朱承爵云：“晚宋人诗最多者，莫如放翁。或谓翁有日课，盖机圆律熟动宫商。一日，翁至田家，适有村优唱传奇者过门，客戏请翁赋之。”（《灼薪剧谈》）首二句紧扣诗题，写诗人舍船登岸，漫步乡里所见之景，交代时间、地点、人物，富有生活趣味。古柳凝烟，斜阳映村，诗人拄杖归家，闻鼓声坎坎，见盲翁开场说唱，场面欢乐，引来众人云集欣赏。面对古朴自然的村中景象，诗人并未一一描摹，而是拈取了“斜阳古柳”两个细节，意境优美，展示出乡村晚秋之景，而且它们也是人间风雨见证物，深沉沧桑，富于苍凉感。一、二两句写景记事，全用白描，寥寥几笔就描绘出优美的乡村图画，清新自然，闲适惬意。

后两句写说唱的内容，由事而发，寄兴言情。“蔡中郎”即东汉名臣蔡邕，他本是一位至孝重情、博学多才的学者，但是在南宋的戏曲说唱中，却被说书人编排成一个抛妻弃子、忘恩负义之人。而听书的人也只管沉浸在曲折生动的情节之中，并不深究故事本身与历史事实是否吻合。生前死后，是非迥异，作者并非要为蔡邕正名，而是要借题发挥，引出千秋功罪如何评说的感慨。人死后盖棺也不能论定，是非曲直全由后人评定，自己无法做主，思考人生哲理，发人深省。同时联想陆游一生矢志报国，晚年因“吟咏风月”而获罪罢黜，可见其中还蕴含着对其自身的喟叹和对现实的悲愤。诗人是故作旷达，聊以自慰，表面上对此毫不在意，实际上十分重视死后是非评价，相信历史最公正，如“位卑未敢忘忧国，事定犹须待阖棺”（《病起书怀二首》其一）；“无涯毁誉何劳诘，骨朽人间论自公”（《落魄》）；“不妨举世无同志，会有方来可与期”（《衰疾》）。

日本吉川幸次郎指出：“从陶渊明以后，歌咏农村的‘田园诗人’并不少，但没有一个诗人能像陆游那样多方面、多角度地从感觉上去捕捉、反映农村的生活。”（《宋元明诗概说》）陆游晚年蛰居山阴，用诗歌记录故乡的湖光山色、风土人情，别开生面，引人入胜。此诗取材别致，抓住具体场面，用速写手法，描绘民间艺人演唱的场景，信手拈来，使人仿佛身临其境。全诗写景、记事、议论生动传神，概括精练，虽着墨不多，却言简意深，含蓄隽永，“虽嬉笑之语，亦自有味”（明朱承爵《灼薪剧谈》）。另外，本诗生动地记录了民间艺人在乡间聚众演唱蔡中郎与赵五娘故事的场景，具有一定的戏曲史料价值。

悲歌行

士如天马龙为友①，云梦胸中吞八九②。
秦皇殿上夺白璧③，项羽帐中撞玉斗④。
张纲本不问狐狸⑤，董龙何足方鸡狗⑥。
风埃蹭蹬不自振⑦，宝剑床头作雷吼⑧。
忆遇高皇识隆准⑨，岂意孤臣空白首。
即今埋骨丈五坟，骨会作尘心不朽。
胡不为长星万丈扫幽州⑩，胡不如昔人图复九世仇⑪。
封侯庙食丈夫事⑫，龊龊生死真吾羞⑬。

【注释】

①龙为友：语本汉乐府《郊祀歌·天马》："今安匹？龙为友。"

②"云梦"句：司马相如《子虚赋》："吞若云梦者八九于其胸中，曾不蒂芥。"云梦，古代楚国大泽名。

③"秦皇"句：《史记·廉颇蔺相如列传》载，秦昭王向赵国索要和氏璧，谎称愿以十五城为偿。赵臣蔺相如奉璧入秦，当殿将白璧交给秦王后，发觉秦王无意交换十五城，于是用计夺回白璧，带回赵国。

④"项羽"句：《史记·项羽本纪》载，刘邦逃出鸿门宴后，命张良奉白璧一双给项羽、玉斗一双给亚父范增。项羽受过白璧，置于座上；范增受过玉斗，置于地上，拔剑击碎，道："竖子不足与谋！夺项王天下者，必沛公也！吾属今为之虏矣！"

⑤"张纲"句：《后汉书·张纲传》载，汉安元年（142），张纲奉

令与杜乔、周举等八人徇行风俗，七人赴任，张纲独埋车轮于洛阳都亭下，曰：“豺狼当道，安问狐狸！”回朝上书弹劾大将军梁冀及其弟梁不疑罪行，京师为之震动。

⑥“董龙”句：北魏崔鸿《十六国春秋》载，前秦王堕性刚峻疾恶，不喜佞幸之臣董荣（小字龙），尝曰：“董龙是何鸡狗，而令国士与之言乎？”

⑦蹭蹬（cèngdèng）：遭遇挫折。唐李白《赠张相镐二首》其二：“晚途未云已，蹭蹬遭谗毁。”

⑧“宝剑”句：前秦王嘉《拾遗记》载，颛顼有曳影之剑，常于匣里作龙虎之吟。宋苏轼《郭祥正家，醉画竹石壁上，郭作诗为谢，且遗二古铜剑》：“剑在床头诗在手，不知谁作蛟龙吼？”

⑨高皇：汉高祖刘邦。此处代指宋高宗赵构。隆准：高鼻梁。此指刘邦。《史记·高祖本纪》载刘邦“隆准而龙颜”。

⑩长星：星名，与彗星相似，有长形光芒，或说即彗星别名。唐胡曾《咏史诗·五丈原》：“长星不为英雄住，半夜流光落九垓。”扫幽州：指扫平北方，收复失地。幽州，治今北京，当时为金统治中心区域。

⑪九世仇：积累九代的旧仇。春秋时，齐哀公遭纪侯诬害，为周天子所烹，至襄公灭纪国，历九世始复远祖之仇。事见《公羊传·庄公四年》。后世指君国累世深仇。

⑫庙食：指死后立庙，享受祭祀。

⑬龊（chuò）龊：拘谨的样子。

【评析】

此诗作于庆元元年（1195）冬。淳熙十六年（1189），陆游被谏议大夫何澹以“嘲咏风月”罪名弹劾论罢，奉祠山阴，至此已七年。在这期间，他也想避世脱俗，与世无争，但对胸怀家国的志士来说，绝非易事。此诗用乐府旧题写英雄之悲。诗分三层，前六句指明英雄应有的品质，总结英雄特征，以蔺相如、范增、张纲、王堕等为例，表明古来才智之士皆心胸宽广、耿直刚毅，有所作为。连用四典，对仗工稳，排闼而来，颇有气势。“风埃”六句自述宦游经历，入仕以来，谗谤如影随形，恢复渺不可见，年华老去，投闲置散，流连光景，即使如此，仍表示“壮心未与年俱老，死去犹能作鬼雄”（《书愤二首》其一）。最后四句振起全篇，进一步阐明志向：自己即便是死，也要作万丈长星，横扫敌穴，以报九世深仇，可见坚定不移之志。诗以感慨作结，大丈夫本应“灭贼报国仇”（《步出万里桥门至江上》），如今却憔悴渔村，失意之状，令人唏嘘。清赵翼称放翁古体诗：“才气豪健，议论开辟；引用书卷，皆驱使出之，而非徒以数典为能事；意在笔先，力透纸背；有丽语而无险语，有艳词而无淫词；看似华藻，实则雅洁；看似奔放，实则谨严。此古体之工力更深于近体也。”（《瓯北诗话》）全诗节奏紧凑，满怀幽愤，豪放悲壮，一韵到底，且韵脚密，一气呵成，节奏感强，声情并茂，足见诗人不以老病为念，报国宏志老而弥坚。

诗人喜论恢复，有强烈的“英雄情结”。南宋朝廷时局动荡，权相专政，党禁愈加激烈，面临士气孱弱、人才凋零等诸多问题，“人材衰靡方当虑，士气峥嵘未可非”（《送芮国器司业二首》其二）。宋朱熹云：“近岁以来，能言之士例以容冶调笑为工，无复丈夫之气。”（《跋曾仲恭文》）值此士风衰颓、外敌凭陵之际，陆游在诗中多次呼唤“英雄”与“丈夫”，如“丈夫穷死由来事，要是江南有此人”（《北望》），“刘琨晚抱闻鸡恨，安得英雄共著鞭”（《蜀州大阅》），“君王犹记孤忠在，安得英豪共此功”（《闭门》）。陆游的“英雄情结”，从外在表象来看，主要体现为书生式的报国豪情；从内在原因来看，则来源于陆游入幕南郑的军旅生活与深厚的史学功底。英雄人物是功名意识和进取精神的载体。陆游笔下的英雄很多，其中有为国家、民族慷慨赴死、建立功业的武将与帝王，如刘琨、班超、项羽、李广、桓温、李晟、韩信、孙权等；也有爱国忠贞、舍生取义，不以人生穷达而降志屈节的文士与谋臣，如诸葛亮、魏徵、王导、谢安、苏武、荆轲、张巡、管仲、鲁仲连等。陆游对待这些英雄人物，不问成功与否，只论品格气节。即使他们中有人功业未成、身亡命殒，但曾经的风度英姿、人格魅力，也令陆游对其青眼有加，表示由衷钦佩或惋惜，这体现出陆游内心深处以气节自负、以功业自诩的尚武精神。

陇头水

陇头十月天雨霜①，壮士夜挽绿沉枪②。
卧闻陇水思故乡，三更起坐泪数行。
我语壮士勉自强，男儿堕地志四方③。
裹尸马革固其常④，岂若妇女不下堂⑤？
生逢和亲最可伤⑥，岁辇金絮输胡羌⑦。
夜视太白收光芒⑧，报国欲死无战场。

【注释】

①陇头：即陇山，在今陕西陇县西北。此处泛指南宋西北边境。

②绿沉枪：枪杆漆深绿色，其色深沉，故名。一说即绿沉竹制成之枪。

③堕地：出生。志四方：指有远大理想抱负。

④ 裹尸马革：英勇无畏，在沙场力战而死，用马皮包裹尸体运回家。

⑤ 妇女不下堂：古时礼教规定，妇人不能随意离开内堂。

⑥ 和亲：指与敌国议和，结为姻亲。此指南宋朝廷与金人签订的屈辱和约。

⑦ 辇：以车运载。金絮：金银绸绢类贡物。胡羌：胡人和羌人。此指金人。

⑧ 太白：即金星，古人认为太白星主杀伐，故多以喻兵戎。收光芒：指朝廷屈辱求和。

【评析】

庆元二年（1196）冬，七十二岁的诗人闲居山阴，念及国事，忧虑重重，遂作此诗。《陇头水》，又名《陇头吟》，汉乐府《横吹曲》有《陇头流水歌》《陇头歌》，内容多写征戍之苦、乡关之思。唐王维《陇头吟》、张籍《陇头》、王建《陇头水》等作此旧题，皆言征人哀怨，叙国仇家恨。此诗继承古乐府“感于哀乐，缘事而发”传统，表现诗人忧国愤世之情。

诗分三层，四句一转，前四句先写军营的艰苦环境，抒发边地战士挥之不去又难以排解的乡愁。十月陇山荒凉苦寒，戍边战士抚枪兴叹，似有心事在胸。“霜”“夜”“绿”“沉”皆为冷色调，读来如有寒气侵身，令人战栗。“卧闻”句转入战士哀伤的原因。《陇头歌辞三首》其一：“陇头流水，流离山下。念吾一身，飘然旷野。”《陇头歌辞三首》其三：“陇头流水，鸣声幽咽。遥望秦川，肝肠断绝。”均是描写征人思乡之愁，“卧闻”二句就是化用此意，表达战士的无尽乡思，凄恻深沉。征人卧闻陇水呜咽，辗转难眠，以致泪流满面，泣不成声。情景犹如范仲淹“羌管悠悠霜满地。人不寐，将军白发征夫泪”（《渔家傲·秋思》）。接下四句叙事视角一转，以作者口吻勉励战士，要以天下为志，为国家立功，不能受家庭羁绊。好男儿志在四方，本应报效国家，战死沙场，马革裹尸乃还，怎能像妇女一样不出闺门，坐守堂屋！“固”和“岂”加重语气，语意慷慨，振奋人心。最后四句绾结全诗，点明题旨，模仿战士口吻作答，愤慨之词喷薄而出。“欲死”呼应“马革裹尸”，说明壮士并非自甘消沉，相反，他满怀报国热忱，渴望收复失地，但是生逢和亲，请缨无路，有志难伸。“报国欲死无战场”是战士的愤怒呐喊，也是他“三更起坐泪数行”的真正原因，诗人借此谴责朝廷一味妥协投降，苟且偷安。诗歌至此戛然而止，“我”又该如何安慰战士呢？留下的只有无言的沉默，这其中也夹杂着作者与征人的情感共鸣。顾佛影指出：“结语细思极可痛。”（《评注剑南诗钞》）朱东润也认为：“陆游在诗中指出对外屈服的可耻，和报国无路的可悲。”（《陆游选集》）

七言古诗句句押韵，人称“柏梁体”。南宋严羽《沧浪诗话·诗体》云：“柏梁体，汉武帝与群臣共赋七言，每句用韵，后人谓此体为柏梁体。”这种诗体对创作要求较高，易犯声韵密结、结构滞重之病。而陆游此诗以对话形式结撰，借战士之口表达自己心中所想，避免长篇大论，颇有民歌风味，而且构思巧妙，文情跌宕，欲扬先抑，从低沉哀伤到积极昂扬，最后跌落低谷，顿挫有致，一波三折，于虚构中见真情。句句押“阳”韵，一韵到底，一气贯注，节奏急促，音节响亮，感情澎湃。化用妥帖，了无痕迹，风格沉郁顿挫，悲凉中含激愤，忧伤中寓悲慨，“有古直悲凉之气”（《御选唐宋诗醇》）。

书愤二首

其　一

白发萧萧卧泽中[①]，只凭天地鉴孤忠。
厄穷苏武餐毡久[②]，忧愤张巡嚼齿空[③]。
细雨春芜上林苑[④]，颓垣夜月洛阳宫[⑤]。
壮心未与年俱老，死去犹能作鬼雄。

【注释】

① 萧萧：头发花白稀疏的样子。泽中：诗人时居镜湖之滨，故称泽中。泽，聚水的洼地。

② 厄穷：困厄穷迫。苏武餐毡：苏武被扣匈奴，拒不投降，啮雪、吞毡，不改气节。事见《汉书·苏武传》。

③“忧愤”句：《旧唐书·张巡传》载，至德二载（757），安庆绪派部将尹子琦率十三万叛军南犯江淮屏障睢阳（今河南省商丘市睢阳区），张巡率军死守数月，粮尽援绝，城破后，宁死不屈，高声骂贼，贼断其舌，落其齿，巡嚼舌、吞齿而死。

④ 上林苑：秦汉宫苑名，周三百里，有宫室九十座，故址在今陕西省西安市周至县、鄠邑区一带。后世常用以代指皇家园林。此处代指北宋都城皇宫旧苑，时沦陷于金人之手。

⑤ 洛阳宫：洛阳苑，隋唐时洛阳内苑，又名芳华苑、禁苑，时在沦陷区。

【评析】

此诗作于庆元三年（1197）春，七十三岁的诗人退居山阴三山别业，虽投闲置散多年，但孤忠依然，杀敌报国的情思不时涌动心间。诗题《书愤二首》，陆游《〈澹斋居士诗〉序》云："盖人之情，悲愤积于中而无言，始发为诗。不然，无诗矣。"此诗就是一首郁愤于胸的佳作。首联自述境遇，苍劲有力，气势不凡，定下全诗"孤忠"基调。诗人晚年闲居乡里，年迈体衰，起复无望，空怀报国之志，衷肠无处可诉，临安虽在咫尺，却如隔千山万水，只好凭借天地来识鉴自己的满怀孤忠。"萧萧"二字，仿佛听到风吹白发之声，看到白发飘浮之态，悲凉之感油然而生；"只""孤"二字，怨愤无奈，深难自抑。顾佛影评曰："'白发'语放翁累用之，皆有颓唐气，独此精光辟易，大奇。"（《评注剑南诗钞》）颔联用典，抚今追昔，自比苏武、张巡，表明心迹，情绪激昂，更进一层。苏武与己，均处穷厄，时日已久；张巡及我，皆怀忧愤，烈烈难消。然苏武餐毡、啮雪，忠心不泯；张巡呑齿、嚼舌，壮气不衰。我亦如斯，耿耿孤忠，矢志不渝。"久""空"二字，表达诗人的迷惘失望之情，也可见其壮志难酬的怀抱。前两联一气贯注，情绪激昂，直言自己"寸心老去尚如丹"（《初冬野兴》）。

颈联神游故国，思及失地，描写旧时京都宫苑如今寥落不堪之状，对仗精工，寄慨尤深。和风细雨，碧草如茵，本是悦目娱心的春景，此处却用以反衬昔日繁华不再，唯余荒芜，到夜间也只有冷月相照，一片死寂与空荡。诗人身居山阴，自然无从得见旧都，眼前所见无非心中所想，一片无人领会的报国之心通过苍凉惨淡景象而生发，山河破碎，江山易主，黍离之悲蕴含其中，令人陡生哀楚，心绪难平。此联未用一个形容词或动词，只选用六个典型名词，就已流溢出强烈的物是人非、繁华落尽之感，情景交融，感人至深，可比肩李煜“雕栏玉砌应犹在，只是朱颜改”（《虞美人》）句。清潘德舆评曰：“著句既遒，全体亦警拔相称。盖忠愤所结，志至气从，非复寻常意兴。”（《养一斋诗话》）尾联与首联呼应，自勉自励，发为雄声。个人身体走向衰老是不可逆转的自然规律，而精神和意志却能超越有限而达无限。年华虽逝，但壮志依旧，恢复故土的无穷事业，诗人始终难以放下，即使死后，也依然要作鬼中之雄，为王前驱，“壮心埋不朽，千载犹可作”（《醉歌》）。此联振起全篇，慷慨悲壮，有英雄气，有扛鼎力。“鬼雄”语本屈原“身既死兮神以灵，魂魄毅兮为鬼雄”（《国殇》），陆游直取其意，倾诉衷肠。元方回赞曰：“悲壮感慨，不当徒以虚语视之。”（元方回撰、李庆甲集评校点《瀛奎律髓汇评》）

“此首亦一气呵成，结特浑成”（顾佛影《评注剑南诗钞》），重在明志，笔力劲健，语气截然，悲凉沉郁，风骨峻嶒，可见诗人心系家国，至老未改，至死不渝。清纪昀评道：“此种诗，是放翁不可磨处。集中有此，如屋有柱，如人有骨。”（元方回撰、李庆甲集评校点《瀛奎律髓汇评》）

小舟过吉泽效王右丞

泽国霜露晚[①]，孤村烟火微[②]。
本去官道远[③]，自然人迹稀。
木落山尽出，钟鸣僧独归。
渔家闲似我，未夕闭柴扉[④]。

【注释】

① 泽国：一作“泽园”。原指河湖遍布的江南水乡，此指吉泽。南宋施宿等《嘉泰会稽志》：“山阴县：鲁墟桥，在县西北一十三里，南为漕河，北抵水乡，如三山、吉泽、南庄之属，又北复为漕河，漕河之北，复为水乡，渺然抵海，谓之九水乡，盖大泽也。曾文清诗云：‘淡夸水乡胜，谓不减吴松。’即此是也。”唐元稹《后湖》：“万里尽泽国，居人皆垫濡。”

② 孤村：一作“孤汀”。烟火：农家煮饭燃起的炊烟。《史记·律书》：“鸣鸡吠狗，烟火万里。”

③ 官道：由官府开凿修筑的道路，此指车马喧嚣的道路。

④ 柴扉：即柴门，用柴木做的门。

【评析】

庆元四年（1198）秋，诗人七十四岁，时闲居山阴故里三山，日暮时分，舟行过吉泽，兴之所至，效仿王维的风格和诗体，描写秋日泛舟所见。吉泽，村庄名，距三山别业十余里，南傍鉴湖，舟楫便利，为水脉纵横交错、湖塘星罗棋布的泽国水乡。有说吉泽为县北一水域，望文生义，理解有误。

首联点明舟过吉泽的时间，笔墨疏淡。“孤村”，文渊阁四库全书本《瀛奎律髓》作“孤汀”，清纪昀于其后评曰：“村与烟火有关照，汀字未是。”（元方回撰、李庆甲集评校点《瀛奎律髓汇评》）原诗为“孤村”可能性显然较大。流水孤村，三两人家，适逢天色向晚，风露渐凉，秋虫唧唧，霜凝苔上，橹声清脆，勾勒出一幅和谐静谧的水乡深秋晚景图。“孤村”为点，蜷卧一隅，寂然无声；“烟火”近线，袅袅直上，疏疏朗朗。点与线穿插交织，错落有致，寥寥几笔，尽可入画，构图巧妙，有唐王维“渡头余落日，墟里上孤烟”（《辋川闲居赠裴秀才迪》）诗味。

颔联写意。村落距离官道遥远，门隔流水，远离人世，自然人迹罕至，少闻车马喧嚣，僻静安宁，照应前文“孤村”。“官道远”“人迹稀”渲染清幽淡静的意境，有超尘脱俗、避世江海之意。诗人绍熙五年（1194）就曾行经吉泽，写有《泛舟过吉泽》，诗云：“萧萧菰蒲如荻林，五月已觉秋意深。烟波灭没有渔艇，浦溆飞鸣多水禽。稽山出云极奇变，陆子岸帻方微吟。一声菱唱起何许，洗尽万里功名心。”渔歌互答，不知何起，欸乃声声，菱唱相和，似此秀美淳朴的江南乡村仿佛招隐的诱惑，让行人涤尽尘垢、望而息心，顿生羁鸟倦飞、羸马厌驰之意。

颈联写秋山萧飒之景。木落山空，更显苍穹高远，飞鸟无踪，万籁俱寂；山寺遥遥，不知何处，忽闻钟鸣一声，清越悠远，夕照余晖中，一僧独归。不言“树”而言“木”，状微黄秋叶的飘零之态，落木萧萧，草枯山瘦，着一字而秋气尽出。尾联含蓄隽永，闲适自得之情自然流露。诗人早云：“雨余锄瓜垄，月下坐钓矶。”（《读陶诗》）大有退归田园、寄情渔钓之意。而此联所言“渔家闲似我”，实是“我似渔家闲”。“渔家”意象作为代表隐逸的标志性符号，不受羁绊，与世无争，率性自然，安闲逍遥，带有淡泊宁静的美学意蕴。而“闭柴扉”不仅指关门动作，还暗含闭门谢客的意思，“一任雨兼风，杜门都不管”（宋吴芾《阻风又成数语呈江朝宗》），意谓自隔于尘世。闭关掩扉已成为一种具有特定意义的习语，仿佛世俗纷扰可以一门隔之，如“迢递嵩高下，归来且闭关”（唐王维《归嵩山作》）；“武陵招我隐，岁晚闭柴扉”（唐皇甫冉《归阳羡兼送刘八长卿》）；“回羡耕夫闲胜我，早收鸡犬闭柴扉”（宋贺铸《乌江东乡往还马上作二首》）等；陆诗特意沿袭，并不断扩充、丰富其含蕴，另有十数首诗使用此语，颇具隐趣。

关于诗中致语，众说纷纭。元方回批于诗后：“五、六可谓得句。”（元方回撰、李庆甲集评校点《瀛奎律髓汇评》）而清纪昀则认为：“三、四别有自然之味，胜于五、六。”三、四句诗境清幽旷远，见出诗人避喧好静之意，平淡之中，得见真味；五、六句动静相和，有声有色，禅意暗蕴，本写枯寂之景，秋山闻钟，忽惊破静中趣，如投石入水，静水泛波，似略胜三、四一筹。

陆游在《跋〈王右丞集〉》中提及：“余年十七、八时，读摩诘诗最熟，后遂置之者几六十年。今年七十七，永昼无事，再取读之，如见旧师友，恨间阔之久也。”（《渭南文集》）说自己少年时，尤爱读王维诗，而后近六十载不读，今已至晚年，重拾再读，竟好似遇见阔别重逢的良师益友，相见恨晚。陆游转益多师，早年秉承儒家积极入世的态度和兼济天下的理想，着力学杜，不仅追求诗句形似，也汲取杜诗精神品质，由于政治失意，田园、山水则成为其避世的精神家园与栖身之所，故而晚年与王维一拍即合。

因此诗仿效王维诗风，后人每对其似王与否多有讨论。清吴焯赞曰：“绝似王、孟。”（《批校剑南诗稿》）认为此诗学王得心应手，显然已悟其精髓，与王维、孟浩然风格极似。清纪昀大赞前六句，却为结二句神貌俱不似王而深感惋惜：“前六句，神貌俱似。末二句，貌亦不似矣。”（元方回撰、李庆甲集评校点《瀛奎律髓汇评》）顾佛影则云：“此诗面目近王，神味不似，然尽有佳处。”（《评注剑南诗钞》）也指出此诗终是画虎画皮难画骨，形似而神不似。

陆游学摩诘，难学其神，原因何在？清赵翼全阅陆诗，考察其诗风变化，认为陆游入蜀，后入王炎幕下，从戎南郑，此后“志盛气锐，真有唾手燕、云之意。其诗之言恢复者，十之五六。……至七十以后，正值开禧用兵，放翁方治东篱，日吟咏其间，不复论兵事”（《瓯北诗话》）。写此诗时，放翁已七十四岁，再无功名之志，实是无可奈何，自求精神慰藉而已。可家国在胸，实难忘怀，临终尚记“王师北定中原日，家祭无忘告乃翁”（《示儿》），可见恢复为其平生之志，耿耿不忘。陆游无法如王维那般豁达释然、参悟透彻，臻至物我两忘之境，因而诗境便不似王维冲淡、至味。《御选唐宋诗醇》则一语道出：“不必似王，自饶清致。”此诗虽在似与不似之间，但自有清旷疏淡之致，意境悠远，读来含蓄隽永。诗押“微”韵，写景、写意交替穿插，由远及近，远近相衬，堪称诗中有画，闲适自在中，也寓静寂枯淡之意，饶有禅趣。

沈园二首

其　一

城上斜阳画角哀①，沈园非复旧池台。
伤心桥下春波绿②，曾是惊鸿照影来③。

其　二

梦断香消四十年④，沈园柳老不吹绵⑤。
此身行作稽山土⑥，犹吊遗踪一泫然⑦。

【注释】

① 画角：古代管乐器，军中多用来警示昏晓，振奋士气。

② 伤心桥：即罗汉桥。

③ 惊鸿：受惊飞起的鸿雁，形容女子风姿绰约，体态轻盈。曹植《洛

神赋》："翩若惊鸿。"此处比喻诗人前妻唐琬。

④ 梦断香消：指唐琬逝世。陆游与唐琬于绍兴二十五年（1155）在沈园相逢，其后不久唐琬去世，距庆元五年（1199）已四十余年。此处"四十年"是取其整数。

⑤ 绵：柳絮。

⑥ "此身"句：言自已将不久于人世，行将化为会稽山上一抔泥土。稽山，即会稽山，在今浙江绍兴东南。

⑦ 吊：凭吊。泫（xuàn）然：泪水暗流的样子。

【评析】

庆元五年（1199）春，陆游前妻唐琬离世已四十余年，继妻王氏两年前亦故去，诗人晚年孤独，复至与唐琬离婚后不期而遇的沈园，面对数易其主、面目全非的旧日亭阁，不禁悲从中来，伤往怀旧之情油然而生，遂作《沈园》二首。诗堪称"伤心人语"，目之所见，耳之所闻，都令人肝肠寸断。

第一首首句通过写景渲染气氛。夕阳残照，画角悲鸣，眼中之景，耳中之声，一片暗淡凄凉。用一"哀"字，"以我观物，故物皆著我之色彩"（王国维《人间词话》）。"斜阳"一词，语意双关，既写出时令正值黄昏，也暗含诗人生命历程已近"黄昏"，满眼夕阳，平添几分感伤。不止为时令、年岁悲哀，次句点出"哀"的主要原因，并非沈园变化，只因人事变迁，似无理实有情。"非复"二字，可见陆游苦苦寻觅而不可得的失落与惆怅。后两句连贯而下，转入回忆，春波犹绿，惊鸿不在，以乐景衬哀情。诗人直呼"伤心"，可见记忆刻骨铭心。悲伤至极，率露表达，顾不得含蓄。"曾是"二字揭示了诗人思绪的发展：由今及昔，唤起旧日伉俪情深的回忆；由昔及今，触发眼前物是人非的无尽怀念。

第二首写绵绵不尽的柳絮让诗人想起“满城春色宫墙柳”(《钗头凤》)，柳絮因风而起，勾起多少昔日欢情，撩弄起愁绪。然而四十年过去，人去楼空，物转星移，沈园柳老，无力吹绵。此二句用触目之景突出草木无情而人有情，衬托诗人难以忘怀、至老弥坚的一片痴情。顾随赞曰：“真令人销魂、断肠，树犹如此，人何以堪？”（《驼庵传诗录》）陆游与唐琬初会沈园，作《钗头凤》，一腔怨愤；六十八岁时，诗人游沈园，作《禹迹寺南有沈氏小园，四十年前尝题小阕壁间。偶复一到，而园已易主，刻小阕于石，读之怅然》，年华老去，频频回首往昔；七年后再作此诗，“犹吊遗踪一泫然”，可见诗人对景怀人，老泪纵横，用情至深，至死不渝。“犹”字沉重，使诗意从颓唐中振起，将诗人对亡人的刻骨深情展露无遗。诗以此作结，既充满怀旧伤往的切肤之痛，又具有自我意识的执着，悲凉沉痛之至。

清陈衍云：“无此绝等伤心之事，亦无此绝等伤心之诗。就百年论，谁愿有此事？就千秋论，不可无此诗。”（《宋诗精华录》）此论所言甚是。《御选唐宋诗醇》也评道：“张完臣曰：‘写得幽艳动人。’又：‘又深一步，其痛愈深。’绍兴郡刻本题下注：‘此放翁忆其前妻作也。妻以失欢于姑被遣，后于沈园见之，未几下世。翁再游此地，追感赋诗，凄苦不忍多读。’”程千帆、沈祖棻认为：“诗人在这里对自己悲剧产生的原因没有做出任何指责，他只是倾诉了一辈子也排遣不了的哀伤，也就使读者透过他的哀伤，看出了封建社会的黑暗面。”（《古诗今选》）“天长地久有时尽，此恨绵绵无绝期”（唐白居易《长恨歌》），这两首七绝表达对亡妻挥之不去、终生不渝的思念，写得缠绵悱恻，凄婉哀绝，情真意切，令人动容，已成为宋代爱情诗的绝唱。

冬夜读书示子聿八首

其 三

古人学问无遗力①，少壮工夫老始成。
纸上得来终觉浅，绝知此事要躬行②。

【注释】

①无遗力：竭尽全力，毫无保留。

②绝知：深究，完全弄懂。此事：这里指书本知识。躬行：亲身实践。躬，亲自。

【评析】

子聿，即陆子遹（1178—1250），陆游幼子，为杨氏所出，时二十二岁，居家奉侍陆游。组诗作于庆元五年（1199）冬，七十五岁的诗人闲居山阴，教导子聿努力读书。前两句强调做学问要刻苦用功，持之以恒，养成良好的学习习惯。诗人以古人做学问不遗余力来勉励其子，莫负年少光阴，要及早努力，并做好终身学习的准备，否则只能是“少壮不努力，老大徒伤悲”（汉乐府《长歌行》）。“老始成”三字，强调做学问不是一朝一夕就能完成的，到老方有所成，指出学习漫长，须持之以恒，功到自然成。后两句教育子聿不要死读书，要知行合一，从书中获得的知识终究浮浅空泛，并非真知，只有躬行实践，不求速效，亲力亲为，才能彻底理解知识真谛。陆游谆谆告诫儿子要“躬行”，强调实践重要性，指出学问关键所在，即强调亲自实践书本知识，加深理解，理论联系实际，以实际印证所学知识，与韩愈自述读书体会“行之乎仁义之途，游之乎《诗》《书》之源”（《答李翊书》）一脉相承。在书海中遨游，还要在仁义大道上行进，二者统一起来。

陆游不仅是大诗人，而且还是南宋一代的学问大家，他“自少颖悟，学问该贯，文辞超迈。酷喜为诗，其他志铭记序之文，皆深造三昧。尤熟识先朝典故沿革，人物出处，以故声名振耀当世”（宋张淏《宝庆会稽续志》）。陆游读书成癖，常置身书海，专心苦读，自称“读遍名山万卷藏”（《有感二首》其二），而此诗正是其“冬夜读书”，心有所感而作。父亲以身作则，将自己读书治学的经验教给儿子，极具说服力。陆游特别强调学与行即知与行关系，诗中反复提及“躬行”“力行”。他提醒自己“善言铭座要躬行”（《自诒》），教育儿子“人人本性初何欠，字字微言要力行”（《睡觉闻儿子读书》），“学虽在力行，要是从此始”（《感遇六首》其四）。学习重要的是“力行”，要将学问与躬行并重，知行合一，学以致用。此诗以诗说理，明白如话，通俗易懂，又逻辑严密，寓意深刻，哲理与诗味俱佳，语意精警而中肯，平中见奇，字字珠玑，发人深省。

陆游诗中常提及儿辈，以致钱锺书批评他“好誉儿”（《谈艺录》）。其实陆游很少在诗中夸耀儿孙，更多的是称他们喜爱读书而已。比如写他常写自己与儿辈同灯夜读之景，如“出户风霜欺短褐，读书父子共昏灯”（《乞奉祠未报食且不继》）；“父子更兼师友分，夜深常共短檠灯”（《示子聿》）；“旧业虽衰犹不坠，夜窗父子读书声”（《读书》）；“父子共读忘朝饥，此生有尽志不移”（《诵书示子聿二首》其二）。构句虽然稍显重复，但是所写父子之间亦师亦友的关系以及读书忘饥的场景却颇为感人。父子共同学习、讨论问题，在当前社会，仍有很强的启迪和借鉴意义。

十月二十八日夜风雨大作

风怒欲拔木，雨暴欲掀屋。
风声翻海涛①，雨点堕车轴②。
拄门那敢开③，吹火不得烛④。
岂惟涨沟溪，势已卷平陆⑤。
辛勤艺宿麦⑥，所望明年熟。
一饱正自艰，五穷故相逐⑦。
南邻更可念，布被冬未赎。
明朝甑复空⑧，母子相持哭。

【注释】

①“风声”句：意谓风声猛烈，如海涛翻滚时所发出的啸声。

②“雨点”句：形容雨势急骤，雨点很大，降落时如车轴坠地。

③拄：支撑。

④烛：照耀。

⑤卷：席卷。平陆：平地。

⑥艺：种植。宿麦：麦子，秋季种植，来年始得收成，故称。

⑦五穷：五穷鬼。民间有“扫五穷”风俗，又称“扫五魔”，即扫除邪、怪、灾、病、贫五种魔鬼。又，韩愈《送穷文》以智穷、学穷、文穷、命穷和交穷为“五穷”。此处指这场暴风雨所带来的一系列灾难性后果。相逐：相追赶。

⑧甑（zèng）：古代蒸饭瓦器。

【评析】

此诗作于庆元六年（1200）十月，诗人时居山阴，以同情笔调描述一场狂风暴雨给穷苦农民带来的饥寒交迫等种种灾难。前八句紧扣题目，直叙暴风雨的骇人声势。狂风乍起，暴雨骤至，“风如拔山怒，雨如决河倾”（《大风雨中作》），风声如海潮澎湃，雨势似车轴坠地。暴风雨如虎啸龙吟，铺天盖地而来。一“怒”一“暴”，以拟人化手法，状其凶猛已极，急风暴雨，来势汹汹；连用两个“欲”字，渲染紧张气氛，把暴风雨肆虐情状写得惊心动魄。接着用形象比喻，从声音和形体着笔，笔势夸张，气势雄浑。“拄门”四句先写室内，继写室外。大雨倾盆，暗影昏昏，雨水泛滥，以致水潦难行。“势已”是推测之辞，但合情合理。后八句写暴风雨灾难性的后果。“辛勤”四句，先写自己生活艰难，丰收无望，饥困缠绕，“五穷”相逐，捉襟见肘。最后四句推己及人，想到南邻困境更值得同情。御寒的冬衣尚未赎回，又将面临断炊的危险，饥寒交迫，无以为生。母子相持而哭，场面悲痛酸楚，如闻哀弦，令人不忍卒读。全诗至此戛然而止，留有不尽余意。此诗层次井然，行文针线绵密，一路写来，环环相扣，句畅意达，感情真挚，无雕琢奇险之弊。诗为五言古体，句式上颇具匠心：写暴风雨，全为对偶句，风声和雨势两两相对，相互映衬；写暴风雨造成的灾害及自己联想，多用散句，为情造文，“森然健举”（顾佛影《评注剑南诗钞》），有参差跌宕之美。

陆游忧民、爱民、关心民瘼，对影响民生之水旱灾害多有记录，如《夏秋之交久不雨，方以旱为忧，忽得甘澍，喜而有作》《仲夏小旱，方致祷，忽大雨连日，江水为涨，喜而有作》《枕上作，时闻临海、四明皆大水》《开岁连日大雪》等。“十年逢九潦，谁与问苍苍”（《明日复得五字》），喜民所喜，忧民所忧，陆游始终心系百姓，对风霜雨雪、天时、地理都格外关注。诗人晚年罢官居故乡，“忍贫辞半俸”（《自述三首》其三），日渐清贫，甚至饔飧不继，一度“贷米东村待不回，钵盂过午未曾开”（《贫甚戏作绝句》），却有“民胞物与”的悲悯情怀。他曾自责无力接济贫苦农民，每每心如刀绞，却爱莫能助，如“米贵仅供糜粥用，自伤无力济元元”（《夜寒》）；“身为野老已无责，路有流民终动心”（《春日杂兴》）。陆游对气候的关注，对农事的关心，都表现出其对百姓的关怀与同情。

追感往事五首

其　五

诸公可叹善谋身[①]，误国当时岂一秦[②]。
不望夷吾出江左[③]，新亭对泣亦无人[④]。

【注释】

①诸公：此处指汪伯彦、黄潜善、秦桧等主张投降议和的误国权臣。

②一秦：指秦桧，宋高宗宰相，南渡初期主和派首领，与金国签订绍兴和议，诬杀岳飞。

③“不望”句：不再期望南宋能出现王导那样的政治家。夷吾，即管仲，名夷吾，字仲，以字行，春秋时齐国贤相，助齐桓公成就霸业。此处指王导。江左，即江东，长江下游以东地区，指东晋。晋室南渡，政权衰微，王导为丞相，稳定时局。温峤因称：“江左自有管夷吾，吾复何

虑！”事见《晋书·温峤传》。

④“新亭”句：南宋朝廷甚至没有像周颛这样为国事伤心落泪之人。“新亭对泣”事，见南朝宋刘义庆《世说新语·言语》。

【评析】

此诗作于嘉泰元年（1201）春，时陆游七十七岁，家居山阴。当时南宋政治日渐腐败，国家已积弱不堪，与秦桧当政之时别无二致。诗题为追怀往事，实际是忧时伤世，比照现实，笔锋犀利，毫不避讳，将矛头直指南宋朝廷。首二句以反诘句式，批判南渡初秦桧等主和派误国之举，鞭辟入里。“善谋身”三字，一语破的，切中“诸公”要害，揭穿文武官员贪图私利，卖国求荣，只知谋身，不惜误国的无耻行径。“可叹”二字唤起愤慨，忧国之念，恨敌之情，凝于笔端，溢于言表。“公”为尊称，“善”为褒义，首句运以讥讽笔墨，曲笔传情。次句以“岂”反问，无疑而问，力重千钧。二句皆倒装，“可叹”“当时”后置，既谐格律，又增拗折感，具有“陌生化”效果。“国”“一”入声，收以“秦”字阳平，阻塞中又饶纡徐。二句情感跌宕，曲折而不失喷涌之气，有一唱三叹之致。《御选唐宋诗醇》评此二句：“千年而后，如闻叹息之声。‘善谋身’一言，尤中庸臣病根。”

末二句转入而今，斥责宁宗朝臣不思收复故土偏安之态，一腔报国热忱展露无遗。连用二典，均关涉王导，以东晋比南宋，虽皆偏安一隅，东晋犹有王导、周颛等关怀国事之人，反衬南宋朝廷不仅没有辅国救民之才，就连忧时忧国、相对洒泪之士也没有。“不望”二字与“亦”字相呼应，更加重了讽刺的力量。陆游《跋张监丞〈云庄诗集〉》云：“虏覆神州七十年，东南士大夫视长淮以北，犹伧荒也。以使事往者，不复黍离麦秀之悲，殆无以慰答父老心。”《跋吕侍讲〈岁时杂记〉》云：“年运而往，士大夫安于江左，求新亭对泣者，正未易得。抚卷累欷。”可见当时南宋士大夫偏安江南，已无恢复之念，甚至深恐朝廷有恢复之举，怯懦苟安之心可见一斑。陆游叹息旧事，哀伤当下，虽未直写诸臣乐不思蜀，但是爱恨分明，心中失望见于言外，唏嘘之声掩卷可闻。“出”字入声，“出”“江”句内自救，为律句变格，声情与起承转合之“转”相应，“泣”入声，与“合”相应，气势通贯。二句构成转折、递进关系，层次分明，句意显豁，与辛弃疾《水龙吟·登建康赏心亭》下片俱臻事典妙境。

陆游一生爱国，却又因爱国而屡遭贬谪，长期沉沦下僚，数次罢官归乡，心中满腹愁肠只能借助诗歌宣泄而出，“其感激悲愤忠君爱国之诚，一寓于诗。酒酣耳热，跌荡淋漓。至于渔舟樵径，茶碗炉熏，或雨或晴，一草一木，莫不著为咏歌，以寄其意”（《御选唐宋诗醇》。）清李兆元赞曰：“放翁诗根本忠孝，如《追感往事》……死不忘君，便是李、杜嫡脉，真不愧乎东坡所谓止乎忠孝者。”（《十二笔舫杂录》）此诗前两句以秦桧衬托诸公，后两句翻进一层，以东晋诸臣反衬南宋诸公，切中时弊，议论深刻，多用事典，文气却不阻滞，今昔并置，皆为“可叹”“可感”之事，情感行乎其间，激荡顿挫，而不说破，于当逗之处逗住，风格清劲而不凌厉。

梅花绝句六首

其 三

闻道梅花坼晓风[①]，雪堆遍满四山中[②]。
何方可化身千亿？一树梅前一放翁。[③]

【注释】

① 坼（chè）：绽开。此处指梅花开放。明刊涧谷本作“折”，误。

②“雪堆”句：雪堆，谓梅花像雪堆一样盛多。四山，指石帆别业四周的白鹤山、浪网山、宛委山、会稽山等。

③“何方”二句：梅花太多，无法遍赏，有什么方法化出千万个身子，让每一棵梅花树前都有一个陆放翁在那里？唐柳宗元《与浩初上人同看山寄京华亲故》：“若为化得身千亿，散上峰头望故乡。”前，明刊涧谷本作“花”。

【评析】

嘉泰二年（1202）正月初，是年诗人七十八岁，闲居山阴。诗人钟情于梅，以梅比德，将凌寒而开的梅花当作爱国士人高洁人格的象征，引梅为精神知己，常描写与歌颂，集内咏花之作，当属梅花诗最多、最好。

一、二句写梅花绽放之盛景。“闻道”二字有不期然的惊喜之感。初春清晨，诗人或许刚睁睡眼，就从他人口中得知梅花已开满四山，遂欣然拄杖出门，迎着料峭春寒，见四山梅花一夜盛放，团团簇簇，剔透玲珑，压枝欲低，漫山遍野，如同堆雪，欣悦心情可想而知。诗人以雪喻梅，借冰雪状梅花洁白无瑕、晶莹可爱情态。梅花如琼花玉屑，点缀枝头，清高脱俗，不似凡间物。“堆”“遍”“满”，则极言梅之繁盛，情景历历如见，意境开阔。与岑参“忽如一夜春风来，千树万树梨花开”（《白雪歌送武判官归京》）有异曲同工之妙。虽一为以花喻雪，一为以雪喻花，所言惊奇、忻悦之意，如出一辙。

首句虽有佳处，但以雪喻梅本不新鲜，前人早已言之，多有佳句，如“素艳雪凝树，清香风满枝”（唐许浑《闻薛先辈陪大夫看早梅因寄》），“砌下落梅如雪乱，拂了一身还满”（南唐李煜《清平乐·别来春半》），“开时似雪，谢时似雪，花中奇绝”（宋晁补之《盐角儿·亳社观梅》）等诗句。或赞梅情韵，或赞梅风神，情随景生，情景相契。

放翁妙笔随后而来，三、四句则翻新出奇，于陈词中，亦翻出新声，借前人诗意，转写自己一片爱梅之心。柳宗元左迁柳州，留滞他山，政治失意，旧病新疾接踵而至，几欲葬身瘴疠之地，登山临水，难免触目伤怀，百感交集，愁肠如割，作《与浩初上人同看山寄京华亲故》倾吐胸中郁气：“海畔尖山似剑铓，秋来处处割愁肠。若为化得身千亿，散上峰头望故乡。”柳宗元与僧人同行，宦情羁思涌上心头，因熟知佛典，故而联想到佛教的化身之说，怎样的茫茫愁思，让其竟欲得千万化身，一同翘首望乡，以舒乡国之思！用字冷峭，造语雄浑，读之令人惨然不乐。

而陆游化用柳诗意境，要化身千万，去饱看每一株梅花。放翁年迈，梅树却有千千万万，每树梅花都有其不同姿态，令人目不暇接，如何能遍赏多态多姿的梅树呢？只能将此身化为千亿，立于每树梅前，逐株逐朵，细细观赏、品味。此诗表达诗人对梅花近乎痴迷的喜爱之情，有出蓝之妙。同为化身千万，诗意却截然相反，清陈衍将二诗共论，评道：“柳州之化身何其苦，此老之化身何其乐！”（《宋诗精华录》）说出陆诗虽由柳诗脱化而成，然命意迥然不同，陆诗自有创新之处，令人称奇。不仅如此，相较柳诗以陈述结尾，忧愁无限，陆诗还化陈述为疑问，似急于寻觅分身良方妙法，八旬老翁急切、痴狂之态宛然现于眼前，诗情顿浓，更添趣味。

清朱彝尊认为咏梅诗难作：“咏物诗最难工，而梅尤不易。”（《静志居诗话》）南宋李清照亦云：“世人作梅词，下笔便俗。”（《孤雁儿》）盖因其形易状，而其神难写。咏物之作不应汲汲于所咏物，寄意遥深，方能具备艺术感染力与生命力。而陆诗绝不落俗套，不仅因此诗充满奇情妙思，还因诗人懂梅、爱梅，熟知梅骨、梅神，与梅心迹相通。

清吴之振等《剑南诗钞小序》评曰：“宋诗大半从少陵分支，故山谷云：‘天下几人学杜甫，谁得其皮与其骨。’若放翁者，不宁皮骨，盖得其心矣。所谓爱君忧国之诚，见乎辞者，每饭不忘。故其诗浩瀚崒嵂，自有神合。”（《宋诗钞·剑南诗钞》）言放翁学杜，不仅学其形，也学其神，继承老杜爱国之情、忧国之志。诗人此时已闲居故山十多年，虽高卧山林，自宽自慰，仍不改其恢复素志。此诗正月写就，后韩侂胄提出北伐主张，起用主战派，推举陆游出任史官，遂以古稀之年由绍兴赶往行都。诗人本是惊喜万分，以为报国可期，但韩并未让诗人参与北伐事宜，而是让其编修孝宗、光宗两朝国史，又命其为己私人园林作记。嘉泰三年（1203）五月，陆游书毕，复辞归故里。嘉泰四年（1204），诗人得知伐金之议，诗中兴奋之情溢于言表，次年闻王师北上，更是渴盼功成，期望一洗国耻。及至开禧三年（1207），韩侂胄被杀，北伐以失败告终，陆游虽悲痛万分，诗文中仍见不屈精神。诗人一次次燃起希望，又一次次眼见其破灭，忧愤之情，他人怎能言说。此情正可比梅，“雪虐风饕愈凛然，花中气节最高坚。过时自合飘零去，耻向东君更乞怜”（《落梅二首》其一），陆游诗中的梅如同坚贞不屈的爱国志士，与环境相争，洁身自好，刚正不屈，遗世独立，纵百折九死，遭流言谤议，而此志不泯。

钱锺书论及“物我”关系，认为：“物我之相未泯，而物我之情已契。相未泯，故物仍在我身外，可对而赏观；情已契，故物如同我衷怀，可与之融会。”（《谈艺录》）诗人体物，早有会心，寓我于物，则见物即见我。清沈祥龙曰：“咏物之作，在借物以寓性情，凡身世之感，君国之忧，隐然蕴于其内，斯寄托遥深，非沾沾焉咏一物矣。”（《论词随笔》）诗人不辞凌寒，与梅相亲、相惜，两意相契，怀抱孤衷之意，尽在言外。千千万万棵梅树下，都有着诗人的化身；纷纷扬扬的梅花下，都映着诗人的影子，形影相印，任雪虐风饕，层冰积雪，自迎风吐绽，不露怯色，实乃“有我之境”（清王国维《人间词话》）。所以，亦可理解为，这遍布四山的千万树梅花是诗人千万个化身，融会诗人的人格追求与志趣情操，傲雪凌霜，时穷见节。放翁与梅，体异性通，早已融为一体，再难分彼此。

送辛幼安殿撰造朝

稼轩落笔凌鲍谢[①]，退避声名称学稼。
十年高卧不出门[②]，参透南宗牧牛话[③]。
功名固是券内事[④]，且葺园庐了婚嫁[⑤]。

千篇昌谷诗满囊[6]，万卷邺侯书插架[7]。
忽然起冠东诸侯[8]，黄旗皂纛从天下[9]。
圣朝仄席意未快[10]，尺一东来烦促驾[11]。
大材小用古所叹，管仲、萧何实流亚[12]。
天山挂旆或少须[13]，先挽银河洗嵩华[14]。
中原麟凤争自奋[15]，残虏犬羊何足吓[16]。
但令小试出绪余[17]，青史英豪可雄跨。
古来立事戒轻发[18]，往往谗夫出乘罅[19]。
深仇积愤在逆胡，不用追思灞亭夜。[20]

【注释】

① 稼轩：辛弃疾退处乡间十年，常说“人生在勤，当以力田为先”（《宋史·辛弃疾传》），遂以“稼”名轩，自号稼轩居士。凌：超过，高于。鲍谢：指南朝宋诗人鲍照和谢灵运。

② “十年”句：指辛弃疾在绍熙五年（1194）被免知福州兼福建安抚使职后，在江西乡间隐居十年。高卧，指隐居。

③ “参透”句：意谓辛弃疾退居十年期间修养功夫十分到家。参，证验。南宗，指佛教禅宗中以惠能为宗的一派。牧牛话，佛家以牧牛比喻修行，意指一刻也放松不得。

④ 券内事：指有把握做到的事。券，契约，契据。

⑤ 葺（qì）：原指用茅草覆盖房屋，也泛指修理房屋。了婚嫁：指办完子女的婚事。

⑥ 昌谷：唐诗人李贺在昌谷（今河南宜阳西）居住，人称李昌谷。诗满囊：李贺常骑驴觅句，携一小书童背锦囊随行，每写下诗句便放入锦囊中。见李商隐《李贺小传》。此处借李贺故事称赞辛弃疾勤于创作。

⑦ 邺侯：唐德宗时宰相李泌，封邺侯，以藏书多著称。韩愈《送诸

葛觉往随州读书》："邺侯家多书，插架三万轴。"此处借李泌故事称赞辛弃疾藏书丰富。

⑧"忽然"句：指辛弃疾于嘉泰三年（1203）知绍兴府兼浙东安抚使。诸侯，西周、春秋时分封各国国君。此处喻浙东安抚使。

⑨黄旗皂纛（dào）：指安抚使的仪仗。黄旗，大将旗。皂纛，黑色大旗。

⑩仄席：即侧席，指皇帝侧席，倾听贤臣言论，表示尊重贤者。意未快：指皇帝虽以辛弃疾为安抚使，心意仍未满足，打算召入朝廷，给予更大任务。

⑪尺一：指诏书，古代以一尺一寸长的版写诏书。东来：指皇帝下诏浙东。烦促驾：指皇帝的诏书催促辛弃疾启程入京。

⑫"管仲"句：陆游认为辛弃疾的才能和管仲、萧何不相上下。管仲，春秋时齐国名相，辅佐齐桓公称霸诸侯。萧何，汉初名相，协助刘邦建立西汉。流亚，同等称为"流"，差不多的称为"亚"，即同一类人物。

⑬"天山"句：把宋军大旗挂到天山，亦即收复天山一带，或许只需稍待时日。天山，此处泛指金人后方领土。旆（pèi），旌旗末端形如燕尾的垂旒飘带。此处泛指旌旗。

⑭"先挽"句：先挽银河之水来洗刷被金人玷污的嵩山和华山，即收复河南、陕西一带沦陷区。洗，洗刷。嵩，嵩山。华，华山。

⑮麟凤：喻指杰出人才。此处指沦陷区抗金志士。争自奋：争着响应宋朝北伐军。

⑯残虏犬羊：残虏像犬羊一样。残虏，指金侵略者。犬羊，对外敌的蔑称。何足吓：哪里经得起威吓，亦即经不住宋军攻打。

⑰小试：稍展才能。绪余：剩余部分，指余力。

⑱轻发：没有经过慎重考虑的举动。

⑲ 谗夫：专说坏话以中伤好人的小人。乘罅（xià）：指利用裂缝钻空子进行破坏。罅，裂缝。

⑳“深仇”二句：深仇大恨都在金人身上，不要计较过去的个人恩怨。灞亭夜，用李广记仇杀人典故。李广被判死罪赎为平民后，曾夜出与人在田间饮酒，经过灞陵亭，遭灞陵尉呵止，遂宿于亭下。后李广升任右北平太守，邀灞陵尉至军中，将其斩杀。此处劝辛弃疾不要计较过去两次被朝中主和派弹劾罢官事。辛弃疾《八声甘州·夜读李广传》：“故将军饮罢夜归来，长亭解雕鞍。恨灞陵醉尉，匆匆未识，桃李无言。”灞亭，即灞陵亭，在今陕西西安东。

【评析】

嘉泰三年（1203），闲居江西已近十年的辛弃疾被朝廷起用为知绍兴府兼浙东安抚使，六月十一日到任。辛弃疾帅浙时，恰逢陆游于当年五月自临安退官回乡。陆游年长辛弃疾十五岁，二人闻声相慕已久，此次相遇，一见如故，成为投契的忘年交。次年春，南宋朝廷欲北伐，辛弃疾应召入京，商讨国事。陆游为此十分兴奋，临行前，作诗为其送行。

诗分四段，前八句写辛弃疾的声名学问和隐居生活。陆游盛赞称其艺术才能远超南朝鲍照与谢灵运，“落”“凌”二字，紧凑连贯，突出辛弃疾才华横溢。随后又感叹他十年“退避声名”、高卧带湖、躬耕田园、参禅悟道、修缮园庐、著文养性，铺叙辛弃疾被黜闲居的生活，熔裁组合，如述家常，语极委婉，意极悲愤，一语双涉，叹友，亦自叹。“忽然”四句入题，笔锋斗转，写辛弃疾被起用后，朝廷倚重，又蒙入朝言事，“忽然”二字表示惊喜，诗人情感为之一振。“大材”八句，先以前贤作比，赞叹辛弃疾才能卓著，后极力勉励友人挂帅出征、奋勇报国。诗人心知好友“大材小用”的怨愤，再度肯定其勇气和才能，对其寄予厚望，期盼他澄清嵩华，挂旆天山，建功立业，留名青史。结尾四句是语重心长的叮咛。陆游嘱咐他时局复杂，要周密思索，审慎行事，以免小人从中作梗。辛弃疾曾两度因为小人诬陷而被劾丢官，陆游借李广之典，奉劝他放下旧日宿怨，捐弃前嫌，团结对敌，以收复大业为重。事实上，陆游的政治遭遇与辛弃疾相差无几，但他仍以积极心态劝慰好友，可见诗人胸怀宽广，富有远见。全诗双句押韵，一韵到底，立意高远，激情昂扬，情真词切，波澜起伏，期望与劝勉、国仇与私怨，错综交织，渗透了诗人一腔爱国深情。因此，本诗既是为前路光明的友人送行，也是陆游自身爱国志向的表达。

辛弃疾入朝后，向宁宗“言金必乱必亡，愿付之元老大臣，务为仓猝可以应变之计”（宋李心传《建炎以来朝野杂记·乙集》）。此论正中权相韩侂胄下怀，随后辛弃疾就被任命为镇江知府，肩负江防重任，积极备战，以图北伐。但是他依旧没有摆脱“谗夫出乘罅”的厄运，不到一年就被降职罢免，回到铅山，含恨而终，开禧北伐也因宋军仓皇出征而败北。陆游与辛弃疾同为蜚声文坛的爱国志士，二人志趣相投，境遇相近，情谊深厚，时相过从。诗人家居鉴湖之畔，房屋破旧，加之藏书又多，显得拥挤不堪。辛弃疾很关心他的生活，多次主动提出为其修造新房，但均被婉言辞谢：“幸有湖边旧草堂，敢烦地主筑林塘？”（《草堂》）诗句下自注：“辛幼安每欲为筑舍，予辞之，遂止。”辛弃疾敬重陆游安贫乐道的志趣，遂作罢。开禧三年（1207）九月，辛弃疾病逝。次年，陆游作诗念及辛弃疾，其中写道：“君看幼安气如虎，一病遽已归荒墟。吾曹虽健固难恃，相觅宁待折简呼。余寒更祝勤自爱，时寄新诗来起予。”（《寄赵昌甫》）可见诗人对英雄知己赍志而殁深表痛惜。

十二月二日夜，梦游沈氏园亭二首

其　一

路近城南已怕行，沈家园里更伤情①。
香穿客袖梅花在，绿蘸寺桥春水生②。

其　二

城南小陌又逢春，只见梅花不见人。
玉骨久成泉下土③，墨痕犹锁壁间尘。

【注释】

① 沈家园：为陆游与前妻唐琬离异后再次相逢之处。事见周密《齐东野语》。

② 寺桥：春波桥，又名罗汉桥。

③ 泉下：黄泉之下，指人死后埋葬的墓穴。

【评析】

开禧元年（1205）十二月二日冬夜，陆游梦中至沈园，念及亡妻，作诗二首。沈园，是山阴城南的一处园林，陆游曾与前妻唐琬在此不期而遇，眼看昔日爱妻已成他人之妇，遂作《钗头凤》词，题于园壁，以抒发怅恨之情。陆游对沈园始终怀有一种特殊的情感，唐氏离世后，此处遂成为诗人与唐琬的永诀之所，他多次到沈园悼亡，在其诗中屡屡提及。第一首首句将伤情“泛化”到沈园周围城南一带，皆让人“怕行”，一“怕”字，饱含往事不堪回首又无法逃避的苦痛。次句更深一层，将“伤情”汇聚在沈园中。诗人只路过城南就已惴惴不安，若亲往沈园，又将情何以堪？这种“近”与“怕”，“进”与“更伤”之间的矛盾对立，显露出一种经久未衰、一触即发的感伤。第三句照理应叙写伤情缘由或伤情之状，诗人却宕开一笔，转写春日之景。梦中沈园不仅可见、可闻，还可嗅、可触。梅花依旧，暗香盈袖，一“穿”字极富动态，写出梅花清芬萦绕、流连于访客周围，缭绕的是香气，又何尝不是缠绵悱恻的幽情？着一“在”字，以平常之语叙写寻常之态，梅花年年于沈园绽放，再平常不过，然“花在”而斯人已逝，香消玉殒，读来更令人动容。末句用笔清新，一“蘸”字分外传神，点出春日罗汉桥旁草树转绿，绿意像蘸了颜料的画笔，先染过草木，又蔓至寺桥，最后只轻蘸点染，一池春波便荡漾开来，“生”字写出满眼绿意似要流动。这种写法看似缺乏事理逻辑，却有“无理而妙”的匠心。后两句对仗工整，用通感、拟人手法，笔墨灵动，“梅花”“春水”极具韵味。作此诗时正值寒冬，梦中沈园却春意盎然，花香水碧，一如庆元五年（1199）作《沈园》二首时的春日模样。可见诗人潜意识里，沈园永远是其耿耿于怀、流连忘返的旧地，一块美好的记忆碎片。诗中春日与诗外冬日、乐景与“伤情”界限似在消失，亦真亦幻，使人迷离恍惚。

第二首前二句与“路近”句呼应，解释“怕行”原因，“又”字点出乐景常有，物在人亡，暗含当年携行赏花的唐琬已不在人世。后两句紧承上文，道明人未可见原因，“久成”“犹锁”对比鲜明。若不是标题点明“梦”字，读者难免视其为纪实之作，可见沈园已成为诗人心灵的“原风景”，是永恒的美好，未经世事沧桑侵扰，依稀如昨。关于这段悲情过往，清舒位云：“谁遣鸳鸯化杜鹃，伤心姑恶五禽言。重来欲唱《钗头凤》，梦雨潇潇沈氏园。”

（《书〈剑南诗集〉后四首》其四）寥寥四句，下笔如刀，高度概括二人爱情悲剧的原因，令人不胜感慨。

此二诗中有多重对比：尘埃象征微眇之物，墨痕代表隽永之物，用一“锁”字连接，是时间长与短、影响浅与深的句内对比；末二句，“犹锁”指向存在，“久成”指向消逝，存在之短暂与消逝之长久，故园依稀与佳人已逝，所愿与所得相违背，是句间对比。诗句以外，又有真（现实）与幻（梦境）对比、生（诗人）与死（伊人）对比、物理时令（寒冬）与心理时令（早春）对比、哀情与乐景对比，反差强烈，情味深永，极具艺术感染力。顾随指出：“‘沈园’之四绝即放翁了不起处，虽无奇情壮采而真，乃江西诗派所无。江西诗派但为理智，无感情。而诗究为抒情的，太理智了不是诗。西洋有哲学思想诗人，中国理学家诗好的少，即因无感情。放翁有真感情，对江西派革命，虽佩服而不走其路子。”（《驼庵传诗录》）这两首诗写得深沉哀婉，情真意切，感人至深，堪称宋代悼亡诗中难得的佳作。

示子遹

我初学诗日，但欲工藻绘[①]。
中年始少悟，渐若窥宏大。
怪奇亦间出[②]，如石漱湍濑[③]。
数仞李杜墙，常恨欠领会。[④]
元白才倚门[⑤]，温李真自郐[⑥]。
正令笔扛鼎，亦未造三昧。[⑦]

诗为六艺一[⑧]，岂用资狡狯[⑨]？
自注：晋人谓戏为狡狯，今闽语尚尔。
汝果欲学诗，工夫在诗外。[⑩]

【注释】

①藻绘：指华丽的文辞。

②“怪奇”句：在诗歌创作中间或呈现一种险怪奇特之风。

③“如石”句：即“如湍濑漱石”的倒装。以湍急流水冲击岩石为喻，形容其诗激昂跌宕。漱，冲荡。湍濑，石滩急流。

④“数仞”二句：《论语·子张》载，子贡以围墙为喻，认为自己的围墙只有肩膀高，能够看见墙内的房屋，而孔子的围墙有几丈高，找不到大门进入，也看不见里面的宗庙和房屋之美。此处借以赞扬李白、杜甫诗歌，认为自己对李、杜诗作缺乏领会，还恨身在门外。

⑤“元白”句：意谓元稹、白居易只是在李白、杜甫创作的大门处，并没有能登堂入室。

⑥“温李”句：意谓温庭筠、李商隐诗歌不值得评论。郐（kuài），古国名，在今河南东北部。春秋时吴国公子季札在鲁国观乐，先一一评论周及各诸侯国乐曲，称“自郐以下无讥焉”，认为郐国等国诗歌、乐曲微不足道，故不加评论，见《左传·襄公二十九年》。后以“自郐”表示对事物的轻视。

⑦“正令”二句：意谓学诗若不领会李白、杜甫的作品，即使笔力雄健，也得不到作诗要诀。扛鼎，比喻笔力雄健。造，达到。三昧，指事物要诀或精义。

⑧六艺：指“六经”，即《诗》《书》《礼》《乐》《易》《春秋》。又指“礼、乐、射、御、书、数”等六种技艺。

⑨资狡狯：作为游戏之资。资，供给。

⑩“汝果”二句：意谓学作诗应在诗本身以外的生活实践中下功夫。

【评析】

陆游幼子名子遹，即陆子聿。此诗作于嘉定元年（1208）秋，八十四岁的诗人闲居山阴，教育幼子写诗，以诗教诗，既是对儿辈的教诲，也是对其毕生创作的回顾总结。开篇四句回忆自身学诗经历，现身说法，检讨得失。陆游早年作诗，师法“江西诗派”，专注诗内功夫，讲究炼字，堆砌辞藻，雕琢虚空，以致“锻炼之久，乃失本指，斫削之甚，反伤正气”（《何君墓表》）。而中年之后，阅历丰富，眼界开阔，诗人认识到“琢雕自是文章病，奇险尤伤气骨多”（《读近人诗》），开始有意脱离旧习，重新探索和领会诗歌创作的道路，追求“宏大”的诗境，自此诗歌创作遂走向正轨。“游诗法传自曾幾，而所作《〈吕居仁集〉序》又称源出居仁，二人皆江西派也。然游诗清新刻露，而出以圆润。实能自辟一宗，不袭陈、黄之旧格。”（《四库全书总目提要》）之所以能自成一体，正是因为诗人能在创作实践中自觉摆脱“江西诗派”藩篱。在川陕的军旅生活中，山川之兴与抗敌豪情更助其直接领悟“诗家三昧”，诗歌创作有了突飞猛进的发展。

清梁章钜概括陆游的创作道路：“放翁诗派，初境本宗少陵，虽穷极工巧，而仍归雅正。自从戎巴蜀，而后始臻闳肆。迨及晚年，又力归平淡。所谓‘诗到无人爱处工’者，盖自道其诣力之所至也。”（《退庵随笔》）“数仞”四句连续用典，自然精当，赞扬李白、杜甫诗深邃博大，难分轩轾，以之为学习楷模。陆游被称作“小太白”，诗歌同样具有豪放本色。但李白不为世事所羁，追求自由人生境界；而陆游一生心系复国大业，多沉郁顿挫之作，故又与杜诗相类。杜甫、陆游二人皆历经丧乱而念念不忘君国，诗中多反映社会动荡与百姓困苦，堪称“诗史”。陆游评价元、白之诗未达到李、杜门径，运用郐国音乐的典故委婉批评温庭筠和李商隐诗歌，不满中晚唐诗歌轻浅凄迷之风。对前代诗歌，陆游有褒有贬，为后辈指明学诗路径。诗人赞扬先秦《诗经》是“六艺”之一，认为作诗要秉持严肃认真的态度，绝不能视之为儿戏。陆游诗推本李杜而取其精华，清王复礼认为：“放翁诗实宗李、杜，为宋人之冠，非予私言也，放翁固自言之，诸公亦尝许之矣。其《示子遹》诗云……是放翁亦以晚唐至宋为不足学而推本于李、杜也。”（《〈放翁诗选〉序》）宋姜特立也评陆诗：“不蹑江西篱下迹，远追李杜与翱翔。流传何止三千首，开阖无疑万丈光。”（《陆严州惠〈剑南集〉》）可见陆游诗歌成就之高，正是跨越江西、远追李杜的结果。

“工夫在诗外”揭示了文学与生活的关系，是诗人作诗经验之谈。“诗外”是客观世界、现实生活。钱锺书认为：“诗人绝不可以关起门来空想，只有从游历和阅历里，在生活的体验里，跟现实——‘境’——碰面，才会获得新鲜的诗思——‘法’。”（《宋诗选注》）陆游学“江西诗派”而出，不局限于书卷学问中，师法自然，常在生活中获取创作素材，“君诗妙处吾能识，正在山程水驿中”（《题〈萧彦毓诗卷〉后》）。顾佛影赞曰：“此首论诗，可见放翁一生所用工夫，结句可谓度尽金针。”（《评注剑南诗钞》）生活是创作的源泉，“村村皆画本，处处有诗材”（《舟中作》），羁旅生活、疆场岁月，故乡风物无不拓展陆游诗境，“大抵此业在道途则愈工，虽前辈负大名者，往往如此。愿舟楫鞍马间，加意勿辍，他日绝尘迈往之作，必得之此时为多”（《与杜思恭书》）。诗人多次强调“工夫”，学问靠积累，要勤奋苦学，坚持不懈，不遗余力，教育儿孙“古人学问无遗力，少壮工夫老始成”（《冬夜读书示子聿八首》其三）。真正的学问没有捷径可走，更不可能速成。陆游虽善读书，却不是书呆子死读书、读死书。他强调“诗外工夫”，现实生活才是文学创作的唯一源泉，只有向生活学习，感悟生活，才能从中获得灵感，“莫道终身作鱼蠹，尔来书外有工夫”（《解嘲》）。清邵宇曾《贾臻〈后洛中吟〉序》云：“论诗者夥矣，余最心折剑南‘根源在诗外’之一言，为历劫不刊之论。”

夏日六言四首

其　三

溪涨清风拂面①，月落繁星满天。
数只船横浦口②，一声笛起山前③。

【注释】

①溪：指若耶溪，在今浙江绍兴东南，陆游石帆别业在其下游樵风泾西侧。

②浦口：河流入江处，此指若耶溪入口。

③山：此处指石帆别业对面浪网山。

【评析】

此诗作于嘉定二年（1209）夏，时诗人八十五岁，退居山阴。诗人已至垂暮之年，心境悠然恬淡，诗句自然浑成，实属妙手偶得之作。

一、二句描写三山夏夜静谧之景。溪涨，写视觉，表明骤雨新霁，水满山溪，晚潮尤急，拂去人心头燥热，是俯视。清风拂面，写触觉，“拂”字轻柔，夜风徐徐，令人舒适惬意、心旷神怡。月落，可见夜深，愈显四野寂静。诗人身在舟上，枕臂而卧，目之所及，山月西沉，清光犹在，繁星璀璨，缀满夜空，此为仰视。一俯一仰，境界开阔。

“数只”句，得自在、自然之趣。夏夜荒津，难觅人踪，数只空舟系于岸边，随波纵横，历历如绘，天趣盎然。诗中罗列种种意象，看似不相关联，却有内在联系，因“溪涨”流急，故而“船横浦口”，颇近“野渡无人舟自横”（唐韦应物《滁州西涧》），同样晚雨野渡，而寓情不同，相较唐人名篇，陆诗自有一番清境。

前三句寂静无人，末句以动写静，笛起山前，如神来之笔，杳渺超旷。用“笛起”而不是“笛响”“笛吹”“笛吟”等词，更显轻盈灵动，可见诗人炼字功夫，炉火纯青。诗人处理巧妙，将吹笛人隐去。深夜吹笛、有此雅兴的，是牧童、隐者、僧人还是渔叟？无法知晓。吹笛人从始至终没有出现。诗人只用清淡笔触，浅浅带过，没有人知道笛声从何而来，也不知道由何人吹奏，只知蓦地起于山前，愈显笛声神秘缥缈，引人情不自禁想循着笛声而去。闻笛而不见人，韵味悠长。“一声”而非“一曲”，是偶然传来的一声清笛，似片语只言，欲说还休，乘清风不期然而至，飘散山野，又隐没在浦口夏夜里，与“谁家玉笛暗飞声”（唐李白《春夜洛城闻笛》）有异曲同工之妙。玉笛飞声，缭绕不绝，余音袅袅，极具艺术效果，渲染高远清旷之意境，令人牵肠萦心，颇有兴味。吹笛人吹笛“山前”，联想张志和笔下“西塞山前白鹭飞，桃花流水鳜鱼肥”（《渔歌子》），平添隐趣、画意。于水光山色中，乐者在山前飞帆鼓楫、踏浪乘波而行，乘兴吹笛，闲适自在。笛起浦口，清越响亮，如投石入湖，涟漪轻泛，打破夏夜宁静，而愈显其幽静。笛声不知何起，又不知所终，杳杳渺渺，风致超脱，境似“曲终人不见，江上数峰青”（唐钱起《省试湘灵鼓瑟》），结得入神，远韵悠然，咀味不尽。

全诗四句皆用对偶，风调与宋词中的六言对句相近，如“世事一场大梦，人生几度秋凉”（宋苏轼《西江月》），“明月别枝惊鹊，清风半夜鸣蝉”（宋辛弃疾《西江月·夜行黄沙道中》）。又似元人小令，如“枯藤老树昏鸦，小桥流水人家”（元马致远《天净沙·秋思》），“孤村落日残霞，轻烟老树寒鸦”（元白朴《天净沙·秋》）等。对仗工稳，一句一景，意象密集时，亦不显左支右绌、目不暇接，反突显意境的纵深感。

六言诗难工，因其节奏、句式以“二二二”“三三”为主，平板乏变，声气软弱，不像五言、七言单音间破，音调富于变化，难以获得抑扬顿挫的节奏感。清赵翼指出六言之弊：“盖此体本非天地自然之音节，故虽工而终不入大方之家耳。”（《陔余丛考》）是以六言作品数量远不及五言、七言诗，除题画外，极少选用，唐之一朝，方见三十余首。似陆游这般大家，所作六言诗数量，在宋人中已算丰硕，其集中也仅见三十七首。放翁六言多为“二二二”“二四”“四二”句式，其中不乏佳作，如“乌有翁边贳酒，无何乡里寻花。把定东风一笑，今年别是生涯”（《六言四首》其三），“老去转无饱计，醉来暂豁忧端。双鬓多年作雪，寸心至死如丹”（《感事六言》）等诗，均属宋人六言佳作。对偶精工，明白晓畅，兴象宛然，毫无刀斧琢痕。事实上，六言诗形式美观，节奏明快，虽因字数为偶，缺少音节顿挫变化，故而创作门槛极高，此为天然短处，暂且按下不论，但由于六言较有稳定感，具有特殊的平均之美，读之朗朗上口，也为不少文人孜孜追求。

清潘德舆以唐人所作六言佳句为例，论六言诗法：“或问六言诗法，予曰：王右丞‘花落家童未扫，鸟啼山客犹眠’，康伯可‘啼鸟一声春晚，落花满地人归’，此六言之式也。必如此自在谐协方妙，若稍有安排，只是减字七言绝耳，不如无作也。”（《养一斋诗话》）认为六言诗造语必求自然、顺畅，讲究风致情韵，需精工锻炼，才无造作之感，平淡清润之中，自见工力。苏轼《与二郎侄》云：“渐老渐熟，乃造平淡，其实不是平淡，绚烂之极也。”每每深思出于浅易，方能返璞归真，淡而有味，炼字功夫显得尤为重要，六言难作之处，正在乎此。顾佛影评《夏日六言》：“六言诗要峭廉而不板滞，唐人作者尚多，后人除题画外，不轻下笔。放翁集中亦仅见此二诗，自有一种不衫不履之致。”（《评注剑南诗钞》）“不衫不履”一词用得极妙，状放翁脱洒之态，短短六言，似信笔点染，而又格高意远。全诗如水墨丹青，虚实相生，动静相参，意境淡远，声律谐协，清新自然，及至末句收结，一气呵成，兴会神到，耐人寻绎。诗人晚年入神之技，可见一斑。

文　章

文章本天成，妙手偶得之。
粹然无疵瑕①，岂复须人为。
君看古彝器②，巧拙两无施。
汉最近先秦，固已殊淳漓③。
胡部何为者④，豪竹杂哀丝⑤。
后夔不复作⑥，千载谁与期。

【注释】

①粹然：纯然，纯正。

②彝器：古代宗庙常用礼器总名。

③淳漓：厚与薄。

④胡部：唐代掌管胡乐的机构，亦指胡乐。胡乐从西凉一带传入，当时称“胡部新声”。

⑤豪竹：指音调嘹亮昂扬的管乐器。哀丝：指哀婉的弦乐声。

⑥后夔（kuí）：虞舜时乐官。

【评析】

此诗作于嘉定二年（1209）秋，是一首论诗诗。开篇即明确表达自己的诗学观：崇尚不事雕琢、浑然天成的诗歌风格，主要凭借高妙的技巧，待时而发，触物而成，捕捉偶然瞬间灵感，摒除人为造作痕迹，近于李白所言“清水出芙蓉，天然去雕饰”（《经乱离后，天恩流夜郎，忆旧游书怀，赠江夏韦太守良宰》）。清张实居云：“古之名篇，如出水芙蓉，天然艳丽，不假雕饰，皆偶然得之，犹书家所谓偶然欲书者也。当其触物兴怀，情来神会，机括跃如，如兔起鹘落，稍纵即逝矣。”（清郎廷槐《师友诗传录》引）这样的诗歌，虽是信手拈来，偶然得之，却和平时积累与刻苦锻炼密不可分。追求兴会灵感，并非偏执于不讲求书卷学问，而是融会贯通、水到渠成，这与陆游强调生活体验对作诗重要性相辅相成，二者并不矛盾。

明何大复评道：“富于材积，使神情领会，天机自流，临景结构，不傍形迹。”（明胡震亨《唐音癸签》引）“天机”即是创作灵感与思路，而文思的涌畅，一方面是因为外物触发，一方面也是“富于材积”的结果。清刘熙载赞曰：“西江名家好处，在锻炼而归于自然。放翁本学西江者，其云：‘文章本天成，妙手偶得之。’平昔锻炼之功，可于言外想见。”（《艺概》）夏承焘也认为：“必先有工力深湛、规矩从心的‘妙’手，才会有不假思索的‘偶’得。这是来自学力、才气的交相融会。两宋以来一切大文豪大作家如苏轼、辛弃疾、陈亮诸人的‘诗余’‘语业’，大都如此，《放翁词》的许多名作，也复如此。”（《月轮山词论集》）

随后诗人以古代礼器作比喻，处于不巧不拙之间，没有过分夸饰，也没有璞玉未雕之缺憾，以此为喻，重视溯源，推崇诗歌传统。他提出汉代已有浇薄之风，唐代音乐更杂以胡音，不复纯正。此论风俗与音乐，虽无关于文风，然“治世之音安以乐，其政和；乱世之音怨以怒，其政乖”（《毛诗序》），社会变化也反映于文学作品中，诗人正是从此角度着笔，论证有力。《杂兴六首》其一：“秦汉区区了目前，周家风化遂无传。君看八百年基业，尽在东山七月篇。”也指出秦汉文风已不如周代，为后来学者指引学诗路径。

《御选唐宋诗醇》认为此诗：“深识妙解，非浅人所能与。游常言：‘诗欲工，而工亦非诗之极。锻炼之久，乃失本指；斫削之甚，反伤元气。’观其所言，其自命可知矣。李东阳谓宋人之诗，但一字一句对偶雕琢之工，而天真兴致未可与道者，不知能识此意否？”清梁九图指出：“诗本性情自然流露，一日可得数篇，数月转不得一字。其来无端，非可以程期限也。刘子高日课一诗，终是滞相。‘文章本天成，妙手偶得之’，放翁道得甘苦出矣。”（《十二石山斋诗话》）

示　儿

死去元知万事空①，但悲不见九州同②。
王师北定中原日③，家祭无忘告乃翁④。

【注释】

① 元：原来，本来。

② 九州同：指驱逐金人，统一全国。九州，古时中国分为九州。此指全国。

③ 王师：指南宋军队。北定中原：用诸葛亮《出师表》“当奖率三军，北定中原”语。

④ 家祭：家中对祖先的私祭。乃翁：你们的父亲，作者自谓。

【评析】

宁宗嘉定二年十二月二十九日（公元 1210 年 1 月 26 日），八十五岁的陆游在弥留之际作此诗，是绝笔，也是遗嘱，谆谆告诫儿子务存恢复中原之志，表达对抗金复土的必胜信念。开头“死去”二字，从容道出，“死去”是自然规律，“不见”与“死去”、“但悲”与“元知”相应，加深“悲”的程度。“万事空”与“九州同”相对照，慷慨悲切。“定”字坚信九州统一必定实现。末句承上句，收绾题目。“无忘”，父之命子，语重心长。临终无一字言他事，只说“北定中原”，个人与国家命运紧密联系起来，爱国胜过自己生命。诗人一生最钦佩诸葛亮，用《出师表》中语，表明至死都希望看到收复北方沦陷区那一天。清赵翼赞曰：“临殁犹有‘王师北定中原日，家祭无忘告乃翁’之句，则放翁之素志可

见矣。”（《瓯北诗话》）

此诗是陆游灵魂深处的呐喊，与抗金名将宗泽临终前“三呼渡河”用心相同，沉痛悲壮，“可谓没齿不忘朝廷者矣，较之宗泽三跃渡河之心，何以异哉”（明徐伯龄《蟫精隽》）！杜甫诗云：“盖棺事则已，此志常觊豁。”（《自京赴奉先县咏怀五百字》）而陆游在盖棺之际，念念不忘恢复之志，赤子之心至死不渝，“忧国至此，此诗之本。放翁固同子美”（清李元春《历朝诗要》）。清陆次云评曰：“悲哉放翁，读此诗愈恨贼桧。”（《五朝诗善鸣集》）清叶燮论诗：“志高则其言洁，志大则其辞弘，志远则其旨永。”（《原诗・外篇上》）此诗一句一转，起承转合，层层推进，情真意切，不事雕琢，“率意直书，悲壮沉痛，孤忠至性，可泣鬼神”（清贺贻孙《诗筏》）。清周镐读后认为：“放翁值南渡之衰，河山风景之感，益难言矣。吾读其易箦示儿诗，至‘王师北定中原日，家祭无忘告乃翁’，未尝不慷慨泣下。”（《〈陆诗选注〉序》）

朱自清特别推崇此诗，其《爱国诗》一文分析说：“《示儿》诗是临终之作，不说到别的，只说‘北定中原’，正是他的专一处。这种诗只是对儿子说话，不是甚么遗疏遗表的，用不着装腔作势，他尽可以说些别的体己的话；可是他只说这个，他正以为这是最体己的话。诗里说‘元知万事空’，万事都搁得下；‘但悲不见九州同’，只这一件搁不下。他虽说‘死去’，虽然‘不见九州同’，可是相信‘王师’终有‘北定中原日’，所以叮嘱他儿子‘家祭无忘告乃翁’！教儿子‘无忘’，正见自己的念念不‘忘’。这是他的爱国热诚的理想化。……过去的诗人里，也许只有他才配称为爱国诗人。”（《新诗杂话》）钱锺书认为：“这首悲壮的绝句最后一次把将断的气息又来说未完的心事和无穷的希望。”（《宋诗选注》）林景熙在宋亡之际，作《书〈陆放翁诗卷〉后》诗，有“青山一发愁蒙蒙，干戈况满天南东。来孙却见九州同，家祭如何告乃翁”句。陆游去世后六十六年，元军灭宋，虽然南北统一，但却并非“王师北定”，而是元人南侵，陆游的心愿终没实现。清袁枚评道：“余常叹陆放翁临终时，犹望九州恢复，而终于国亡家破，不遂其愿。禄百有句云：‘散关铁马平生愿，愁绝他年家祭时。’”（《随园诗话》）南宋虽亡，但陆游的爱国之心千古不灭，一腔热血，感人至深。此诗影响极其深远，具有强大的精神感召力，激励一代又一代志士仁人，尤其在山河破碎、外敌入侵之际，更引起无数人共鸣。

陆游诗词品汇

词

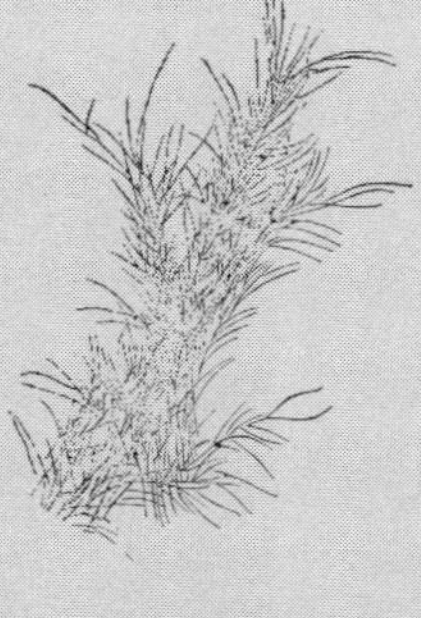

浣沙溪·和无咎韵

懒向沙头醉玉瓶[1]，唤君同赏小窗明。夕阳吹角最关情。
忙日苦多闲日少[2]，新愁常续旧愁生。客中无伴怕君行。

【注释】

①“懒向”句：懒得在沙滩上饮酒。语出杜甫《醉歌行》：“酒尽沙头双玉瓶，众宾皆醉我独醒。”玉瓶，酒瓶的美称。“懒向沙头”，明毛晋汲古阁《宋六十名家词》本作“谩向寒炉”。

②苦：偏。

【评析】

此词调《浣沙溪》，明毛晋汲古阁《宋六十名家词》本作《浣溪沙》。韩元吉，字无咎，与陆游年龄相仿，性格相投，结为至交。隆兴二年（1164）十一月，韩元吉至镇江省亲，词人时任镇江通判，二人阔别多年，重逢甚乐，游览山水，多有唱和，后被合集刊刻为《京口唱和集》，惜此集失传，只留序文一篇。据陆游《京口唱和序》载：“隆兴二年闰十一月壬申，许昌韩无咎以新番阳守来省太夫人于润（镇江）。方是时，予为通判郡事，与无咎别盖逾年矣。相与道旧故，问朋游，览观江山，举酒相属，甚乐。”（《渭南文集》）乾道元年（1165）正月，韩元吉被召赴临安任考功郎，将离镇江，词人心中不舍，为其送别而作此和词，韩元吉原唱今已亡佚。

首二句以叙事起，写饯行之状。唐孟浩然《和卢明府送郑十三还京兼寄之什》云：“昔时风景登临地，今日衣冠送别筵。”古人饯别往往选取山水胜处或水陆驿所，而陆游此番送行却并未如此，在他与韩无咎相处的两月里，把臂同游，慨然尽醉。因此临别之际，二人并未登临山水，饮酒话别，而是临窗赏景，共话家常。“沙头醉玉瓶”化用杜甫“酒尽沙头双玉瓶”（《醉歌行》）句，不着痕迹，浑如己出。“夕阳”句于闲处着笔，写所见之景。夕阳西下为目见，鼓角悲壮为耳闻，视听结合，将离愁融入哀景，胸中百感交集，却不点破，以意运词，情韵悠长。过片紧接歇拍意脉，抒发临歧感慨。忙里无暇，聚少离多，相逢不易，又要分别，旧愁未解，新愁又生，愁上加愁，短短数语，将离愁别绪表现得淋漓尽致。“客中”句逗出词旨，语直脉露。为客他乡已是苦楚，客中送客更是苦上加苦，最难为怀。去路遥远，路途艰辛，千种别愁，万般离绪，汇成一句临行嘱托，客中送客的不舍之情一览无余，真情流溢，凄楚动人。

“自怜漂荡经年客，送别千回独未归”（唐刘商《滑州送人先归》），客中送客是送别诗词中常见的场景。这一模式不仅表现行者与送行者之间依依惜别之情，更刺激了久在异乡之人不能归去的敏感神经，并引发在外游子的身世之感、乡关之思和仕进之悲。其中佳句，如“空将未归意，说向欲行人”（唐周贺《长安送人》），“来时万里同为客，今日翻成送故人”（唐司空曙《峡口送友人》），“莫怪送君行较远，自缘身是忆归人”（唐雍陶《送蜀客》）等，此词结句置身其中，毫不逊色。这首词上阕寓情于景，委婉细腻；下阕重笔写情，率直真诚。全词情真景真，自然而然，全以胸中语出，倍觉情味弥永，咀含不尽。俞陛云评曰：“首二句委婉有致。‘夕阳’句于闲处写情，意境并到。‘忙日’‘新愁’二句真率有唐人诗格。结句乃客中送客，人人意中所难堪者，作者独能道出之，殆无咎将有远行也。”（《唐五代两宋词选释》）

水调歌头·多景楼

江左占形胜[1]，最数古徐州[2]。连山如画，佳处缥渺著危楼。鼓角临风悲壮，烽火连空明灭[3]，往事忆孙刘[4]。千里曜戈甲[5]，万灶宿貔貅[6]。　　露沾草，风落木，岁方秋。使君宏放[7]，谈笑洗尽古今愁。不见襄阳登览，磨灭游人无数[8]，遗恨黯难收。叔子独千载[9]，名与汉江流[10]。

【注释】

① 江左：江东，指长江下游以东地区。形胜：指地形优越、风景优美、物产丰饶之地。

② 古徐州：指镇江。镇江古称南徐州，为战略要地。

③ 连空明灭：在空中忽明忽暗。

④ 孙刘：孙权和刘备，《三国志·蜀书·先主传》载，二人曾在京口合谋抗曹。

⑤ 千里：此处指长江北岸广大平原。曜：同“耀”，照耀。

⑥ 灶：军中炊灶。此代指军营。貔貅（píxiū）：传说中猛兽名。此比喻勇猛战士。

⑦ 使君：汉时对州郡长官的尊称。此指镇江知府方滋。宏放：气度宽宏，性情旷达。

⑧“不见”二句：此言西晋大将羊祜事。羊祜镇守襄阳十年，志在灭吴，然生前竟不成功，死后二年吴方灭。他常登襄阳岘山，饮酒赋诗，慨叹古来贤士登此远望者“皆湮灭无闻，使人悲伤”。见《晋书·羊祜传》。襄阳，东汉置郡，治所在今湖北襄阳。岘山，在今湖北襄阳南部。

⑨ 叔子：羊祜，字叔子。

⑩ 汉江：长江最长支流，流经襄阳。

【评析】

多景楼在今江苏镇江北固山甘露寺内，北对长江，为登览胜地，因遭兵火，废颓已久，后经寺僧修缮。隆兴二年（1164）秋，陆游四十岁，任镇江通判，应知府方滋之邀，上北固山，游甘露寺，登多景楼，极目远眺，“淮南草木可数”（《入蜀记》），触景生情，即兴赋此词，后被书刻崖石。宋张孝祥《题陆务观多景楼长短句》云：“甘露多景楼，天下胜处。废以为优婆塞（佛教徒）之居，不知几年。桐庐方公（滋）尹京口，政成暇日，领客来游，慨然太息。寺僧识公意，阅月楼成。陆务观赋《水调》歌之。张安国书而刻之崖石。”（《于湖居士文集》）

上片重在写景，启发豪情。起首四句勾勒山楼形势，由“江左”到“徐州”，从“连山”至“危楼”，由远及近，由大而小，写危楼隐立，苍莽横空，烟云显晦，久负盛名。“缥渺”二字，若隐若现，似有若无，见楼之高；“连山如画”，郁郁葱葱，言楼“多景”，紧扣题目。“鼓角”五句，由江防景象转忆往事。“鼓角”句为耳闻，“烽火”句为目见，闻鼓角悲壮，见烽火明灭，忆及孙、刘抗曹事，遂由今及古，转实为虚，摹尽当年沙场征战盛况。甘露寺本孙、刘陈迹所在，言及此事，离题不远；而且孙、刘曾在此共谋破曹，至赤壁之战，终大败曹军，由眼前景思及往事，词人仿佛置身壮阔的历史图景中。“千里”二句化用苏轼“令严钟鼓三更月，野宿貔貅万灶烟”（《次韵穆父尚书侍祠郊丘，瞻望天光，退而相庆，引满醉吟》）诗句，状赫赫军容，如在目前，笔力雄健，音调铿锵，声势豪壮，寄慨遥深，陆游寄意恢复、图强自振之心可明。下片意在抒情，借古况今。过片三字一顿，点明时令，节奏转急。自古而今，再观眼前，寒气侵人，白露沾草，霜风过处，草木摇落，一片惨淡秋容，似有感伤之意。“使君”二句振起，写众人高谈阔论、纵说古今之盛况。群彦相会，主宾谈笑，一洗低回，再变爽朗。而“古今愁”焉能洗尽？“不见”五句，一事贯穿，直至终篇。羊祜镇守襄阳，志在灭吴，生前夙愿未偿；诗人今欲报国抗金，怎奈壮志难酬。家国之恨，身世之忧，感慨抑郁，又复不平。“叔子”二句，辞意一转，借羊祜事自勉、勉人。时过境迁，人事代谢，古来贤士“皆湮灭无闻”，身名俱灭；而羊祜声名却如江水，千古长流，正是因为他镇守襄阳，屯田储粮，功勋显赫的缘故。词人盛赞古人，一方面表达对英雄伟业的敬仰，另一方面也劝勉方滋，望其立志北伐，建功立业，名垂青史。

元方回指出：“怀古者，见古迹，思古人，其事无他，兴亡贤愚而已。”（元方回撰、李庆甲集评校点《瀛奎律髓汇评》）此词写登楼怀古，由景忆史，由史及人，借此明志，以气运笔，以情行文，妙在跌宕，百转千回，笔力遒劲，意境壮阔，慷慨激越，绝非泛泛咏楼写景之作，宋毛幵有和作《水调歌头·次韵陆务观陪太守方务德登多景楼》。此词与苏轼《念奴娇·赤壁怀古》有异曲同工之妙，也可与辛弃疾《永遇乐·京口北固亭怀古》对读。

浪淘沙·丹阳浮玉亭席上作

绿树暗长亭①。几把离尊②。阳关常恨不堪闻③。何况今朝秋色里，身是行人。　　清泪浥罗巾④。各自消魂。一江离恨恰平分。安得千寻横铁锁⑤，截断烟津⑥。

【注释】

① 长亭：古时在道旁筑亭，供行人歇息，此指浮玉亭。

② 离尊：饯别的酒器。

③ 阳关：代指送别的歌曲。宋郭茂倩《乐府诗集·近代曲辞》："《渭城》一曰《阳关》，王维之所作也。本送人使安西诗，后遂被于歌。"

④ 浥（yì）：沾湿。

⑤"安得"句：西晋初年，王濬率晋军沿长江东下伐吴，吴人在江上险要处置铁锁横截之，又作铁锥，置水中，企图挡住晋军战船，然而并未奏效。事见《晋书·王濬传》。唐刘禹锡《西塞山怀古》："千寻铁锁沉江底，一片降幡出石头。"千寻，形容极长。寻，古以八尺为一寻。

⑥ 烟津：烟水迷茫的渡口。

【评析】

宋黄昇《中兴以来绝妙词选》题为《别恨》。丹阳，今属江苏镇江，宋时为镇江府治。浮玉亭在镇江府城西北长江南岸金山白龙洞旁，长江岸边。乾道元年（1165）七月，四十一岁的陆游由镇江通判改任隆兴府通判，离开镇江时，友人在浮玉亭为其设宴饯行，此词为陆游即席而作。

上阕写离亭送别时惆怅难舍之状。"绿树"三句，用笔简练，领起全篇，将离别之情寓于景中。词人身处浮玉亭，极目眺望，时值七月，初秋时节，远处焦山草木依旧苍翠茂盛，然而"以我观物，故物皆著我之色彩"（王国维《人间词话》），着一"暗"字却点出其心中的黯然心绪。友人设宴，执盏话别，本就有恨，闻《阳关》旧曲，声调幽咽，又引离愁，悲不自胜，一个"几"字，道尽友人惜别之意。"常恨"二字，下得沉重，表明类似送别场面词人已非初历，可见其辗转下僚、久经离别之苦。"何况"二句宕开一笔，指出此番饯别的特殊之处：秋色凄清已是堪伤，加之自己身是行人，身不由己，客中再尝离别苦，悲伤愁怨之感油然而生。上片五句如水墨画一般层层着色，笔触渐浓，有顿挫之妙，将词人离恨渲染得凄切动人。下片依旧抒发惜别悲慨。“清泪”三句极力描写离愁之深，表达词人与朋友的真挚情谊。“自古多情伤离别”（宋柳永《雨霖铃》），宴会将止，分袂在即，相聚时难，不胜感伤，词人与朋友依依惜别，相互慰勉，百感交集，难免悲从中来，相对而泣，泪湿罗巾。“一江”句化用南唐李煜“问君能有几多愁，恰似一江春水向东流”（《虞美人》）词句，即景抒情，以浩渺无际的江水喻愁，让送行者与行者双方平分一江离恨，想象生动，意蕴深邃，隽永不凡。“安得”二句更是想落天外，造境新警。借王濬灭吴之典，变化出新，用千寻铁锁横截烟津以留客，以健笔作硬语，句意新奇，立意峭拔，不事雕琢而自然动人。明卓人月、徐士俊赞曰：“想头愈奇愈痴。”（《古今词统》）

全词用语凝练，虚实相生，寄情深远，章法井然，上下阕虽然都写离情，但是并不犯复，上阕婉转曲折，哀怨绵密；下阕以想象取胜，奇特雄浑，结尾突发奇想，写不忍分离之态，役景于情，气象阔大。明杨慎评放翁词：“纤丽处似淮海，雄慨处似东坡。”（《词品》）此首《浪淘沙》就是两种风格并存融合。俞陛云赞曰：“长亭把酒，自古伤离，身是行人，谁能堪此！下阕言居者、行者，同是江水量愁。铁锁横江，本以断东下之师，今以断愁来之路，句新与情挚兼并，与永叔之‘陌上寻人，倩他燕子’；玉田之‘相思一点，寄与孤鸿’，皆词人幽邃之思。”（《唐五代两宋词选释》）

南乡子

归梦寄吴樯[①]，水驿江程去路长[②]。想见芳洲初系缆[③]，斜阳，烟树参差认武昌[④]。　　愁鬓点新霜，曾是朝衣染御香[⑤]。重到故乡交旧少，凄凉，却恐他乡胜故乡。

【注释】

① 吴樯（qiáng）：开往吴地的船。樯，帆船的桅杆，借指船。

② 水驿：水路驿站。此处指行程。

③ 芳洲：指鹦鹉洲，位于靠近武昌城的长江东侧（今湖北武汉西南长江中）。

④ 烟树：云烟缭绕中的树木。武昌：即今湖北武汉。

⑤ 朝衣染御香：指在朝为官，陆游入蜀前曾在朝中任枢密院编修官。朝衣，君臣上朝时穿的礼服，后泛指官服。御香，朝会时大殿御炉燃的香。

【评析】

宋黄昇《中兴以来绝妙词选》题为《赋归》。此词作于淳熙五年（1178），陆游自蜀东归，将近武昌途中，表达伤感寂寞、凄凉惆怅的乡关之思。自乾道六年（1170）入蜀至今，五十四岁的词人漂泊在外，背井离乡，已近十年。“久客天涯忆故园”（《东园晚步》），羁旅异乡，他常梦萦故土，盼望回乡，如今奉召东归，离家日近，内心却忐忑不安。

上片言旅途悬想。以“归梦”起笔，写途中愁思，久客蜀中，思归心切，然而怅望江天，去路悠长，归程难计，遂将归梦寄托在开往吴地的船上。措辞别致，句法纡徐，与李白“我寄愁心与明月”（《闻王昌龄左迁龙标遥有此寄》）的浪漫想象异曲同工，也可见其客愁之深、归心之急。“想见”是词人临近武昌的设想。武昌依山傍水，美景如画，唐崔颢用“晴川历历汉阳树，芳草萋萋鹦鹉洲”（《黄鹤楼》）句概括武昌景致。乾道六年（1170），陆游入蜀时，曾过此地，如今归途重返，未到武昌，词人就已设想船抵岸边、系缆芳洲的情景。“江天欲暮”“参差烟树”是词人关于武昌的记忆碎片，这些断片将他引向过去，让其沉入回忆，历历往事也随之重新建构，浮现眼前，正是通过它们，词人依稀辨认出旧游之地。虽是想象之辞，但是造境优美，秀逸入画，情景宛然如现。清陈廷焯赞曰：“诗情画景。一‘认’字极斜阳晚景，烟树参差之致。”（《云韶集》）

下片笔锋一转，由上片想象之景宕开一笔，转写自身情境。“愁鬓”二句抚今叹昔，感慨万千。陆游入蜀前，任职枢密，香染朝衣，当时孝宗正值壮年，颇思振奋，无奈“浮云蔽日”，才不见用，只得“残年走巴峡，辛苦为斗米”（《投梁参政》）。如今离朝已久，征召回京，再归来时，词人已是衰鬓霜白。虽然前程难料，但他始终如范仲淹一样“居庙堂之高，则忧其民；处江湖之远，则忧其君”（《岳阳楼记》），渴望有所作为。“重到”三句是设想之辞，别出心裁。“凄凉”一词直抒胸臆，感怀无限。结句化自杜甫“乱后谁归得？他乡胜故乡”（《得舍弟消息》）句，词人增加“却恐”二字道出近乡情怯的心绪，与其面对想象中知交零落的寂寞场景，不如留在他乡、客居漂泊，忘却物是人非的残酷现实。相较之下，陆词较杜诗情感上更进一层。杜诗写故乡遭乱，欲归不得，暂处他乡以安身；而陆词则是写离乡日久，故旧零落，渴望归乡，又恐比羁旅他乡更形影孤寂，如此凸显词人内心纠葛，也表现出家乡旧交的重要性。因此，明卓人月、徐士俊评曰：“可见放翁以朋友为性命。”（《古今词统》）明潘游龙认为：“读此，可见放翁交友情谊。”（《古今诗余醉》）

这首小令，设想新奇，寥寥几笔，就刻画出词人心中思归又怕归的复杂心境，而且摹景秀美，简洁明净，言少意丰，情景交织，动荡开合，衔接自然。俞陛云评曰：“入手处仅写舟行，已含有客中愁思。‘斜阳’二句秀逸入画。继言满拟以还乡之乐，偿恋阙之怀，而门巷依然，故交零落，转不若寂寞他乡，尚无睹物怀人之感，乃透进一层写法。”（《唐五代两宋词选释》）

鹧鸪天

家住苍烟落照间[①]，丝毫尘事不相关。斟残玉瀣行穿竹[②]，卷罢黄庭卧看山[③]。　　贪啸傲，任衰残，不妨随处一开颜。元知造物心肠别[④]，老却英雄似等闲！

【注释】

① 苍烟：指山间、湖上苍茫的烟雾。落照：落日斜晖。

② 玉瀣（xiè）：美酒名。

③ 黄庭：即《黄庭经》，道教养生修炼经典。

④ 造物：指天，主宰天地万物的造物主。此借喻南宋最高当权者。

【评析】

据夏承焘、吴熊和笺注，陶然订补《放翁词编年笺注》，此词当作于宋孝宗乾道二年（1166），时四十二岁的陆游罢官回乡，退居镜湖三山。同时所作《鹧鸪天》计三首，皆歌咏闲居生活，以展现其自在疏狂的怀抱。此为第一首，词抒写报国无路、惆怅不平之情。“家住”二句写乡居环境，“苍烟落照”四字，状暮霭炊烟之貌，景象优美，不染一尘，颇似陶渊明笔下“暧暧远人村，依依墟里烟”（《归园田居五首》其一）的意境。三、四句写闲适的乡居生活，对仗工稳。词人卜居期间，或饮美酒，或游竹林，或读道经，或观山水，动静行止，悠闲自在，怡然自得。上片重在写境，由远及近，语意内含矛盾，若真“丝毫尘事不相关”，又何须“斟残玉瀣”？可见其虽身处“不相关”之境，却仍怀“相关”之心。

换头三句，以“贪”“任”“不妨”领起，依旧表现词人的随遇而安，不求闻达。陶渊明《饮酒二十首》其七有“啸傲东轩下，聊复得此生”句。“贪啸傲”是指呼啸倨傲，狂放高歌而无拘束。“任衰残”是对自己的身体听之任之，任其衰残，终老田园，旷达至极。结拍二句，忽然一转，词情陡变，点明词旨，极为冷隽。词人身在江湖，心存魏阙，语含不甘，力透纸背。“别”字暗含讽意，表面怨天，实则尤人，抱怨南宋统治者苟且偷生、贪图享乐、无心恢复，表达英雄志士无用武之地、只能投闲置散的无奈与悲愤。明卓人月、徐士俊评曰：“天地不仁，如是如是。”（《古今词统》）

全词笔调轻快自如，章法井然，上阕风格飘逸高妙，下阕似承上阕洒脱之意再进一步，然读至下片末句，便知词是以旷达语写郁结事。看似放浪自适、恬淡安宁的欣然之态全是不得已而为之的假象，而这背后是词人求“不自在”而不能、欲“受拘束”而不得的苦楚心酸。胸中块垒，腹中牢骚，终难自抑，在结句宣泄而出，闲适中蕴含着“老却英雄”无路请缨的不平之气。夏承焘、盛静霞评道："这首词从退隐生活写起，上片在'丝毫尘事不相关'中透露出被投闲置散的感慨。下片在'老却英雄似等闲'的结尾语中，写出南宋朝廷不能任用人才，使爱国英雄无所作为，徒然老去，表示一种悲愤的心情。"（《唐宋词选讲》）胡云翼也指出此词："通篇极写闲适自在的生活，都是故意表示'丝毫尘事不相关'，不是作者心坎里的话。最后两句才点明题意所在：南宋王朝最高统治者（造物者）不图恢复，不用抗敌人才，英雄无用武之地，自然只好老死牖下了。"（《宋词选》）

鹧鸪天

懒向青门学种瓜[①]，只将渔钓送年华。双双新燕飞春岸，片片轻鸥落晚沙。　歌缥渺，橹呕哑[②]，酒如清露鲊如花[③]。逢人问道归何处，笑指船儿此是家[④]。

【注释】

① 青门学种瓜：广陵人邵平秦时为东陵侯，秦亡后在青门外隐居种瓜。后以此喻指弃官归隐。青门，长安城东出南头第一门，本名霸城门，因城门色青，俗称青门。

② 呕哑：象声词。此指船橹声。

③ 鲊（zhǎ）：经加工制作便于储存的鱼类食品。

④"笑指"句：陆游时号"渔隐"，故称以船为家。唐张志和浮家泛宅，常往来苕溪与霅溪间。事见《新唐书·张志和传》。

【评析】

乾道二年（1166）春，陆游以“交结台谏，鼓唱是非，力说张浚用兵”（《宋史·陆游传》）罪名罢官，自隆兴府通判任上返回故乡山阴，此词即作于归家之初。

上片以言情起笔，开门见山，直抒胸臆，以邵平种瓜之典表明退隐之志。但“懒向”二字表明自己无意效仿邵平隐居闹市，只愿如浮家泛舟的张志和那样，卖鱼沽酒，悠然世外。陆游因主战而失意归家，泛舟行乐并非其心中理想，自号“渔隐”，隐居闲钓实属自我排遣，“送年华”三字，隐约透露出隐居生活的些许无奈。回乡之后，陆游远离喧嚣，返璞归真，泛舟湖上，沉醉于故乡的湖光山色之间。“双双”二句即词人垂钓所见，由近及远，静中见动，笔调轻快，韵味十足。“片片轻鸥”化用杜甫“片片轻鸥下急湍”（《小寒食舟中作》），了无痕迹，足见熔裁之妙。燕飞春岸，鸥落晚沙，往来自如，更衬出作者内心的翛然自适。而且这两句对仗工整，取境如绘，形象生动，以景移情，更觉环境清逸。

下片换头“歌缥渺”三句承上而来，继续写渔隐之乐。词人载酒泛舟而游，缥缈的渔歌与呕哑的橹声划破寂静，菱歌泛唱，酒味清醇，鲊色艳丽，声情并茂，突出渔隐生活的怡然自得，更见放翁自在逍遥情致。结二句“逢人问道归何处，笑指船儿此是家”，颇有傲世自豪之感，词人不只想垂钓江中，更渴望以船为家，寻云弄水，畅游于烟波浩瀚的三山镜湖。北伐失败，志士见黜，陆游投闲置散，思想消沉，因此隐迹烟霞，寄心山水。明卓人月、徐士俊评此词：“绝妙渔歌，亦灵均之寓言于沧浪也。”（《古今词统》）虽然陆游的渔隐词中常夹杂着一股怨愤不平之气，单就此词整体内容和所呈现的环境而言，显然是明白如话的渔父词，似乎并未有比附屈子喻托之意。俞陛云评道：“此作虽笔少回旋，而襟怀闲适，纵笔写来，有清空之气。‘新燕’‘轻鸥’二句，言心无挂碍，如鸥、燕之去住无心，即景以见意也。”（《唐五代两宋词选释》）

此词紧扣“渔钓”二字，若隐若现，气脉不断，炼字简赅，运化无痕。虽缺乏起伏波澜，但情真景真，自然而然，如赤子之性情，无做作之嫌、妆束之态，更显简约有致。全词写得轻灵飞动，挥洒自如，境界幽远，看似有出世之思，但并非浮生若梦的颓放情调，显示出词人自我救赎中的超然与旷达。宋刘克庄评放翁词“飘逸高妙者，与陈简斋、朱希真相颉”（《后村诗话·续集》），用来概括此篇，十分妥帖。

钗头凤

红酥手①，黄縢酒②，满城春色宫墙柳③。东风恶④，欢情薄。一怀愁绪，几年离索⑤。错、错、错。　春如旧，人空瘦，泪痕红浥鲛绡透⑥。桃花落，闲池阁。山盟虽在，锦书难托⑦。莫、莫、莫⑧！

【注释】

①红酥：红润柔腻。

②黄縢（téng）酒：即黄封酒，宋代官酒。縢，缄封。

③宫墙：指山阴禹迹寺宫墙。沈园在禹迹寺南，故称沈园柳为“宫墙柳”。

④东风恶（è）：形容春风狂大、厉害、猛烈。

⑤ 离索：离群索居之意。

⑥ 浥（yì）：沾湿。鲛绡（jiāoxiāo）：指薄纱或丝质手帕。

⑦ 锦书：指写在锦上表达思念之情的书信。

⑧ 莫、莫、莫：表示无可奈何，只好作罢。

【评析】

据南宋周密《齐东野语》、陈鹄《耆旧续闻》及刘克庄《后村诗话·续集》等记载，陆游初娶唐琬，婚后夫妻恩爱，伉俪情深，但唐氏不为陆母所容，二人被迫分离。之后陆游另娶王氏，唐琬也改嫁宗室赵士程。一次春游，陆游与唐琬在绍兴禹迹寺南沈园不期而遇，唐琬以酒肴款待，聊表抚慰之情。陆游伤感万分，惆怅不已，遂题《钗头凤》于园壁。

上片追昔抚今，回想昔日欢情的时光以及被迫离异的痛苦。入笔三句先言往昔美景，由眼前的美酒佳肴、满园春色回忆与唐氏偕游沈园的情景。相别数年，如今故地重游，沈园周围春色正浓，园墙曲折，遍地杨柳依依，但正是这春意盎然的沈园，却叫人肝肠寸断。和昔日一样的沈园，一样的杨柳，一样的黄縢酒，但斟酒之手却已不是细腻的“红酥手”了。“东风”四句笔锋陡转，倾吐怨悔之意。无情的“东风”吹散“欢情”，也造成了词人“一怀愁绪，几年离索”的婚姻悲剧。歇拍连呼三个“错”字，奔迸而出，含恨无尽，多少沉痛蕴含在其中。“东风恶”一词内涵丰富，唐宋诗词中多次写到，“皆是形容春风‘狂’‘大’‘厉害’‘凶猛’，抒发的是‘怨’情，多抱怨命运不佳，感叹自己无能为力，皆没有斥责某人，说某人‘凶恶’‘坏’，无一例外”（欧明俊《陆游〈钗头凤〉“东风恶”解读》）。诸多学者以“东风恶”暗喻陆游对母亲的责备，更有甚者上升到对整个封建礼教的批判。陆游不可能如此狂悖，称其怨怼母亲是不合理的，我们不能以今人的观念去推想古人的心理，也不应曲解作品原意而厚诬古人。

下片由感慨往事回到现实。过片三句写重逢时唐琬凄楚之状。“春如旧”与上片呼应，点出“旧”时必有共赏春光之事。如今春色依旧，而伊人却因离愁而枉自消瘦，“物是人非事事休”（李清照《武陵春》）。“人空瘦”与“红酥手”相对，反映“几年离索”给唐氏带来的巨大痛苦，“鲛绡透”也可见其心中不舍，泣涕涟涟，难以自禁。“桃花落”二句既写眼前景，又代指欢情不再，均为“东风恶”所致，大有风去楼空、人世飘零之感。“山盟”二句转写词人自身心态。纵是“枕前发尽千般愿”（敦煌曲子词《菩萨蛮》），事已至此，也无法以锦书遥寄相思。结拍发出悔恨交加又无可奈何的叹息：“莫、莫、莫！”意即“罢、罢、罢”！强自宽慰，哀怨愁苦，令人难以释怀。此词情真意切，哀婉缠绵，声情凄紧，字字血泪，苦不能言，“这是和《孔雀东南飞》同性质的一出悲剧，所以他这词极能动人”（梁启超《中国韵文里头所表现的情感》）。张星耀《词论》认为“词有重句，是其中最紧要处”，《钗头凤》之“莫、莫、莫”是结上语，结语“要接得着、结得住”，不然，“真嚼蜡矣”。上下两片煞拍仄声叠字相迭为韵，断续哽咽，如泣如诉，苦不能言。吴梅赞曰：“《钗头》别凤，寄慨家庭，平生家国间，真有隐痛矣。”（《词学通论》）

据说唐氏读完此词，曾和答一首，词云：“世情薄，人情恶，雨送黄昏花易落。晓风干，泪痕残。欲笺心事，独语斜阑。难、难、难。　人成各，今非昨，病魂常似秋千索。角声寒，夜阑珊。怕人寻问，咽泪装欢。瞒、瞒、瞒！”作为应答之作，此词全用赋体，与陆词息息相通，处处呼应，悲慨之情饱溢其中，读之令人怆然。

秋波媚·七月十六日晚登高兴亭望长安南山

秋到边城角声哀①，烽火照高台②。悲歌击筑③，凭高酹酒④，此兴悠哉。　　多情谁似南山月，特地暮云开。灞桥烟柳⑤，曲江池馆⑥，应待人来⑦。

【注释】

① 边城：此指南郑，为南宋抗金前线，故称边城。

② 烽火：古时边防用以传递军情而燃放的烟火。高台：指高兴亭。

③ 悲歌击筑：用荆轲与高渐离之典。荆轲与高渐离饮酒，酒酣之际，高渐离击筑，荆轲和而歌，见《史记·刺客列传》。筑，古代一种弦乐器，演奏时以竹尺击弦发音，声音慷慨激昂。

④ 酹酒：以酒洒地以示祈祝。

⑤ 灞桥：在长安（今陕西西安）城东灞水上，古时在此折柳送别。

⑥ 曲江：池名，在长安东南，池边多亭台楼阁，供游人玩赏。

⑦ 应：大概，表示推测，语气较肯定。

【评析】

高兴亭在南郑城西北，正对南山。南山即终南山，秦岭山脉中段，主峰在长安南端。此词作于乾道八年（1172）七月十六日，时陆游应四川宣抚使王炎邀请，至南郑前线军中，任四川宣抚使司干办公事兼检法官，此词是他与同僚晚登高兴亭、远望长安的即兴之作。

上阕写登亭见闻，壮怀激烈。“秋到”二句烘托战地形势。秋到边城，号角阵阵，烽火远照，渲染出临战前的紧张氛围。此处

"烽火"指"平安火"，军情紧急时，连举三火；前线无事时，只举一火。陆游《辛丑正月三日雪》诗自注："予从戎日，尝大雪中登兴元城上高兴亭，待平安火至。""悲歌"三句写登台豪情。词人遥望秦川，兴奋难抑，慷慨悲歌，凭高而祭；河洛收复在望，众人意气风发，豪兴无限，悠然快哉。"凭高"二句，巧妙嵌入"高""兴"二字，既契合亭名，又凸显词人意兴，语意双快，不露痕迹。下阕是登亭望远的畅想，运笔婉曲。换头"多情"二句，上承"此兴"，宕开一笔，以"南山月"起意，遥扣题旨，绮丽清新。望日前后，月圆之时，南北百姓，共赏婵娟，引发天下团圆的愿望。词人移情入景，寄情山月，将月拟人化，"多情"是指明月与陆游对祖国山河的眷恋息息相通，为使其纵目南山，特地拨开暮云，它既照耀着边城的高兴亭，也照耀着众人心驰神往的长安。"灞桥"三句虚写，一气贯下。灞桥两岸、细柳迎风、曲江池畔、楼台亭馆，仿佛浮现于词人眼前，都在默默等待朝廷大军早日收复。

此词是词人即目抒怀而作，上片写登亭，下片写远望，虚实交替，若明若暗，笔墨酣畅，情绪昂扬，"以热烈明快的调子歌唱收复长安的期望与信心"（唐圭璋《历代爱国词选》）。而且全词设想出奇，情景交织，刚柔相济，尤其是下片，望月兴叹，借物寓怀，写长安风物，脉脉含情，深挚隽永。叶嘉莹评道："此词由前半阕之'边城''角声''烽火''高台'等'悲歌'慷慨的气氛，一转而进入了下半阕之'南山月''暮云开'，直写到'灞桥烟柳，曲江池馆，应待人来'，形成了另一种蕴藉多情的气氛，因此就使得陆游的想要收复长安的豪情壮志一变其浅率质直，转而为曲折幽深。"（《唐宋词名家论稿》）整体而言，此词将审美主体感受倾注于审美客体，万物皆着词人主观色彩，呈现出强烈的

"有我之境"，眼前仅有一月一山一亭，心中却是万里中原，视角由边城到长安，情感由慨叹转向进取，格调慷慨激越，充满乐观精神。

卜算子·咏梅

驿外断桥边，寂寞开无主[①]。已是黄昏独自愁，更著风和雨[②]。　　无意苦争春[③]，一任群芳妒。零落成泥碾作尘，只有香如故[④]。

【注释】

① 无主：自生自灭，无人照管、欣赏。

② 著（zhuó）：遭受，承受。

③ 苦：尽力，竭力。争春：与百花争奇斗艳。

④ 香如故：香气依旧存在。故，指花开时。

【评析】

历代学者皆未明确此词作年，嘉定十三年（1220），陆游之子陆子遹刊刻《渭南文集》，编于卷四十九。据文集编排顺序，可能作于蜀中。此词是陆游一生中某一特定阶段感情和思想的表达，不应将其普泛化、抽象化理解。上片着力描绘环境，渲染野梅落寞凄清、饱受风雨之苦情状。起二句先点梅花所生地点，语调深沉。梅花如此孤傲高洁，出于众花之上，竟开在郊野断桥边，清冷幽独，孤芳自赏，遗世而独立，拟人手法活现梅花神态。"已是"二句从时间、气候特点来写梅花所处的环境。地处偏野，梅开之时，又是黄昏，一片孤寂，独自生愁，更何况风雨交侵，饱受摧残，其惨痛可知。“更著”二字，语结千钧，以逆境为衬，从气格上突出梅花的孤高，而野梅的遭遇正是作者人生境遇的真实写照。

下片重在塑造梅花品格，无意争春，独标高格。梅花不与群芳争奇斗艳，而在凄风冷雨中孤独开放，任凭群花嫉妒。生存环境如此险恶，梅花却坚贞自守，傲然不屈，不争浮华，即使花落化成泥土尘埃，也清香如故，“梅虽零落，而香不替如初，岂群芳所能妒乎”（明钱允治《类编笺释续选草堂诗余》）？结句有扛鼎之力，振起全篇，尤见梅花坚贞操守。明卓人月、徐士俊赞曰：“末句想见劲节。”（《古今词统》）唐圭璋评道：“‘零落’两句，更揭出梅之真性，深刻无匹。咏梅即以自喻，与东坡咏鸿同意。东坡、放翁，固皆为忠忱郁勃，念念不忘君国之人也。”（《唐宋词简释》）通首未见一“梅”字，却处处传出梅之风神气韵，物我合一，咏物而不滞于物，遗形而取神。以梅自况，寄寓身世之感，赞梅，亦是词人自赏。清陈廷焯指出：“沉沦不遇者，读之一叹。寓意深长，有色有骨，盖先生自道也。”（《云韶集》）刘永济评道：“此亦作者身世之感，但借梅抒写出之。上半阕写所遇之世，如此堪愁。下半阕写其生平，不慕荣华而品质坚贞，如梅之耐寒，虽‘零落成泥’而香不灭也。”（《唐五代两宋词简析》）

此词通篇比兴，纯用白描，意高语爽，一扫咏梅词绮靡香艳习气。晚明沈际飞赞曰：“排涤陈言，太为梅誉。”（《草堂诗余·续集》）作为放翁词代表作和宋词经典，此词并非自南宋时即享有盛名，晚明词选家始重视；又经清康熙御定、沈辰垣等编《御选历代诗余》选录，得到官方的肯定；朱祖谋编选《宋词三百首》亦选录之，其经典地位最终确定。可见，经典的形成有一个漫长过程，是历史地“层累”造就的。陆游前辈词人朱敦儒《卜算子》（古涧一枝梅）与此词立意相同，笔法相似，皆自抒怀抱，寄托自身高洁孤傲之意。陆游生活志趣、诗歌创作都明显受到朱敦儒影响。此词也可能受其《卜算子》启发。宋刘克庄盛赞陆游词“飘逸高妙者，与陈简斋、朱希真相颉颃”（《后村诗话·续集》）。清许昂霄云：“南渡后，唯放翁为诗家大宗，词亦扫尽纤淫，超然拔俗。”（《词综偶评》）此篇咏梅词即是如此。夏承焘评曰：“陆游的友人陈亮有四句梅花诗说：‘一朵忽先变，百花皆后香，为传春信息，不怕雪埋藏。’写出他自己对政治有先见，不怕打击，坚持正义的精神，是陈亮自己整个人格的体现。陆游这首词则是写失意的英雄志士的兀傲形象。我认为在宋代，这是写梅花诗词中最突出的两首好作品。”（《唐宋词欣赏》）

汉宫春·初自南郑来成都作

羽箭雕弓，忆呼鹰古垒①，截虎平川②。吹笳暮归野帐，雪压青毡。淋漓醉墨③，看龙蛇、飞落蛮笺④。人误许、诗情将略⑤，一时才气超然。　何事又作南来，看重阳药市⑥、元夕灯山⑦？花时万人乐处⑧，欹帽垂鞭⑨。闻歌感旧，尚时时、流涕尊前。君记取、封侯事在⑩，功名不信由天⑪。

【注释】

①呼鹰古垒：意为在古时营垒边打猎。呼鹰，呼唤经过训练的猎鹰追赶野兽，因指行猎。

②截虎平川：在广阔原野上拦击猛虎。作者在南郑曾亲手射杀猛虎，

东归后诗作多次忆起此段杀虎经历。

③ 淋漓醉墨：指乘着酒兴酣畅淋漓地挥毫泼墨，形容书法和文章挥洒自如。

④ 龙蛇：此喻草书笔势灵活飞动如龙蛇飞舞。蛮笺：即蜀笺，唐时指蜀中所造彩色花纸。因古代西南方蜀地为少数民族居地，故称“蛮笺”。

⑤“人误”句：时人一致推崇陆游文有诗才、武有将略，才能出众，词人自认为是过奖。

⑥ 重阳药市：蜀中盛产药材，宋时每年重阳节，成都有药材集市。

⑦ 元夕：即元宵节。灯山：元宵习俗，将无数花灯叠成鳌背神山形，由官府设置在中心街市，以供观赏。

⑧“花时”句：成都春天百花盛开，每年农历四月十九日为“浣花”节。此日市民倾城出动，到城郊浣花溪杜甫草堂一带举行花会，十分热闹。

⑨ 攲（qī）帽：斜戴着帽，表示闲散自在的样子。垂鞭：垂着马鞭，指不用鞭子抽打马，意为骑在马上从容徐缓而行。

⑩ 封侯：《后汉书 · 班超传》载，东汉班超立志投笔从戎，效傅介子、张骞建功于异域，求取封侯，相者亦称之“万里侯相”。后来他出使西域，平五十余国，官至西域都护，被封为定远侯，愿望实现。此处特指驱逐金人，收复北方失地。

⑪“功名”句：不相信功名由上天决定。反用《论语》“死生有命，富贵在天”之语典。

【评析】

乾道七年（1171），王炎宣抚川陕，驻军抗金前线南郑，召陆游为四川宣抚使司干办公事兼检法官，襄理军务。次年三月，陆游自夔州抵达南郑。南郑位于宋金前线，陆游在此积极备战，以图恢复。是年九月，王炎召还，幕府解散，陆游改任成都府路安抚司参议官。

此词作于乾道九年（1173）春陆游初抵成都时。词中所涉“重阳药市”“元夕灯山”应就成都风俗而言，与本词创作时间无关。上阕忆南郑，情调高亢。“羽箭雕弓”四字，突兀而来，后以“忆”字领起，追叙任职幕府时的豪迈生活。臂挥苍鹰，手搏猛虎，笳声四起，踏雪而归，酒酣兴至，泼墨挥毫，豪情壮志尽在胸中，雄才武略只待施展。“人误许”三句承上，写词人的文韬武略，备受嘉许。“误”字有自谦意，也暗含怀才不遇、难以施展的幽愤。下阕叙成都，换头处以设问过渡，意脉不断，衔接自然。词人愤懑发问，何以调成都、任闲职，以致理想破灭，空余悲慨。“看”字引出成都生活的几个片段。锦城繁华，重阳药市，元夕灯山，万人游赏，热闹非凡，词人乘骑徐行其间，“冷官无一事，日日得闲游”（《登塔》）。国难当头，朝廷坚决主和，抗金事业半途而废；词人壮志难酬，忧心忡忡，闻歌念旧，不禁怆然泪下。由豪迈军旅到闲散优游，由意气风发到有志难伸，更兼人乐我悲之境，两相对照，更见词人之悲。歇拍振起，抑而后扬，顿生沉郁。词人不信天命，事在人为，仍怀必胜信念，一展率性豪放性格，“写出脑后风生、鼻端火出之况”（明卓人月、徐士俊《古今词统》）。俞平伯评道：“结尾挑起一笔，不信‘富贵在天’之说。曹操《步出夏门行·龟虽寿》‘盈缩之期，不但在天’谓‘烈士暮年’，意亦相合。”（《唐宋词选释》）

此词通篇采用对比手法，从疆场到闹市，逆转而来，上阕格调豪迈，激昂洒脱；下阕笔触婉约，语含悲愤，结拍振起，力重千钧，刚柔相济，“词中抒发不甘闲逸，热恋军旅生活之情，坚信立功报国事在人为”（唐圭璋《历代爱国词选》）。俞陛云认为：“人当少年气满，视青紫如拾芥，几经挫折，便颓废自甘。放翁独老犹作健，当其上马打围，下马草檄，何等豪气！迨漫游蜀郡，人乐而我悲，怆然怀旧，而封侯夙志，尚欲以人定胜天，可谓壮矣。此词奋笔挥洒，其才气与东坡、稼轩相似。汲古阁刻其词集，谓‘超爽处更似稼轩耳。’”《唐五代两宋词选释》）全词上下两片场景迥然，情调随之波澜起伏，情感丰沛，结构跌宕起伏，磅礴而不失深沉，抑郁中又见激越，以致有学者认为此词伤于质直，而缺乏委屈含蕴之美。叶嘉莹说：“此词之词调，多为成排之四字句，间用一、二处领起之笔，然后以两句或三句成排之四字句相承接，因此当我们将这首词一口气读下来，便只感到一种气势，而缺少含蕴，且其句法不仅近于诗，乃竟颇近于文，所以一般人填写此词，都不免常落入于‘有气而乏韵’的结果。”（《唐宋词名家论稿》）

夜游宫·记梦寄师伯浑

雪晓清笳乱起①，梦游处、不知何地。铁骑无声望似水②。想关河③，雁门西④，青海际⑤。　睡觉寒灯里⑥，漏声断、月斜窗纸⑦。自许封侯在万里⑧。有谁知，鬓虽残，心未死。

【注释】

① 清笳：凄清悲凉的胡笳声。

② 无声：肃静，军士衔枚前进，不发出声响。望似水：行军整齐，看上去像一道洪流。

③ 关河：关隘、河防，泛指边塞要地。

④ 雁门：关名，北宋时是宋与辽、夏边界，南宋时属于金人统治区。

⑤ 青海：青海湖。此处“青海”“雁门”皆泛称西北边陲，并非确指。

⑥ 睡觉（jué）：睡醒。

⑦ 漏声断：指一夜将尽。漏，漏壶，古时滴水计时的器具。

⑧ 封侯在万里：用班超封定远侯的典故，意为建立封侯事业。

【评析】

《四部丛刊》本无题，宋黄昇《中兴以来绝妙词选》题为《记梦》。师伯浑（？—1177），名浑甫，字伯浑，眉山（今属四川）人。陆游《〈师伯浑文集〉序》称其有才气，善书法，能诗文，隐居不仕，范成大、王炎欲引荐他为官，皆未成。陆游于乾道九年（1173）摄知嘉州，途经眉山，与师伯浑相识，其后两人常有诗文往还，结下深厚友谊。淳熙元年（1174）春，陆游离嘉州时，师伯浑于青衣江上践行。淳熙四年（1177），师伯浑病逝，所以此词应作于乾道九年（1173）至淳熙四年（1177）间，记梦兼赠答师伯浑。“梦”是实指，也可能是虚设。

上片记梦，描写清晨踏雪出征之景。“雪晓”句写所闻，“铁骑”句写所见，有声有色，军队整齐肃默，整装待发，意气昂扬。“望似水”三字，写这支劲旅如流水一般，浩浩荡荡，严整之貌如在眼前。中间插入“梦游”句，既是点题，又使词之声情起伏顿挫。“想关河”三句，是对“不知何地”的回答，化虚为实，点明词人梦魂牵绕的是西北边防重地。

下片写梦醒后的失落情绪，气氛陡然一变。寒灯荧荧、漏尽更残、斜月在窗，渲染冷清孤寂的周边环境，衬托词人悲凉心境，与梦中清笳乱起、铁骑似水的戎马生涯形成鲜明对比。梦境是何等的苍茫雄壮，现实却是如此凄凉，这种梦中虚境与梦后实境之间的巨大反差和错位，使这位末路英雄的形象跃然纸上，也为全词增加抑扬起伏的情致。陆游曾经自信能像班超那样驰骋疆场，封侯万里，如今还未实现，这和十三年后“塞上长城空自许”（《书愤》）句一样，都是“自许”如此，但现实却始终不遂人愿。尽管这样，词人依然壮心不已，杀敌报国信念坚定不移，至死不休。然而，谁能明白他的雄心壮志，又有谁能赐予词人建功立业的机会？“有谁知”三字，再次跌宕，直抒感慨，呼应题目，如箭在弦上，应声而出。陆游视师伯浑为挚友，两人同为主战派，故陆游寄词以诉心曲，表现出至死不渝的忧国情怀，令人慨叹。夏承焘评此三句：“中间插入‘有谁知’三个字，也是顿挫作势，使末二语——人虽然老了，而杀敌雄心依然未死——更显郁郁不平。若去掉这三个字，语意虽也连属，而究竟要相形减色。”（《唐宋词欣赏》）

吴熊和评此词：“作者不仅精心构置梦境与实景，而且着力凸显二者间的强烈反差：一边是笳鸣雪映，铁骑似水；一边则是灯残漏尽，月斜窗纸。以此来表现理想与现实的矛盾，在矛盾的回旋中抒写自己不可稍屈的抗金意志。”（《宋词精品》）全词境界雄浑壮阔，雪晓清笳与斜月寒灯虚实并举，在豪情满怀中深蕴着英雄失意、壮志难酬的悲凉感。词用仄声韵，有凝咽低沉之效，可与陆游《〈师伯浑文集〉序》对读。

渔家傲·寄仲高

东望山阴何处是？往来一万三千里。写得家书空满纸。流清泪，书回已是明年事。　　寄语红桥桥下水[①]，扁舟何日寻兄弟[②]？行遍天涯真老矣。愁无寐，鬓丝几缕茶烟里[③]。

【注释】

①红桥：山阴近郊桥名。

②扁舟：小船。

③“鬓丝”句：指岁月都消磨在闲散无聊的生活中。化用杜牧《题禅院》：“今日鬓丝禅榻畔，茶烟轻飏落花风。”茶烟，煮茶时缭绕的水雾。

【评析】

淳熙二年（1175）春，陆游五十一岁，时范成大被朝廷任命为四川制置使、知成都府，尚未到任，范成大招陆游为参议官，陆游已到成都，清闲无事。漂泊异乡，离开抗敌前线，功业无成，词人客中怀乡思亲，念及退居故里、已入暮年的从祖兄陆升之（字仲高），遂作此词。陆游《复斋记》曰：“仲高于某为从祖兄，某盖少仲高十有二岁。方某为童子时，仲高文章论议已称成材，冠峨带博，车骑雍容，一时名公卿皆慕与之交。”仲高虽长陆游十二岁，但二人曾同修举业，同游场屋，感情甚好，后因彼此对秦桧态度不同而心生嫌隙。秦桧死后，仲高贬谪雷州（今属广东）七年，对往昔所为有所悔悟，其后二人冰释前嫌，重归旧好。陆游作此词，追怀兄弟久别之情，全然不提往事。其实，陆升之已于淳熙元年（1174）六月病逝，因路途遥远，陆游写此词时尚未得知讣告。

上片写望乡伤情。起二句自问自答，突出蜀地距家乡路途之远，“望”字点出词人绵延万里的无限乡思。“写得”三句构思新颖，一波三折，进一步表现思乡情深。离家既远，回家不易，只能修书传情，然而家书往返，越年才见，纵写得密密麻麻，却隔云山万重，路途迢递，难解乡情，徒劳而已，况且其中酸楚，又岂是家书能够说清的？“空”字如叹息声声在耳。“流清泪”三字将心中失望、痛苦和愁怨尽情宣泄，直吐胸襟，情真意切。“书回”句与首二句暗合，时空结合，言山高路远，音书难寄，思乡之情难以慰藉，语极简练，情却凄婉动人。下片承上，转写对陆仲高的思念。换头二句照应词题，由思故乡到想红桥，传语桥下脉脉流水以怀人，一声“兄弟”，情义满溢，手足深情昭然可见。红桥应为二人驾舟曾游之地，“寄语红桥”赋无情以有情，盼归的急切心情见于言外。“何日”二字语带惆怅，流露出归期未卜的无奈。结拍三句自述近况，抒迟暮之叹、身世之感。陆游离开南郑幕府后，辗转往来于成都、蜀州、嘉州、荣州等地，年逾半百，一事无成。“真老矣”三字重若千钧，语带沧桑，含无尽悲慨。“愁无寐”二句化用杜牧诗句作结，委婉道出对年华暗逝、壮志未酬的怅恨，沉郁至极。词人早年以经世济民自负，又曾纵情豪饮，类于杜牧；此后饱经宦海浮沉，终事业无成，沉沦下僚，白发对茶烟，也与杜牧不谋而合。身世相仿，处境相似，心态相通，自然容易引起共鸣，陆游活用此典，信手拈来，如若己出。清陈廷焯认为：“此词落笔老横无匹，而层折低徊往复，正自姿态有余。结笔精细，亦婉约。”（《云韶集》）

这年三月，陆游获悉仲高离世，作《闻仲高从兄讣》诗，中有“去国万里游，发书三日哭。久矣吾已衰，哀哉公不淑。寄书墨未干，玉立在我目。天高鬼神恶，生世露电速”句，怀念之情喷薄而出，悲切动人，可见二人情谊之深，并不因政见不合而彼此疏离，因此陈廷焯指出：“轩豁是放翁本色。”（《词则·放歌集》）诗词不同，词中很少表现兄弟之情，著名者如苏轼《水调歌头》（明月几时有）也只是借月怀人，而陆游以词为柬，如叙家常，从实境实感中自然得来，语有新意，情亦凄婉，坦诚直率，平易中见巧思。

双头莲·呈范至能待制

华鬓星星，惊壮志成虚，此身如寄。萧条病骥。向暗里、消尽当年豪气。梦断故国山川，隔重重烟水。身万里，旧社凋零①，青门俊游谁记②？　　尽道锦里繁华③，叹官闲昼永，柴荆添睡。清愁自醉。念此际、付与何人心事。纵有楚柁吴樯④，知何时东逝？空怅望，鲙美菰香，秋风又起。

【注释】

①旧社：旧友。

②青门：汉长安城东南门。借指南宋京城临安。

③锦里：在成都之南，是成都的别称。

④楚柁吴樯：驶向长江中下游的船。楚、吴，泛指江南。柁、樯，代指舟船。

【评析】

《双头莲》，宋时长调曲词，与平韵《双头莲令》不同。双调一百字，上片十句六仄韵，下片十句五仄韵，以陆游此词为正体。范至能即范成大。待制为官名，宋时各殿阁皆置待制之官。绍兴三十二年（1162）九月，陆游与范成大、周必大等人同在临安编类圣政所任职，同事相知，过从甚密。淳熙二年（1175）六月，范成大入蜀知成都府，权四川制置使，辟陆游为其幕府参议官。《宋史·陆游传》载："范成大帅蜀，游为参议官，以文字交，不拘礼法。"旧友相逢，在此期间，多有唱和。宋刘漫塘云："范至能、陆务观，以东南文墨之彦，至能为蜀帅，务观在幕府，主宾唱酬，短章大篇，人争传诵之。"（宋黄昇《中兴以来绝妙词选》引）此词当作于淳熙三年（1176）秋，时陆游因"燕饮颓放"而罢官奉祠，《诗稿》卷七有《和范待制月夜有感》《和范待制秋兴》《和范待制秋日书怀》等诗，均为此年所作，诗意与本词相近，可互证。

淳熙三年，词人五十二岁，自乾道八年（1172）入南郑，已过五载。五年之后，陆游依旧身似浮萍，漂泊无定，年过半百，屈居下僚，伤怀国事，郁愤难伸，当初满心恢复的雄心壮志而今已成泡影。上片开头三句坦率地抒发自己壮志未酬的怅恨。蹉跎岁月，人已渐老，一事无成，有的只是满头华发，"惊"字显示感触之深。迫于政治环境和自身疾病，词人的一腔豪气与雄心也逐渐消沉。曾经的千里良骥，如今已成年老体衰的"萧条病骥"，只能"垂首伏枥终自伤"（《松骥行》）。"梦断"句转入对故国山河的怀念，中原远在千里之外，烟水重重，陆游始终魂牵梦萦，难以忘怀。"身万里"三句写故旧凋零，词人在朝时曾与诸多青年俊彦交游结社，共谋恢复大业，其中就有自己如今的上司范成大。陆游对此事颇为自豪，在诗词中屡有提及，如"青衫初入九重城，结友尽豪英"（《诉衷情》）。当年的热血青年，如今星散凋零，无人能记，令人生悲。"青门俊游谁记"则用反诘句式，委婉对范成大手握重权却不思恢复进行批评。

换头三句转述当下罢官闲居的处境。“锦里”是成都的别称，“柴荆”是陆游的居所。蜀中繁盛，但是词人壮志成空，心中苦闷，无意游赏，整日纵情诗酒，百无聊赖。煞尾三句用典，掀起波澜，晋人张翰见秋风起，思念家乡的莼羹鲈脍，挂冠而归，而词人官低位卑，失意郁愤，怀念桑梓而欲归不能，只能空作怅望。此词是失意英雄吐露心迹，沉吟唱叹，幽愤缠绵，“去国怀乡之感，触绪纷来，读之令人于邑”（清冯金伯辑《词苑萃编》引《词统》）。清陈廷焯评道：“沉郁顿挫，极淋漓宛转之致。明是哀时伤事，一片血泪，而说来一丝不露，意境虽极悲凉，遣词却极婉约，那得不令人心折。”（《云韶集》）清况周颐指出：“放翁词风格隽上，亦有芊绵温丽之作。其《双头莲·呈范至能待制》‘华发星星’云云，此阕尤矜心作意之笔，气体沉著。”（《历代词人考略》）

鹊桥仙

华灯纵博[①]，雕鞍驰射，谁记当年豪举[②]。酒徒一一取封侯[③]，独去作江边渔父。　　轻舟八尺，低篷三扇，占断蘋洲烟雨。镜湖元自属闲人，又何必君恩赐与[④]。

【注释】

①纵博：纵情博弈。博，博弈，古代一种投掷争胜的游戏。

②当年豪举：指宋孝宗乾道八年（1172）三月至十月陆游在南郑的军幕生活。

③酒徒：饮酒同伴。一说指无能之徒。《韩非子·诡使》载，死士之

子沦落至道旁乞讨，那些“优笑酒徒之属”则乘华车，穿丝衣。

④“镜湖”二句：反用唐代贺知章典故。贺知章晚年回乡为道士，唐玄宗下诏将镜湖一曲赐予他。见《新唐书·贺知章传》。镜湖，即今浙江绍兴鉴湖，汉代会稽太守马臻所修。君恩，文渊阁《四库全书》本作“官家”。

【评析】

此词创作时间不详，据“独去作江边渔父”“镜湖元自属闲人”句，可知应作于陆游晚年闲居山阴镜湖时。上片今昔对照，抒发对往昔南郑生活的眷恋。灯下博弈，驱马驰射，从军豪举，皆成追忆。对句开端，入势豪迈，而后笔锋陡转，愤郁初显，当年英雄，有谁能记？“谁记”二字，一笔勾转，力重千钧，语含无限悲凉。“酒徒”二句，对比写来，发抒怨悱。昔日酒徒，封侯受赏，功名显赫；爱国志士，却投闲置散，做了江边渔父。着一“独”字，是拏云心事高悬，悲凉萧瑟，也是英雄末路，幽愤难平。句意拙直，情真意切，不假藻饰，而且“独”字入声，音调直促，声情激越，尽显词人胸中傲岸孤高之气。享乐升官，抗敌获罪，对于南宋朝廷种种荒唐行径，陆游在诗中多次揭露，如“诸公可叹善谋身，误国当时岂一秦”（《追感往事五首》其五）；“朱门沉沉按歌舞，厩马肥死弓断弦”（《关山月》）；“公卿有党排宗泽，帷幄无人用岳飞”（《夜读范至能〈揽辔录〉，言中原父老见使者多挥涕，感其事作绝句》）。愤懑之情，跃然纸上。唐圭璋评此二句：“以南宋最高统治集团取莠弃良，反映其不顾国计民生，惟求醉生梦死的腐朽状态。”（《历代爱国词选》）

下片仍以对句发端，写如今情状。过片“轻舟”三句承上，写渔隐闲散生活，韵味殊胜。不同于雕鞍驰射的军营生活，轻舟低篷的近处视角空廓清朗，浩渺空蒙的蘋洲烟雨与之对举。湖山胜景，闲情逸趣中又有昂扬兀傲之气。结拍异峰突起，翻用贺知章还乡事，明写旷达，实抒愤慨，湖山放旷，实不得已，用熟典而不落俗套。“闲人”与“独去”“占断”相呼应，一气贯注，将笔锋直指当今君主，怨愤之语，婉转而出，振起全篇。清许昂霄评曰：“感愤语妙，以蕴藉出之。结句翻用贺知章事，而感慨意即寓其中。”（《词综偶评》）

渔父形象可上溯至《庄子》《楚辞》，潇洒超然是其共同特征。中唐张志和开创《渔父》词，唐宋词人中，李煜、苏轼、黄庭坚、朱敦儒等也写过渔父词，皆是箬笠蓑衣的闲适渔父形象。陆游笔下渔父有所不同，归隐闲适中寓有驰骋沙场而不得的抑郁不平之气。此词“上阕写今昔对比，稍陈感慨；下阕写乡居生活，篇末二句，委曲传出对于君主的不满”（朱东润《陆游选集》）。明杨慎评此词“英气可掬，流落亦可惜矣”（《词品》），可谓慧眼独具。于清旷淡远的基调中，可体悟到词人的耿介超拔，自古闲逸洒脱的渔父形象中新增英气一面。清陈廷焯评“酒徒”二句：“悲壮语，亦是安分语。”（《词则·别调集》）陈廷焯用“悲壮”评价这两句，堪称贴切，而称之“安分”，则失之偏颇，此词看似超然物外，实则满腹牢骚，何来“安分”？明卓人月、徐士俊认为词人“才子来踪去迹，自然与人不同”（《古今词统》），确有卓见。此词层次分明，曲折推进，用笔含蓄，语言平实质朴，“字字句句‘到口即消’，毫无艰难拮据之感”（夏承焘《月轮山词论集》）。声情相称，风格如弹丸脱手，轻快流利，洒脱平淡，而又慷慨深沉。

鹊桥仙

一竿风月，一蓑烟雨，家在钓台西住①。卖鱼生怕近城门，况肯到红尘深处？　　潮生理棹②，潮平系缆，潮落浩歌归去。时人错把比严光③，我自是无名渔父。

【注释】

① 钓台：即严子陵钓台。在今浙江桐庐富春江畔，传为隐士严光垂钓处。

② 棹（zhào）：船桨，此代指船。

③ 严光：字子陵，东汉著名隐士。少与光武帝刘秀同窗。刘秀称帝，严光改换姓名，隐居垂钓而终。

【评析】

此词应作于陆游晚年，具体时间不详。夏承焘认为：“这首词可能是作者在王炎幕府经略中原事业失望以后，回到山阴故乡时所作。”（《唐宋词欣赏》）淳熙十三年（1186）七月，陆游权知严州，淳熙十五年（1188）七月离任。严州与桐庐毗邻，在钓台西南。词云“家在钓台西住”，可知此词或作于严州任上。陆游赴任严州前，宋孝宗曾勉励他：“严陵，山水胜处，职事之暇，可以赋咏自适。”（《宋史·陆游传》）此词借渔父生活写归隐志趣，貌似为“赋咏自适”之作，却仍流露出抑郁不平之气。

上片写渔父远离尘世的生活环境。“一竿”二句互文对起，用笔清淡，勾勒出渔父自在的生活环境，与李煜“一棹春风一叶舟，一纶茧缕一轻钩”（《渔父》）句同为佳构。而且“钓台”指出渔父住处又与严光暗合，为下阕暗巧设伏笔。“卖鱼”二句，渔父以卖鱼为生，城中卖鱼理所当然，可是词人笔下的这位渔父连城门都不敢靠近，更不用说去闹市中争名逐利，揭示出“渔父”清高超逸的精神境界。下片写渔父恬淡无求的生活情趣与心境。换头三句，用排比句式渲染渔父闲适的生活，潮起而出，潮落而息，远离尘嚣，甘于淡泊，自得其乐。结拍直抒胸臆，承“钓台”而来，渔父这样的生活，与隐士严光相比也毫不逊色。着一“错”字，逗出下句。严光归隐富春山，历来被视为高隐的代表。但是在词人看来，严光虽不主动追求功名利禄，却也因清高而闻名于世，“不钓鲈鱼只钓名”（唐韩偓《招隐》）。而词人自己，无论名利，别无所求，甘心成为江上拥蓑而眠、醒醉不记的无名渔父。“无名”二字，不仅否定了严光，更否定一切尘俗、名利、物质，仿佛超脱一切，毫无羁绊。然而“自是”二字，仍有一种耿介孤傲之气，对现实政治的不满也隐含其中。

自张志和《渔歌子》开渔父词滥觞，后人多有和作。此词即在张词基础上融入英雄失志的慨叹，思想上更进一层。夏承焘认为：“陆游这首词论思想内容可以说是在张志和诸首之上。很明显，这词是讽刺当时那些被名牵利绊的俗人的。我们不可错会他的作意，简单地批判它是消极的、逃避现实的作品。”（《唐宋词欣赏》）此词言志抒怀，语言质朴，格调自然，笔少回旋，神完气足，“细味卒章，真是高隐之笔”（清沈雄《古今词话》）。俞陛云赞曰：“首三句如题之量。‘怕近城门’二句未必实有其事，而可见托想之高，愤世疾俗者，每有此想。‘潮生’三句描写江海浮家之情事，句法累如贯珠。‘无名渔父’四字尤妙，觉烟波钓徒之号，犹著色相也。《渔父》词以张志和数首为最著，此作可夺席矣。”（《唐五代两宋词选释》）

鹊桥仙·夜闻杜鹃

茅檐人静，蓬窗灯暗，春晚连江风雨。林莺巢燕总无声，但月夜常啼杜宇[①]。　催成清泪，惊残孤梦，又拣深枝飞去。故山犹自不堪听[②]，况半世飘然羁旅[③]。

【注释】

①杜宇：杜鹃的别名。相传杜鹃为古蜀王杜宇的魂魄所化，事见常璩《华阳国志》。

②故山：故乡。

③羁旅：客居他乡。

【评析】

淳熙五年（1178），陆游出蜀时已五十四岁，词中“况半世飘然羁旅”句，表明此词为陆游滞留蜀中，夜闻杜鹃时所作。起三句以春意衰残之景，营造杜鹃啼叫的环境。暮春傍晚，茅屋幽僻，人静灯暗，风雨连江，通过由内而外，由动至静地烘托这种寂静、昏暗、凄迷的氛围，表露词人孤寂冷落的心绪，也为杜鹃出场进行铺垫。清陈廷焯赞曰：“起三句已握题魂。字字是血，放翁一生不遇，于情不得已时，不觉偶露。”（《云韶集》）“林莺”二句，紧扣题旨，运用对比和衬托引出夜啼的杜鹃。夜深人静，众鸟无声，万籁俱静之际，“又闻子规啼夜月，愁空山”（唐李白《蜀道难》），本就低沉的环境，更显凄厉。而杜鹃啼声犹说“不如归去”，这让客居他乡的游子闻而生悲，黯然神伤，意境颇似宋秦观《踏莎行》“可堪孤馆闭春寒，杜鹃声里斜阳暮”。“常”字表明这种刺激已非一日，可见词人挥之不去、避之不及、难以排解的万千愁绪。

换头三句，承接上句，一气写来，融入羁旅之人夜闻杜鹃的内心感受。杜宇声声，催人清泪，惊人残梦，以至夜不能寐，愁苦不堪。“又拣”句，反衬杜鹃仿佛故意撩人，无情无理，拣取深枝，且飞且鸣，刺耳惊心。“催”字点出啼声之紧，“惊”字写出内心震荡，“孤”字点明客中羁旅，“又”字表现无可奈何的怨恨之情。结拍二句点睛，深翻一层，鸟虽去而愁未止，这样凄惨的哀啼，即使身在家乡也难以承受，更何况自己漂泊半生，寄居异地。一“犹”一“况”，虚字呼应，前后关联，把词人身世飘零、岁月蹉跎而志业不遂的积愤表现得沉痛至极。清许昂霄认为：“衬垫一句，不唯句法曲折，而意亦更深。”（《词综偶评》）朱东润分析此词：“上阕写杜鹃；下阕写听杜鹃的感受，末二句点清自己所在的地点，富有道路辛苦，身世苍茫之感。”（《陆游选集》）虽然词人胸中百感交集，纷至沓来，表达时却能条陈缕析，逐层递进，由表及里，愈转愈深，以至哀怨动人。

全词借物寓情，含蓄深婉，融情于景，又兼有比兴，哀怨凄厉。上片以景语起，层层烘托，渲染气氛，下片以情语结，直抒胸臆，寄慨遥深。过片转承自然，似断未断，意脉相连。清陈廷焯评道：“放翁词惟《鹊桥仙·夜闻杜鹃》一章，借物寓言，较他作为合乎古。然以东坡《卜算子·雁》较之，相去殆不可道里计矣。”（《白雨斋词话》）陈廷焯一方面对此词较为推重，一方面又称其与苏轼《卜算子·雁》相距甚远，此论厚此薄彼，恐怕失之偏颇。

诉衷情

当年万里觅封侯[①]，匹马戍梁州[②]。关河梦断何处[③]？尘暗旧貂裘[④]。　　胡未灭[⑤]，鬓先秋[⑥]，泪空流。此生谁料，心在天山[⑦]，身老沧洲[⑧]。

【注释】

① 当年：往年，昔年。此指宋孝宗乾道八年（1172）三月至十月在南郑军幕生活。万里觅封侯：用东汉班超投笔从戎事，见《后汉书·班超传》。

② 梁州：今陕西汉中。

③ 关河：山河要塞。此处泛指大散关、渭河一带，是当时宋金边界，陆游在南郑做王炎幕僚，曾强渡渭水，策马直驱大散关前线。

④ "尘暗"句：用苏秦潦倒时貂裘破旧的典故。《战国策·秦策一》载，苏秦游说秦王失败，"黑貂之裘敝，黄金百斤尽，资用乏绝，去秦而归"。

⑤ 胡：古时对北方少数民族的通称。此指入侵中原的敌人。

⑥ 鬓先秋：鬓发先白。秋，秋霜，形容鬓发呈白色。

⑦ 天山：泛指南宋西北边疆战场。

⑧ 沧洲：滨水的地方，古时常用以指代隐士居所。此借指词人晚年居住的镜湖边。

【评析】

此词写于陆游晚年退居家乡山阴之后。乾道八年（1172）春，陆游应四川宣抚使王炎之邀，亲临南郑前线。东归以后，身居故乡，对于这段从军经历，他始终念念不忘。开篇以逆叙当年豪情壮举开头，为全词定下雄浑悲慨的基调。词人年轻时壮志凌云，单枪匹马，万里赴边，戍守梁州，积极筹划，志在恢复。起笔即暗用班超投笔从戎事典，匹马征万里，再现当年勃勃英姿。“关河”两句，词意陡转，掉进现实，化慷慨为悲凉。当年军旅生涯，恍如南柯一梦，梦醒过后，风流云散，伟业成空，旧日貂裘也已尘封色暗。这件“旧貂裘”，陆游珍爱有加，在诗中多有提及，如“貂裘宝马梁州日，盘槊横戈一世雄”（《忆南山二首》其一），“去年射虎南山秋，夜归急雪满貂裘”（《三月十七日夜醉中作》），“挺剑刺乳虎，血溅貂裘殷”（《怀昔》）等。可是这件战袍，东归以后，久弃不用，早已陈旧变色，暗淡无光。词人用苏秦典故，建构出“尘暗旧貂裘”的意象，感叹英雄失志之悲，情感由激昂陡转至悲沉。着一“断”字，突兀而来，理想一朝破灭，自此关防河塞，唯存梦中。一“暗”字也点出岁月蹉跎，人世浮沉之意。

下阕写罢归山阴的苦闷，直诉愁肠。换头三句，写梦醒后的积愤。“胡未灭”言神州陆沉，胡虏未灭；“鬓先秋”叹国仇未雪，老境先至；“泪空流”诉雄心虽在，壮志难伸，每念及此，热泪双流。“未”“先”“空”三字，步步紧逼，层层转进，句短语促，笔力千钧，悲满心凄苦不言自明。结拍振起，总结一生，反省现实。词人的心在西北抗金前线，却由于朝廷主和派占上风，迫不得已才“僵卧孤村”（《十一月四日风雨大作》），闲咏风月。谁料此生，心驰疆场，白首牖下，“心”与“身”矛盾，“天山”与“沧洲”相对，包孕着心理时空的纵深感与历史感，迸发出强劲的感情张力，境界苍凉悲壮，“有‘老骥伏枥，志在千里’意”（俞平伯《唐宋词选释》）。

全词直赋心事，如泣如诉，荡气回肠，章法大开大合，跌宕起伏，针线绵密，声情相称，词旨沉郁，情调悲怆沉郁而又不失开阔进取，极具艺术震撼力。清刘熙载认为陆游词：“乏超然之致，天然之韵，是以人得测其所至。”（《艺概》）部分学者认为陆游此类爱国词，以诗为词，朴质有余，蕴藉不足，“有气而乏韵”（王国维《人间词话》）。清姚鼐云：“放翁兴会飙举，辞气踔厉，使人读之，发扬矜奋，兴起痿痹矣，然苍黝蕴藉之风盖微。所谓‘无意为文而意已独至’者，尚有待欤？”（清方东树《昭昧詹言》引）夏承焘则认为：“（陆游）是以作诗的余事来作词的，论创作态度，他原不及他的朋友辛弃疾那样倾以全副精力，但是他以这种‘余事’的文学写闲情幽怨之外，有时也拿它来写十分正经十分沉重的心情。在他几首不朽的忧国词篇里，他并没有矜气作色，而只是用寻常謦欬的声息，道出他‘一饭不忘，没齿不二’的匡复心事，益见其真情挚意，沉痛动人，这可以说是陆游词的突出风格。”（《月轮山词论集》）

诉衷情

青衫初入九重城①，结友尽豪英。蜡封夜半传檄②，驰骑谕幽并③。　　时易失，志难成，鬓丝生。平章风月④，弹压江山⑤，别是功名。

【注释】

① 青衫：唐宋时九品官服色青。九重城：指南宋都城临安（今浙江杭州）。

② 蜡封：用蜡封固的机密文书。

③ 幽并：幽州和并州，今河北北部和山西北部地区。此指金统治下的北方沦陷区。

④ 平章：品评，评论。

⑤ 弹压：镇服，治理。此处为反语，有戏谑意。

【评析】

淳熙十六年（1189）十一月底，陆游被谏议大夫何澹以“嘲咏风月”罪名弹劾论罢，奉祠山阴。次年秋，他曾作《予十年间两坐斥，罪虽擢发莫数，而诗为首，谓之“嘲咏风月”。既还山，遂以“风月”名小轩，且作绝句》自嘲，此词中有“平章风月”句，或作于同期。

上片追忆往事，下笔慨然。“青衫”二句写早年仕途生活。绍兴三十年（1160），经左丞相汤思退举荐，陆游由福州决曹入京，任枢密院敕令所删定官，官阶由九品升为八品，故称“青衫”，形象贴切。在京期间，词人结交了周必大、范成大、林栗、李浩、王十朋、刘仪凤等一时俊彦。他们时相过从，交谊匪浅，常结伴畅游西湖，饮酒谈笑，赋诗作文，共论国事。对于交游往事，陆游一直念念不忘，在诗词中屡屡提及，如“早岁入皇州，尊酒相逢尽胜流”（《南乡子》），“三十年前客帝城，城南结骑尽豪英”（《马上作》），“京华结交尽奇士，意气相期共生死”（《金错刀行》）。通过“结友尽豪英”的表述，陆游试图唤起的正是那段温情脉脉又充满活力的青年时光。

词人初入临安，满怀报国之心，结交英豪，同仇敌忾，烘托出渴望恢复的时代精神。“蜡封”二句，反映君臣同德，筹备北伐的政治形势。时孝宗即位，锐意恢复，起用主战派人物张浚为枢密使，都督江淮军马，准备对金作战。陆游居官敕局，奉中书省和枢密院之命，曾作《代二府与夏国主书》和《蜡弹省札》。前者意在与西夏通好，共同抗金；后者则是要秘密发动沦陷区人民起义，这些都是为北伐所做的准备工作。下片过片笔调一转，时局恶化，词人心中情感也发生陡转。孝宗操之过急，张浚志大才疏，北伐失败，收复之愿化为泡影。“时易”三句，一气贯注，抒发人生易老而英雄迟暮的悲愤。“失”“难”“生”三字顿生感慨万千，岁月蹉跎、壮志难酬、鬓发先白，心中郁闷凄苦可想而知。结句写闲散的家居生活。“平章风月，弹压江山”与上片结交豪英、夜半草檄对比鲜明。“别是功名”，语含激愤，是自我解嘲，也是对强加于他的所谓“嘲咏风月”罪名的有力回击。

全词情真意切，不假雕琢，上片忆旧，轻快豪健，意气昂扬，下片叹今，沉郁凄然，郁郁不平之意见于言外。俞陛云认为：“集中感怀身世之作凡数见。此调仅四十余字，而豪气霜横，逸情云上。‘风月’‘江山’三语，尤峭劲有味，杨升庵评其词，谓‘雄慨处似东坡’，此作颇近之。”（《唐五代两宋词选释》）夏承焘指出：“陆游这些词，比之两宋诸大家：姿态横生，层见间出，不及苏轼；磊块幽折，沉郁凄怆，不及贺铸；纵横驰骤，大声鞺鞳，也不及辛弃疾；但是他写这种寤寐不忘中原的大感慨，不必号呼叫嚣为剑拔弩张之态，称心而言，自然深至动人，在诸家之外，却自有其特色。”（《月轮山词论集》）

点绛唇

采药归来，独寻茅店沽新酿[①]。暮烟千嶂。处处闻渔唱。醉弄扁舟，不怕黏天浪②。　　江湖上，遮回疏放③。作个闲人样。

【注释】

① 沽新酿：买新酿的酒。

② 黏天浪：形容浪潮之高，几乎可以触及上天。北宋王安石《舟还江南阻风有怀伯兄》："白浪黏天无限断，玄云垂野少晴明。"

③ 遮回：这回，这一回。

【评析】

淳熙七年（1180），陆游于江西常平茶盐公事任上，因拨义仓赈济灾民，以"擅权"罪被免官回乡，此词约写于罢归山阴期间。上片写采药、沽酒见闻。"采药"二句，写隐居生活的日常，采药而归，茅店沽酒，心无机事，不为世污，自得其乐，优哉游哉，生活潇洒而闲适。"暮烟"二句写归途见闻。"暮烟"为所见，"渔唱"系所闻，声色兼备，动静相宜。层峦叠嶂，烟雾迷蒙，渔舟唱晚，画面撷取清新空灵，静谧唯美，闲淡真淳。下片写醉后弄舟江湖。换头二句承"新酿"而来，写词人徜徉山水，寄情渔樵，无拘无束，超脱率真之貌。结拍三句，直抒胸臆，表明自己愿放弃名缰利锁，隐身渔樵，返璞归真，"作个闲人样"。然而"作个闲人"不是词人心甘情愿，乐意为之，而是不得已而为之的无奈之举。

陆游一心救国，满心收复，却"报国欲死无战场"（《陇头水》），以致勋业无成，济时无望，只能于故乡山水边做个一无是处的闲人，可见悠然自在只是壮志未酬的慰藉，忧国之心并未在闲居生活中消退，他无力回天，只能借此强作宽解。然而即使退居乡里，陆游也从未是个"闲人样"，渔樵江渚，采药治病，赏花弹琴，读书出游，忙得不亦乐乎。晚年生活清苦恬淡，他“身还民服，口诵农书”（《除宝谟阁待制谢丞相启》），每日“身杂老农间”（《晚秋农家》），“种菜三四畦，畜豚七八个”（《幽居五首》其四），躬耕桑麻，亲力亲为，俨然“谢事还家一老农”（《枕上作》）。他精研药性，亦通医理，深谙摄卫养生之道，闲居期间，常种药、采药、购药、储药、施药，治病救人，乐在其中。陆游爱民、忧民，以民为念，采药归来，常在途中施药济民，“驴肩每带药囊行，村巷欢欣夹道迎”（《山村经行因施药五首》其四），所到之处，百姓夹道欢迎，可见词人送药次数频繁，治病之多，收效之好，深受村民爱戴。

全词写采药、饮酒、放船，全用白描，率意而为，极为旷达，颇有见道之意。因此刘师培评曰：“剑南之词，屏除纤艳，清真绝俗，逋峭沉郁，而出以平淡之词，例以古诗，亦元亮、右丞之匹，此道家之词也。”（《论文杂记》）他认为放翁词与陶渊明、王维的诗歌一样，淡而有味，浅而意深，清旷隽远，堪称“道家之词”。而叶嘉莹则认为：“王维之习禅学道，既不同于陶潜之任真自得；陆游之托为放旷，则更不同于前二人之学道与自得。陆游的一些放旷之作，其实正是他壮志未酬以后的一种反激的托以遣兴的词。”（《唐宋词名家论稿》）此词拈取日常闲居生活的片段，上下两阕意脉相连，语出平易，襟怀甚高，在表现自在逍遥精神境界的同时，也流露出才不得施的幽怨，于洒脱中满含悲愤沉郁。

谢池春

壮岁从戎[①]，曾是气吞残虏[②]。阵云高、狼烽夜举[③]。朱颜青鬓[④]，拥雕戈西戍[⑤]。笑儒冠、自来多误。　　功名梦断，却泛扁舟吴楚[⑥]。漫悲歌、伤怀吊古。烟波无际，望秦关何处[⑦]。叹流年、又成虚度。

【注释】

① 壮岁从戎：乾道八年（1172），作者四十八岁时，在南郑军幕供职。

② 残虏：残余之敌。

③ 阵云：古人认为浓云似阵是战争前兆。狼烽：亦称狼烟，古时边疆烧狼粪生烟以报警。“狼烽”，文渊阁《四库全书》本作“狼烟”。

④ 朱颜青鬓：盛年时容颜红润、鬓角乌黑。

⑤ 雕戈：镂刻花纹的戈，泛指精美武器。

⑥ 吴楚：春秋时吴国与楚国，位于今长江中下游一带。此处指词人家乡山阴。

⑦ 秦关：秦地关塞。此处代指抗金前线南郑。

【评析】

此词具体写作年月不详。一说写于作者晚年退居山阴期间（1189—1201）。唐圭璋认为：“大概是作者晚年闲居山阴时所作。”（《唐宋词选注》）一说作于绍熙五年（1194）前后。《放翁词》中有三首《谢池春》，此首为其一，这三首联章而词旨相近，应于同时所作。夏承焘、吴熊和笺注，陶然订补《放翁词编年笺注》

指出："右三词（《谢池春》三首）当作于同时。末首有'七十衰翁'之语，当七十前后之作。绍熙五年，务观七十岁，故暂列于此。"于北山认为《谢池春》应作于绍熙五年（1194）前后，他认为："务观词不系年。此词有'七十衰翁'语，虽未能即据以定为本年所作，要亦相去不远也，故系于此。"（《陆游年谱》）《谢池春》有"七十衰翁，不减少年豪气"句，可知此词应作于绍熙五年（1194），陆游七十岁前后。加之《谢池春》（贺监湖边）有"春眠惊起，听啼莺催晓"句，因此这组词或作于这年春季，时陆游奉祠闲居家乡。南宋国土沦丧、偏安一隅，此词抒忧国忧民、壮志难酬之情。

上片忆旧。起句写壮年气盛，出语豪迈，情绪高涨。"气吞"二字写尽当年豪气，"曾"字是句中之眼，暗示今非昔比，为下片张目。次以"阵云""狼烽"并举，反映当年边关鏖战的紧张气氛。虽然环境险恶，但词人壮志满怀，拥戈西戍，渴望有所作为，因此斗志昂扬、英姿勃发。"朱颜"句呼应首句，继续铺陈，蓄足文势。歇拍笔锋陡转，情感也由高亢转向消极。"笑儒冠"出自唐杜甫《奉赠韦左丞丈二十二韵》"纨袴不饿死，儒冠多误身"句。词人自比皓首穷经的腐儒，一是慨叹功业未成，自误其身；二是暗讽朝廷苟且偷安，致使英雄无用武之地。

下片伤怀。过片二句写壮志落空，情感上与"笑儒冠"句相承，渴望建功立业却报国无门、年华虚度；结构上与"壮岁从戎"呼应，一悲一喜，形成对比。"却"字暗示事与愿违，本希冀抗敌救国，恢复河山，现在却退居吴楚，泛舟镜湖，吊古抒怀，空自悲歌。结拍转写眼前景象，笔力劲健。北望中原，烟波无际，秦关天外，不可再得，以宏大浩茫的空间烘托孤寂落寞，由此发出虚度光阴之慨。"叹"字表达功业未成的自责与不甘，将爱国热情表现得淋漓尽致。

夏承焘、盛静霞认为："这首词用对比的手法，上片写壮岁从戎的豪迈气概，下片写归老江乡的无限感慨，'笑儒冠多误'是关键性的转捩句。"(《唐宋词选讲》)唐圭璋评此词："写壮岁从军的雄姿壮采，和年老赋闲，蹉跎岁月的怨愤。当年'气吞残虏'的俊杰，如今在烟波里独泛扁舟。他默默地迎送流年，抚惜着叱咤风云的壮岁豪情，为封侯万里的理想成灰而伤怀吊古，望远悲吟。"(《历代爱国词选》)此词以今昔对比抒人生感慨，回忆过去，慷慨激昂；感慨当下，沉郁至极，可谓以血泪谱写的一曲爱国悲歌。